MIRA®

Der Preis dieses Bandes versteht sich einschließlich
der gesetzlichen Mehrwertsteuer.

Umwelthinweis:
Dieses Buch wurde auf chlor- und säurefreiem Papier gedruckt.

Riccarda Blake

Schwingen der Lust

Roman

MIRA®

MIRA® TASCHENBUCH
Band 95030
1. Auflage: September 2011

MIRA® TASCHENBÜCHER
erscheinen in der Cora Verlag GmbH & Co. KG,
Valentinskamp 24, 20350 Hamburg
Geschäftsführer: Thomas Beckmann

Originalausgabe

Konzeption/Reihengestaltung: fredebold&partner gmbh, Köln
Umschlaggestaltung: pecher und soiron, Köln
Redaktion: Bettina Steinhage
Titelabbildung: Thinkstock/Getty Images, München; pecher und soiron, Köln
Satz: Buch-Werkstatt GmbH, Bad Aibling
Druck und Bindearbeiten: CPI – Ebner & Spiegel, Ulm
Printed in Germany
Dieses Buch wurde auf FSC®-zertifiziertem Papier gedruckt.
ISBN 978-3-89941-890-3

www.mira-taschenbuch.de

Für meinen Lieblingsmenschen!

PROLOG

Unerkannt von den Menschen in den Straßen unter ihm glitt er auf leisen Schwingen durch die Nacht. Wie immer in den vergangenen Jahren war er auf der Suche nach ihr. Auf der Suche nach der einen, deren Schicksal alles verändern sollte. Er wusste, dass ihre Ankunft bevorstand, und er durfte nicht zulassen, dass sie tun würde, wozu sie auserkoren war. Die Prophezeiung war falsch; aber die, die dafür kämpften, dass sie wahr wurde, wussten das nicht. Konnten das nicht wissen. Deshalb war es so wichtig, dass er sie vor ihnen fand.

Er lauschte dem Lied des kühlen Windes, der hier unten in den Schluchten zwischen den Hochhäusern New Yorks sanfter wehte als hoch über der Stadt und ihm wohltuend durch die langen Locken und die Federn seiner Flügel strich. Das Lied waren die Stimmen der Menschen, das Geräusch ihres Atems, ihre Flüche und ihre Gebete. Er konnte sie alle hören. Hatte es schon immer gekonnt. Doch je größer New York wurde, umso schwerer wurde es, die einzelnen Stimmen und Geräusche voneinander zu unterscheiden; die, die er suchte, zu erkennen … am ganz besonderen Schlag ihres Herzens.

Er hatte das Wachsen dieser heute so gigantischen und aus allen Nähten platzenden Stadt miterlebt. Vierhundert Jahre lang; seit ihrer Gründung als Posten für den Fellhandel an der Südspitze Manhattans, als sie noch Nieuw Amsterdam hieß und die Holländer sie von den eingeborenen Lenape für eine Handvoll Glasperlen gekauft hatten.

Die Zeit war reif … und er war müde. Er war so müde, dass er sich manchmal fragte, ob es nicht vielleicht doch besser wäre, zuzulassen, dass die Prophezeiung sich erfüllte.

Doch das hätte schreckliche Folgen.

Verheerende Folgen.

Für die Stadt unter ihm … das Land … den Kontinent … für den ganzen verdammten Planeten. Kein Stein würde hier mehr auf dem anderen bleiben, wenn er seine selbsterwählte Aufgabe nicht erfüllte. All die Menschen, deren Stimmen er hörte, würden sterben. Die ganze Rasse würde untergehen, wenn er aufgab oder versagte.

Nein, das, das sich „Das Gute" nannte, durfte nicht siegen. Nicht dieses Mal. Sie hatten schon genug angerichtet.

Er beschleunigte den Schlag seiner weiten, schwarzen Flügel und schoss wie ein Pfeil in die Höhe … mitten hinein ins Herz der Nacht, die ihn einst geboren hatte.

TEIL 1

DIE ABGAL

1. KAPITEL

Kein guter Tag

Maggie seufzte, als sie das letzte Exemplar signierte.

Sieben Stück. Das waren einfach zu wenig. Damit war nicht einmal ein Bruchteil der Kosten für die heutige Lesung gedeckt, die sie selbst mit großem Aufwand in dem alten Vaudeville-Theater in SoHo organisiert hatte, um das vernichtende Urteil des Verlages abzuwenden – die Herausnahme ihres Buches aus dem Programm.

Sie hatte die Schnauze voll. So voll.

Es war endgültig so weit: Sie konnte und wollte nicht mehr. Sie hatte wirklich alles gegeben, was zu geben sie in der Lage gewesen war, und es hatte einfach nicht genügt. Sie hatte die Herausforderung *New York* angenommen – und sie hatte verloren. Nach all den Jahren und unzähligen Versuchen ... ein für alle Mal. Es war Unsinn, sich diesbezüglich noch länger etwas vorzumachen.

Nächste Woche würde der Vermieter ihres Mini-Apartments endgültig die seit Langem angedrohte Räumungsklage vollstrecken lassen und sie samt ihren wenigen Habseligkeiten aus der Wohnung werfen. Da war nichts, was sie noch dagegen tun konnte – außer nicht mehr hier zu sein, wenn es passierte.

Es graute ihr bei der Vorstellung, die Großstadt schon binnen der nächsten Tage verlassen und wieder zu ihrer Mutter aufs Land nach Aurora, Missouri, zurückkehren zu müssen. Gerade mal siebentausend Einwohner am Rand von Nirgendwo: über zwanzig Prozent davon lebten unterhalb der Armutsgrenze.

Ein Sumpf von Armut und Chancenlosigkeit. Maggie war ihm einmal ganz knapp entkommen; ein zweites Mal würde ihr das ganz sicher nicht mehr gelingen.

Es war nicht so, dass sie ihre Mutter nicht über alles liebte und gerne mit ihr zusammen war, aber als Maggie damals nach New York gegangen war, hatte sie bei allem was ihr heilig war, geschworen, nie wieder einen Fuß nach Aurora zu setzen, bis zu jenem denkwürdigen Tag, an dem sie kommen würde, um auch ihre Mutter von dort wegzuholen und für sie zu sorgen.

Jetzt hinter einem Stapel von unbezahlten Rechnungen und Mahnbescheiden doch keinen anderen Ausweg mehr zu sehen, als dorthin zurückzugehen, war also in ihren Augen mehr als nur Versagen: Es war das Brechen eines Schwures.

Aber Maggie konnte wirklich nicht mehr. Sie war ausgelaugt, leer gelutscht.

Von ihrem Stuhl hinter dem alten wackligen Tisch beobachtete sie mit nach vorne hängenden Schultern, wie die letzten Besucher das kleine, fast schon baufällige Theater durch die provisorische und mit Graffiti besprühte Tür aus Sperrholz verließen.

„Ich hätte gerne zwei Stück." Eine liebevolle und mitfühlende Frauenstimme von der Seite.

Maggie drehte sich zu ihr herum. Es war Lydia, ihre beste Freundin. Die Schwangerschaft war schon lange nicht mehr zu übersehen und stand ihr außergewöhnlich gut. Ihr dabei nur leicht voller gewordenes Gesicht, an dem man gut ihre Shoshone-Abstammung erkannte, strahlte Fürsorge aus und Warmherzigkeit.

„Du hast doch schon eines, Liebes", sagte Maggie.

„Na und", erwiderte Lydia und legte dreißig Dollar auf den Tisch. „Sie sind einfach so tolle Geschenke."

Maggie wäre beinahe in Tränen ausgebrochen, zumal sie wusste, dass es um Lydia finanziell nicht viel besser stand als um sie. Nick, der Erzeuger ihres ungeborenen Kindes, hatte sie sitzen lassen, und in ihrem Zustand konnte sie ihre beiden Jobs als Kellnerin und Packerin auf dem Fischmarkt nicht mehr ausüben. Auch sie würde New York in den nächsten Wochen verlassen müssen, um wieder zu ihren Eltern in den Süden von Idaho zurückzukehren.

„Oder du signierst sie mir, und ich heb sie mir auf", sagte Lydia. „Und wenn du dann berühmt bist – und ich zweifle keinen Moment daran, dass das schon bald der Fall sein wird –, sind sie ein Vermögen wert."

Maggie seufzte und setzte dann ein Lächeln auf. Sie nahm zwei der Bücher, signierte sie und legte die Dollarscheine unter den Buchdeckel des oberen, ehe sie sie Lydia reichte. Noch mehr Schulden machten die Kuh jetzt auch nicht mehr fett. „Du brauchst das Geld für das Baby."

Lydia verzog unwirsch die Stirn und nahm die Bücher nicht entgegen.

„Bitte, Lydia", sagte Maggie. „Die Würfel sind gefallen. Mach es mir nicht noch schwerer."

Jetzt seufzte auch Lydia – und nahm die Bücher entgegen. „Du wirst mir fehlen, Maggie."

„Du mir auch."

„Sehen wir uns noch einmal, ehe du ganz abhaust?"

Maggie nickte. „Ich komme noch mal vorbei. Versprochen."

Lydia beugte sich zu ihr herab und küsste sie zum Abschied auf die Wange, und erst als auch sie als Letzte gegangen war, räumte Maggie die restlichen Bücher sorgfältig in den Karton zurück, nahm ihre abgewetzte Handtasche (es war die einzige, die sie besaß) und trat von der winzigen Bühne in kleinen, müden Schritten ab, um das Gebäude über den Hintereingang zu verlassen, der nur aus einem mit altem Draht bespannten rostigen Rahmen bestand.

Ihren Wagen, einen altersschwachen Mitsubishi Colt, hatte sie gleich daneben abgestellt, unter der einzigen funktionierenden Straßenlaterne der heruntergekommenen Seitengasse.

Als sie den schweren Karton mit den Büchern ins Heck wuchtete, fühlte sie sich aus dem nächtlichen Dunkel der abgelegenen Häuserschlucht heraus beobachtet. Es war mehr ein Instinkt, bei dem sich einem die feinen Härchen im Nacken aufrichteten. Aber das war ganz normal hier in New York. Hier fühlte man sich immer beobachtet. Trotzdem beeilte sie sich einzusteigen, man konnte ja nie wissen.

Nach vier eiligen und kläglich klingenden Versuchen zündete die verdammte Karre endlich, und der altersschwache Motor sprang an. Wenigstens etwas.

Aus dem Radio dudelte mit sphärischem Knistern *I could really use a wish right now* von Eminem und Hayley Williams. Ja, ein Wunsch käme jetzt sehr gelegen; so zumindest hatte sie früher gedacht, aber mittlerweile glaubte Maggie nicht mehr an das Gute in Wünschen. Wünsche machten nicht nur nicht satt, sie machten im Gegenteil sogar hungrig und schufen nur noch weitere, neue Sehnsüchte. Sehnsüchte, die einem vor der Nase schwebten wie die Möhre vor der Schnauze des Esels, der auf ewig trabte und galoppierte und sie doch nie erreichte.

Nein, soweit Maggie das aus ihrer eigenen Erfahrung beurteilen konnte, waren Wünsche und die daraus geborenen Sehnsüchte nur die Ursache für neuen Schmerz.

Sie schnallte sich an, trat die ausgeleierte Kupplung so lange, bis sie endlich griff und legte dann mit einigen Schwierigkeiten den ersten Gang ein. Es war überhaupt nicht auszudenken, wenn jetzt auch noch der Wagen sie im Stich lassen würde; er war ihre einzige Möglichkeit, die Stadt zu verlassen. Nicht einmal mehr genügend Geld für ein Busticket hatte sie.

Vorsichtig ließ sie die Kupplung kommen und fuhr nach einigem Ruckeln langsam los, um den Wagen behutsam an verbeulten Abfallcontainern und aufgerissenen Müllsäcken vorüber durch die enge und dunkle Gasse zu manövrieren. Da …

Ein gewaltiger Schlag!

Blechernes Krachen!

Etwas Großes, Dunkles knallte von oben herab mit voller Wucht auf die Motorhaube ihres Wagens.

Maggie sprang erschrocken in ihrem Sitz hoch und stieß sich den Kopf am niedrigen Himmel des Mitsubishi. So schnell sie konnte, trat sie auf die Bremse.

Weil sie vor Schreck vergessen hatte, dabei auch die Kupplung zu treten, würgte sie damit den Motor ab, und das Auto kam abrupt zum Stehen. Was immer es war, das ihr auf die Haube gefallen war, rollte nach vorne weg auf das schmutzige Kopfsteinpflaster ins Licht des einsamen Kegels ihres Scheinwerfers. Der andere schien durch den Aufprall den Geist aufgegeben zu haben.

„Fuck!", fluchte Maggie und versuchte über das stark verbeulte Metall hinweg zu erkennen, was da lag.

Es sah zunächst aus wie ein Haufen schwarzes, poliertes Leder. Dann aber entdeckte sie an dem einen Ende Stiefel … und an dem anderen schwarze Locken!

Ein Mensch!

„Fuck!"

Wo war der denn hergekommen? Sie schaute, so gut sie konnte, durch die Windschutzscheibe nach oben. Er musste aus einem der Fenster über ihr gefallen sein. Der heftigen Wucht des Aufschlages nach zu urteilen, aus einem sehr hohen Fenster.

Einem Instinkt folgend schnallte Maggie sich schnell ab und öffnete eilig die Wagentür, um auszusteigen und, falls nötig – oder überhaupt noch möglich –, Erste Hilfe zu leisten. Dann jedoch erinnerte sie sich daran, wo sie gerade war und kramte in ihrer Handtasche nach dem Pfefferspray und dem Handy.

Danach erst kletterte sie aus dem Auto.

„Haben Sie sich verletzt?“, fragte sie vorsichtig, noch im Schutze ihrer Wagentür.

Statt einer Antwort hörte sie nur ein zunächst undefinierbares Geräusch. Dann wurde ihr klar: Es war ein schwaches Stöhnen.

Trotzdem zögerte sie. New Yorks Diebe und Räuber waren berühmt und berüchtigt für ihren Trickreichtum. Die wenigsten Überfälle sahen anfänglich auch wie welche aus. Vielleicht sollte sie sicherheitshalber zurück ins Auto, von dort aus die Polizei rufen und warten.

Aber was, wenn es doch kein Trick, sondern ein echter Unfall war und die Cops zu spät kämen?

Maggie fluchte ein drittes Mal und ging dann um die Autotür herum zu dem Fremden.

„Sind Sie verletzt?“, fragte sie noch einmal.

Wieder nur ein Stöhnen.

Das Pfefferspray in der Hand, beugte sie sich herab. Zum Glück konnte sie kein Blut auf dem Pflaster erkennen.

Das Erste, das ihr an dem Mann auffiel, war seine Größe. Er war bestimmt zwei Meter groß, wenn nicht sogar mehr, und sie fühlte sich neben ihm, obwohl er am Boden lag, klein. Sie fasste ihn an der Schulter, um ihn so herumzudrehen, dass sie im Licht des Scheinwerfers sein Gesicht sehen konnte. Sie war sich nicht sicher, ob man das bei einem möglicherweise Schwerverletzten tun durfte, aber anders hätte sie nicht erkennen können, ob und wenn ja wie schwer er verwundet war.

Noch ehe sie ihn ganz herumgedreht hatte, stockte ihr der Atem. Das Gesicht des Mannes war bei Weitem das schönste, das Maggie je gesehen hatte. Dunkel, ebenmäßig und dennoch markant. Es war umrahmt von langen, schwarzen Locken. Die dichten Augenbrauen fein geschwungen wie die Flügel eines Falken. Die Lippen voll und beinahe schon eine Nuance zu rot.

Sie öffneten sich, und Maggie machte einen erschrockenen Satz nach hinten.

„Alles in Ordnung", sagte er leise.

Maggie hatte nie eine tiefere, eine vollere Stimme gehört. Er schlug die Augen auf, und wieder vergaß Maggie zu atmen. Sie waren haselnussbraun ... mit goldenen und schwarzen Flecken ... und glühten so dunkel wie lebendig.

Maggie merkte selbst, wie abstrus das war und schalt sich innerlich dafür – hier lag ein Mann auf dem Boden, der ihr von irgendwoher hoch oben auf die Motorhaube gefallen war, und das Erste, woran sie dachte, war, wie verdammt gut er doch aussah.

Er war aber auch so attraktiv, dass es wirklich schwer war, an etwas anderes zu denken. Und das schon, obwohl er noch vor ihr auf dem Boden lag.

Als er jetzt aufstand und sie anlächelte, wurde es nicht gerade leichter. Zwei Meter breitschultriger Mann mit einem bis fast zu den Fersen seiner Stiefel reichenden Ledermantel.

Mit unglaublich eleganten Händen betastete er sorgfältig prüfend seine breite Brust, den flachen Bauch und die schmalen Hüften. „Es ist nichts passiert."

„Wirklich nicht?" Sie war erleichtert.

„Nein, wirklich nicht. Ich bin okay", versicherte er ihr. „Gerade noch mal Glück gehabt."

„Was soll das heißen, *gerade noch mal Glück gehabt*?", fragte Maggie trotz ihrer Faszination, plötzlich aufgebracht davon, dass der Fremde jetzt so tat, als sei überhaupt nichts geschehen.

„Ist das da nichts?" Sie deutete auf die Front ihres Wagens. Die war total zerbeult, und der eine Scheinwerfer war tatsächlich zertrümmert und hing aus der Fassung. Mit der Kiste würde sie nirgendwo mehr hinfahren können. Schon gar nicht den ganzen Weg nach Aurora, Missouri.

„Ich freue mich ja, dass *Ihnen* nichts passiert ist. Aber schauen Sie sich meinen Wagen an. Der ist völlig hinüber. Wer um alles in der Welt bezahlt mir das?"

„Oh", sagte er, während er den Schaden begutachtete. „Ich. Ich bezahle das natürlich."

Er griff in seine Manteltasche. Sofort streckte Maggie ihm die Dose mit dem Pfefferspray entgegen und zielte auf seine Augen.

Himmel, sind das schöne Augen! dachte sie und war sofort versucht, das Spray wieder herunterzunehmen, riss sich dann aber zusammen und erinnerte sich daran, wie merkwürdig die Situation war, in der sie sich gerade befand.

„Keine faulen Tricks, Mister!"

„Keine Angst", sagte er und machte mit der anderen Hand eine beschwichtigende Geste.

Maggie behielt die Abwehrposition bei. Die Tatsache, dass der Fremde den harten Sturz auf ihren Wagen unverletzt überstanden hatte, schürte trotz oder vielleicht sogar wegen seines freundlichen Verhaltens eher ihr Misstrauen als ihre Erleichterung. Je länger sie darüber nachdachte, desto mehr kam ihr das Ganze wie ein Stunt vor – durchgeführt, um sie hier in der abgelegenen Seitenstraße auszurauben. Dabei war das wirklich einzige halbwegs Kostbare, das sie überhaupt noch besaß, der Wagen selbst gewesen. Und der war dank der Aktion nun nur noch ein Haufen Schrott.

„Hier", sagte der Fremde, nachdem er die Faust wieder aus der Manteltasche gezogen hatte und hielt sie ihr hin.

Maggie beäugte ihn skeptisch.

„Nehmen Sie", forderte er sie auf und reckte die Faust noch weiter in ihre Richtung.

„Umdrehen und öffnen", befahl sie und unterstrich ihre Worte mit einer Pfefferspray-Drohgebärde. Sie würde nichts aus seiner Hand nehmen, was sie nicht vorher gesehen hatte.

„Schon gut", sagte er ruhig, drehte die Faust herum und machte sie langsam auf.

Etwas glitzerte darin.

„Was ist das?", fragte sie – wütend darüber, dass es keine Geldscheine waren.

„Ihr Schadensersatz", sagte er.

„Wollen Sie mich verarschen?", fragte sie gereizt, als sie die kleinen, funkelnden Gegenstände erkannte. „Glassplitter habe ich selbst genug." Sie deutete auf ihren zerbrochenen Scheinwerfer und den von Scherben übersäten Boden davor.

„Das ist kein Glas", sagte er. „Das sind Diamanten."

Für einen Moment verschlug es Maggie die Sprache. Dann aber schnaubte sie unwirsch. „Diamanten? Schon klar!" Für wie blöd hielt der Kerl sie eigentlich?

„Nein, ehrlich", beeilte er sich zu sagen. „Das sind Diamanten. Echte Diamanten. Die dürften den Schaden abdecken. Und es bleibt sogar noch was übrig, um Sie für die Unannehmlichkeiten zu entschädigen, die ich Ihnen bereitet habe."

Er schaute sie klar und offen an.

Maggie war irritiert. Er hörte sich gebildet an und äußerst kultiviert. Vor allem aber hörte er sich nicht so an, als würde er lügen. Aber das tun alle echten Gauner. Zumindest die guten. Nicht wie Gauner zu klingen war es ja, was sie so gut machte.

Er musste die Zweifel in ihren Augen gelesen haben.

„Um die Ecke ist ein 24/7-Pfandleiher“, sagte er. „Nehmen Sie die Steine und zeigen Sie sie ihm. Lassen Sie sie untersuchen. Er kann Ihnen bestätigen, dass sie echt sind.“

„Klar“, sagte Maggie, „und wenn ich zurückkomme, sind Sie über alle Berge.“

„Ich komme gerne mit.“

Sie zögerte. Wenn die Steine – Maggie hatte fünf gezählt – echt waren, könnte das, je nach Wert, eine kurze oder vielleicht auch etwas längere Pause von ihrem finanziellen Desaster bedeuten. Sie könnte den Wagen ersetzen und vielleicht sogar die Miete zahlen. Dann würde sie sich einen Job suchen und das Schreiben endgültig und für alle Zeiten an den Nagel hängen. Sie würde kellnern oder im Sekretariat arbeiten, Bürobotin spielen oder auch Putzfrau.

Alles, nur nicht Aurora, Missouri.

„Einverstanden.“ Sie holte ihre Handtasche vom Beifahrersitz, zog den Schlüssel aus der Zündung und schloss den Wagen ab, obwohl sich außer den Büchern im Kofferraum nichts Wertvolles mehr darin befand.

„Gehen Sie vor“, sagte sie. Kein Grund, ihre Vorsicht abzulegen. Das hier war eine verdammt verlassene Ecke. Er konnte alles Mögliche im Schilde führen. Vielleicht war er gar nicht mal an ihrem Wagen interessiert oder dem Geld, das sie nicht hatte. Vielleicht hatte er es ja auf sie selbst abgesehen.

Doch er nickte nur freundlich und ging voran.

Wieder fiel Maggie auf, wie groß und breitschultrig er

war – und wie geschmeidig er sich bewegte. Aber sie beschloss, sich davon jetzt nicht ablenken zu lassen.

Nach einigen Dutzend Metern bogen sie in eine Straße, die nicht sehr viel einladender aussah als die, aus der sie gerade kamen. Wenigstens funktionierte hier mehr als nur eine Straßenlaterne, und Maggie gestattete es sich, sich ein wenig zu entspannen. Dann endlich sah sie in einiger Entfernung den *Pawnshop*, die Pfandleihe. Ein kleiner Laden im Erdgeschoss eines heruntergekommenen Fünfstöckers. Die Leuchtreklame flackerte unstet. Die Tür und das einzige Schaufenster waren mit schweren Gittern geschützt.

„Wie sind Sie mir eigentlich aufs Auto gefallen?", fragte Maggie.

„Tollpatschigkeit", sagte er. „Wäre ihr Wagen nicht gewesen, ich weiß nicht, ob ich den Sturz überlebt hätte. Wohl eher nicht."

„Das beantwortet meine Frage nicht", stellte sie klar.

„Ich habe eine Immobilie besichtigt, die ich zu kaufen plane", sagte er. „Und mich dabei dummerweise gegen ein morsches Brett gelehnt, das das Fenster sichern sollte."

„Sie haben so spät am Abend noch eine Immobilie besichtigt?" Sie machte mit ihrem Ton deutlich, dass sie das doch für eher unwahrscheinlich hielt.

„Ich arbeite am liebsten nachts", sagte er.

Irgendetwas stimmte hier nicht. „Ein Wunder, dass Sie nicht verletzt sind."

„Ja", erwiderte er. „Ein Wunder. Wir sind da." Er ging voran und hielt ihr die Tür des Ladens auf.

Der Tresen war ebenfalls noch einmal mit einem Gitter abgesichert. Dahinter stand ein kleiner, hagerer Mann mit dem Gesicht einer Makrele und betrachtete sie argwöhnisch. Maggie würde sich nicht wundern, wenn er unter seinem Verschlag gerade mit einer Schrotflinte oder gar größerem Kaliber auf sie zielte, und ihr wurde ganz flau im Magen. Wo war sie hier nur hineingeraten?

Der große Fremde grüßte freundlich und legte die fünf Steine auf die Theke vor das kleine Loch im Gitter.

„Wie viel?“, fragte er den Pfandleiher.

„Gestohlen?“, fragte der misstrauisch.

„Nein“, antwortete der Fremde gelassen und schaute seinem Gegenüber fest in die Augen. „Sie gehören mir.“

Erst dann ließ sich das Makrelengesicht dazu herab, die Steine anzuschauen. Er klemmte sich eine Augenlupe unter die Braue und betrachtete sich einen nach dem anderen im Gegenlicht der Glühbirne, die schräg über ihm hing. Sein Gesicht wurde schlagartig freundlicher. Dann holte er eine winzige Waage hervor und wog sie einzeln.

„Das sind sehr schöne Stücke“, sagte er dann – jetzt sogar schon beinahe höflich. „Ich zahle Ihnen zwanzig.“

„Zwanzigtausend?“, fragte der Fremde skeptisch, und Maggie blieb die Puste weg. Die Dinger waren echt – und auch noch so viel wert. Das war mehr als zehnmal so viel wie ihr Wagen gekostet hatte.

Der Fremde hielt die Hand auf – als Zeichen dafür, dass er die Steine wiederhaben wollte.

„Zweiundzwanzig“, beeilte sich der Pfandleiher zu sagen.

Doch der Fremde bewegte sich nicht.

„Fünfundzwanzig.“

Maggie hätte beinahe laut gerufen *Abgemacht!*, aber der Fremde blieb eisern.

Mit einem nun ganz und gar nicht mehr freundlichen Grummeln und einem beinahe schon feindseligen Blick schob der Pfandleiher die fünf Steine wieder zurück durch das Loch im Gitter.

Der Fremde nahm sie auf und hielt sie Maggie hin.

„Bei einem ordentlichen Diamantenhändler erhalten Sie wesentlich mehr dafür."

„Verschwinden Sie", keifte der Pfandleiher. „Ich bin kein verdammter Gutachter. Wenn Sie was verkaufen wollen, verkaufen Sie was. Ansonsten scheren Sie sich zum Teufel."

Maggie holte ein Taschentuch hervor, wickelte die Steine ein und steckte sie in die Handtasche.

„Gehen wir", sagte der Fremde und hielt ihr die Tür wieder auf.

Sie betraten die Straße, und Maggie schlug den Weg zurück zu ihrem Wagen ein. Vielleicht würde sie es mit ihm wenigstens noch nach Hause schaffen.

„Ich fürchte, ich muss mich bei Ihnen entschuldigen", sagte sie. „Ich meine, dass ich Ihnen unterstellt habe, die Steine seien nicht echt. Aber Sie verstehen sicher ... Ich meine, ich war ziemlich aufgebracht. Immerhin sind Sie mir mitten in der Nacht wie aus dem Nichts aufs Auto gefallen. Wer wäre da nicht aufgebracht?" Maggie merkte, dass sie angefangen hatte zu plappern, ja fast schon zu schnattern. Der Fremde machte sie ganz schön nervös. Inzwischen jedoch, nachdem sie wusste, dass er ihr tatsächlich nichts Böses wollte, auf eine sehr angenehme Art nervös. Es geschah schließlich nicht jeden Tag, dass ein so verdammt attraktiver Kerl vom Himmel fiel.

Wer weiß, was sich daraus alles noch entwickeln kann.

Aber dann merkte sie noch etwas – er antwortete gar nicht.

Sie drehte sich zu ihm herum.

Er war verschwunden.

Weg. Einfach so. Ohne sich zu verabschieden.

„Männer", schnaubte sie verärgert, zuckte mit den Schultern und setzte den Weg zu ihrem Wagen fort. Sie hätte ihn jetzt, nachdem er sich als unschuldig erwiesen hatte, gerne noch auf einen Kaffee eingeladen. Oder auch auf einen Mitternachtssnack. Sie kannte da einen guten Koreaner Ecke Prince Street und Mercer. Das Barbecue dort war das Beste der ganzen Stadt. Weil sie es sich nicht hatte leisten können, war sie schon lange nicht mehr auswärts essen gewesen – und schon gar nicht mit einem so gut aussehenden Mann.

Aber wer nicht will, der hat eben schon.

Trotzdem schade. Aber immerhin hatte die Begegnung mit ihm ihr aus einem finanziellen Fiasko geholfen. Und alles kann man eben nicht haben. Sie bog in die Seitenstraße ein, in der sie ihren Mitsubishi stehen gelassen hatte.

In diesem Moment merkte sie, dass sie verfolgt wurde.

2. *KAPITEL*

Vier Straßenköter und ein Löwe

Maggie wollte rennen. Aber es war zu spät. Sie war umzingelt.

Die vier Männer schälten sich aus den Schatten der verlassenen Seitenstraße, als kämen sie aus dem Nichts. Hagere Gestalten in abgerissenen Lumpen mit tief in den ausgehungerten Schädeln liegenden, vor Gier brennenden Augen. Sie waren für hiesige Verhältnisse eher spärlich bewaffnet – ein rostiges Brecheisen, ein dreckverkrustetes Klappmesser und eine zerbrochene Flasche. Der Vierte aber hatte eine Pistole ... und er hatte sie auf Maggies Kopf gerichtet.

„Gib uns die Klunker, und wir lassen dich gehen", sagte er mit einem Grinsen, das seine faulig gelben Zahnstümpfe zeigte.

Maggie erkannte, dass der makrelengesichtige Pfandleiher sie verpfiffen hatte. Nahm ihre Pechsträhne denn gar kein Ende?

Wie gewonnen, so zerronnen, dachte sie und griff in ihre Handtasche. Natürlich, sie brauchte das Geld. Dringend sogar. Aber die fünf Diamanten, mit denen der Fremde sie für den Verlust ihres Wagens entschädigt hatte, waren es nicht wert, dafür zu sterben. Wenn sie sie den Dieben geben würde, würden sie sie laufen lassen.

„Sie gehen lassen?", fragte der mit der zerbrochenen Flasche. Ein lüsternes Glühen in einem vor Dreck strotzenden Gesicht, das von mehreren, schlecht verheilten Narben gezeichnet war. „Ich glaube eher nicht. Schau sie dir doch an, Hank. Wann hast du das letzte Mal ein so leckeres Stück Fleisch in den Händen gehabt. Ganz schön lange her, wenn ich mich nicht irre. Sie ist jung, sie reicht für uns alle. Und hier hört sie eh niemand schreien."

So viel zum Thema „Ich komme hier unbeschadet raus, wenn ich ihnen nur die Diamanten gebe". Maggie wurde übel, und ihre Kehle war plötzlich vor Angst, Ekel und Verzweiflung zugeschnürt. Sie könnte gar nicht schreien, selbst wenn es in dieser abgelegenen Gegend etwas gebracht hätte. Er hatte recht – hier würde sie niemand hören. Und die wenigen, die sie doch hören würden, würden ihre Schreie ignorieren. Aus Furcht. Aus Gleichgültigkeit. Vielleicht auch aus Schadenfreude, nur dieses eine Mal nicht selbst das Opfer zu sein. Die Schattenseite des Molochs New York. Hier war die Nacht die Schutzheilige der Aasfresser.

„Ja, ich denke, das ist eine gute Idee, Richie", sagte der mit der Pistole. „Ist wirklich schon viel zu lange her." Er griff sich zwischen die Beine. Die anderen drei kicherten gierig. „Ich steh zwar eher auf blond. Aber so ein Rotschopf soll ja ganz besonders feurig sein."

„Und schaut euch diese Möpse an", sagte der mit dem rostigen Brecheisen und schmatzte dabei, Speichelfäden zwischen rissigen Lippen. „Mehr als 'ne gute Handvoll."

„Und noch so schön fest", fügte der Vierte mit einem hungrigen Glucksen hinzu.

Fuck! Fuck! Fuck! schrie Maggies innere Stimme voller aufsteigender Panik. Sie hatte eine Dose Pfefferspray in der Handtasche, wie jede vernünftige Bewohnerin der Stadt. Aber was sollte ihr das jetzt gegen alle vier auf einmal helfen? Es würde sie mit ziemlicher Sicherheit nur wütend machen.

„I-i-ich gebe euch die Steine, und ihr lasst mich laufen", brachte sie stotternd hervor. Die vier waren nur noch fünf oder sechs Schritte von ihr entfernt, und sie konnte ihr Atmen hören. „Wie ihr es versprochen habt."

„Vergiss es! Wir nehmen uns die Klunker und dich“, sagte der, der die Idee als Erster gehabt hatte. „Wenn du schön brav bist und dir dabei ein bisschen Mühe gibst, also nicht einfach nur rumliegst wie ein totes Stück Fleisch und vor dich hin flennst, lassen wir dich danach vielleicht sogar leben.“

Instinktiv ging Maggie in Verteidigungsposition. Das, was diese Kerle von ihr wollten und verlangten, war so weit jenseits ihres Vorstellungsvermögens, dass sie gar nicht anders konnte, als an Widerstand zumindest zu denken.

„Aber wenn du dich wehrst, tut es nur umso mehr weh“, warnte der mit der Pistole. „Komm schon, Püppchen. Gönn uns vier Veteranen der Straße ein klitzekleines bisschen Spaß. Und, wer weiß, vielleicht gefällt es dir ja auch. Bestimmt sogar. Ich meine, vier Kerle. Wie oft hat man die als Frau schon auf einmal? Wir tun mit dir nichts, was du nicht schon hundertmal mit irgendwelchen anderen Kerlen getan hast.“

„Sprich für dich selbst, Hank“, sagte der, der Richie genannt wurde. „Mir fällt so einiges ein, was die Kleine in ihren jungen Jahren ganz bestimmt noch nicht erlebt hat. Aber ich werd’s ihr zeigen. Oh ja, das werd ich. Komm zu Onkel Richie.“

Maggie spürte, wie ihre Beine zu zittern begannen. Ihre Augen wurden feucht, und die ersten Tränen kullerten ihr über die Wangen. „B-bitte nicht“, flüsterte sie heiser. „Bitte tut das nicht.“

„Ich mag es, wenn sie betteln“, sagte Richie. „Erst betteln sie, dass man es nicht tut, und dann betteln sie um mehr. Das ist immer so. Ihr werdet schon sehn, Jungs. Packt sie und haltet sie schön fest. Ich mach den Anfang.“

„Tretet zurück!“, sagte da eine fünfte Stimme.

Auch wenn in ihr jetzt sehr viel mehr Autorität lag als

zuvor, erkannte Maggie sie sofort, und eine Welle der Erleichterung erfasste ihr eben noch bebendes Herz. Es war die Stimme des Fremden.

Wie die anderen vier war er wie aus dem Nichts aufgetaucht. Aber während sie vorsichtig und argwöhnisch um Maggie herum lauerten wie vier ausgehungerte Straßenköter, die noch nicht ganz hundertprozentig sicher waren, dass ihre Beute sich auch nicht wehren würde, stand er aufrecht da.

Aufrecht und stolz wie ein Löwe.

Seine langen schwarzen Locken flossen ihm wie flüssig gewordener Onyx über die breiten Schultern, und seine haselnussbraunen Augen leuchteten dunkel im flackernden Licht der einzigen noch funktionierenden Straßenlaterne.

„Seid gewarnt", fügte er ruhig hinzu, als keiner der vier Angreifer auf seine beinahe schon höflich ausgesprochene Aufforderung reagierte. „Die Frau steht unter meinem persönlichen Schutz."

Maggie wurde klar, dass ihre Erleichterung ebenso impulsiv war wie voreilig. Was konnte der Fremde, so tapfer er auch sein mochte, alleine und unbewaffnet gegen die Vier ausrichten?

Ganz offenbar sahen die Straßenköter das ganz genauso.

„Und das soll uns jetzt genau wovon abhalten, bitte?", fragte Richie sarkastisch. Er hob die zerbrochene Flasche in Richtung des Neuankömmlings. „Wenn du nicht abhaust, zerschneid ich dir dein makelloses Gesicht." Er kicherte und wendete sich an seine Kameraden. „Hey, Jungs, habt ihr schon jemals ein so verdammt makelloses Gesicht gesehen? Wär doch schade, wenn es dir nachher nur noch in Streifen vom Schädel hängt", fügte er in Richtung des großen Fremden hinzu. „Verdammt schade, findest du nicht?"

Jetzt fiel auch Maggie auf, zum ersten Mal, seit sie ihm begegnet war, wie perfekt das Gesicht des Fremden eigentlich war. Hohe, markante Wangenknochen. Breites, kantiges Kinn. Voller Mund, schmale Nase unter dichten Augenbrauen, gleichmäßig geschwungen wie die Flügel eines Falken. Der Teint war bronzefarben und glatt und kam durch den dunklen Bartschatten besonders gut zur Geltung. Selbst auf einem Modecover hatte Maggie noch nie einen Mann gesehen, der so makellos war, und sie musste sich schütteln, um sich wieder auf den Ernst der Lage zu konzentrieren. Die Hand in ihrer Handtasche suchte nach der Dose mit dem Pfefferspray.

„Mir ist schon sehr viel Schlimmeres widerfahren." Der Fremde zeigte sich von Richies Drohung unbeeindruckt. „Doch nicht von solchen wie euch", sagte er, und Maggie spürte das warnende Grollen seiner Stimme tief in ihrem Bauch. Er überragte selbst den größten der vier anderen um mehr als einen Kopf. „Wenn ihr jetzt geht, verspreche ich euch, wird euch nichts geschehen."

„Wenn ihr jetzt geht, wird euch nichts geschehen", äffte Hank ihn nach und zielte mit der Pistole auf ihn.

„Nicht schießen, Hank", warnte Richie. „Dann kommen die Cops und verderben uns den ganzen Spaß. Ich mach das schon. Komm mit, Chuck", forderte er den mit dem Brecheisen auf.

Die beiden gingen auf den Fremden los. Und wieder fiel Maggie auf, dass sie sich wie wilde Hunde bewegten. Ängstlich, aber aggressiv. Sie war sich sicher, keiner dieser Kerle hatte jemals einen offenen, fairen Kampf gewonnen. Es war ihre Natur, zu tricksen, zu täuschen und nie alleine anzugreifen.

Richie machte einen Sprung auf den Fremden zu – aber nur um ihn abzulenken. Der wahre Angriff kam von Chuck: In dem Moment, als der Fremde auf Richie reagierte, brachte der sich mit einem Satz nach hinten in Sicherheit, und Chuck hechtete mit hoch erhobener Brechstange auf Maggies Beschützer zu.

Der durchschaute die Finte, wirbelte wieder in die andere Richtung – sein langer Ledermantel bauschte sich mit der schnellen, raubtierhaften Drehung – und führte mit einer Geschwindigkeit, mit der Maggie noch nie einen Menschen sich hatte bewegen sehen, einen verdammt hohen Kick aus, der Chuck mitten ins Gesicht traf, ehe der auch nur zuschlagen konnte. Maggie hörte das Brechen des Nasenbeins bis zu ihr hinüber.

Aber noch ehe Chuck von dem Tritt in die Knie sackte, kam Richie schon wieder nach vorne gestürzt, um heimtückisch mit der zerbrochenen Flasche nach dem Hinterkopf oder dem Nacken des Fremden zu stechen. Viel zu schnell, als dass Maggie einen Warnruf hätte ausstoßen können. Doch ihr Beschützer schien damit gerechnet zu haben. Ohne sich überhaupt nur zu Richie herumzudrehen, machte er einen geschickten Schritt zur Seite, sodass der Feigling an ihm vorüber ins Leere stieß, und versetzte ihm einen derart derben und hart ausgeführten Faustschlag gegen die Schläfe, dass er seitlich weggeschleudert wurde und stolpernd zwischen überquellenden Müllcontainern zu Boden ging.

Doch da war Chuck schon wieder da. Mit einem gurgelnden Schrei warf er sich auf den Fremden, das verdreckte Gesicht verschmiert vom Blut seiner eigenen gebrochenen Nase. Maggies Beschützer fing den mit dem Brecheisen sensenartig ausgeführten Schlag mit gnadenlos festem Griff ab und verdrehte Chuck den Arm.

„Hilf ihnen“, wies Hank den Vierten ihrer Gruppe an, als er erkannte, dass sie den Fremden völlig unterschätzt hatten.

„Mit dem Messer?“, fragte der ungläubig. „Spinnst du? Schieß ihn einfach über den Haufen.“

„Dann kommen die Cops."

„Na und? Bis die hier sind, sind wir schon lange weg. Wir nehmen die Kleine einfach mit in unseren Keller und können uns da ganz ungestört mit ihr beschäftigen."

Der Fremde brach Chuck die Schulter, während der sich aus seinem Griff herauszuwinden versuchte, und stoppte den erneut angreifenden Richie ein für alle Mal mit dem Brecheisen.

Dann drehte er sich zu Hank und dem Vierten um. Maggie stand zwischen ihm und ihnen.

„Wer bist du?", zischte Hank. „Ihr gottverdammter Schutzengel?"

Der Fremde nickte grimmig und begann, auf sie zuzugehen. Er wirkte nun noch raubtierhafter, und seine schon zuvor glühenden Augen brannten in kaltem Zorn.

Da sprang der Kerl mit dem Messer Maggie von hinten an, packte sie und hielt ihr die Klinge gegen die Kehle. „Sieh zu, dass du endlich Land gewinnst!", rief er.

Ohne in seinem Gang innezuhalten, führte der Fremde eine schnelle Bewegung aus ... mit der Hand, in der er die Brechstange hielt. Noch ehe Maggie verstand, was er getan hatte, fühlte sie, wie der Griff ihres übel riechenden Angreifers sich löste und hörte, wie das Messer scheppernd vor ihren Füßen auf das Kopfsteinpflaster fiel.

Er schrie ganz dicht bei ihrem Ohr auf und sackte hinter ihr in die Knie. Erschrocken drehte sie sich zu ihm herum. Die Brechstange ragte aus seiner Schulter, und sein Gesicht war durch den Schmerz, den er nun in die Nacht hinaus schrie, noch hässlicher, noch fratzenhafter.

Er stellte keine Bedrohung mehr dar. Anders als der Schakal namens Hank. Der riss die Pistole nach oben, zielte auf den Fremden und drückte ab.

Bevor Maggie überhaupt nachdenken konnte, hatte sie

schon instinktiv gehandelt … und sich vor die Feuer spuckende Mündung geworfen.

Eine dumme Idee! schoss es ihr noch durch den Kopf. Da fühlte sie auch schon den gewaltigen Schlag gegen ihren Bauch und wurde von den Füßen und weit nach hinten gerissen. *Eine saudumme Idee!*

Sie krachte auf dem Pflaster auf und verlor das Bewusstsein. Doch während alles um sie herum schwarz wurde, glaubte sie noch, einen wütenden Schrei zu hören, grollend … mehr ein Brüllen – wie das eines angreifenden Löwen … und merkwürdigerweise auch etwas, das klang wie das Schlagen gewaltiger Flügel … in schneller, panischer Folge abgegebene Schüsse … das Klicken einer leeren Waffe … Knurren … verzweifelte Schmerzensschreie.

Und plötzlich … nichts mehr.

3. KAPITEL

Traumhaft

Das Schlagen gewaltiger Flügel. Da war es wieder!

Maggie hörte es durch die Schwärze hindurch, die sie umgab. Es fühlte sich an, als würde sie schweben. Nein, als würde sie auf starken Armen durch die Luft getragen werden. Sie wollte die Augen öffnen, aber es gelang ihr nicht. Ihr Bauch tat weh. Höllisch weh. Sie erinnerte sich wieder an die Szene in der verlassenen Seitenstraße. An ihren heldenhaften, wenn auch zweifelsfrei dummen Impuls, sich in die Bahn einer Kugel zu werfen. Starb sie gerade?

„Hab keine Angst, Magdalena“, glaubte sie die tiefe und wohlklingende Stimme des Fremden durch den Nebel der Bewusstlosigkeit dringen zu hören. „Du wirst leben.“

Dann wieder absolute Dunkelheit … und Stille.

Mit dem Gefühl, aus einem Meer von in warmem Öl getränkter Watte aufzutauchen, kam Maggie langsam wieder zu sich. Zumindest teilweise. Sie öffnete die sich tonnenschwer anfühlenden Lider … und wusste sofort, dass sie entweder noch träumte oder auf dem Weg war ins Jenseits.

Sie war nackt, lag wie eine federleichte Puppe in kräftigen Armen – und schaute direkt in das Antlitz eines riesigen, pechschwarzen Löwen. Gewaltige, onyxfarbene Widderhörner ragten aus seiner im Licht der Sterne glänzenden Mähne. Seine haselnussbraun-bernsteinfarbenen Augen musterten sie warm und fürsorglich; aber auch hungrig.

Maggie wollte schreien; doch dazu war sie zu schwach.

Das Raubtiergesicht über ihr verschwand. Stattdessen schaute nun der Fremde auf sie herab. Nur die Augen waren dieselben. Maggies Verwirrung wuchs, aber die Angst verflog. Sie sah am Gesicht des Fremden vorüber in den Sternenhimmel hinauf.

Wo bin ich?

Sie blickte sich um ... und ihr Herz blieb stehen vor Schreck. Sie schaute auf New York herab. Die ganze Stadt lag unter ihr. In einiger Entfernung sah sie das Chrysler Building. In der anderen Richtung konnte sie die Freiheitsstatue auf Liberty Island in der Upper Hudson Bay erkennen. Jetzt wusste sie, wo sie war: Sie lag auf der Spitze des Empire State Buildings.

Das muss ein Traum sein.

„Rabasu sedu", sagte der Fremde in einer merkwürdig altertümlich klingenden Sprache und schaute sie eindringlich an. „Du musst jetzt schlafen, Magdalena."

Sie fühlte, dass ihre Lider wieder schwerer wurden und schaute an sich herab. Die Wunde in ihrem Bauch war hässlich und voller Blut. Jetzt, da sie sie sah, fühlte sie auch wieder den Schmerz.

„Schlaf", sagte der Fremde noch einmal und beugte sich mit dem Gesicht über die Wunde.

Maggie hätte schwören können, für einen kurzen Augenblick so etwas wie riesige, schwarze Flügel auf seinem Rücken gesehen zu haben. Doch dann war da plötzlich nichts mehr als die Sterne.

„Mi dug, kunnû." Schon wieder diese alte Sprache. „Ich werde dich heilen."

Sie spürte einen warmen Lufthauch auf ihrem Bauch, und als sie, immer matter werdend, wieder hinunterschaute, sah sie, wie der Fremde ihre Wunde küsste.

Nicht, wollte sie sagen, doch ihre Müdigkeit und ihre ausgetrocknete Kehle ließen nicht zu, dass sie sprach. Wie durch einen immer dichter werdenden Schleier hindurch sah sie, wie das Blut verschwand – so als würde es sich in

Luft auflösen. Die Berührung seiner Lippen vertrieb den Schmerz. Da, wo er sie küsste, glühte ein goldenes Licht.

Schlaf, hörte sie ihn sagen, ohne dass er gesprochen hatte. *Schlaf*.

Ihre Augen schlossen sich. Der Schmerz war nun vollständig verschwunden. Sie fühlte noch seine unglaublich starken Hände ... seine sanften, warmen Lippen ... dann nichts mehr.

Als Maggie das nächste Mal wieder zu sich kam, lag sie in ihrem eigenen Bett. In ihrem winzigen Zwei-Zimmer-Apartment in Chelsea, das sie, obwohl es in der Bausubstanz stark heruntergekommen war, in den letzten drei Jahren in ein kleines Schmuckkästchen verwandelt hatte. Sofort schlug sie die Decke zur Seite weg und schaute auf ihren Bauch. Da war nichts. Nicht der kleinste Kratzer.

Gott sei Dank! Ich habe das alles tatsächlich nur geträumt.

Erleichtert ließ sie sich in ihre Kopfkissen zurückfallen, deckte sich wieder zu und lachte befreit auf. Dann aber runzelte sie kurz die Stirn. Wenn das alles nur ein Traum war, waren es auch die Diamanten. Mit einem Schlag waren ihre Geldsorgen wieder da. Nun würde sie doch aus New York wegziehen müssen.

Aber, was soll's? Hauptsache, ich lebe!

Dass das alles nur ein Traum gewesen war, bedeutete allerdings auch, dass der Fremde nie wirklich existiert hatte, und diese Erkenntnis fühlte sich zu ihrer großen Überraschung an wie ein schrecklicher Verlust. Kein Wunder, dass er der wohl attraktivste Mann war, den Maggie jemals gesehen hatte – sie hatte ihn in ihrem eigenen Traum erfunden ... nach ihren Wünschen und Vorstellungen. Groß, stark, düster, raubtierhaft, wild. Sie seufzte sehnsuchtsvoll ...

... und erschrak im nächsten Moment bis ins Mark, als

der Fremde plötzlich in der Tür zu ihrem Schlafzimmer stand.

Er hielt ein Tablett in seinen Händen.

„Hallo, Traummann“, sagte Maggie mit einem Schmunzeln. Der Schreck war so schnell verschwunden, wie er gekommen war. Ihr vom Himmel gefallener Retter brachte ihr Tee und Essen ans Bett. Wie alles andere zuvor musste das hier einfach ebenfalls ein Traum sein. Sie konnte sich zwar nicht erinnern, wann sie jemals so lebendig geträumt hatte, aber es war die einzig logische Erklärung.

Er neigte den Kopf zur Seite und betrachtete sie neugierig. Ein Lächeln glitt auf seine vollen Lippen, und er kam zum Bett hinüber. „Das ist kein Traum, Magdalena. Ich bin wirklich hier.“

Als hätte er ihre Gedanken gelesen.

„Du bist …?“

„Echt.“ Er stellte das Tablett auf den Nachttisch neben dem Bett und schenkte ihr Tee in eine Tasse.

„Aber … der Löwe“, brachte sie hervor, „… die Flügel … das Empire State Building …?“

Der Fremde setzte sich auf den Bettrand, reichte ihr die Tasse und runzelte fragend die Stirn. „*Das* wiederum musst du geträumt haben“, sagte er. „Du hast bei dem Überfall einen ziemlich schweren Schlag auf den Kopf bekommen. Deinen Namen und deine Adresse habe ich von einigen Rechnungen in deiner Handtasche. Da war auch der Schlüssel. Also habe ich dich nach Hause gebracht.“

„Einen Schlag auf den Kopf?“, fragte Maggie aufgebracht. „Der Kerl hat auf mich geschossen.“

„Nein“, erwiderte der Fremde. „Dazu kam er nicht mehr.“

„Aber …“ Sie schlug die Decke zum zweiten Mal auf, nur um ganz sicherzugehen, und betrachtete ihren Bauch, ohne sich darum zu kümmern, dass der Fremde sie jetzt nackt sehen konnte. Wenn er sie nach Hause und ins Bett gebracht hatte, musste er ohnehin derjenige gewesen sein, der sie ausgezogen hatte.

„Siehst du", sagte er. „Keine Wunde. Nirgends."

„D-d-du hast sie weggeküsst", sagte Maggie und merkte erst dann, wie albern das klang.

„Weggeküsst? Eine Schusswunde?" Er schaute sie nachsichtig an. „Das muss der Schock sein. Komm, trink einen Schluck Tee, dann geht es dir sofort wieder besser." Der Blick seiner braunen Augen war dabei so sanft und eindringlich, dass sie gar nicht anders konnte, als zu tun, was er sagte. Der Tee war stark und süß. Sie spürte, wie sich die Wärme angenehm in ihrem Brustkorb und ihrem Bauch ausbreitete; zusammen mit der Erkenntnis, dass der Fremde ihr das Leben gerettet hatte. Mit der Erkenntnis kam die Dankbarkeit.

„Ohne dich …", begann sie zu sagen.

Doch er legte ihr einen Finger auf die Lippen. „Ohne mich wärst du erst gar nicht in diese Situation gekommen. Das war das Mindeste, das ich tun konnte."

Sie nahm seine Hand von ihrem Mund, ließ sie aber nicht los. Sie fühlte darin die Stärke, die sie vorhin beim Kampf in seinen unglaublichen Bewegungen gesehen hatte. „Dein Leben zu riskieren, nur um mich …"

„Ich durfte nicht zulassen, dass sie dir etwas antun", sagte er leise mit einem Lächeln, und der sanftstarke Blick, mit dem seine Augen in die ihren tauchten, streichelte ihre Seele, ganz tief im Innern. „Aber deine Dankbarkeit ist wirklich nicht nötig. Mein Leben war nie in Gefahr."

Er sagte das mit einer solchen Selbstverständlichkeit, dass sie instinktiv wusste, dass er die Wahrheit sprach. Als sie an den Kampf zurückdachte, erkannte sie, dass die vier Straßenköter zu keiner Sekunde auch nur den Hauch einer

Chance gegen ihn gehabt hatten. Noch nie hatte sie sich so geborgen gefühlt. Und jetzt war er auch noch hier, hatte sie nach Hause gebracht und war geblieben, um sicherzugehen, dass es ihr auch wirklich gut ging.

Sie folgte einem Impuls und küsste seine Handfläche. „Nur weil dein Sieg für dich ein leichter war, bin ich kein bisschen weniger dankbar.“ Tief bewegt drehte sie seine Hand und küsste die Rücken und die Spitzen seiner Finger. „Und du nicht weniger ein Held. Ein Engel.“

Er schaute sie an. Sein Lächeln verschwand. Für einen kleinen Moment der Ewigkeit schien die Zeit still zu stehen.

„Für dich aus dem Himmel gefallen.“

Ihr Herz machte einen kleinen Sprung.

„Komm her“, sagte er. Einfach so. *Komm her.* Maggie spürte den Zauber, der in diesen beiden Worten lag. Es fühlte sich an, als würde seine dunkle Stimme mit ihrer fordernden Note etwas tief in ihr berühren, ihren Körper steuern und sie dazu bringen, sich wie von selbst aufzurichten.

Er war so viel größer als sie, sodass, selbst nachdem sie sich neben ihm aufgesetzt hatte, ihre Stirn gerade einmal bis kurz unter seine breite Brust reichte.

Er nahm ihr Gesicht in seine große, sehnige Hand und hob es dem seinen entgegen, das jetzt nur noch wenige Zentimeter über ihr schwebte. Sie fühlte sich klein, aber alles andere als verloren. Er duftete noch leicht nach dem Leder seines Mantels und – auf eine Weise, die Maggie nicht genau beschreiben konnte – auch irgendwie nach Feuer und nach Wüstenwind. Exotisch und doch so vertraut. Ihr war, als würde das Bukett dieser wundervollen Aromen, gepaart mit dem ruhigen, feurigen Blick seiner Augen, eine Brücke zwischen ihnen bauen direkt in das Herz ihrer Sehnsüchte … und sie einander dadurch erkennen lassen.

So fühlt es sich also an, wenn die Chemie stimmt, dachte

Maggie, die dieses Gefühl zum allerersten Mal in ihrem Leben hatte. Ihre Bewegungen wurden weicher, nachgiebiger, als seine andere Hand über ihren nackten Rücken glitt und sie hielt, gestattete sie ihm, dass er sie zu sich hinzog, bis die Spitzen ihrer Brüste gegen den dünnen Stoff seines Hemdes drückten und sich durch die Berührung und seine sie mehr und mehr erregende Nähe zu kleinen, festen Perlen aufrichteten.

Maggie wunderte sich dennoch darüber, dass sie diese Intimität einem völlig Fremden gegenüber nicht nur überhaupt und so selbstverständlich zuließ, sondern tatsächlich intensiv herbeisehnte. Da war noch mehr als Chemie. Es waren die außergewöhnlichen Umstände ihrer Begegnung. Traum und Wirklichkeit schienen durch ihn und seine Ausstrahlung zu verschwimmen. Mit einem leisen Zittern presste sie sich noch dichter und enger gegen ihn und betrachtete unter vor Wohlbehagen schwer werdenden Lidern hervor fasziniert, wie sein wunderschönes Gesicht immer und immer näher kam … bis schließlich … endlich, endlich, endlich … sein voller Mund den ihren berührte.

Sein Kuss war fleischgewordene Magie.

Maggie verschlug es den Atem. So hatte sie noch nie jemand geküsst. So männlich, so stark. Ganz ohne zaghafte Zurückhaltung und doch nicht aufdringlich. Er nahm sich diesen Kuss, als würde er ihm gehören. Als hätte er schon immer ihm gehört und in ihr nur auf ihn gewartet. Seit dem Anbeginn der Zeit. Und ebenso bereitwillig gab sie ihn ihm … während seine warmen Lippen mehr und mehr über diesen Kuss hinaus auch von ihr Besitz ergriffen … und sie mit jedem weiteren Schlag seines Herzens, das sie durch das Fleisch ihrer Brüste hindurch deutlich spürte, noch weicher und geschmeidiger werden ließen … und sie bereiter machten … für mehr.

Für viel mehr, wie sie sich mit durch das Spiel seiner harten Muskeln an ihrem nackten Leib wachsender Sehnsucht bewusst wurde … für alles.

Sein unvergleichlicher Körper, seine beinahe schon unheimlich kraftvolle Nähe, seine fordernden und doch so sanften Berührungen schürten aus dieser Sehnsucht Verlangen. Der Funke in diesem Kuss wurde zu einem Licht. Das Licht zu einer Flamme, je mehr sie ihn schmeckte und spürte. Die Flamme zu einem Feuer der Lust in ihren Adern. Sie seufzte tief aus der Brust heraus ergeben, als seine Hand in ihre Locken glitt, zupackte und ihren Kopf weit in den Nacken zog, damit er seinen Mund über ihren Hals hinab und ihr Schlüsselbein wandern lassen konnte, hin zu ihren Nippeln, die sich bereits ungeduldig nach der Berührung verzehrten … um sie abwechselnd zu küssen und zwischen seine Lippen zu saugen.

Maggie fühlte dabei seinen heißen Atem auf der sich spannenden Haut ihrer Brüste, die jetzt zu kribbeln begannen vor immer schneller wachsender Erregung. Sie hörte, wie er zu einem leisen, aber tiefen Knurren wurde. Hungrig. Animalisch. Sie packte in seinen Nacken, um sein Gesicht noch fester gegen ihr willig gewordenes Fleisch zu drücken.

Stille deinen Hunger an mir!

Er küsste und saugte … und sie reckte sich ihm mit vor Lust flatterndem Herzen entgegen. Er ließ sich Zeit. Genoss. So wie sie. Sie fühlte den berückend warmen und sinnlichen Tanz seiner Zungenspitze. Das mal kosende und dann wieder gieriger werdende Streicheln seiner leicht rauen Lippen. Sie hatte das Gefühl, als würde das Licht im Raum eine andere Farbe annehmen – dichter und voller werden –, ähnlich dem goldenen Glanz, von dem sie geträumt hatte, als sein Kuss unter dem Licht der Sterne ihre Wunde geheilt hatte. Vollkommen mühelos richtete er sich von dem Bett auf und hob Maggie, als sei sie federleicht, in die Luft, ohne dabei seinen Mund von ihrer Brust zu lösen. Seine Arme waren der Altar, auf dem sie sich als williges Opfer seiner Gier darbrachte, und während er sie küsste, leckte und biss und ihr Herz dabei einen Sprung nach dem anderen machte und ihr Atem immer schneller wurde und stockender, verkrallte sich ihre Rechte in dem Stoff seines Hemdes über seiner Brust so fest, dass die Knöpfe abrissen.

Harte Muskeln unter ihren Fingernägeln.

Erst nach einer Weile, in der es sich auf das Schönste so anfühlte, als wollte er ihre Brüste verschlingen, ließ er sie auf ihre Füße herunter, sodass sie jetzt nackt und auf schwachen Beinen vor ihm stand – wie vor einem Titanen aus uralter Zeit. Riesig. Sein finster glühender Blick bohrte sich durch ihre vor Erregung weit geöffneten Augen tief in ihren Leib ... in ihren Bauch ... ganz durch sie hindurch bis hin zwischen ihre Schenkel.

Mit einer Ungeduld, die sie selbst überraschte, öffnete sie die übrigen Knöpfe seines Hemdes und streifte den Stoff zur Seite. Seine Brust, wie auch die Schultern, die muskelbepackten Arme und der flache Bauch waren wie aus Marmor gemeißelt. Vom Zentrum der Brust, über die Schlüsselbeine nach oben bis über die Schultern verliefen, kaum wirklich sichtbar, blasse Linien in verschlungenen Mustern, die Maggie an archaische Runen erinnerten und ihr dennoch merkwürdig vertraut erschienen. Sie waren wunderschön. Maggie fuhr sie mit den Fingerspitzen nach bis hin zu seinem Rücken, wo sie zwischen seinen Schulterblättern zusammenliefen. Dabei reckte sie sich an ihm hoch, schmiegte sich an ihn und empfing einen weiteren knieerweichenden Kuss. Dann packte er sie bei den Schultern und drückte sie einen halben Schritt von sich weg. Mit einem kaum erkennbaren Nicken befahl er ihr wortlos, auch seine Hose zu öffnen, und sie gehorchte, ohne zu zögern.

Nicht mehr dazu in der Lage, das Zittern ihrer Finger unter Kontrolle zu bringen, nestelte sie zunächst den Gürtel auf und dann die Knöpfe. Mit der gleichen Selbstverständlichkeit, die sie an ihm so sehr genoss, führte sie die Hände auf beiden Seiten in den Bund und ging vor ihm auf die Knie, um sie nach unten zu ziehen. Gleich darauf schwebte sein Schwanz groß und prall direkt vor ihrem Gesicht, und ehe Maggie sich überhaupt dessen bewusst wurde, was sie tat, hatte sie bereits – wie durch eine Mischung aus ihrer eigenen Lust und seinem fast schon überirdisch auf sie wirkenden Magnetismus gesteuert – ihre Lippen weit geöffnet, über seine feste Spitze gestülpt und zu lutschen begonnen.

Über den Klang des Rauschens ihres eigenen Blutes hinweg hörte sie voller Freude, wie er hoch über ihr erregt aufstöhnte, während sie sich ihrem Appetit hingab und sein Fleisch noch tiefer in ihre Kehle hineinschluckte. So tief, bis sie kaum noch Luft bekam und sich mit ihren Händen an seinen Schenkeln festhalten musste, weil ihre Beine noch stärker zu zittern begannen. Sie ließ all ihren geschärften Instinkten freien Lauf, saugte an ihm, wie er gerade eben noch an ihren Nippeln gesaugt hatte – gar nicht zaghaft, sondern gierig – und spürte, dass sie ihm damit ein ebenso wohliges Gefühl bereitete wie er ihr. Langsam ließ sie ihn fast ganz wieder aus ihren Lippen herausgleiten, umfasste die Wurzel mit einer Hand und fing dann an, ihn in zunächst ruhigem Takt mit ihrem Mund zu verwöhnen.

Es war eine Ewigkeit her, seit sie das das letzte Mal bei einem Mann gemacht hatte, und ihr wurde durch den roten Nebel, in dem ihre Triebe und Gelüste sich allmählich mehr und mehr über ihren Geist legten, bewusst, wie sehr sie es vermisst hatte.

Nass und heiß rutschte sein Schwanz über ihrer schleckenden Zunge vor und zurück, und sie fühlte unter ihren

Fingern, wie ihr Spiel ihn erschaudern ließ und er noch härter wurde. Er war zu groß, um ihn ganz aufzunehmen, doch sie nahm ihn so weit sie konnte.

„Ja“, grollte er. Der wilde Klang in seiner rauen Stimme erinnerte sie an ihren Traum und den schwarzen Löwen, und sie stöhnte vor Lust in sein Fleisch hinein, während sie spürte, wie ihre Brustspitzen wieder fester wurden, ihre Nippel immer heißer und härter … und es zwischen ihren Schenkeln verstärkt angenehm zu kribbeln und zu pochen begann.

Sie geriet in einen beinahe schon trunkenen Rausch, der sie zunehmend zügelloser machte, und sie nahm ihn mit ihren Lippen schneller und tiefer, bis ihr die Spucke über die Mundwinkel herablief. Da merkte sie, wie er grob mit der Hand in ihren Haarschopf griff und ließ sich von ihm nach oben auf die Füße ziehen. In seinen dunklen Augen brannte die Lust wie ein unheiliges Feuer, und seine Brust hob und senkte sich schnell unter seinem stark beschleunigten Atem. Für einen kurzen Moment hatte Maggie das Gefühl, als wären die blassen Linien, die sie vorhin bemerkt hatte, jetzt ein wenig dunkler, der Kontrast zu seiner Haut stärker. Aber das musste wohl am Licht liegen. Seine weißen Zähne blitzten auf wie die eines Raubtiers, und er packte sie zu einem verlangenden Kuss, bei dem sein harter Schwanz pulsend gegen ihren Bauch drückte.

Sie schrie vor Geilheit auf, als er dabei völlig unerwartet mit einer Hand ungehemmt und fest zwischen ihre ohnehin schon zittrigen Schenkel griff; mit seinen Fingern auf Anhieb die richtigen Stellen fand, so als besäßen sie ihr eigenes Leben. Als er dabei auch seinen Daumenballen gegen ihre Klit presste, wurde aus dem Schrei ein heißblütiges Stöhnen. Mit zwei Fingern teilte er ihre Scham, und ließ den dazwischen sich seinen wohltuenden Weg in sie hinein bahnen.

Große Finger.

Stark wie die eines Kriegers.

Und wieder verschlug es ihr vor Beglückung den Atem, als er sie mit dieser Hand, mit der er gerade auf delikate Weise begann, sie zu erobern, auch noch in die Höhe hob.

Tiefer und tiefer führte er seinen Mittelfinger in sie, und der pikante Druck der anderen wurde immer stärker, während ihre Beine und Füße frei in der Luft hingen. Noch mehr Hitze schoss in ihren immer empfindsamer werdenden Schoß, weil er seine Hand jetzt auch noch zu bewegen begann, als er sie höher und höher hob.

Woher um alles in der Welt nimmt er diese unglaubliche Kraft?

Aber die Antwort auf diese Frage wurde Maggie immer gleichgültiger. Sie hätte beinahe gejauchzt vor Wollust.

„Ja", stöhnte sie begierig und genoss, wie ihr Zentrum über seinen an und in ihr drängenden Fingern zuckte. Sie klammerte sich um seinen Nacken und küsste ihn voller Begierde, was ihm Gelegenheit gab, mit seinem anderen Arm an ihrem Rücken entlang nach unten zu greifen und seine zweite Hand von hinten ins Spiel zu bringen.

Das war der Moment, in dem Maggie alles abgab, was da überhaupt noch da sein mochte an Hemmung oder Wunsch nach Kontrolle. Ihrem Begehren folgend, schlang sie ihre Beine um seine Hüften, um sich bedenkenlos vor Hunger der Kraft seiner geschickten Finger zu überlassen. Sie zuckte am ganzen Leib vor immer schneller wachsender Geilheit und keuchte in seinen Mund hinein. Sie fühlte, wie nass sie inzwischen geworden war, und als er einen zweiten Finger dazu schob, während er ihre Klit immer fester massierte, wusste sie, dass es nur noch wenige Augenblicke dauern würde, bis sie das erste Mal kam.

Sie hielt sich fest und ließ ihn gewähren … ließ sich mit

seinen wissenden Fingern verwöhnen, bis sie dachte, das Herz müsse ihr explodieren. Der heranpeitschende Climax brachte ihren Atem zum Stillstehen, und im nächsten Moment traf er sie schon wie eine gewaltige Welle, die über sie hereinbrach mit einer Stärke und einer Heftigkeit, wie sie sie noch nie zuvor erlebt hatte.

Ihr ganzer Leib verkrampfte sich, und sie verbiss sich im Taumel dieser sturmartig durch sie jagenden Verzückung in seiner Unterlippe, ehe sie sich wie mit einem Schlag entspannte und die Erlösung aus sich herausschrie.

Doch genau in diesem Moment größter Ekstase packte er sie an den Hüften ... und drückte sie ungebremst auf seinen steil nach oben ragenden, gewaltigen Schwanz.

Ihr zweiter Schrei war noch lauter als der erste – und sie kam zu ihrer eigenen Überraschung direkt noch einmal. Oder vielleicht war es auch die Steigerung des ersten Orgasmus – welche Rolle spielte das schon?

Sein hartes Fleisch füllte sie aus ... Zentimeter um Zentimeter ... drängelte sich fest und unaufhaltsam immer weiter und tiefer in ihr nach oben ... dehnte sie, während sie noch immer kam, wie sie noch nie gedehnt worden war ... pochte und pulste lebendig in ihr ... bis sie endlich zur Gänze auf diesem herrlichen Schwanz gepfählt war. Sie hatte den Mund weit aufgerissen und starrte ihn wie in Trance mit großen Augen an, während sie um Atem rang.

Ihre Faszination wuchs, als sie sah, wie sein Blick loderte, und fühlte, wie der Griff an ihrer Hüfte fester wurde. Wieder war da dieses golden glühende Licht, das von ihm auszugehen schien; dieser ganz besondere, wie von innen heraus scheinende Glanz. Es war, als würde die Welt still stehen ... Das Parfüm seiner Haut, dieser wundervolle Duft nach Leder, Feuer und Wüstensand war jetzt noch intensiver geworden ... all ihre Sinne betörend wie seine Küsse und seine Berührungen. Und dann begann er sie zu nehmen.

Langsame Stöße zunächst. Fast sanft, aber tief.

Aus und ein.

Aus und ein.

Maggie erzitterte erneut, ließ seinen Nacken los und sich im Vertrauen auf seine unglaubliche Kraft nach hinten sinken. Sie schwebte in der Luft, gehalten nur von seinen Händen, ihren hinter seiner schmalen Taille verschränkten Fersen und seinem steifen Schwanz, mit dem er ihr nun mit jeder seiner Bewegungen ein dunkles, hungriges Stöhnen entlockte.

Aus und ein.

Aus und ein.

Aus und ein.

Die animalische Seite in ihr übernahm bereitwillig seinen gleichmäßigen Takt, und wie in einem verzehrenden Fieber der Wonne schlängelte sie ihre Hüften von einer Seite zur anderen, um ihn noch intensiver in sich zu spüren.

Immer schneller wummerte ihr Herz. Sie sah den Willen seines Blickes und gehorchte ... indem sie ihre Brüste mit beiden Händen packte, um sie ihm zu präsentieren ... vor seinen Augen mit ihnen zu spielen ... ihre Finger hineinzukrallen in das weichfeste Fleisch und ihre Nippel mit Daumen und Finger noch härter und kleiner zu zwirbeln ... bis sie brannten ... und weiter.

Das machte ihn wilder ... seine Stöße ruckartiger ... härter ... schneller ... tiefer.

Unter seinem Ansturm wurde ihr Stöhnen zu kleinen, spitzen Schreien, und sie ließ den Kopf weit nach hinten sinken, während er sie nahm, wie sie noch nie genommen worden war.

Es klatschte nass zwischen ihren Schenkeln. Die inzwischen beinahe gleißend golden leuchtende Luft um sie herum roch nach Sex. Ihr Mund wurde trocken. Ihr Nacken glühte, heißer noch als ihre Wangen. Erneut begann ihr Körper sich anzuspannen und zu erbeben.

Sein Schwanz hart in ihr.

Stoß um Stoß um Stoß.

Heftiger, noch fester. Immer und immer wieder bis zum Anschlag ... und dem Gefühl, er würde sie von innen heraus sprengen. Das Zucken ihrer durch seine Kraft gespreizten Pforte wurde unkontrolliert. Sie konnte es nicht länger steuern. Wollte es nicht.

Bäche von Schweiß auf ihrer Haut.

Ihre eigenen Fingernägel hart in ihren Nippeln.

Sein Knurren. Lauter.

Der Löwe. Die riesigen schwarzen Flügel. Die Erinnerung an einen Traum. *Fingerlange Reißzähne.*

Er stieß sich noch tiefer in sie. Zwei, drei, vier Mal.

Sie kam!

Er fühlte es ... packte sie ... presste sie an sich ... über sich ... unerbittlich ... sein Schambein an ihrer Klit ... sein Schwanz hart und glühend ganz tief in ihr. Es war, als würde ein Feuerwerk von elektrischen Schlägen von ihm ausgehen und durch sie hindurch schießen. Ihr wurde rot vor Augen, und in diesem Rot blitzten goldene Sterne. Ihr Schoß verkrampfte sich um ihn herum.

Dann wieder ein Stoß ... und noch einer ... Sie kam noch heftiger.

Ihr Bauch spannte sich bis zum Zerreißen an. Sie zerrte selbstvergessen am Fleisch ihrer Brüste. Bäumte sich auf. Schrie noch einmal, während der Orgasmus sie schüttelte.

Mit einem Schlag wurde alles um sie herum schwarz. Nur für ein paar Momente. Und plötzlich lag sie auf ihrem Tisch. Mit dem Bauch nach unten. Die Hüften auf der Tischkante.

Er war über ihr. Seine Linke in ihrem Nacken presste ihr vor Lust heißes und nasses Gesicht auf das Holz, dessen seidige Kühle ihre köstlich schmerzenden Brüste fast unerträglich reizte. Schweiß tropfte von seiner Brust auf ihren Rücken. Erneut stieg ihr sein Geruch nach Leder und Sand in die Nase, vermischte sich mit dem Duft ihrer eigenen Erfüllung.

„Du bist mein", knurrte er.

„Ja", keuchte sie. „Dein."

Dann nahm er sie von hinten.

In neun steinernen Schalen, weit im Kreis aufgestellt, entzündeten sich rotgoldene Feuer wie von selbst und wuchsen heran, um das Zentrum des unterirdischen Gewölbes zu erhellen. Ein riesiger Tempel aus längt vergangener Zeit – errichtet Jahrtausende noch vor dem Bau der ersten Pyramiden. Der Boden war bedeckt vom Staub unzähliger Generationen. Eine Allee von zehn Fuß dicken, grob gehauenen Säulen trug die weit oben im Dunkeln liegende Decke, von der herab vereinzelt das spitze Fiepen von Fledermäusen hallte und sich in der unheimlichen Weite verlor. Dort, wo der flackernde Schein der neun Flammen die Wände erreichte, sah man Symbole, komplex ineinander verschlungene Muster und Zeichen in Keilschrift in den Sandstein gehauen. Kein heute noch lebender Mensch hätte sie mehr lesen können.

„A'Ne pad Abgal", sagte eine weibliche Stimme in der Dunkelheit.

„Ja, er hat sie gefunden", bestätigte eine zweite Stimme besorgt. Die eines Mannes. „Das hätte nicht geschehen dürfen."

„Es ist allein unsere Schuld." Eine dritte Stimme. Ebenfalls die einer Frau. „Wir hätten sie vor ihm finden müssen.

Wie konnte das passieren? Seit Äonen waren wir darauf vorbereitet."

„Das war er *auch. Und wie wir sehen, besser als wir."*

„Wenn die Zeit kommt, wird der Schuldige bestraft", sagte die, die zuerst gesprochen hatte. „Für jetzt ist es wichtiger, sie aus seinen Klauen zu befreien und sie ihrem wahren Schicksal zuzuführen."

Sieben hochgewachsene Figuren lösten sich aus den Schatten und traten zu sieben der neun Feuer. Sie waren in weite, schwarze Kutten gehüllt, mit Kapuzen, die ihre Gesichter verbargen. Jede der Kutten trug auf der Brust ein anderes blutrotes Symbol. Die jeweils gleichen Symbole, die auch in die Steinschalen vor ihnen geritzt waren.

„Er wird sie vor unseren Augen verbergen."

„Ja, das wird er. Mit dem gleichen Zauber, mit dem er selbst sich seit Jahrtausenden unserem Zugriff entzieht." Die Frau blickte auf eine der beiden Feuerschalen, hinter denen niemand stand. „Aber jetzt, da er nicht mehr allein ist, wird er früher oder später einen Fehler machen. Wir müssen wachsam sein."

„Wir haben gerade bewiesen, dass das nicht genügt", sagte einer der Kuttenträger, der bisher noch nicht gesprochen hatte, Ungeduld in der tiefen Stimme. „Ich werde mich auf die Jagd machen."

„Wie?"

„Anders als er wird sie Spuren hinterlassen", sagte er. „Und ihr wisst alle: Habe ich die Witterung eines Menschen erst einmal aufgenommen, kann mir keiner entkommen."

Die anderen sechs nickten.

„Aber lass dich nicht in einen Kampf verwickeln", sagte die Erste warnend. „Wenn du sie gefunden hast, ruf uns."

„Ich bin ihm an Kraft überlegen, Ani'El."

„Das mag sein, T'Azar, mein Bruder", erwiderte sie.

„Doch bedenke, wir dürfen kein Risiko mehr eingehen. Es steht zu viel auf dem Spiel."

„Ihr erfüllt eure Aufgabe, ich die meine", sagte T'Azar unwirsch und trat in die Schatten zurück, wo er verschwand.

Ani'El senkte den Kopf. Sie und die anderen hatten diesen trotzigen Stolz schon einmal erlebt. Und das hatte kein gutes Ende genommen.

„Wir müssen die beiden vor ihm finden", sagte sie leise, und erneut nickten die anderen, ehe sie sich nacheinander in Luft auflösten und die neun Feuer in den Steinschalen langsam wieder erloschen.

Der Staub auf dem Boden war unberührt.

4. KAPITEL

Ein seltsames Zeichen

Maggie wurde von einem Sonnenstrahl geweckt und lächelte.

Sie hatte sich noch nie so erfrischt und lebendig gefühlt, und auch so war es Monate her, dass sie mit einem Lächeln aufgewacht war. Zu vieles war in der letzten Zeit schiefgelaufen, als dass sie Grund gehabt hätte, sich auf den vor ihr liegenden Tag zu freuen. Heute aber war das anders. Dann jedoch runzelte sie die Stirn, als sie sich herumdrehte und sah, dass der Platz neben ihr auf der Matratze leer war. Der Fremde war verschwunden.

Typisch Mann!

Mit einem unwirschen Grummeln schlug sie die Decke beiseite, kletterte aus dem Bett und ging in die Küche, ohne sich anzuziehen. Was machte sie nur falsch, dass die Kerle, die sie sich aussuchte, nie bis zum Frühstück blieben?

Der Sex konnte es nicht sein. Darin war sie gut, das wusste sie. Lag es womöglich daran, dass sie sich insgeheim die Männer vielleicht sogar danach aussuchte, dass sie nicht die Typen waren, die zum Frühstück bleiben wollten? Die Wilden? Die ewig frei bleiben wollten? Die Abenteurer? Ihrer Erfahrung nach hatte man mit ihnen im Bett auf jeden Fall mehr Spaß als mit denen, die am liebsten gleich mit ihrer Schrankwand einziehen wollten.

Doch im aktuellen Fall hatte sie sich den Kerl ja nicht wirklich ausgesucht. Er war einfach vom Himmel gefallen. Und trotzdem war er jetzt weg … und aus irgendeinem Grund ärgerte sie das mehr als sonst. Wenn sie ehrlich war, tat es sogar ein bisschen weh.

Aber warum? Sie kannte ihn doch eigentlich gar nicht.

Wieso dann hatte sie gerade das Gefühl, ihn zu vermissen? Warum wünschte sie sich bei ihm mehr als bei den anderen, er wäre wenigstens noch bis zum Frühstück geblieben?

Was war an ihm so besonders?

Der Sex allein war es nicht, obwohl es mit ihm definitiv der beste ihres ganzen Lebens gewesen war. Zweifellos. Sie war wahrlich kein Kind von Traurigkeit, wenn es um Dates ging oder auch mal um einen One-Night-Stand; aber so wie der Fremde sie genommen hatte, war sie noch nie genommen worden. Und ganz bestimmt hatte sie auch noch nie so viele Orgasmen in einer einzigen Nacht erlebt. Kleine, große, hinreißende, umwerfende.

Was für eine Nacht!

Der Typ hatte ein Stehvermögen, wie sie es noch nie gesehen hatte. Selbst nachdem er zum dritten Mal gekommen war, war er steif geblieben und hatte immer noch mehr gewollt. Sie hatte einmal über dieses Phänomen gelesen – die Mediziner nannten das Satyriasis; und bis gestern Nacht hätte sie Stein und Bein geschworen, dass das nur ein Mythos war. Aber jetzt hatte sie es selbst erlebt ... und genossen ... unglaublich und ausgiebig genossen ... bis kurz vor der Besinnungslosigkeit.

Noch jetzt war ihre Kehle ganz heiser und trocken von den vielen Schreien, die er ihr in den vergangenen Stunden entlockt hatte, und sie hoffte insgeheim, dass sie in den nächsten Tagen keinem ihrer Nachbarn über den Weg laufen würde.

Aber mehr noch als mit seinem unglaublichen Stehvermögen hatte er sie beeindruckt mit seiner rauen Einfühlsamkeit und mit der Art und Weise, mit der er sie trotz seiner großen Kraft und seiner männlich fordernden Art zu berühren verstanden hatte. So als ob er *sie* selbst und ihre ureigensten Sehnsüchte ganz ohne Worte verstanden hätte, wie es ihrer Erfahrung nach nur sehr wenige Menschen taten – und dann auch nur, wenn sie einander schon lange und eingehend kannten.

Am meisten aber vermisste sie jetzt gerade sein umwerfendes Lächeln, das ganz eigene Glänzen seiner unbeschreiblichen Augen … und einen Kuss von ihm.

Himmel, so war sie noch nie geküsst worden!

Sie seufzte und öffnete den Kühlschrank, um sich einen Orangensaft zu holen – und ihr gerade ein wenig trauriges Herz machte einen kleinen Sprung. Denn im mittleren Fach stand ein kleines Tablett, das sie nicht da hineingestellt hatte, und darauf befanden sich ein Truthahn-Sandwich, in Folie gepackt, ein Glas Maracuja-Joghurt und ein Becher Eiskaffee mit einem Schuss Haselnuss-Sirup. Daneben lagen eine rote Orchidee und ein Kärtchen.

Jetzt lächelte Maggie wieder.

Sie holte das Tablett heraus, stellte es auf den Tisch und riss die Alufolie von dem Kaffeebecher. Wie konnte er wissen, dass das nicht nur ihre Lieblingsmischung, sondern auch ihre Lieblingsmarke war? Sie nahm einen großen Schluck und schloss genussvoll die Augen.

Da waren sie wieder, die Bilder von ihm … seiner Kraft … seiner Schönheit … seiner animalischen Wildheit … wie er zu ihrer größten Befriedigung mit ihr gespielt hatte wie mit einer Puppe. Einer Puppe, die sich durchaus zu bewegen verstand. Die Erinnerung erweckte das Kribbeln zwischen ihren Schenkeln, und sie seufzte leise.

Wie gerne hätte sie jetzt mit den Fingern geschnipst, ihn hierhergezaubert und genau da weitergemacht, wo sie erst in den frühen Morgenstunden aufgehört hatten.

Wir sehen uns wieder.
Bald!
Axel

Das war alles, was auf dem kleinen Grußkärtchen stand – und gleichzeitig, wie sie gerade merkte, auch alles, was es brauchte, Maggie noch einmal lächeln zu lassen.

Jetzt kannte sie also seinen Namen. Axel.

Mit der Fingerspitze fuhr sie versonnen die fein gezogenen, aber dafür weit geschwungenen Linien der vier Buchstaben nach. Sie musste daran denken, wie sie gestern Nacht dasselbe mit den manchmal blasser, manchmal intensiver erscheinenden feinen Linien auf seiner Brust und Schulter getan hatte.

Diese Linien hatten es ihr angetan. Sie nahm einen Zettel und einen Stift und zeichnete sie aus dem Gedächtnis nach. Von unten nach oben. Vom Zentrum seiner Brust, über die breiten Schultern hinweg, wo sie zwischen den Schulterblättern wieder zusammenliefen.

Gleich nach dem Schreiben war Zeichnen ihr zweites großes Hobby, und es fiel ihr nicht schwer, das verschlungene Muster in all seinen Feinheiten wiederherzustellen.

Wieder fiel ihr auf, wie seltsam vertraut ihr einzelne Elemente des Musters erschienen, und sie betrachtete es genauer. Eine ganze Weile lang konnte sie es nicht zuordnen und malte es immer und immer wieder nach. Und dann nur einzelne Teile davon. Da endlich erkannte sie, was ihr so vertraut erschienen war.

Es waren Buchstaben. Buchstaben aus dem Hebräischen Alphabet. Sie hatte sie einmal für die Recherche zu einem ihrer historischen Romane studiert.

Sie schrieb sie heraus: Dann ging sie an ihr Notebook und suchte unter ihren Arbeitsdateien nach dem Alphabet. Schon nach wenigen Momenten war sie fündig geworden und verglich die Tabelle mit den drei Lettern. Von rechts nach links in der Schreibart des Hebräischen gelesen, waren das *Ayin*, *Alef* und *Lamed*. Jeder von ihnen tauchte in der

Zeichnung vier Mal auf. Gespiegelt und gedreht und dann kunstvoll miteinander verbunden.

Was mochten sie wohl bedeuten? Vor allem, was mochten sie Axel bedeuten, dass er sie sich auf den Körper hatte zeichnen lassen? Obwohl Maggie nicht einmal sicher war, ob es sich bei den Linien um ein besonders filigran gearbeitetes Tattoo oder um ein Cutting handelte – fein mit einem Skalpell in die Haut geschnittene Muster, die als Narben nur feinste Linien hinterließen.

Sie beschloss, Axel bei ihrem nächsten Treffen danach zu fragen. Jetzt musste sie sich erst einmal fertig machen. Sie brauchte ein neues Auto.

Und sie musste sich unbedingt mit Larry, ihrem Lektor, treffen, ehe der Verlag ihr Buch wie angekündigt aus dem Programm nahm. Denn sie hatte da eine Idee.

Vier Stunden später betrat Maggie das Verlagsgebäude in noch besserer Laune. Sie kam gerade aus dem Diamond District – 1 West 47th Street – und hatte dort die fünf Diamanten verkauft, die Axel ihr gestern Nacht als Entschädigung für ihren Wagen gegeben hatte. Nachdem sie sich in dreien der Läden Angebote machen lassen und sie sorgfältig miteinander verglichen hatte, war es ihr nach einigem Feilschen tatsächlich gelungen, dafür einhundertfünfzigtausend Dollar herauszuschlagen. Ein Vielfaches des Wertes, den der Pfandleiher behauptet hatte.

Maggie hatte noch nie so viel Geld in den Händen gehabt, und die vielen großen Scheine bei sich zu tragen, hatte sie nervös gemacht.

Kaum hatte sie damit die Straße betreten, hatte sie das Gefühl gehabt, dass man ihr an der Nasenspitze ansehen konnte, dass sie so viel Geld bei sich trug und jeder zweite Fußgänger, dem sie begegnete, schien sie eingehend zu mustern, was augenblicklich die Erinnerung an den Überfall von gestern Abend zurückgebracht hatte. Deswegen hatte sie sich beeilt, einen großen Teil der Summe umgehend auf die Bank zu bringen, wo sie auch gleich die überfällige Miete überwies. Dann war sie mit dem Bus zu einem Autohändler gefahren und hatte sich ein funkelnagelneues, schnuckeliges Audi A3 Cabrio in mitternachtsschwarz mit roten Ledersitzen gekauft.

Das erste neu gekaufte Auto ihres Lebens. Ein umwerfendes Gefühl. Wie sehr unterschied sich doch dieser Vormittag von dem gestrigen.

Anschließend war sie direkt und ohne Umwege hierhergefahren. Nun ja – beinahe ohne Umwege. Nach zwei, drei kleinen Zwischenstopps in der einen oder anderen Boutique … einem neuen Kleid, einem Paar Jeans, ein paar Shirts und Blusen, zwei winzigen, aber für ihre Verhältnisse sündhaft teuren Sets Spitzendessous und einem traumhaft weichen und bequemen Paar Stiefel. Maggie fand, dass das nicht zu viel war dafür, dass sie sich schon so lange nichts mehr gekauft hatte. Am meisten Freude aber hatte ihr bereitet, ein Kinderbettchen und eine Baby-Erstausstattung für Lydia zu kaufen. Sie hatte vor, ihr von dem Geld zehntausend Dollar zu schenken, damit auch sie hier in New York bleiben konnte, und dann würde sie die Sachen gut gebrauchen können.

Das Verlagsgebäude, das sie jetzt betrat, erfüllte sie mit seiner atemberaubend schönen Eingangshalle aus Marmor und Stuck noch immer mit der gleichen Ehrfurcht wie vor zwei Jahren, als sie es das erste Mal betreten hatte.

Larry, ihr jetziger Lektor, war damals auf sie aufmerksam geworden durch zwei historische Krimis, die sie im Selbstverlag veröffentlicht hatte und die sich online über Amazon und die anderen Internetportale ganz ansehnlich verkauft hatten.

Er hatte sie in sein Büro eingeladen und ihr angeboten, ihr drittes Buch, *Bloody Bill*, einen Thriller über die Taten des Guerilla-Anführers William T. Anderson im Amerikanischen Bürgerkrieg, hier zu veröffentlichen. Bei einem echten Verlag. Davon hatte Maggie schon ihr halbes Leben lang geträumt.

In den sechs Monaten, die es inzwischen auf dem Markt war, hatte *Bloody Bill* sich zwar nicht schlecht verkauft, aber nicht gut genug für den Verlag – und auch nicht gut genug, als dass Maggie davon hätte leben können –, und sie wollten es wieder aus dem Programm nehmen. Das Risiko, Geld in die Werbung zu investieren, war ihnen zu groß bei einer unbekannten Schriftstellerin mit einem Titel über den Amerikanischen Bürgerkrieg.

Wie aber sollten ihr Name und ihr Buch überhaupt erst bekannt werden, wenn der Verlag nicht bereit oder fähig war, Geld in die Werbung zu stecken? Ein Teufelskreis.

Um den aufzubrechen, war Maggie heute hier.

Sie ging hinüber zur Rezeption und meldete sich bei der Empfangsdame an. Die führte ein kurzes Telefonat mit Larry und bat Maggie dann, mit dem Aufzug in den elften Stock zu fahren, wo sich sein Büro befand. Als Maggie oben aus dem Lift stieg, wartete Larry bereits auf sie.

Larry war gerade mal eins sechzig groß und ein wenig rundlich, mit dunklen, gutmütigen Augen, und er hatte das warmherzigste Lächeln, das Maggie je gesehen hatte. Er erinnerte sie immer ein klein wenig an Danny DeVito.

Larry war ein wunderbarer Mensch. Fürsorglich und interessiert. Mit seinen beinahe sechzig Jahren war er in der relativ kurzen Zeit, die sie einander kannten, fast schon so etwas wie ein Vaterersatz für Maggie geworden, die ihren wirklichen Vater nie kennengelernt hatte. Ihr natürlicher Erzeuger, angeblich ein Handelsvertreter aus New Orleans, hatte sich noch vor ihrer Geburt auf Nimmerwiedersehen aus dem Staub gemacht. Es stellte sich später heraus, dass er ihrer Mutter sogar einen falschen Namen genannt hatte und sich somit nicht nur um die Unterhaltszahlungen drückte, sondern auch für Maggie nicht aufzuspüren gewesen war, als sie es im Teenageralter einmal versucht hatte.

„Hallo, Kleines." Larry breitete die Arme aus und musste sich nach oben recken, um Maggie auf die Wangen zu küssen. Sie mochte es trotzdem gerne, dass er sie „Kleines" nannte.

„Hey, Larry. Wir müssen reden."

Sein Lächeln verschwand, sein freundliches Gesicht nahm einen traurigen Ausdruck an, und er lud sie mit einer Geste ein, ihn zu seinem Büro zu begleiten.

„Du weißt doch, Maggie, dass es nicht an mir liegt, nicht wahr?", fragte er.

„Natürlich, Larry."

Es schien ihm wichtig zu sein, dass sie das wusste, denn sein Gesicht hellte sich ein wenig auf. Seine Stirn aber blieb gerunzelt.

„Es sind die Pfennigfuchser in der Buchhaltung, die keine Kohle für die Werbung freigeben", zeterte er los. Trotz seiner kurzen Beine ging er erstaunlich schnell. Für Maggie ein Zeichen dafür, wie sehr er sich aufregte. „Die haben schlicht und ergreifend keine Ahnung vom Buchgeschäft und davon, dass man Speck braucht, um Mäuse zu fangen. Oder zumindest Käse. Oder wenigstens ein Stückchen Brot. Das sagt einem doch der gesunde Menschenverstand, oder?"

Maggie nickte.

„Siehst du, jeder weiß das", sagte er. „Nur die scheinen davon noch nichts gehört zu haben. Wenn sich ein Buch nicht gleich von Anfang an von selbst verkauft, riskieren die nicht einen Cent. Was doch paradox ist, findest du nicht?"

Wieder nickte sie.

„Weil, wenn es sich erst einmal von selbst verkauft, muss man doch auch keine Werbung mehr dafür machen. Aber auf dieser Welt verkauft sich eben nichts mehr von selbst. Das Angebot ist viel zu groß. Da geht man unter, wenn man die Leute nicht wenigstens ein bisschen aufmerksam macht."

Sie erreichten sein Büro, und nachdem er sie hatte vorgehen lassen, schloss er die Tür hinter ihnen.

„Maggie, ich bin es so leid, dass unsere Hauptwerbemaßnahme inzwischen nur noch darin besteht, einen Aufkleber ‚Bestseller' auf Bücher zu kleben, eben weil sie schon Bestseller sind. Weil sie von Bestseller-Autoren geschrieben wurden, die das noch werden konnten, weil es zu ihrer Zeit noch Werbebudgets gab.

Kosten sparen, Kosten sparen, Kosten sparen. Ein Buch muss erst einmal Geld bringen, damit man auch Geld darin investieren kann. Das ist alles, was uns diese Finanzquacksalber vorbeten können. So ein Schwachsinn! Hätten die Gründer dieses und anderer Verlage so gedacht, hätte es überhaupt nie Bücher gegeben."

Larry hatte sich in Rage geredet und bot Maggie einen Stuhl an, ehe er sich in den Sessel hinter seinem Schreibtisch plumpsen ließ.

Er musste erst einmal verschnaufen. Dann holte er eine Flasche Scotch und zwei Gläser aus der Schublade und goss ihnen beiden ein. „Du weißt, dass ich *Bloody Bill* liebe", fuhr er fort und schob Maggie eines der Gläser hin. Sie nippte kurz daran. Es war viel zu früh für Whisky. Auch Larry trank eigentlich nie vor sechs Uhr abends. Ein weiteres Zeichen dafür, wie nahe ihm die Sache zu gehen schien.

Nachdem er einen Schluck genommen hatte, entspannte er sich ein wenig. „Es ist ein fantastisches Buch, Maggie.

Historisch fein recherchiert, sozialkritisch, spannend ohne Ende und so authentisch erzählt. Du bist eine fantastische Autorin."

„Danke", sagte sie und wurde rot.

„Das bist du wirklich", fuhr er fort. „Ich meine, wer weiß schon, dass Frank und Jesse James gerade mal siebzehn und vierzehn waren, als sie auf Seiten der konföderierten Guerillas um ihr nacktes Überleben kämpfen mussten? Und ihre späteren, sogenannten Verbrechen in Wahrheit nur Versuche waren, auch weiterhin gegen die Unterdrückung und die Enteignung durch den Norden zu rebellieren? Dein Buch ist Dynamit, Maggie!" Er seufzte. „Und unsere Geldschneider wollen nicht einmal das Streichholz bezahlen, um die Zündschnur in Brand zu setzen."

„Deswegen bin ich ja hier, Larry", sagte Maggie mit einem Lächeln, als sie jetzt endlich Gelegenheit dazu fand. „Ich werde das Streichholz bezahlen."

„Du?" Er wusste, dass es schlecht um ihre Finanzen stand.

Sie griff in ihre Handtasche und holte ein Geldbündel hervor.

„Fünfzigtausend Dollar."

Larry starrte sie mit offenem Mund an.

„Ich weiß, das ist nicht wirklich viel", gab Maggie zu. „Aber ich bin bereit, sie zu investieren, wenn der Verlag noch einmal das Doppelte drauflegt."

Larry stieß einen tonlosen Pfiff aus. „Gestern warst du noch pleite, Kleines. Woher …?"

„Ein Geschenk des Himmels." Sie musste schmunzeln, weil das ja auch so ziemlich zutraf. Näher jedoch wollte sie ihm gegenüber nicht auf die Einzelheiten eingehen. So etwas erzählte man einem Vater nicht. Auch nicht einem Vater-Ersatz.

Larry nahm das Bündel in die Hand.

„Hm“, machte er. „Das ist eine ganz schöne Stange Geld, Maggie. Und wir müssten rund vierzigtausend zusätzliche Bücher verkaufen, damit du das wieder reinkriegst. Aber wenn wir es damit auch bekannt genug machen, um die Auslandsrechte zu verkaufen, kriegst du relativ rasch ein Vielfaches davon zurück.“

Maggie nickte. „Geh zu deinen Finanzleuten und unterbreite ihnen meinen Vorschlag. Ich warte währenddessen hier.“

Larry schaute sie lange und fürsorglich an. „Und du bist dir wirklich sicher, dass du das tun möchtest?“

„Absolut.“

„Du willst nicht noch einmal in aller Ruhe darüber nachdenken? Ich meine, auch wenn es die Chancen steigert, eine Garantie kann dir niemand geben.“

„Ich habe bereits ausführlich darüber nachgedacht, Larry“, sagte sie. „Geh ruhig und sprich mit ihnen.“

„Also gut.“ Larry stand auf und verließ das Büro.

Maggie ging zu seinem Kühlschrank und holte sich ein Wasser. Der Whisky war ihr jetzt einfach zu stark. Sie wollte einen klaren Kopf behalten.

Sicher, fünfzigtausend Dollar war bei den enormen Preisen der heutigen Werbeindustrie eher ein Tropfen auf dem heißen Stein – selbst wenn der Verlag noch einmal hunderttausend drauflegen würde. Aber es war besser als nichts, und es konnte den Unterschied ausmachen zwischen dem Versinken des Buches in Vergessenheit und einem Platz auf der Bestsellerliste.

Das Buch hatte das Zeug dazu, wenn die Leute nur erst einmal anfingen, darüber zu reden … und vielleicht sogar auch über die kontroversen Standpunkte zu streiten, die sie darin ansprach.

Sie trank einen Schluck Wasser, setzte sich wieder und holte den Schreibblock heraus, auf den sie vorhin in ihrer Küche das Muster von Axels Brust und Rücken gezeichnet und die hebräischen Buchstaben geschrieben hatte.

„*Ayin*, *Alef* und *Lamed*", sagte sie leise vor sich hin und wunderte sich, was Alex ihr erzählen würde, sobald sie Gelegenheit dazu fand, ihn danach zu fragen.

Wann er sich wohl wieder melden würde? Vielleicht heute Abend schon? Sie wünschte es sich und merkte dabei, wie sehr sie sich nach ihm und seiner Nähe sehnte … und nach dem Sex mit ihm.

Da kehrte Larry auch schon wieder zurück. Das Grinsen in seinem gutmütigen Gesicht sprach Bände, und Maggie sprang freudig von ihrem Stuhl hoch.

„Sie spielen mit?", fragte sie dennoch sicherheitshalber.

„Sie spielen mit, Kleines", sagte er lachend. „Fünfzig von dir, hundert von ihnen. Wir sollen einen Werbeplan erstellen."

„Was schlägst du vor?"

„Zeitung- und Magazinwerbung ist zu teuer", sagte er. „Ich schlage virales Online-Marketing vor, außerdem Plakate in der U-Bahn hier in New York, in Chicago, L.A., aber vor allem im Süden – Miami, New Orleans, Dallas und Houston. Dazu noch schöne Plakate und Displays für die Buchläden und zusätzliche Leseexemplare für die Presse."

„Das klingt fantastisch", erwiderte sie und klatschte begeistert in die Hände.

„Wie gesagt, wir sollten uns in der Hauptsache auf den Süden konzentrieren. Dort dürfte man am meisten daran interessiert sein, die Vergangenheit in neuem Licht zu beleuchten."

Er ging zu seinem Platz und leerte den Scotch, den er vorhin nur angenippt hatte.

„Was ist das?“, fragte er mit Blick auf ihren Block.

„Ach, das. Das ist nur Gekritzel“, tat sie es ab.

„Das ist Hebräisch“, sagte Larry.

„Du kannst das lesen?“, fragte sie erstaunt.

„Na hör mal, Kleines“, ereiferte er sich. „Ich bin Jude. Natürlich kann ich das lesen. Arbeitest du an einem neuen Stoff, von dem du mir noch nichts verraten hast?“

Er nahm den Block in die Hand, betrachtete sich das Muster – dann runzelte er die Stirn. „An einer Geschichte über Azazel? Mädchen, du hast aber auch wirklich ein Händchen für brisante Themen. Und die Grafik allein ist schon geradezu wie geschaffen für das Cover. Erzähl mir mehr davon.“

„Azazel?“, fragte Maggie verwundert. „Ich weiß nicht, wovon du sprichst.“

Er schaute sie irritiert an. „Da steht es doch: *Ayin*, *Zajin*, *Alef*, *Zajin* und *Lamed*. A. Z. A. Z. L.“

„Woher nimmst du die beiden Zajin?“, wollte sie wissen. „Ich sehe nur die anderen drei. Die, die ich auch herausgeschrieben haben.“

„Hier, schau her“, erwiderte Larry und deutete auf das Muster.

„Die Häkchen zwischen den dreien, die du identifiziert hast, sind keine Verzierungen oder Verbindungslinien. Das ist der Buchstabe *Zajin*. Unten in der Mitte erkennt man ihn schlecht, weil er übereinandergespiegelt ist – entsprechend auch ganz oben in der Mitte, auf dem Kopf stehend. Aber überall, wo er das *Alef* mit dem *Lamed* verbindet, ist er ganz deutlich zu sehen. Siehst du?“

Jetzt erkannte Maggie, was er meinte. Ja, es waren tatsächlich fünf statt nur drei Lettern, dreimal gespiegelt.

„Und wer oder was ist Azazel?“, fragte sie.

Larry schaute sie ernst an. „Das weißt du nicht?“

„Nein."

„Hast du schon einmal von Luzifer gehört?"

„Selbstverständlich", erwiderte Maggie.

„Nun", sagte Larry. „Dann hast du schon einmal eine ungefähre Vorstellung davon, *was* er war. Allerdings war Azazel noch hundertmal schlimmer als Luzifer."

Wie ein alles durchdringendes magisches Auge blickte die Sonne von ihrem Zenit herab auf seinen Flug um die Stadt, der zwischen den einzelnen Stopps so schnell war, dass die Sterblichen nicht in der Lage waren, ihn wahrzunehmen. Gegen die Unsterblichen hatte er seine Schutzzauber. Doch die galten nur für ihn, nicht für die Frau.

Jetzt, da er sie gefunden hatte, musste er dafür Sorge tragen, dass sie nicht auch von den Anderen *gefunden werden konnte. Von denen, die sie für ihre fehlgeleitete Besessenheit missbrauchen würden. Deswegen umkreiste er die Stadt und brachte an den neuralgischen Punkten und Knoten mittels der ihm eigenen Magie die Signien und Symbole an, die sie vor* ihrer *Aufmerksamkeit und* ihrem *Zugriff verbergen sollten.*

Er würde sie nicht ewig verstecken können, nicht einmal besonders lange, aber hoffentlich lange genug, bis er die Dinge geregelt hatte und sie keine Gefahr mehr darstellte. Dass die Prophezeiung falsch war, bedeutete nicht, dass sie nicht wahr gemacht werden konnte. Im Gegenteil: Sie *würden alles daran setzen, dass das geschehen würde – wenn er sie nicht daran hinderte. Wenn er jedoch versagte, würde es zu einer Katastrophe von nie da gewesenen Ausmaßen kommen … Und nichts und niemand auf dieser Welt, darunter oder darüber wäre dann noch dazu in der Lage, sie aufzuhalten. Deshalb durfte er nicht versagen.*

Nicht zum ersten Mal in seiner Ewigkeiten währenden

Existenz fragte er sich, ob er seinerzeit den richtigen Weg eingeschlagen hatte. Nichts von all dem, was geschehen war und noch geschehen konnte, hatte er jemals gewollt – aber das änderte nichts. Es gibt Dinge, die müssen getan werden … weil die Alternative dazu völlig inakzeptabel ist. Aber heiligte der Zweck wirklich die Mittel? Bisher hatte er das geglaubt, oder zumindest danach gehandelt. Wie weit aber durfte oder würde er dieses Mal gehen?

Er hatte Jahrtausende auf diesen Moment und auf die Frau, die Abgal, gewartet und sich in all dieser Zeit unzählige Male ausgemalt, wie die Begegnung mit ihr ausfallen würde. Aber mit dem, was dann tatsächlich geschehen war, hatte er nicht gerechnet. Nicht rechnen können. Da waren Kräfte und Mächte am Werk, die selbst die seinen weit überstiegen. Eine Magie, die älter war als die Schöpfung selbst. Aber es war mehr als das. Er war niemandes Marionette; auch nicht die der eigenen Natur oder Gefühle. Was geschehen war, war nicht nur geschehen, weil er es wollte, sondern vor allem auch, weil er es zugelassen hatte.

Die Freiheit der Wahl – sie war es, für die er sein ganzes Leben lang gekämpft hatte. Genau aus diesem Grund war es so wichtig, dass auch die Abgal die freie Wahl hatte, in dem, was geschah und vor ihr lag. So sehr ihr Schicksal auch vorherbestimmt war durch die Ereignisse der Vergangenheit, so sehr hatte sie doch das Recht, ihre Zukunft selbst zu schmieden.

Und damit die der gesamten Menschheit.

5. KAPITEL

Eine weitere Überraschung

Der Verkehr auf dem Weg nach Hause war die Hölle.

Allerdings war Azazel noch hundertmal schlimmer als Luzifer. Larrys Worte hallten in ihren Gedanken nach, und Maggie wollte deshalb möglichst schnell so viel sie konnte über diesen Azazel herausfinden, ehe sie Axel das nächste Mal traf. Aber sie hatte jetzt schon so lange im Stop-and-go auf der Fifth festgehangen, dass sie sich entschied, ihren neuen Audi zu parken und für die Dauer des Feierabendverkehrs einen Spaziergang im Central Park zu machen, um den Kopf wieder frei zu bekommen.

War Axel – der Mann, der sie so sehr begeisterte, obwohl sie ihn kaum kannte – ein Dämonenanbeter? Oder lediglich jemand, der mit archaischer Mystik und Symbolik kokettierte?

Wer war er überhaupt?

Sie wusste nichts von ihm. So reizvoll ihn das auf der einen Seite machte, so sehr ließ es ihn auf der anderen bedrohlich erscheinen. Frauen stehen auf böse Kerle, solange sich das „böse" im Rahmen hält. Zu welcher Kategorie zählte Axel?

Woher hatte er die Diamanten? Wieso konnte er so freizügig damit umgehen? Was machte er beruflich? Woher stammte er?

Maggie beschloss, ihn all das zu fragen, ehe sie sich weiter mit ihm einlassen würde. Zugegeben, sie hatte mehr als ein Faible für ihn, aber lebensmüde war sie nicht. Sie lenkte ihre Schritte zum See und schaute den Kids beim Entenfüttern zu, ohne sie wahrzunehmen. Zu viele Fragen spukten ihr durch den Kopf. Zu viele mögliche Antworten. Antworten, die ihr ganz und gar nicht gefielen.

Was, wenn Axel ein Drogenhändler war? Das würde die Diamanten erklären … und bedingt auch sein Stehvermögen beim Sex. War Kokain im Spiel gewesen? Maggie hatte davon gehört, dass dieser Stoff Männer nahezu endlos *funktionieren* ließ. Und hatte er vielleicht davon auch ihr etwas in den Tee getan? Das würde ihre enthemmte Willigkeit und nur allzu schnelle Bereitschaft von gestern Nacht erklären.

Der Gedanke, dass vielleicht alle Erlebnisse der vergangenen Nacht nur ein Budenzauber gewesen sein mochten, versetzte Maggie einen Stich, und sie war erstaunt darüber, wie empfindlich sie war, was Axel betraf. Normalerweise maß sie einer ersten Begegnung nie derart viel Bedeutung zu. Warum dann dieser? Weil die Umstände so besonders waren? Immerhin fällt einem ja nicht jeden Tag ein Mann aufs Auto, schenkt einem zur Entschädigung fünf Diamanten im Wert von hundertfünfzigtausend Dollar, rettet dich dann vor Straßenräubern und fickt dich danach besser als jeder andere jemals zuvor.

Maggie merkte, dass sie sich ungewohnt heftig danach sehnte, dass nichts davon Schwindel war. Dass alles echt war. Weil, wenn es echt war, war es die großartigste Begegnung, die man sich überhaupt nur vorstellen konnte und ein wundervoll turbulenter und romantischer Start von etwas, das vielleicht noch großartiger werden konnte.

Während sie auf den See hinausschaute, gestand sie sich ein, wie sehr sie sich das wirklich wünschte. Von ganzem Herzen.

Aber was war mit diesem Azazel?

Wieso trug ein so fantastischer und selbstsicherer Mann wie Axel den Namen eines Teufels, eines Fürsten der Dämonen, auf seiner Haut? Das war doch normalerweise etwas, das nur Freaks und Sonderlinge taten, um sich interessanter zu machen. Jemand wie Axel hatte das doch überhaupt nicht nötig. Oder?

Ihr wurde bewusst, dass sich ihre Gedanken im Kreis bewegten, ohne dabei auch nur einen Schritt weiterzukommen, und entschied gerade, keine weiteren Spekulationen mehr anzustellen, ehe sie ihn nicht persönlich zur Rede stellen und zu den Zeichnungen befragen konnte, als sie hinter sich ein lautes Rauschen vernahm.

Wie das Schlagen gewaltiger Flügel.

Maggie drehte sich vom See weg …

… und da stand er vor ihr.

Axel.

Ihr Herz machte einen Sprung, und sie war sich nicht sicher, ob es vor Freude war oder vor Schreck.

Wie gestern Abend trug er seinen fersenlangen Ledermantel und lächelte sie mit seinen dunklen Augen und den unverschämt vollen und wunderschön geschwungenen Lippen strahlend an. Maggie versuchte, ihrer Verwirrung Herrin zu werden.

„Wie hast du mich hier gefunden?“, fragte sie, ehe sie überhaupt nachdenken konnte, und sie musste selbst zugeben, dass in ihrer Stimme eine gehörige Portion Vorwurf lag.

„Oh“, sagte er, und seine Mundwinkel sanken herab. „Störe ich etwa? Ich habe gedacht, du würdest dich vielleicht freuen, mich zu sehen. Ehrlich gesagt, habe ich das sogar gehofft.“

„Natürlich freue ich mich, dich zu sehen“, beeilte sie sich zu sagen, und das entsprach ja auch der Wahrheit. Doch sie fühlte sich zugleich überrumpelt. Sie war nun noch misstrauischer als ohnehin schon. „Aber das beantwortet meine Frage nicht.“

Er senkte verlegen den Blick. „Ich bin dir gefolgt.“

„Du bist *was*?" Hatte sie gerade richtig gehört?

„Dir gefolgt."

Maggies Alarmglocken läuteten. „Mir gefolgt? Etwa den ganzen Tag?" Wie sonst sollte er sie hier aufgespürt haben? In einer Stadt wie New York läuft man sich nicht gerade mal zufällig über den Weg.

Zu ihrer Überraschung nickte er verschämt, und sie fand, das sah fast drollig aus.

„Das ist nicht dein Ernst."

„Ich mache so etwas normalerweise nicht, Magdalena", sagte er leise, und es klang ehrlich. „Aber nach gestern Nacht ... Wie soll ich das bloß erklären? Ich konnte nicht anders."

„Wie meinst du das?" Die unschuldige Art, mit der er so vor ihr stand – fast schon eingeschüchtert wie ein kleiner Junge –, schwächte ihren Argwohn, nicht aber ihre Vorsicht.

„Na ja", machte er. „Eigentlich hatte ich heute jede Menge zu tun. Deshalb musste ich so früh weg, ohne dich zu wecken. Aber nachdem ich dir das Frühstück gemacht und deine Wohnung verlassen hatte, habe ich gemerkt, wie sehr du mir fehlst. So sehr, dass es fast schon wehgetan hat. Hier drin." Er griff sich an die Brust. „Aber weil ich nicht aufdringlich erscheinen wollte, habe ich eben unten auf dich gewartet und bin dir dann nachgegangen. Einfach nur, um dich zu sehen, ohne dabei deine Tagespläne durcheinanderzubringen oder dich zu stören. Ich wollte dir wirklich nur nah sein."

„Du hast mich die ganze Zeit beobachtet?" So etwas Verrücktes hatte Maggie noch nie gehört. Sie war sich nicht sicher, ob sie jetzt Angst bekommen oder sich geschmeichelt fühlen sollte. War Axel ein verrückter Stalker oder vielleicht nur ... verliebt?

„Den ganzen Tag über?"

„Das war dumm, ich weiß", sagte er leise. „Besonders in einer Stadt wie New York. Es tut mir leid. Ich wollte dich nicht erschrecken." Er lächelte ein leicht angestrengtes Lächeln. Dann zuckte er traurig mit den Achseln, drehte sich herum und ging davon.

„Es tut mir wirklich leid", sagte er noch einmal.

Die unbeholfene Art, wie er die fast schon unmöglich breiten Schultern und den Kopf hängen ließ und der dadurch entstehende krasse Gegensatz zwischen dem wilden Krieger von gestern und dem Häufchen Elend von jetzt, rührten etwas in Maggie. Und noch ehe sie die Situation weiter vernünftig durchdacht hatte, gestattete sie ihren Instinkten zu rufen: „Warte, Axel. Geh nicht!"

Ihr Kopf riet ihr auch weiterhin, vorsichtig zu sein; aber ihre Seele sagte ihr, dass sie nichts von ihm zu befürchten hatte: dass er ihr wirklich nur gefolgt war, um ihr nahe zu sein, ganz unschuldig und ohne böse Hintergedanken.

„Warte bitte", sagte sie noch einmal und ging ihm eilig nach. „Es tut mir leid, dass ich so schroff war."

Er blieb stehen und wandte sich zögernd zu ihr um. „Du bist mir nicht böse?"

„Nun ja, ein wenig unheimlich ist das schon", gab sie zu, was sie fühlte. „Nach dem Wenigen, das ich bisher von dir weiß, könntest du ebenso gut ein psychopathischer Killer sein, der es auf mich abgesehen hat."

Er runzelte amüsiert die Stirn. „So falsch liegst du damit gar nicht."

Sie stutzte und wollte schon einen Schritt zurück machen, aber er sprach schnell weiter.

„Abgesehen habe ich es auf dich, das gebe ich ganz offen zu. Aber doch nicht, um dich zu killen." Er zwinkerte ihr zu. „Da fallen mir so viel schönere Dinge ein."

Zu ihrer eigenen Überraschung wurde sie schlagartig rot – und wieder war da die Erinnerung an die gestrige Nacht … all das Wunderbare … und das Kribbeln zwischen ihren Schenkeln. Aber sie weigerte sich, diesem Gefühl jetzt nachzugeben.

„Trotzdem habe ich ein paar Fragen an dich, Axel", sagte sie deshalb schnell, statt ihn, wie sie es aus dem Bauch heraus jetzt sehr viel lieber getan hätte, zu umarmen und zu küssen.

Anders als von ihr befürchtet, reagierte er mit einem Lächeln. „Schieß los. Was möchtest du gerne wissen? Ich habe nichts zu verbergen."

Die offene Direktheit, mit der er das sagte, machte ihre Entscheidung, ebenfalls offen und direkt zu sein, wesentlich leichter. „Woher stammen die Diamanten, die du mir gegeben hast?"

„Aus meinen Minen", antwortete er ohne zu zögern.

„Minen?"

„Minen." Er nickte. „Das sind die Löcher, die man in die Erde gräbt, um Diamanten abzubauen."

„Ich weiß, was Minen sind", erwiderte sie unwirsch. „Du besitzt Diamantminen?"

„Ja", sagte er. „In Ost- und Südafrika, in Indien, Australien und sogar hier in den USA – in Wyoming und Minnesota." Er sagte das, als sei es das Normalste der Welt, Diamantenminen zu besitzen. Ganz und gar nicht prahlerisch.

„Es sind also keine Drogen im Spiel?", fragte sie.

Irritiert zog Axel eine Augenbraue nach oben. „Drogen?"

„Ja, Drogen."

„Du bist die einzige Droge, die hier im Spiel ist", sagte er, und Maggie spürte, wie das Kompliment sie erröten ließ. „Die Diamanten gehörten mir: auf ganz herkömmliche Weise aus der Erde gebuddelt."

„Würdest du das schwören?“

Er hob die rechte Hand. „Ich schwöre.“

„Du bist also im wahrsten Sinne des Wortes steinreich?“, fragte sie und musste sich nicht besonders anstrengen, ihre noch immer vorhandenen Zweifel in der Stimme mitschwingen zu lassen.

„So könnte man das sagen“, antwortete er.

„Und was ist mit Azazel?“, stellte sie die nächste Frage, die ihr mindestens ebenso sehr auf der Seele lag.

Das Lächeln auf seinen vollen Lippen verschwand augenblicklich. „Was meinst du?“

„Die Zeichnung auf deiner Brust und auf deinem Rücken“, fügte sie hinzu.

„Du konntest sie lesen?“

„Wieso sonst würde ich dich jetzt danach fragen?“

„Weißt du, das sind ganz schön viele Fragen auf einmal.“ Sein schönes Gesicht hatte einen Zug angenommen, der Unbehagen verriet.

„Weichst du mir gerade aus?“, fragte Maggie skeptisch.

„Nein, das tue ich nicht, Magdalena“, erwiderte er. „Ganz ehrlich nicht. Ich schlage nur vor, dass wir uns jetzt erst einmal ein schönes Restaurant ganz hier in der Nähe suchen, und ich dir dort all deine Fragen bei einem leckeren Essen beantworte.“

„Hm“, machte sie zögernd.

„Ich empfehle das *Le Bernadin*“, sagte er und lächelte jetzt wieder auf diese hinreißende Art, mit der nur er lächeln konnte. „Eines der besten Restaurants der Stadt. Die machen dort einen geradezu himmlischen Seeteufel in Sesamkruste mit Großmütterchenkartoffeln in Rosmarinbutter. So zart, dass dir Hören und Sehen vergeht.“

Maggie lief spontan das Wasser im Mund zusammen. Sie hatte nur das Sandwich und den Joghurt gefrühstückt und hatte tatsächlich großen Hunger. Doch sie war sich noch immer nicht sicher, ob er ihr gerade auswich und wegen der Diamanten trotz seines Schwurs auch wirklich die Wahrheit gesagt hatte. Aber zumindest Letzteres ließ sich ganz einfach herausfinden.

„Warum lädst du mich nicht zu dir nach Hause zum Essen ein?", fragte sie.

Er neigte den Kopf zur Seite und betrachtete sie mit seinen dunklen Augen interessiert, ganz so, als ob sie ihn gerade sehr überrascht hätte. „Du würdest tatsächlich mit zu mir nach Hause kommen wollen?"

„Warum nicht?"

„Ich habe mich nur nicht getraut, das vorzuschlagen", erklärte er, sichtlich erleichtert, „weil du es vielleicht falsch auffassen könntest – du weißt schon … nach der heimlichen Verfolgung heute und deinen Zweifeln."

Die Bereitwilligkeit, ja sogar offene Freude, mit der er auf ihren Vorschlag eingegangen war, beruhigten sie noch ein wenig mehr, und sie schmunzelte. „Zeig mir dein Zuhause und zerstreu sie."

„Sehr gerne", sagte er und bot ihr ganz gentlemanlike den Arm zum Einhaken an. „Wenn Sie mir bitte folgen würden, Madame. Es ist nicht weit. Gleich da drüben."

Er deutete zur Fifth Avenue hinüber.

„Du hast ein Apartment an der Fifth?", fragte sie erstaunt. Kein Mensch, den sie kannte, konnte sich hier ein Apartment leisten. Nicht einmal ihr Verleger.

Er zögerte. „Nun ja, nicht gerade ein Apartment."

Aha. Er hatte sie also doch angeflunkert. Oder hatte er sogar richtiggehend gelogen? Sofort war ihr Misstrauen wieder da.

„Es ist eher ein … Haus", fügte er hinzu.

„Es gibt keine *Häuser* ab der Fifth Avenue", sagte Maggie, entzog ihm ihren Arm und ging wieder auf Sicherheitsabstand. „Nur riesige, sündhaft teure Apartment-Gebäude."

„Ja", stimmte er zu. „So eines meine ich. Genauer gesagt, meine ich das da."

Er deutete quer über die Straße auf ein beinahe 20-stöckiges wunderbares Art-Deco-Sandsteingebäude aus den dreißiger Jahren des letzten Jahrhunderts. „Das ist mein Haus."

Maggie stand da wie angewurzelt und mit vor Ungläubigkeit offen stehendem Mund. „D-d-das ganze Haus?"

Als Maggie noch irrtümlicherweise geglaubt hatte, dass man mit Schreiben so richtig reich werden konnte, hatte sie oft von einem Apartment an der Fifth Avenue geträumt – mit unverbaubarem Blick über den Central Park. Damals hatte sie sich einmal schlau machen wollen, was eine Wohnung dort kosten würde ... und hatte den Traum sogleich wieder begraben. Bis zu dreißig Millionen Dollar für drei Zimmer und zwei Bäder. Niemals würde sie so viele Bücher verkaufen, um so viel Geld nur für eine Wohnung ausgeben zu können.

Sie zählte die Stockwerke. Es waren nicht zwanzig, wie sie zuerst vermutet hatte, aber immerhin siebzehn. Bei locker fünf bis sechs Apartments pro Stockwerk waren das ...

„Zwischen zweieinhalb und drei Milliarden Dollar", sprach sie es laut, aber mit jetzt vor Ehrfurcht unsicherer Stimme aus.

„Was?", fragte er.

„Der Kaufpreis für dieses Haus", erklärte sie. „Zweieinhalb bis drei Milliarden Dollar. Macht man mit Diamanten tatsächlich so viel Geld?"

„Na, mit Drogen jedenfalls nicht", zog er sie auf. „Aber so darfst du auch nicht rechnen. Nicht mit heutigen Maßstäben. Als ich ... äh ... ich meine, als meine Familie das Haus kaufte – das war nach dem Wall Street Crash inmitten der Großen Wirtschaftskrise 1929, 1930 –, war es sogar beinahe spottbillig. Der Verleger, der es gerade neu hatte bauen lassen, war durch den Zusammenbruch der Börse von heute auf morgen bankrott gegangen und verfügte nicht mehr über das nötige Geld für die Endabnahme. Wir haben es also sehr günstig erworben."

Maggie hatte schon öfter davon gehört, dass in jenen beiden Jahren ein Großteil der Gebäude hier unter abenteuerlichen und tragischen Umständen ihre Besitzer gewechselt hatte. Das war Stoff für gleich mehrere historische Romane. Axels Geschichte vom Kauf des Hauses klang daher sehr plausibel.

„In welcher Etage wohnst du?", fragte sie.

„In allen", antwortete Axel.

„W-w-was meinst du mit ‚in allen'?", stotterte sie.

Er nahm sie beim Arm und zog sie weiter. „Komm einfach mit. Du glaubst mir ja sonst eh nicht."

Sie überquerten die breite Avenue, indem sie sich durch den ohnehin stockenden Verkehr schlängelten. Vor dem wundervoll mit Steinmetzarbeiten verzierten Eingang des Gebäudes standen ein altherrschaftlich wirkender Doorman in dunkelblauer Livree und zwei muskelbepackte Männer in dunklen maßgeschneiderten Anzügen und Sonnenbrillen. Sie sahen gefährlich aus.

Alle drei verneigten sich vor Axel und begrüßten ihn unisono mit: „Sir."

„Hallo, Jungs", sagte er freundlich und zog Maggie durch die makellos saubere Kristallglastür, die der Doorman ihnen aufhielt, hinein in die prächtige Eingangshalle.

Maggie verschlug es den Atem.

Fein geschnitzte Säulen aus rosa schimmerndem Carrara-Marmor, ein gemusterter, spiegelglatt polierter Boden aus schwarzem und bernsteinfarbenem Onyx mit Einlegearbeiten aus glänzendem Messing, eine gewölbte Stuckdecke kunstvoll bemalt, Kristallspiegel mit blattgoldenen Rahmen, Wandlampen aus italienischem Alabaster. Und überall, wenn auch sehr unauffällig, ja beinahe schon versteckt in das übrige Design eingearbeitet: merkwürdig verschnörkelte und archaisch erscheinende Symbole und Hieroglyphen.

Maggie fiel auf, dass sie die unbewusst schon außen am Portal wahrgenommen hatte.

„Diese Zeichen …“, begann sie.

Doch Axel unterbrach sie mit einem Lächeln. „Alles beim Essen. Hab also bitte noch ein klitzekleines bisschen Geduld. Aber zuerst machen wir noch eine Führung. Das Ganze natürlich nur, um dich noch ein klein wenig mehr zu beeindrucken.“

„Das geht gar nicht“, sagte sie ehrlich.

„Wollen wir wetten?“ Er zwinkerte und deutete zur Aufzugtür. „Was möchtest du zuerst sehen?“

„Äh“, machte sie. „Was gibt es denn alles zu sehen?“

„Oh, jede Menge“, antwortete er. „Da wären der Pool, die Bibliothek, das Museum …“

„Du hast eine eigene Bibliothek und ein eigenes Museum hier drin?“, fiel sie ihm ins Wort.

„Ich stamme aus einer uralten Familie von eifrigen Sammlern“, sagte er. „Du glaubst gar nicht, was da im Laufe der Generationen so alles zusammenkommt.“

Maggie fühlte sich ein wenig wie in „Die Schöne und das Biest“, in dem das Biest der Schönen ihre Angst vor ihm nimmt, indem es ihr seine riesige Bibliothek zeigt – als Symbol für das menschlich Edle in ihm. Es war offensichtlich, dass auch Axel ihr die Angst nehmen und sie gleichzeitig beeindrucken wollte.

Sie musste zugeben, es gelang ihm ziemlich gut, und sie ärgerte sich sogar ein wenig über ihre vorherige Skepsis und ihr Misstrauen. Jetzt, da es sich herausstellte, dass er sie nicht belogen hatte und auch kein Verbrecher war, schämte sie sich für ihr Verhalten ihm gegenüber und fragte sich, was er nun wohl von ihr halten mochte.

„Apropos, Familie“, sagte sie. „Die würde ich noch viel lieber sehen als das Museum und die Bibliothek.“

Sein Blick wurde ernst, und Maggie spürte sofort, dass sie schon wieder etwas Falsches gesagt hatte.

„Ich habe keine Familie mehr“, sagte er leise.

Maggie war bestürzt. „Sie sind tot?“

Sein Gesicht verfinsterte sich. Sie konnte sehen, wie er die Zähne zusammenbiss. „Ich lebe hier alleine.“

Bedeutete das jetzt, dass seine Familie nicht mehr lebte oder dass er sich mit ihr überworfen und den Kontakt zu ihr abgebrochen hatte? Maggie fand, dass es ihr noch nicht zustand, danach zu fragen. Wenn die Dinge zwischen Axel und ihr sich entwickelten, würde er es ihr früher oder später auch so sagen.

„Tut mir leid“, sagte sie daher und nahm seine Hand.

„Schon okay“, entgegnete er. Sein Lächeln kehrte zurück, so als sei nichts gewesen. „Dann wäre da noch der Weinkeller, der Wintergarten.“ Er stoppte. „Nein, nicht der Wintergarten. Dort werden wir essen. Du siehst ihn also noch früh genug.“ Er überlegte und zählte weiter auf: „Das Theater, das Kino, der Vergnügungspark …“

„Vergnügungspark“, unterbrach Maggie ihn überwältigt. „Es gibt einen Vergnügungspark in diesem Haus?“

Er nickte. „Auf den Etagen zwölf bis vierzehn. Ich habe die Zwischendecken herausbrechen lassen für das Riesenrad und die Achterbahn.“

„Das ist nicht dein Ernst.“

„Doch, die Decken waren dafür einfach zu niedrig, und ich wollte …“

„Ich meine, es ist nicht dein Ernst, dass es hier drin einen Vergnügungspark gibt."

„Wenn ich es dir doch sage."

Sie lachte auf. „Okay, ich habe das verdient, aber jetzt nimmst du mich wirklich auf den Arm."

„Nein", behauptete er. „Aber es könnte zwei, drei Stunden dauern, bis ich das Personal dafür organisiert kriege."

„Vergiss das Personal", sagte sie. „Wenn es ihn wirklich gibt, will ich ihn sofort sehen. Zeig ihn mir."

„Dein Wunsch sei mir Befehl", lachte er, ging in den Aufzug voran und drückte auf den Knopf zum zwölften Stock.

Kaum war der Lift losgefahren, betätigte er einen Schalter auf der Zwischensprechanlage.

„Ja, Sir?", meldete sich eine freundliche, weibliche Stimme im Lautsprecher. „Sie wünschen?"

„Hallo, Virginia", sagte Axel. „Gib uns bitte Strom auf den Vergnügungspark und lass in einer Stunde ein Fünf-Gänge-Menü im Wintergarten servieren."

„Jawohl, Sir", antwortete die Stimme gehorsam. „Besondere Vorlieben für das Menü?"

Axel schaute Maggie erwartungsvoll an.

„Ich soll mir etwas wünschen?", fragte sie.

Er nickte.

Aber auf die Schnelle fiel Maggie nichts ein. Sie war von all dem, was sie gerade erlebte, viel zu sehr überwältigt.

„Ich lasse mich gerne überraschen", sagte sie.

„Du hast es gehört, Virginia", sagte Axel in die Anlage hinein. „Überrasche uns einfach."

„Jawohl, Sir." Ein elektronisches Klicken in der Leitung beendete das Gespräch.

Maggie deutete auf den Lautsprecher. „Das war?"

„Virginia", antwortete er. „Meine rechte Hand und Assistentin. Ein Juwel."

In diesem Moment erreichte der Aufzug mit einem sanften Rucken die zwölfte Etage, und die Türen schoben sich auf.

Maggie traute ihren Augen nicht. Vor ihr blinkte, leuchtete und strahlte tatsächlich ein ganzer Vergnügungspark. Aus allen Richtungen dudelten Jahrmarktsmusik und Leierkastenklänge.

Axel ging zwei Schritte nach draußen und machte dann mit einer übertrieben tiefen Verneigung eine einladende Geste, ganz so wie ein Zirkusdirektor aus alten Zeiten. „Herrreinspaziert, meine Dame!"

Maggie kicherte und folgte der überschwänglichen Einladung.

Der Boden bestand aus alten, rund getretenen Pflastersteinen – wie auf einem englischen Marktplatz des vorvorletzten Jahrhunderts. Überall standen hölzerne Buden und Zelte aus grob gewebter Leinwand. Schieß-, Wurf- und Angelbuden. Verkaufsstände für Zuckerwatte, gebrannte Mandeln, kandierte Äpfel und Naschwerk. Dazwischen glänzend bunt lackierte Wahrsagerkabinen und Spiegelkabinette. Inklusive eines Riesenrades und einer hölzernen Achterbahn von bestimmt zehn Metern Höhe gab es hier alles, was man sich in einem Vergnügungspark so vorstellen kann.

Oder besser in einem Vergnügungspark-Museum, dachte Maggie. Denn alles, was sie sah, war zwar außerordentlich gut erhalten, aber zugleich auch unglaublich alt. Ja, beinahe schon antik.

Es war, als hätte sie mit dem Verlassen des Lifts eine vollkommen andere Zeit betreten.

„Die meisten sind Originale von P. T. Barnum", erklärte Axel voller Stolz.

„Wirklich? Aus dem echten *Barnum & Bailey*-Zirkus und seiner Kuriositätenmenagerie?", fragte Maggie begeistert.

„Inklusive all seiner raffinierten Fälschungen“, bestätigte Axel. „Sogar die Meerjungfrau und der Riese von Cardiff befinden sich in meinem Besitz.“

„Wow“, sagte Maggie und wollte ihn gerade bitten, sie dorthin zu führen, als sie etwas sah, das sie noch sehr viel mehr interessierte als Barnum und all seine kuriosen Kreaturen, und das war ein uraltes, wunderschönes Pferdekarussell. Wie magisch davon angezogen, lief sie zu ihm hinüber.

Schon als kleines Mädchen hatte Maggie diese Fahrwerke geliebt, aber das hier toppte alle, die sie jemals zuvor gesehen hatte. Das hier war einzigartig. Die Tiere darauf waren im Gegensatz zu heutigen Karussells beinahe lebensgroß und so fein und liebevoll geschnitzt und bemalt, dass sie fast echt wirkten.

„Funktioniert das noch?“

„Aber natürlich.“

„Darf ich?“ Sie deutete hinauf.

„Klar“, sagte Axel, dem es sichtlich Freude bereitete, dass Maggie von dem Karussell so begeistert war. „Ich schalte es an.“

Maggie kletterte auf die runde Plattform und von dort über einen Steigbügel auf den Rücken eines schwarzen Hengstes mit rotem Federbusch auf dem Kopf. Der Holzrücken fühlte sich warm und geschmeidig an, und sie nahm die ledernen Zügel in die Hand. Obwohl sie alt waren, waren sie gut gepflegt und so geschmeidig wie vor hundertvierzig Jahren. Unglaublich.

Kaum saß sie, da sprangen auch schon die vielen bunten Lichter des Karussells an, Spielorgelmusik ertönte aus langen, blechernen Pfeifen, und mit einem anfänglich holprigen Ruckeln nahm das Gerät ganz langsam an Fahrt auf. Axel kam auf die Plattform gesprungen, die sich langsam zu drehen begann.

„Komm, setz dich hinter mich!“, rief Maggie euphorisch, und er schwang sich geschickt hinter ihr auf das Pferd.

„Yihaaah!“, jauchzte Maggie wie ein texanisches Cowgirl und schloss für eine Sekunde genussvoll die Augen, als das Karussell an Geschwindigkeit zunahm … und Axel seine starken Arme um sie und seine großen Hände auf ihren Bauch legte.

Sie lehnte sich absichtlich ein wenig zurück, um seine breite Brust an ihren Schultern zu spüren.

Die alten Karussells aus dem neunzehnten Jahrhundert sind, so sie heute noch funktionieren, nicht nur wesentlich größer, sondern auch um einiges schneller als ihre modernen Nachfolger von heute. Ursprünglich waren sie nämlich gar nicht für Kinder gedacht, sondern für Erwachsene.

Maggie fühlte Axels Nähe ganz dicht an ihrem Rücken. Die unangenehmen Gefühle von vorhin im Park waren verschwunden. Stattdessen lief ihr jetzt ein wohliger Schauer über die Haut, und die Schnelligkeit des Gefährts raubte ihr beinahe den Atem. Um ihre verspielte Wonne noch zu steigern, brachte sie das riesige Pferd unter sich durch Vor- und Zurücklehnen zum Schaukeln … und seufzte heimlich, als der rhythmisch werdende Takt dafür sorgte, dass Axel dabei immer wieder gegen sie rutschte.

Seine Hände griffen fester zu, um das Gleichgewicht zu halten. Der Druck seiner Finger in ihr Fleisch machte sie auf die angenehmste Weise ganz benommen. Der Körperkontakt brachte augenblicklich die Erinnerungen an die vergangene Nacht wieder zurück …

… Seine Küsse … den Geschmack seiner schweißfeuchten Haut … seinen unvergleichlichen Duft nach Leder und Wüstensand … die zärtlich raue Kraft, mit der er sie genommen hatte … ihre sinneraubenden Orgasmen.

Mit den Erinnerungen kehrte auch ihre Erregung zurück, und die Lust darauf, sie zu wiederholen. Ohne weiter lange darüber nachzudenken, nahm sie eine seiner Hände und führte sie hinauf zu ihrer Brust.

Über die fröhliche Musik hinweg glaubte sie zu hören, wie Axel lustvoll knurrte, als sie seine Hand fester griff und zum Zupacken animierte. Eine gewagte Einladung, für die sie über ihren eigenen Schatten sprang, die sie aber glücklicherweise nicht zwei Mal aussprechen musste. Seine starken Finger nahmen ihre Brust in Besitz und begannen, sie im Takt des Pferdeschaukelns zu massieren.

Maggie fühlte kleine, warme Blitze kribbelnd in ihr Fleisch hineinschießen und von dort aus direkt in ihren Nacken und in ihren Schoß hinunter. Der Rhythmus des schaukelnden Pferdes, das schnelle Drehen des antiken Karussells, die sirrenden, bunten Lichter um sie herum und Axels verspielt, aber fest knetende Hand verwoben sich miteinander zu einem köstlichen, tranceähnlichen Rausch, der Maggies Herz rasch schneller schlagen ließ.

Sie fühlte, wie ihr die Hitze in die Wangen stieg und ihr Atmen heftiger zu werden begann … und jedes Mal, wenn Axel mit seinem muskulösen Körper gegen sie rutschte, spürte sie an ihrem Hintern, dass sich zwischen seinen Schenkeln etwas regte.

Ihr bis eben noch hart arbeitender Verstand setzte aus, und dafür übernahm jetzt die Lust die Kontrolle über ihr Handeln.

Vor Axel hatte kein Mann jemals eine solch befreiende Wirkung auf sie gehabt. Sie fühlte sich so ungehemmt wie nie und zögerte nicht einen Moment, seine andere Hand von ihrem Bauch zu nehmen und sie nach unten, zwischen ihre Beine zu führen.

Axel zögerte ebenso wenig und ließ die zweite Hand den knetenden Takt der ersten übernehmen. Er griff zunächst ganz sanft und dann aber schnell fester werdend zu. Durch den dünnen Stoff ihrer Hose und ihres Slips hindurch brachte die Kraft seiner Fingerspitzen ihren Schoß zum immer hitzigeren Glühen.

Sie lehnte sich noch fester an ihn und ließ ihn gewähren, sich von ihm verwöhnen.

Wieder fühlte sie sich schutzlos ausgeliefert und geborgen zugleich. Ihr Puls raste, und ein sanftroter Schleier legte sich über ihren Blick.

Axels Hände liebkosten sie, reizten sie.

Die Sehnsucht danach, immer intimer von ihm berührt zu werden, wuchs mit jeder drückenden Bewegung und wurde schließlich so groß und auf die süßeste aller Arten unerträglich, dass sie selbst den Knopf ihrer Hose öffnete … und auch den Reißverschluss.

Kaum hatte sie ihm Platz geschaffen, fasste er auch schon mit einer fließenden Bewegung hinein.

Die Berührung ließ sie leise erzittern und sich seinen Fingern entgegenpressen. Die Welt um sie herum drehte sich jetzt noch wilder, und die Lichter funkelten heller; so pulsend wie das immer heißer werdende Blut in ihren Adern.

Ohne dass sie es bemerkt hatte, hatte Axel auch ihren Pullover und den BH nach oben geschoben und neckte jetzt ihre nackten Nippel mit den Fingerspitzen. Sein Greifen und Packen war so zärtlich und so fordernd wie die Worte, die er jetzt mit samtig dunkler Stimme in ihr Ohr raunte.

„Ich will dich, Magdalena!“

„Nimm dir, was immer du willst“, hauchte sie schwer atmend als Antwort, wobei ihre Stimme ihr beinahe den Dienst versagte, weil sein Mittelfinger über ihrer Klit auf und nieder rieb und sie in einen Zustand erwachender Ekstase versetzte.

„Richte dich auf“, forderte er, und Maggie stellte sich,

so gut es ihre plötzlich zitternden Beine zuließen, in den Steigbügeln auf. Axel zog ihr die Hose über die Hüfte nach unten.

„Beug dich nach vorne."

Sie tat es.

Seine Hand jetzt von hinten zwischen ihren Schenkeln. Streichelnde Finger auf ihrer Haut.

Forschende Finger. Süße Liebkosungen.

Als sie durch den wohligen Rausch hindurch merkte, dass er an ihrem rechten Hosenbein zog, nahm sie den Fuß vom Bügel und hob das Bein, damit er ihr die Hose auf der einen Seite ausziehen konnte. Die Koordination fiel ihr schwer, da er mit seiner anderen Hand an ihrer Pussy und ihrer Klit spielte ... sanft ... zärtlich ... wissend ... wie ein Künstler auf seinem Instrument ... der aus ihrer Erregung eine Symphonie der Lust komponierte.

Sein Streicheln hatte etwas Inniges ... etwas unsagbar Liebevolles.

Maggie seufzte ergeben und drängte ihr feuchtes Fleisch seinen neckenden Fingern entgegen.

Ihre Flanken bebten, und es kostete sie einiges an Mühe, erregt wie sie war, das Gleichgewicht zu halten. Also legte sie sich mit der Brust nach vorne gegen den Nacken des Hengstes, um es Axel zu ermöglichen, ihr auch das andere Hosenbein abzustreifen.

„Bleib so", sagte er dann mit vor Lüsternheit rauer Stimme und ließ sie kurz los.

Sie konnte sich durch das Geräusch, das sein Gürtel beim Öffnen machte, nur allzu gut vorstellen, was er gerade tat. Die Vorfreude auf das, was jetzt gleich geschehen würde, entschädigte sie für den Verlust seiner Finger an ihrem Schoß und flatterte durch ihren Unterleib wie ein Schwarm aufgescheuchter Schmetterlinge.

„So“, sagte er schließlich. „Und jetzt setz dich wieder zu mir. Ganz langsam.“

Trotz ihrer aufkeimenden Gier senkte Maggie sich behutsam nach hinten hinab, und schon nach wenigen Zentimetern konnte sie seine harte, steil aufragende Schwanzspitze zwischen ihren Pobacken fühlen. Allein das schickte schon ein wohliges Zucken durch ihren inzwischen fiebernden Unterleib.

Er fasste mit seinen großen Händen ihre schmale Taille und dirigierte sie dahin, wo er sie hin haben wollte. Sie hielt den Atem an und stützte sich auf dem Pferdenacken ab, während sie ihn ganz langsam in sich aufnahm. Köstlich langsam.

Zentimeter für Zentimeter.

Warm. Hart.

Vor kaum noch erträglicher Lust am ganzen Leib zitternd, senkte sie sich bis zum Anschlag auf ihn nieder und drückte sich dann noch von den Haltgriffen am Pferdekopf ab, um sich fester auf ihn zu pressen und ihn tiefer zu spüren.

Das weit ausholende Schaukeln machte es noch besser.

Noch intensiver.

Axel saß fest hinter ihr, fasste mit seinen Händen um sie herum nach ihren immer empfindlicher werdenden Nippeln und lenkte mit köstlichem Necken, leichtem Drehen und zartem Ziehen ihre Bewegungen.

Vor, zurück. Vor, zurück.

Maggie legte ihr vor Erregung heißes Gesicht nach vorne gegen das kühlende Holz der Mähne und biss sich selbstvergessen auf die Unterlippe, während sie, ihren Instinkten und Gelüsten folgend, ihr Becken jetzt in der Auf- und Abbewegung kleine Kreise beschreiben ließ, ohne dabei aus dem hypnotisierenden und sie mehr und mehr um den Verstand bringenden Takt zu kommen.

Mit seinen leicht rauen Handflächen streichelte er von ihrer Brust weg über ihre Rippen und ihre Schenkel, dann ihren fest angespannten Hintern, bevor er beide Backen mit weit ausgestreckten Fingern fasste und zudrückte … die Daumen am Zentrum ihrer Lust und ihr heißes Fleisch leicht spreizend.

Dabei fühlte es sich so an, ganz delikat, obwohl doch nur angedeutet, als würde sie im Rhythmus des Schaukelns und ihrem eigenen drängenden Auf und Nieder mit Pussy und Hintern zwei Schwänze gleichzeitig in sich aufnehmen.

Ein Lustschrei brach aus ihr heraus, der sie selbst überraschte. Sie befreite. Sie noch mehr enthemmte.

Axel knurrte zur Antwort deutlich hörbar hinter ihr auf, packte sie fester und beschleunigte den Takt ihrer Stöße mit seinen verlangenden, kräftigen Griffen.

Um und um drehte sich das Karussell.

Vor und zurück schaukelte das riesige Pferd.

Auf und ab wippte Maggies Unterleib.

Ein und aus tanzte Axels Schwanz.

Tief und tiefer gruben sich seine Finger in ihr Fleisch.

Das Herz flatterte in ihrer Brust wie ein in einem viel zu engen Käfig gefangener Kolibri.

Ihr Atem ging schnell und keuchend, und ihre Brüste schlugen gegen das Holz: jede einzelne Berührung sandte ihr neue, zusätzliche Lust unter die Haut und bis ins Mark hinein. Wie schon in der vergangenen Nacht war sie williges Opfer seiner Kontrolle und ihrer eigenen jetzt wilden Gier geworden und ließ ihren Leib und ihre Seele darin tanzen wie in einer Meeresbrandung.

Sein Schwanz war so wunderbar hart … so steil und so groß. Lebendig heiß und pochend. Und sie ritt ihn meisterhaft. Die Fußballen fest in den Steigbügeln, den Körper nach vorne gebeugt wie ein Jockey im Endspurt.

Einer seiner Daumen bahnte sich nun dort einen Weg, wo Maggie noch nie einen Mann zugelassen hatte.

Erstmalig. Einmalig. Umwerfend. Sensationell.

Mit jedem Aufbäumen des Pferdes, das sie zurückrutschen ließ, fühlte es sich so an, als würden sein Schwanz und sein Daumen noch ein Stück tiefer in sie dringen. Sie bis zum Gehtnichtmehr aus- und erfüllen. Und schon beim Nach-vorne-Schaukeln, beim Herausgleiten, sehnte sie sich bereits wieder nach dem Rückwärts.

Sie vermisste es, Axel jetzt nicht sehen zu können, und zugleich verdoppelte dieser Umstand ihre Erregung ... weil er ihr dadurch, dass er sie von hinten nahm, die Gelegenheit gab, sich voll und ausschließlich auf ihre eigene Lust zu konzentrieren.

Und obwohl sie gerade ganz zweifelsohne sein Spielzeug war, konnte sie ihn so ebenfalls als ihr Spielzeug betrachten und benutzen.

Ja, sie benutzte ihn, so wie er sie benutzte. Gierig, fordernd – nur noch auf ihre Lust und deren Befriedigung konzentriert.

Ihre ausgefüllte Mitte glühte. Und je feuchter sie wurde, umso heißer wurde sie. Maggie schluckte damit sein steifes Fleisch so tief und weit in sich hinein, dass es ihr vor den lustvoll aufgerissenen Augen flimmerte.

Sie pumpte und wippte, stieß und wand sich. Holte sich, wonach es ihr verlangte. Immer lauter stöhnend. Die Haut bedeckt vom eigenen, perlenden Schweiß.

Maggie spürte deutlich, wie sich alles an mitreißenden Empfindungen und berauschenden Regungen in ihr aufbauschte und staute und dabei ihre Ekstase in immer steiler werdenden Spiralen nach oben peitschte. Gleich würde sie kommen ... und sie ließ die Bewegungen ihres vor Lust brennenden Körpers ihren unerbittlich gierigen Trieben genau diesen Pfad entlang folgen. Keuchend. Wimmernd. Das Rot vor ihren Augen immer dichter, strahlender.

Mit jedem Schaukeln, jedem Ruck und jedem Stoß schwappte sie in immer schneller und höher schlagenden Wellen ihrem Höhepunkt entgegen … hartes Fleisch … fester Daumen … kräftige Finger … ihre kribbelnde und immer praller werdende Klit auf dem glatten Holz … sein Knurren in ihren Ohren … schweißnasses Haar in der Stirn … trockene Kehle … bis zum Hals schlagendes Herz.

Da!

Als es nun über sie hereinbrach, stützte sie sich mit beiden Händen vom Nacken des Pferdes ab und presste sich mit aller Kraft Axel und seinem Schwanz entgegen. Jeder Muskel ihres Körpers zum Zerreißen angespannt. Sie hielt den Atem an, bis es nicht mehr ging … und ein lauter, lang gezogener und unendlich befreiender Schrei aus ihr herausbrach.

„Jaaaaa!"

Das war der Moment, in dem Axel sich erhob, ohne aus ihr herauszugleiten, sie mit seiner gewaltigen Kraft packte, als wöge sie nichts, sie herumdrehte, ohne dass sie in ihrem Rausch begriff, wie das überhaupt gehen konnte, und sie vor sich auf den Rücken des Pferdes legte, sodass sie jetzt mit weit gespreizten Schenkeln vor ihm lag und mit dem Kopf an der Mähne lehnte.

Das dunkle Feuer in seinen Augen verzehrte sie.

Schatten in seinem wilden Gesicht.

Maggie schwelgte noch in ihrem durch sie hindurch peitschenden Orgasmus, während er sich in den Steigbügeln höher aufrichtete, sie mit seinen Kriegerhänden an der Taille packte und begann, sie fest und fordernd zu ficken.

Für einen Sekundenbruchteil bildete sie sich ein, durch den roten Schleier vor ihren Augen zu sehen, wie die Zeichnung, die von seiner Brust zu seinen Schultern lief, in einem rotfeurigen Ton aufflammte …

A – Z – A – Z – L

… und dann wieder verschwunden war, als hätte es sie nie gegeben.

Sein Blick fing den ihren auf und schien damit zu verschmelzen … und plötzlich war da nur noch Lust … und Vergessen.

TEIL 2

DER SERAPH

6. KAPITEL

Wiedersehen

Ba'Al'T'Azar fühlte den Nachtwind unter seinen mächtigen Schwingen und hätte beinahe laut aufgeschrien vor Freude. Fast fünftausend Jahre waren vergangen, seit er diese Form das letzte Mal angenommen hatte, um sich im Krieg gegen die Angu'Gal, die Gefallenen Wächter, frei auf der Erde bewegen zu können. Damals, als Caphtor für immer in den Fluten versank. Eben jenen Fluten, die jetzt still und glatt weit unter ihm im Licht der Sterne glitzerten.

Er klappte die weiten Flügel zusammen und setzte zum Sturzflug an. Steil und immer schneller werdend, jagte er in die Tiefe herab und genoss den Zug der Luftwirbel an seinen breiten Schultern, der Brust und an den Schenkeln. Ein lustvolles Knurren entsprang seiner Kehle.

Erst im letzten Moment breitete er seine Schwingen wieder aus, um den Sturzflug gerade noch rechtzeitig abzufangen und nun nur wenige Meter über der Meeresoberfläche dahinzugleiten. Er senkte den Blick, um sich im Spiegel des Wassers zu betrachten. Sein Gesicht war das eines schwarzen Panthers, aber sein Leib war der eines Menschen, wenn auch überall mit dichtem, glänzendem Fell bedeckt. Links und rechts ragten gewaltige Stierhörner aus seinem Haupt, und seine Hände und Füße waren die Klauen eines Raubtiers.

Mit einem dunklen Lächeln erinnerte er sich daran, wie sein Anblick damals Furcht und Schrecken verbreitet hatte unter den Menschen. Aber da war auch Anbetung gewesen … und Begierde. Ja, an die Begierde, die er und seinesgleichen in den Menschen wecken konnten, erinnerte Ba'Al'T'Azar sich ganz besonders gerne.

An all die Frauen, die ihm damals nur zu willig zu dienen bereit gewesen waren.

Ihm und seinem Hunger. Dieser brennenden Gier. Schon bald würde er sie wieder an ihnen stillen. Mit großer Freude. Doch für den Moment gab es Wichtigeres zu tun.

Er schlug fest mit den Flügeln, dass das bis eben ruhige Meer unter ihm sich zu Wellen aufpeitschte, und gewann damit schnell wieder an Höhe. In einer weiten Kurve lenkte er seinen Flug nach Süden und beschleunigte. Schon bald hatte er das Festland erreicht. So endlos wie zuvor das Meer erstreckte sich nun die Sahara unter ihm.

Stilles Land, bedeckt vom Sand der Jahrtausende. Hier hatte er seine letzte Schlacht ausgetragen. So lange her – und doch kam es ihm vor, als sei es gerade erst gestern gewesen.

Er wandte seinen Blick gen Südosten und fand am nächtlichen Horizont schon bald, was er suchte. Wie ein dünner Faden flüssigen Silbers schlängelte sich der Nil weit in der Ferne. Ba'Al'T'Azar korrigierte seinen Kurs hin zu dem Fluss, und als er ihn erreichte, folgte er seinem Lauf gegen die Strömung nach Süden.

Nach einer Weile traf er auf die Gabelung, wo der Weiße und der Blaue Nil zusammenfließen und flog nach links, den Blauen hinauf, bis das Hochland von Abessinien vor ihm lag, das er aus seiner Zeit hier auf der Erde noch als Grenzgebiet des Königreiches von Sheba kannte. Mit einigen weiteren kräftigen Flügelschlägen gewann er an Höhe und glitt dann über das zerklüftete Plateau hinweg, wie ein Falke auf der Suche nach Beute. Aber es war nicht Beute, die Ba'Al'T'Azar suchte. Es war Wissen. Und dieses Wissen war nicht mehr weit. Es wartete auf einer Insel in einem See vor ihm – auf Dek Deset im See von Tana. Doch er würde es nicht ohne Kampf erhalten.

Mit einem finsteren Grinsen legte er seine Klauen auf die

Griffe der beiden Schwerter in seinem Gürtel. Er hatte sie schon viel zu lange nicht mehr benutzt.

Lautlos landete er am felsigen Ufer des Sees und richtete den Blick seiner eisig blauen Augen gen Osten: in Richtung der Insel, die wie ein schwarzer Fleck inmitten des dunklen Gewässers lag.

„Malikat", rief er, und seine gewaltige Stimme schallte über das Wasser. „Malikat Bilkis."

Für eine ganze Weile blieb es still. Aber Ba'Al'T'Azar wusste, dass man ihn gehört hatte und wartete.

Schließlich vernahmen seine feinen Raubtierohren etwas, das zunächst klang wie ein heiseres Flüstern. Ein anfänglich leiser Singsang, der von den flachen Wellen getragen schien und langsam an Kraft und Lautstärke zunahm.

„Es ist dir verboten, hier zu sein, Seraph." Es war, als würde der See sprechen.

Ba'Al'T'Azar erkannte die Stimme sofort, so als hätte er sie gerade gestern das letzte Mal gehört, und antwortete: „Die Dinge haben sich geändert, Malikat."

„Die Dinge ändern sich nie", entgegnete die Stimme.

„Aus dem *Nie* von damals ist das *Jetzt* geworden", erwiderte er. „Alles hat sich inzwischen geändert. Und wenn ich es nicht aufhalte, wird es noch schlimmer."

„Noch schlimmer?" Es klang wie ein Echo.

„Ja."

„Vielleicht wäre das eine willkommene Abwechslung."

Ba'Al'T'Azar runzelte die Stirn, verärgert über so viel Gleichgültigkeit. „Auch dein ewiges Leben wäre dann zu Ende."

„Ja", sagte die Stimme, und es klang wie ein lächelndes und zugleich sehnsuchtsvolles Seufzen aus der Tiefe des Herzens, „das wäre *tatsächlich* eine willkommene Abwechslung."

Er ballte die Fäuste. „Red keinen Unsinn und gestatte mir, deinen Tempel zu betreten."

Die Stimme schwieg für eine Weile. Alles wurde wieder still. Doch dann schließlich antwortete sie. „Das hängt davon ab, was du von mir willst, General."

„Das weißt du genau, Malikat."

„Dann hast du den weiten Weg umsonst gemacht", bekam er zur Antwort. „Mein Wissen ist nicht für deinesgleichen bestimmt. Und das wiederum weißt *du* ganz genau."

„Willst du wirklich riskieren, dass ich es mir mit Gewalt hole?", fragte er drohend.

„Das zu versuchen, steht dir natürlich frei."

„Ich hatte so gehofft, dass du das sagen würdest", erwiderte er mit einem Schmunzeln und zog seine beiden Schwerter. Dann trat er entschlossen auf das Wasser hinaus.

Er hatte kaum ein Dutzend Schritte gemacht, als Malikats Wächter vor ihm aus dem See auftauchten.

Sie waren zu dritt.

Wie er selbst trugen sie ein großes Paar Flügel auf dem Rücken. Zwei von ihnen hatten menschliche Gestalt – der eine den Kopf einer Python, der andere die lange Schnauze und die großen Ohren eines Schakals. Suburi. Wächtersklaven. Und obwohl sie beide mit langen Speeren bewaffnet waren, wusste Ba'Al'T'Azar, dass die größte Gefahr von dem dritten der Wesen ausging.

Ein Anzu – ein Greif.

Der hintere Teil des von vier Beinen getragenen Leibes war der eines Löwen, der vordere mitsamt dem Kopf der eines gewaltigen Adlers. Gegen die Adlerkrallen der Vorderbeine wirkten selbst Ba'Al'T'Azars Raubtierklauen winzig. Sie und auch der kräftige Schnabel waren stark genug, Schwerter zu zerbrechen, als wären sie aus Glas.

„Tretet zurück, General", sagte der Schakalköpfige. „Wir wollen nicht gegen Euch kämpfen müssen."

„Ihr habt geschworen, die Malikat mit eurem Leben zu beschützen", erwiderte Ba'Al'T'Azar grimmig.

„Ja, das haben wir", gab der Subur mit dem Kopf einer Python zu. „Aber damals, als wir diesen Schwur geleistet haben, konnten wir noch nicht wissen, dass wir sie eines Tages vor Euch – vor unseresgleichen – beschützen müssen."

„Ich bin nicht euresgleichen", stellte Ba'Al'T'Azar klar. „Und, wie ich bereits sagte, die Dinge haben sich geändert."

Mit einem einzigen, schnellen Schlag seiner Flügel schoss Ba'Al'T'Azar in die Höhe. Er wusste, dass die drei ihm folgen würden, um ihm den Weg zur Insel hin abzuschneiden, und behielt recht. Fast ebenso schnell wie er rasten sie nach oben. Deshalb machte er im nächsten Moment eine Wende, legte die Flügel an und stürzte sich mit einem gewaltigen Brüllen von oben auf seine Verfolger herab.

Die beiden Suburi flogen zuvorderst, im Abstand ihrer Schwingen nebeneinander. Der Anzu weiter hinten, in der Mitte.

Ba'Al'T'Azar durchschaute ihre so simple wie effektive Taktik sofort. Die Suburi würden versuchen, ihn von beiden Seiten aus in ein Gefecht zu verwickeln, während der Greif sich dann von hinten auf ihn stürzen und versuchen würde, ihn in Stücke zu reißen. Und selbst wenn es dem Adlerlöwen nur gelang, Ba'Al'T'Azars Flügel schwer genug zu verletzen, wäre er für Tage an den Boden gefesselt, bis sie wieder geheilt wären. Das durfte er nicht riskieren.

Er schlug noch einmal hart und schnell mit den Flügeln, um seinen Steilflug zu beschleunigen, und die Suburi gingen mit ihren Speeren in Position, um seine Attacke abzuwehren.

Doch Ba'Al'T'Azar dachte gar nicht daran, sich auf ihre Strategie einzulassen und sie frontal anzugreifen. Kurz bevor er sie erreichte, lenkte er seinen Sturz in eine Pirouette und schlug seine Flügel um sich herum wie einen schützenden Mantel.

Die Beschleunigung war enorm und kam für seine Gegner völlig unerwartet. Wie ein vom Himmel stürzender Komet wirbelte er zwischen den beiden Suburi hindurch, die mit ihren Speeren viel zu spät reagierten, um ihn noch treffen zu können. Kaum hatte er sie passiert und noch in der Spiraldrehung streckte Ba'Al'T'Azar die Arme und Schwerter unter seinen Flügeln hervor nach vorne.

Der Anzu kreischte auf und versuchte, mit einem Schlag seiner Adlerschwingen nach hinten weg auszuweichen – und präsentierte dabei ungewollt seine gefiederte Brust und seinen Unterleib.

Ba'Al'T'Azar nutzte das linke Schwert als Deckung gegen die Adlerklauen und trieb das rechte tief in den Leib des Greifs. Sein Schwung war so groß, dass die Klinge durch und durch ging. Die Kreatur schrie ein zweites Mal auf und stürzte hinab in den See – wobei sie das Schwert mit sich riss, für immer mit der Klinge vereint.

Der gefährlichste Gegner war ausgeschaltet. Die anderen beiden würden noch weniger Schwierigkeiten bereiten.

Mit jetzt nur noch einer Waffe ausgestattet, machte Ba'Al'T'Azar eine schnelle Rolle rückwärts. Gerade rechtzeitig, um den Speerspitzen der ihn von oben herab angreifenden Suburi auszuweichen. Das Manöver brachte ihn zu ihrer großen Überraschung direkt hinter sie, und er zögerte keine Sekunde lang, zuzuschlagen. Sein Schwert traf auf Flügel und zerfetzte sie.

Der Subur mit dem Schakalkopf fiel aus der Luft wie ein Stein.

Nur noch einer übrig.

Ba'Al'T'Azar schwebte aufrecht in der Luft und wartete.

Der Subur zögerte.

Ba'Al'T'Azar konnte die nackte Angst in seinen geschlitzten Pythonaugen lesen.

„Erfülle deinen Schwur", forderte Ba'Al'T'Azar ihn mit einem Knurren heraus. „Und dein Schicksal."

Nur einen Augenblick lang verharrte der Subur still in der Luft. Dann aber stieß er einen Kriegsschrei aus und stürzte sich mit schnellen Flügelschlägen und nach vorne gerichtetem Speer auf den General der Seraphim.

Ba'Al'T'Azar lachte rau und triumphierend auf und schoss ihm noch schneller entgegen.

Mitten im Anflug drehte er geschickt eine enge Schleife, gerade weit genug, um der Speerspitze auszuweichen, und führte dabei seine Klinge wie eine Sense von außen nach innen.

Der Pythonkopf flog im hohen Bogen durch die Luft, während der enthauptete Leib noch ein paar Flügelschläge tat und dann jenseits des Wassers am Ufer zu Boden krachte.

Ba'Al'T'Azar drehte sich nicht einmal um, sondern flog direkt hinüber zur Insel. Der Tempel der Malikat lag genau in ihrem Zentrum, der Eingang lediglich ein Spalt zwischen zwei Felsen. Ba'Al'T'Azar landete direkt davor. Er wappnete sich gegen einen neuen Angriff, aber es kam keiner. Trotzdem wartete er noch ein paar Sekunden. Nur um sicherzugehen. Dann erst setzte er seinen Weg fort.

Wohl wissend, dass er den Tempel in seiner jetzigen Form nicht betreten konnte, nahm er die Gestalt eines Menschen an. Hochgewachsen, breitschultrig, muskulös sehnig. Eisblaue Augen. Blonde Locken, die weit über die Schulterblätter nach unten fielen.

Nackt und waffenlos betrat er die Höhle. Die grob aus dem Felsen gehauenen Stufen führten in einer weiten Spirale in die Tiefe. Dank seiner Fähigkeit, im Dunkeln zu sehen, erkannte er die uralten magischen Symbole, die überall in die Steinwände geritzt waren. Da sie jedoch damals, als sie angebracht wurden, nicht für ihn gedacht waren, konnten sie ihn auch nicht aufhalten.

In diesem Moment hörte er von hinter sich das Schlurfen.

Die Malikat hatte also doch noch andere Wächter. Zumindest einen. Ba'Al'T'Azar hielt inne und drehte sich herum, um sich seinem Verfolger entgegenzustellen. Sofort versiegte das schlurfende Geräusch. Er wartete einige Augenblicke lang und horchte in das Dunkel hinein, jeden Muskel seines menschlichen Körpers angespannt. Doch nichts rührte sich. Erst als er sich wieder nach vorne wendete und weiter hinabging, setzte das Schlurfen erneut ein.

„Ruf deinen Wachhund zurück, Malikat“, rief er in die Tiefe hinab, „wenn du nicht willst, dass ich ihn auch noch unschädlich mache und dich damit nachher vollkommen schutzlos zurücklasse.“

Fast sofort hörte das Schlurfen wieder auf, und Ba'Al'T'Azar lächelte zufrieden. Die Malikat musste ihrem Wächter per Telepathie den Befehl gegeben haben, sich zurückzuziehen. Dennoch blieb er auf der Hut. Aber schließlich erreichte er unbehelligt das Ende der Treppe und trat in eine große, domähnliche Halle.

Am anderen Ende des natürlichen Gewölbes, auf ihrem majestätischen Thron aus Elfenbein, saß die Malikat. Stolz, aufrecht und einfach atemberaubend. Nicht ohne Grund spannen die Menschen seit Jahrtausenden Mythen um sie und ihre unvergleichliche Schönheit.

Ba'Al'T'Azar ging auf sie zu und betrachtete sie. Ihre Haut war schwarz und glatt wie Ebenholz, und das lange, seidige Haar umfloss ihren schlanken, hochgewachsenen und nackten Leib wie lebendig gewordene Mitternacht. Mit großen, pechschwarzen Augen blickte sie ihm entgegen, ehe sie sich geschmeidig erhob und ihm mit aufrechtem Gang entgegenschritt. Ihre vollen, festen Brüste wippten im Takt ihrer entschlossenen Schritte.

„Ich bin die Malikat Bilkis“, sagte sie mit kraftvoller Stimme, als sie mit nur etwa einem Meter Abstand voreinander zum Stehen kamen. „Die Königin von Sheba. Knie nieder und erweise mir den Respekt, den du mir schuldest, Seraph!“

Ba'Al'T'Azar deutete mit dem Kopf eine leichte Verbeugung an … ehe er dann aber mit dem rechten Arm ausholte und ihr mit einer harten Rückhand so fest ins Gesicht schlug, dass sie nach hinten taumelte und zu Boden stolperte.

Sie hob langsam das schmal geschnittene Gesicht, wischte sich das Blut mit dem Handrücken vom Mundwinkel … und lächelte. „Ich freue mich auch, dich wiederzusehen.“

Dann streckte sie die Hand, mit der sie sich das Blut abgewischt hatte, in einer schnellen Bewegung aus, und ein gleißend roter Blitz schoss daraus hervor.

Er war viel zu schnell, als dass Ba'Al'T'Azar ihm noch hätte ausweichen können, und er traf ihn mit voller Wucht in die nackte Brust. Wie eben die Malikat wurde jetzt er nach hinten und zu Boden geschleudert, wo er unsanft an der Felswand landete.

Mit einer heftigen Bewegung des Kopfes schüttelte er die Benommenheit ab und schaute sie voller Überraschung an. „Du kannst das An'Ki'A benutzen? Hier auf der Erde?“

Damit hatte er nicht gerechnet.

Sie richtete sich auf und zuckte mit den Achseln. „Das war Teil der Abmachung, als ich nach dem Großen Krieg gewählt habe, als Mensch hier auf der Erde zu bleiben.“ Sie streckte beide Arme aus, machte eine knappe Bewegung mit den Händen, und Ba'Al'T'Azar wurde von einer unsichtbaren Macht in die Höhe gehoben.

Er versuchte mit aller Kraft, sich dagegen zu wehren, doch sie war zu stark.

„Du willst sagen, als du dich aus dem Staub gemacht und uns und die Schöpfung im Stich gelassen hast“, presste er hinter vor Schmerz zusammengebissenen Zähnen hervor.

Mit einigen weiteren kleinen Gesten ihrer Finger brachte sie ihn in eine aufrechte Position und ließ ihn zu sich heranschweben.

„Hüte deine vorlaute Zunge, Seraph. Du sprichst mit einer Göttin. Zeige etwas mehr Respekt, wenn ich bitten darf.“

„Du bist nicht länger eine der Elohim“, zischte er, als er ganz dicht vor ihr schwebte ... und dann grinste er. Sie hatte etwas Entscheidendes vergessen. „Du hast deinen Platz in den Himmeln aufgegeben und bist jetzt ein Mensch. Seit fast fünf Millennia.“ Seine Augen nahmen nun einen kalt scheinenden Glanz an und suchten ihren Blick ... bohrten sich in ihn hinein. Schon nach einem kurzen Moment wurde ihr überirdisch schönes Gesicht völlig ausdruckslos, und ihre dunklen Pupillen weiteten sich. „Und als Mensch unterliegst auch du meinem Zauber, Weib. Lass mich herunter. Sofort!“

Die Malikat nickte wie in Trance und setzte ihn augenblicklich gehorsam ab.

Ba'Al'T'Azar betrachtete sie.

Sie war beinahe so groß wie er. Ihre Schönheit betörte ihn. Es war schon so lange her, dass er einer Menschenfrau beigewohnt hatte, dass er fast vergessen hatte, wie sehr ihn der Anblick erregte. Die Malikat mochte nicht als Menschenfrau geboren worden sein, aber nun war sie eine. Eine der schönsten, die Ba'Al'T'Azar je gesehen hatte, doch ebenso anfällig für seine Macht wie jede andere.

Er strich ihr das Haar aus dem Gesicht, und die Berührung seiner Fingerspitzen ließ sie leise erschauern.

Anders als die Malikat konnten er und seinesgleichen hier auf der Erde nicht das An'Ki'A, die Kraft des Universums, einsetzen. Aber dafür verfügten sie über das Di'Maì – die Magie, Menschen in ihren Bann zu schlagen und sie sich willens zu machen, sie zu verzaubern und zu lenken ... und sie allein durch ihre Anwesenheit in einen Zustand höchster Euphorie und Erregung zu versetzen.

Mit ihrer freiwilligen und für alle Zeiten bindenden Menschwerdung hatte die Malikat automatisch auch die Anfälligkeit für diese Macht geerbt – und war nun Wachs in seinen Händen.

„Schenk mir dein schönstes Lächeln", flüsterte er, und sie gehorchte. Sie legte ihren Kopf leicht zur Seite und strahlte ihn an, als sei er ihr Geliebter, der nach langer Abwesenheit endlich zurück zu ihr gekommen war.

Dieses Lächeln berührte etwas tief in seiner Brust – ein Gefühl, das er schon seit Ewigkeiten nicht mehr erlebt hatte. Obwohl er wusste, dass sie es ihm nicht bereitwillig schenkte, vertrieb die Wärme darin die Kälte in seinem Herzen.

„Berühr mich", forderte er leise, und sie legte ihre weiche Hand sanft gegen seine Wange. Streichelte mit den Spitzen ihrer langen Finger den Haaransatz an seiner Schläfe.

Die Berührung war so angenehm, dass er beinahe vor Genuss die Augen geschlossen hätte. Aber das hätte seinen Zauber über sie gebrochen. Erst wenn ihre Erregung noch stärker wurde, würde er den direkten Blickkontakt nicht mehr brauchen.

Trotz des wilden Friedens, den ihre Nähe und ihre zarte Liebkosung in sein Herz pflanzten, dachte er noch für einen Moment daran, warum er eigentlich hier war. Doch er schob den Gedanken schnell zur Seite.

Noch nie hatte er eine der Elohim verführt.

Niemand seiner Art hatte das.

Die Vorstellung davon war zu verführerisch.

„Ich bin nicht der Böse in diesem Spiel, Bilkis", sagte er, so als würde er für seine Taten um Verzeihung bitten – besonders für die, die noch vor ihm lagen.

Sie war ihm auf Gedeih und Verderb ausgeliefert, aber er wollte, dass sie ihn verstand. Er küsste ihre Handfläche.

„Ich weiß", antwortete sie ruhig und legte auch ihre zweite Hand an sein Gesicht. „Das weiß ich doch, T'Azar. In diesem Spiel ist keiner der Böse. Zumindest glaubt jeder von euch, auf der richtigen Seite zu stehen. Wann werdet ihr endlich erkennen, dass es richtig und falsch nicht gibt und es sich nicht lohnt, dafür zu kämpfen, wenn Kampf bedeutet, andere zu vernichten?"

Darüber wollte er jetzt nicht nachdenken.

„Küss mich", verlangte er heiser.

Die schöne Königin, die einmal eine Göttin gewesen war, reckte sich ihm entgegen und legte ihre vollen Lippen sachte gegen die seinen. Sie schmeckte süß nach wildem Honig und nach Rosenblüten, und er legte seine muskulösen Arme um ihre schlanke Taille, um sie noch enger an sich zu ziehen.

Es verschlug ihm beinahe den Atem, als sich dabei die dunklen Spitzen ihrer großen Brüste gegen seinen Bauch drückten und er fühlte, wie sie härter wurden.

Ein wohliges Seufzen stahl sich in ihren Kuss, der jetzt langsam hungriger wurde, sehnsuchtsvoller.

„Schenk mir all deine Liebe, Bilkis", atmete er in einem Anflug tiefer, ja schwermütiger und beinahe schmerzvoller Sehnsucht in ihren offenen, weichen Mund hinein.

„Ach, Seraph. Die Liebe, die ist etwas für Sterbliche", hauchte sie zurück. „Ebenso kurzlebig wie sie. In mir ist keine Liebe mehr, aber wenn du willst, und ich hoffe, dass du willst, schenke ich dir nur zu gerne all meine Lust."

Ja, das wollte er. Ganz gewiss wollte er das, und er sagte es ihr zwischen zwei verlangenden Küssen.

Mit einem behaglichen Schnurren rieb sie ihre Scham gegen seinen Schenkel, und er fühlte, wie er unter der drängenden Bewegung hart wurde. Wie sehr hatte er diese menschliche Regung vermisst.

Ihre Hände streichelten federleicht und sachte über die Seiten seines Nackens hinweg nach unten über die weit ausladenden Schultern und hin zu seiner breiten Brust, während sie begann, seine Mundwinkel zu küssen, sein Kinn und seinen Hals. Zwischen jeden dritten oder vierten Kuss setzte sie einen zärtlichen Biss und ließ ihre langen Fingernägel an seinen Nippeln spielen.

Der Blickkontakt war nicht mehr nötig. Unter seinen Fingern auf ihrem Rücken konnte er ihr Zittern fühlen … ihre Willigkeit … ihre wachsende Gier.

„Zeig dich mir", befahl er, und sie seufzte sehnsuchtsvoll, weil das bedeutete, dass sie sich von ihm lösen musste. Sie trat drei geschmeidige Schritte zurück und streckte die Arme seitlich aus, um sich ihm in all ihrer überwältigenden Schönheit zu präsentieren.

Das schwarze Haar floss ihr wie ein Mantel bis hinunter zu den Waden ihrer langen und schlanken Beine herab. Die Spitzen ihrer üppigen und seidig glänzenden Brüste waren zu kleinen, harten Perlen geworden, und der Duft ihrer Lust schwebte durch den Raum.

Ba'Al'T'Azar gab ihr die Anweisung, langsam zu ihrem Thron zurückzugehen, und sie drehte sich herum, um ihm Folge zu leisten. Ihre fließenden, schwingenden und dabei doch so kraftvollen Bewegungen erinnerten ihn an die einer großen Schlange.

Er ging langsam hinter ihr her und weidete sich an ihrem Anblick.

„Setz dich auf deinen Thron, Malikat."

Sie setzte sich, und ihr Blick glühte voller Verlangen.

„Wie lange ist es her?", fragte er.

„Zu lange", hauchte sie. „Ich erinnere mich nicht."

„Ich werde dir helfen, dich zu erinnern." Er kniete vor ihr nieder und spreizte ihre seidigen Schenkel.

Auch für ihn war es schon viel zu lange her. Viel zu lange her, dass er eine Menschenfrau gekostet hatte. Er fasste sie bei den Kniekehlen und legte sie sich auf die breiten Schultern. Dann griff er nach ihren Brüsten und streichelte sie fast anbetungsvoll. Die Malikat erbebte und atmete tief und hörbar ein.

Ihr Blick wurde noch entzückter, und sie lehnte sich in ihrem weiß schimmernden Thron zurück, um ihn gewähren zu lassen. Dabei rutschte ihr duftiger Schoß nach vorne – ihm entgegen. Er atmete ihre Lust in tiefen Zügen und spürte, wie das Rauschen seines eigenen Blutes schneller wurde. Das Fleisch unter seinen spielenden Fingern wurde fester und wärmer, bis es sich schließlich anfühlte, als würde es glühen und die Nippel so hart waren, dass sie in die Höhe stachen.

Mit einem Lächeln packte er noch fester zu und senkte sein Gesicht zwischen ihre Schenkel.

Seine Lippen berührten die ihren zunächst ganz sacht, und doch bäumte sie sich ihm schon entgegen; ihr Leib nach mehr dieser köstlichen Küsse bittend. Eine Bitte, die er nur zu gerne erfüllte.

Er verstärkte den Druck seines Mundes und öffnete ihn, um sie noch intensiver zu schmecken – und an ihr zu saugen.

Sie schluchzte ergeben, und als er kurz nach oben sah, entdeckte er eine einzelne, kleine Träne, die aus ihrem Augenwinkel herab schimmernd über ihre glühende Wange rann.

Der Durst nach ihrer Lust ließ ihn seine Zunge hervorstrecken, um damit ihr zartes, feucht gewordenes Fleisch zu teilen. Ihre Waden auf seinen Schultern spannten sich an, und sie zog ihn noch dichter zu sich heran, während er seine Zungenspitze über ihre kleine rosige Perle hinweg nach unten und in sie hinein drückte, um sie mit kleinen, leckenden Bewegungen zu verwöhnen.

Mit jedem einzelnen, zart ausgeführten Schlag seiner Zunge zuckte sie ein wenig auf, die Hände in die Lehnen ihres Throns gekrallt. Er suchte – und fand – ihre empfindlichste Stelle leicht seitlich an ihrer Klit und leckte daran hingebungsvoll und geduldig auf und ab.

Auf und ab.

Auf und ab.

Ihr Schluchzen wurde unter der Intensität seines Schleckens zu einem lustvollen Wimmern, das von den Wänden der weiten Höhlenhalle widerhallte und verstärkt wurde.

Ihr Saft schmeckte wie der reinste Nektar, und er holte sich genussvoll mehr davon, verrieb ihn mit dem Mund und abwechselnd leichtem und festem Druck auf ihrer sensiblen Haut. Dabei saugte er wieder und wieder ihre immer berührungshungriger werdende Klit zwischen seine Lippen, um an ihr zu lutschen und zwischen seinen Zähnen mit der Zungenspitze daran zu spielen; so wie er ihre Nippel zwischen seine Finger und Daumen nahm, um sie behutsam und doch voller Verlangen noch kleiner, härter und brennender zu zwirbeln.

Nun war sie auch jenseits des Di'Maì Wachs in seinen Händen, und er beschloss, sie zu ihrem ersten Höhepunkt zu lecken, ehe er sie nehmen würde.

Während er in der Kontrolle über sie und ihre Lust schwelgte, beschleunigte er den Takt seiner Zungenschläge und verstärkte auch ihren Druck. Gleichzeitig begann er mit dem Kopf zu nicken, damit seine Nase in demselben Takt auf ihre Scham drückte.

Er fühlte, wie erregt sie darauf reagierte, den Rhythmus mit ihren zuckenden Hüften übernahm und ihre Brüste noch fester in seine massierenden Finger hineindrückte.

Inzwischen war aus ihrem wimmernden Seufzen ein tiefes und inbrünstiges Keuchen geworden. Ihre Schenkel spannten sich zu beiden Seiten seines Kopfes an, und mit fordernden Fingern packte sie seine Hände auf ihren Brüsten.

Sie verkrampfte sich unter seinem Gesicht, und ihr Zucken hörte auf.

Sie war so weit.

Er leckte fester und drängender … fühlte das Zittern, das durch ihren aufgebäumten Leib ging … fester und drängender … schneller … nasser … gieriger …

Sie kam.

Heftig.

Er leckte weiter.

Sie stieß einen spitzen Schrei aus.

Weiter. Weiter … und immer weiter … ohne auch nur ein einziges Mal den Takt zu unterbrechen.

Noch ein Schrei. Noch ein Höhepunkt.

Ihre Lust peitschte die seine – und noch ehe sie auch nur einen Moment lang abkühlen konnte, hatte er sie schon gepackt, sich auf den Knien aufgerichtet und seinen harten Schwanz in sie geschoben.

Das umwerfende, so lange entbehrte Gefühl brachte seinen eigenen schweren Atem zum Stocken, und für vier oder fünf Herzschläge lang verharrte er regungslos … zwischen ihren weit gespreizten Schenkeln … tief in ihr.

Sie starrte ihn mit vor Lust weit aufgerissenen Augen an.

Sein Blick befahl ihr, das Becken zu heben und es kreisen zu lassen. Er verkrallte sich noch tiefer im Fleisch ihrer vollen Brüste und begann, mit langsam und weit ausholenden Bewegungen in sie hineinzustoßen.

Sie biss die perlweißen Zähne aufeinander und knurrte ihm mit jedem Stoß ihre eigene Geilheit entgegen. Dabei sorgte er dafür, dass sein Schaft von oben herab an ihrer noch vom Lecken überempfindlichen Klit entlangstreifte und drückte sich mit seinem ganzen Gewicht in sie hinein.

Nun wand sich die Malikat wirklich wie eine Schlange ... kostete jede Berührung so intensiv aus, wie sie nur konnte ... und die beiden fanden einen ruhigen, aber festen Rhythmus.

Stoß um Stoß.

Dagegen halten. Drängen. Frei geben.

Wieder aufnehmen. Hungrig.

Erobern. In Besitz nehmen.

Trotz ihrer Gier ergaben sie beide sich noch nicht der Unbeherrschtheit, sondern ergötzten sich bewusst und genießerisch an dem sinnlichen Tanz.

Er fühlte, wie sich die Muskeln in ihrem Innern bewegten ... ihn massierten ... an ihm saugten ...

Und er sah sie an, weidete sich an ihrer beinahe sein Herz sprengenden Schönheit und wusste, warum Generationen von Männern diese Frau verehrt und begehrt hatten.

Doch auch er war es gewohnt, angebetet zu werden ... von Frauen angebetet zu werden ... und er ließ seinen Schwanz tief in ihr kreisen ... drückte ihn von oben nach unten ... so geschickt, dass es ihr den Atem verschlug.

Ihre ebenholzfarbene Haut schimmerte seidig und war zwischen ihren Brüsten und auf dem Bauch bereits mit einem dünnen, glänzenden Schweißfilm bedeckt.

„Nimm mich von hinten, Seraph“, keuchte sie, und er

gestattete ihr bereitwillig, dass sie sich von ihm löste, sich herumdrehte und vor ihm auf den Thron kniete.

Er stand auf, packte ihre Taille und ihr Haar und genoss, wie sie zwischen ihren Beinen hindurch nach seinem Schwanz griff, um ihn in sich zu lenken.

Wieder verharrte er für einen langen Moment bewegungslos, voller Erwartung, und gab ihr Gelegenheit, sich abzustützen und sich ihm entgegenzustemmen.

Dann ließ er alle Beherrschung fahren. Alle Zärtlichkeit – und auch den Willen, sie zu verwöhnen.

Er zog ihren Kopf an den dichten Haaren weit nach hinten und sie an sich und nahm, wonach es ihn gierte.

Feste, harte Stöße.

Wild, ungehemmt.

Die Königin schrie auf vor Lust – feuerte seine jetzt ungezügelte Rauheit noch an.

„Fester!", rief sie und stützte sich mit der Brust und den Schultern auf der polierten Elfenbeinfläche des Throns ab, die inzwischen feucht war von ihrem Schweiß. „Fester!"

Mit weit auseinandergestellten Füßen stand er hoch aufgerichtet hinter ihr, hielt sie fest und rammte sich mit seiner unvergleichlichen Kraft in sie hinein.

Mächtig.

Roh.

Mit der Grobheit des Eroberers.

Und die ehemalige Göttin stand ihm in nichts nach.

Sie brüllte ihre unbändige Lust mit weit in den Nacken gezogenem Kopf laut heraus und wippte ihm ihre schmalen Hüften so hart entgegen, wie sie nur konnte – nahm ihn genauso gierig in Besitz wie er sie.

Hier trafen sich zwei überirdische Wesen zu einem Duell viel zu lange ungestillter Begierde – und jetzt lebten sie sie in vollen Zügen und animalischer Hemmungslosigkeit aus.

Stoß um Stoß trieb der Seraph die Malikat in einen immer wilder werdenden Rausch und ihrem nächsten Höhepunkt entgegen, während ihre empfindsamen Brustspitzen über das feuchte Elfenbein rutschten. Eine köstliche Berührung, die ihre schon zum Explodieren bereite Lust noch zusätzlich steigerte, ins schier Unermessliche.

Ihr Herz stolperte, ihr Atem stockte, ihr Leib spannte sich ganz ohne ihr Zutun noch weiter an.

Ihr wurde rot vor Augen … und alles, was sich ganz tief in ihr angestaut hatte, brach plötzlich und heftig aus ihr heraus, als würde in ihrem Innern ein Vulkan bersten und seine feurige Lava in jede Faser ihres Körpers verströmen.

Ba'Al'T'Azar riss sie an den Haaren zu sich nach hinten heran, während sie kam, umschlang sie mit beiden Armen von hinten und packte nach ihren schweißnassen Brüsten.

Nun war er noch tiefer in ihr, und sie schrie ihre überschnappende Lust heraus, wandte den Kopf und suchte mit Lippen und Zunge seinen Kuss.

Sein hungriger Mund schloss sich um den ihren, und er hielt sie mit eisernem Griff fest, während er noch drei, vier Male von unten hart in ihr nach oben stieß, sodass sie ihn im Innern an ihrer Bauchdecke fühlen konnte …

… ehe sie das Pumpen in ihrem Schoß spürte und wusste, dass auch er gerade kam.

Sie warf die Arme nach oben, schlang sie rückwärts um seinen Nacken und presste ihren Schoß noch fester gegen den seinen, ohne den gierigen Kuss zu lösen.

Jahrtausende waren vergangen, seit sie das letzte Mal so fest, so inbrünstig und so voller Sehnsucht von jemandem gehalten worden war, und zu dem heißen Schweiß auf ihren vor Lust glühenden Wangen gesellten sich Tränen der Freude.

So standen die beiden eine kleine Ewigkeit da – wie zwei ineinander verschlungene Statuen aus hellem und dunklem

Marmor; er hinter ihr vor dem Thron, sie darauf kniend. Von den Schenkeln herauf bis zu ihren Gesichtern miteinander verwachsen.

Dann hob Ba'Al'T'Azar die grazile Königin in die Höhe, drehte sich mit ihr herum und setzte sich auf den Thron, ohne seinen Schwanz aus ihrem Schoß zu ziehen.

Nie zu erschlaffen, wenn er es nicht wollte, war eine weitere Fähigkeit des Di'Maì ... die bei den Menschen den Mythos des unersättlichen Incubus hatte entstehen lassen.

Jetzt saß sie auf ihm, mit dem Rücken an seine Brust gelehnt, und er liebkoste von hinten ihre noch immer brennenden Nippel und ihren glühenden Schoß. Wie ein Kätzchen räkelte sie sich mit einem seufzenden Schnurren auf ihm und legte ihren Kopf gegen seine Schulter, während er an ihr spielte.

War der General der Seraphim eben noch grob und wild, streichelte er die Königin auf seinem Schoß jetzt mit einer Zärtlichkeit, die man ihm kaum zugetraut hätte.

Ihr Atem wurde erneut tief und begehrlich.

„Sag mir, wo ich die Abgal finde", flüsterte er ihr ins Ohr, ohne damit aufzuhören, sie zu verwöhnen.

Ihr Brustkorb hob und senkte sich bereits wieder in dem leicht schneller werdenden Takt, in dem er jetzt ihre Brust massierte und ihre Klit in kleinen, kreisförmigen Bewegungen rieb.

„Du weißt", keuchte sie, „dass mein Wissen nur für die Menschen ist und auch nur von ihnen erfragt werden darf." Sie zitterte, als er mit seinen Fingern mehr Druck ausübte und seinen Schwanz in ihr zum Pochen brachte. „Weshalb ich mich schon vor langer Zeit von ihnen zurückgezogen habe."

„Ja", seufzte er zustimmend. „Sie sind eine Pest. Durch sie wurde alles verdorben. Aber wenn ich die Abgal nicht finde, wird alles noch schlimmer."

„Ich weiß“, flüsterte sie und stöhnte hingebungsvoll auf, als er sanft ihren Nippel quetschte und an ihm zog. „Können wir nicht einfach für alle Ewigkeiten hier so sitzen bleiben und tun, was wir gerade tun?“

Sie griff zwischen ihre und seine Schenkel und massierte seine Hoden und seinen in ihr steckenden Schaft mit den Fingerspitzen.

Er stöhnte auf.

„Ich wollte, wir könnten“, sagte er. „Aber wenn ich hierbleibe, wird es keine Ewigkeit geben.“

Die Malikat drehte ihren Kopf, und sie küssten einander sehnsuchtsvoll. Er griff härter zu – und rieb härter. Stöhnend bäumte sie sich auf und ließ sich von ihm und seinen geschickten Fingern zum nächsten, ganz nahen Gipfel bringen. Sie schnaufte immer schneller, bis sie kam und sich schwer atmend wieder gegen ihn sinken ließ.

„Noch mal“, flüsterte sie, und er erfüllte ihren Wunsch mit einem fast schon liebevollen Lächeln.

Kleine, fest ausgeführte Kreise.

Sein pulsierender Schwanz in ihr.

Kräftige Finger an der zarten Haut ihrer Nippel.

„Ja“, wimmerte sie lustvoll und legte ihren Kopf auf die andere Seite, ihr nun weit gestreckter Hals lud ihn zum köstlichen Biss ein. „Ja.“

Der nächste Höhepunkt ließ wieder alles in ihr wohlig verkrampfen, sodass ihr Schoß selbst ohne ihr Zutun an ihm saugte – und auch er noch einmal kam.

„Oh, Himmel, mach weiter, T’Azar“, flehte sie, am ganzen Leib zitternd vor süßer Gier.

Und er machte weiter. Ihre Lust und deren Unstillbarkeit bereiteten ihm große Freude. Aber er durfte auch seine Mission nicht vergessen.

„Sag mir, wo ich sie finde“, verlangte er, während er ihren Hals küsste und biss. „Du hast keine andere Wahl, als mir zu gehorchen, Bilkis."

„Ich weiß", keuchte sie. „Aber ich will noch nicht, dass du schon aufhörst."

„Ich werde nicht aufhören", versprach er. „Nicht vor dem Morgengrauen. Und wenn alles vorüber ist, werde ich zurückkehren."

„Schwörst du es?"

Seine Finger und sein immer noch harter Schwanz brachten sie noch einmal zum Kommen. „Ich schwöre es."

Die Malikat stieß einen spitzen Schrei aus – und verriet dem General der Seraphim, wo er die Abgal finden würde.

7. KAPITEL

Ein rätselhaftes Gepräch

Maggie wurde mit dem Gefühl wach, etwas Wichtiges vergessen zu haben. Aber sie hatte natürlich keine Ahnung, was es war, das sie vergessen hatte. Sie schälte sich aus den angenehm kühlen Seidenlaken des gewaltigen Vier-Pfosten-Bettes und schaute sich in Axels Schlafzimmer um, das beinahe dreimal so groß war wie ihr ganzes Apartment. Axel war nirgendwo zu sehen.

Wo war er? Was hatte sie geweckt?

Was war es, das sie vergessen hatte?

Wie sie hierhergekommen war, wusste sie noch. Nach dem umwerfenden Sex auf dem Karussell hatte Axel sie ganz nach oben in den Wintergarten des Gebäudes gebracht, der in Wahrheit ein riesiges Jugendstil-Penthouse aus Stahl und Glas war. Dort wuchsen nicht nur die wunderschönsten wilden Blumen, sondern sogar ganze Büsche und kleine Bäume.

Umgeben von Orchideen und Lianen und begleitet vom Gesang der exotischsten Vögel, die dort oben völlig frei lebten, hatte Virginia, Axels rechte Hand, mit der Unterstützung zweier weiblicher Bediensteter ihnen das delikateste Fünf-Gänge-Menü serviert, das Maggie jemals gegessen hatte: ein Kokosschaum-Curry-Süppchen mit in Mandelbutter glasierten Venusmuscheln und Hummer; gefolgt von Pfifferling-Ravioli auf sautiertem Blattspinat; gebratener Gänsestopfleber an mit Sesam gerösteten und mit Calvados flambierten Apfelspalten und einem Duett von rosa gebratener Entenbrust und in Joghurt geschmortem Zickleinfilet mit Mousse von roter Paprika und Safran-Thymian-Püree.

Zum Dessert gab es ein Schokoladen-Nougat-Soufflé mit in Amaretto geschwenkten Sauerkirschen.

An all das – jedes einzelne Aroma – und auch an die verschiedenen französischen und kalifornischen Weine, die dazu serviert worden waren, konnte Maggie sich erinnern.

Und natürlich auch an Virginia.

Sie war bei Weitem eine der schönsten Frauen, die Maggie jemals gesehen hatte (Maggie fiel auf, wie oft sie, seit sie Axel begegnet war, in Superlativen dachte). Virginia war beinahe eins achtzig groß, Mitte zwanzig, Modelmaße, blond und blauäugig. Fast schon eine Klischee-Barbie – dabei aber hinreißend charmant, distinguiert, kultiviert und gebildet, was sie unter Beweis stellte, als sie im hochgeschlossenen, anthrazitgrauen Chanel-Kostüm ganz unaufdringlich durch das Menü und die Getränkefolge führte.

Nach dem Essen, als sie wieder alleine waren, hatte Alex sie auf dem großen Teakholztisch bei Kerzenschein noch zweimal ausgiebig geliebt, ehe er sie hier herunter in sein Schlafzimmer gebracht hatte. Unter seinen köstlichen Verwöhnkünsten und seiner düster herrischen Art war sie dann noch dreimal gekommen.

Daran erinnerte Maggie sich bis ins kleinste Detail – und war sich sicher, dass sie es niemals vergessen würde.

Was also *hatte* sie vergessen?

Maggie wickelte sich in eines der Seidenlaken und schlüpfte aus dem hohen Bett. Im spärlichen Licht, das durch die drei Meter hohen Bogenfenster schien, blickte sie sich suchend um.

Das Zimmer, das man ohne zu übertreiben auch Salon nennen konnte, war altmodisch, aber sehr geschmackvoll eingerichtet. Das mit dem weiten Baldachin überdachte Bett stand im Zentrum auf einem drei Stufen hohen Podium. An den mahagonigetäfelten Kassettenwänden hingen kostbare Ölgemälde aus der Renaissance, die Engel, Satyrn und Nymphen zeigten. Trotz ihres Alters hatten sie nichts von ihrem erotischen Charme verloren. Wie schon im Vergnügungspark und auch dem Jugendstil-Wintergarten fühlte Maggie sich in eine andere Zeit versetzt.

Es kam ihr seltsam vor, dass ein so junger Mann wie Axel in einer so altertümlichen Umgebung lebte, aber sie kannte ihn noch zu wenig, um sich ein Urteil darüber anzumaßen. Nichts von all dem hier schien willkürlich von einem exzentrischen Innenarchitekten zusammengewürfelt worden zu sein: Maggie hatte viel eher das Gefühl, dass jedes einzelne Möbelstück, jeder einzelne Einrichtungsgegenstand im Laufe der Jahrzehnte und Jahrhunderte von Axels Familie angesammelt worden war und damit für ihn nicht nur Teil seines Erbes war, sondern vor allem ein Stück Erinnerung an seine Herkunft und seine Wurzeln.

Maggie fragte sich, wo seine Familie gelebt haben mochte, ehe sie hierher in die Fifth Avenue gezogen war und woher sie wohl ursprünglich kam.

Sie nahm eine Kerze von einem der Chippendale-Tische und zündete sie an. In ihrem Schein sah sie, dass in das Holz der Wände seltsame Zeichen und Runen geschnitzt waren. Ganz ähnliche waren ihr schon unten in der Eingangshalle aufgefallen, und auch im Wintergarten hatte sie welche davon gesehen. Sie ging hinüber und berührte eine davon mit den Fingerspitzen.

Das Holz war auch an den Kanten glatt und die geschnitzten Stellen dunkel. Alles deutete darauf hin, dass sie schon lange vor Axels Geburt hier angebracht worden waren. Sie kamen Maggie seltsam vertraut vor, und sie fühlte, dass sich etwas in ihrem Hinterkopf regte, als sie versuchte, sich zu erinnern, woher sie sie sonst noch kennen konnte. Aber so sehr sie sich auch anstrengte, sie kam nicht drauf.

Sie beschloss, sich auf die Suche nach Axel zu machen und verließ das Schlafzimmer.

Im Flur draußen war es stockdunkel. Der Schein der Kerze bot gerade einmal genug Licht, zwei bis drei Schritte weit zu sehen. Auch hier waren diese seltsamen Zeichen in die Wände geschnitzt, aber statt der Gemälde hingen hier antike Waffen. Keine mittelalterlichen, nein, *richtig* antike. Ägyptische Sichelschwerter und langgezogene, indische Säbel aus Bronze, griechische Kurzschwerter, römische Wurfspeere und thrakische Doppelblattäxte.

Mit Waffen kannte Maggie sich durch das Schreiben ihrer historischen Romane gut aus, und in ihren Augen passten sie schon sehr viel mehr zu dem Axel, den sie kennengelernt hatte, als die Ölgemälde aus der Renaissance.

Sie war völlig fasziniert und wollte gerade einen der Speere von der Halterung an der Wand nehmen, um ihn sich genauer anzuschauen, als sie Stimmen hörte.

Das Flüstern kam vom anderen Ende des Flures. Es waren eine männliche und eine weibliche Stimme. Die männliche erkannte sie als die Axels, und auch die weibliche kam ihr bekannt vor.

Virginia?

Maggie überlegte kurz, ob sie nachschauen oder besser zurück ins Bett schleichen sollte. Dann aber siegte die Neugier.

Der dicke Teppich schluckte das Geräusch ihrer Schritte, während sie den Stimmen nachging. Am Ende des Flurs gelangte sie zu einer Tür, die nur angelehnt war. Von dahinter kamen die Stimmen. Maggie löschte die Kerze und lugte durch den Spalt.

Sie erblickte einen Teil eines Arbeitszimmers, ebenso klassisch eingerichtet wie das Schlafzimmer. Axel und Virginia standen draußen auf der Dachterrasse. Virginia trug ein langes, weites und beinahe durchsichtiges Nachthemd, und Axel war nackt.

Was ging hier vor?

Über die große Entfernung hinweg konnte Maggie sie nicht verstehen, aber Virginia redete leidenschaftlich gestikulierend auf Axel ein, und Axel reagierte nicht weniger aufgeregt. Sie schienen zu streiten. Hatten die zwei vielleicht ein Verhältnis, und Virginia machte Axel jetzt eine Szene?

Maggie merkte, wie sie eifersüchtig wurde und wollte wissen, worum es im Gespräch der beiden ging.

Da sie gerade nicht in ihre Richtung sahen, nutzte sie die Gelegenheit und schlüpfte in das Zimmer.

Sie schob die Tür wieder zu und huschte hinüber zu der Wand neben der halb offenen Terrassentür.

„Du musst sie fortschicken, Gebieter", hörte sie Virginia sagen. In ihrer aufgebrachten Stimme lag eine flehende Note. Maggie fiel auf, dass sie ihn anders anredete als vorhin im Aufzug und im Wintergarten. Statt des herkömmlichen „Sir" benutzte sie das Wort „Gebieter".

„Ich kann sie nicht fortschicken", sagte er. „Und ich will sie auch nicht fortschicken!"

„Du musst!"

„Auf keinen Fall", erwiderte Axel vehement. Sein Ton war eisern – aber auch ungehalten, wie Maggie fand. „Du verstehst die Zusammenhänge nicht."

„Dann werden sie dich finden", begehrte Virginia auf.

„Das können sie nicht."

„Doch, das können sie", widersprach Virginia. „Meinen Quellen zufolge ist ihr Jagdhund bereits auf dem Weg hierher nach New York. Es ist nur eine Frage der Zeit, bis er auch dieses Haus findet."

„Ihr Jagdhund?"

„Ja. Er hat die Information von der Malikat."

„Wen haben sie auserkoren?"

„Du weißt, wen."

„*Murgu*", fluchte er in einer Sprache, die Maggie nicht verstand. Aber der Klang erinnerte sie sehr an die Worte, die Axel in ihrem Traum von dem seltsamen, geflügelten Wesen mit dem Löwenkopf und den Widderhörnern zu ihr gesprochen hatte.

„Du siehst, sie muss von hier weg, Herr", wiederholte Virginia. „So schnell wie mög…"

„Meine Entscheidung steht fest", unterbrach er sie leise. „Sorge für ihren Schutz. Ich bin bald wieder da."

Maggie hörte ein lautes Rauschen – wie schon im Park – und linste um die Ecke nach draußen. Axel war verschwunden. Er musste über die Dachterrasse in eines der anderen Zimmer gegangen sein.

Wo wollte er jetzt, um diese Uhrzeit, noch hin?

Worum war es in dem Streit zwischen den beiden gegangen?

Wen sollte er Virginias Ansicht nach fortschicken? Sie?

Sie wandte sich um und huschte auf leisen Sohlen zur Tür zurück. Doch als sie sie aufzog, zuckte sie vor Schreck zusammen. Direkt vor ihr im Flur stand Virginia.

„Guten Morgen, Magdalena", sagte sie lächelnd. Doch ihr Lächeln konnte über den traurigen Ernst in ihrem tränenfeuchten Blick nicht hinwegtäuschen. Wie, um alles in der Welt, war sie so schnell von der Dachterrasse aus an Maggie vorbei hierhergekommen, ohne dass Maggie sie gesehen hatte?

„Guten Morgen, Virginia."

„Was haben Sie gehört?"

„Nicht viel", sagte Maggie wahrheitsgemäß. „Nur das Ende. Wo ist Axel hin?"

„Das hat er mir nicht gesagt“, antwortete Virginia. „Aber er ist bald wieder hier.“

„Worum ging es in Ihrem Streit?“

„Es steht mir nicht an, darüber zu sprechen.“

„Ging es um mich?“

„Wie gesagt, ich bin nicht befugt …“

„Ist Axel in Gefahr?“

Ein kurzes Flackern in Virginias Augen war Maggie Antwort genug.

„Bin ich es, die ihn in Gefahr bringt?“

„Hören Sie, Magdalena“, begann Virginia. „Es ist kompliziert …“

„Also *bin* ich es“, stellte Maggie fest, auch wenn sie nicht die Spur einer Ahnung hatte, wie und wodurch sie eine Gefahr für jemanden wie Axel darstellte.

„Er wird Ihnen alles erklären, sobald er wieder hier ist“, sagte Virginia. „Da bin ich sicher.“

„Wovor oder vor wem sollen Sie mich beschützen?“

„Bitte, Magdalena“, sagte Virginia. „Ich darf nicht …“

Maggie hatte keine Ahnung und konnte sich auch beim besten Willen nicht vorstellen, was hier gespielt wurde, aber sie fühlte sich plötzlich schrecklich unwohl. War sie in ein Irrenhaus geraten?

Sie drängte sich an Virginia vorbei in Richtung des Schlafzimmers.

„Wo wollen Sie hin?“

„Nach Hause“, antwortete sie und fand den Weg durch den Flur auch ohne Licht, obwohl es ihr unheimlich war, gefolgt von Virginia durch die Dunkelheit zu gehen.

Plötzlich stand Virginia wieder vor ihr. „Axel möchte, dass Sie bleiben.“

Wie zur Hölle macht sie das? fragte sich Maggie und schob es darauf, dass ihre Wahrnehmung wohl noch ein wenig von dem Wein getrübt war, dem sie nicht gerade zurückhaltend zugesprochen hatte.

„Bitte." In Virginias Stimme lag eine seltsame Melodie, und ihre großen zuvor hellen Augen hatten eine dunklere Farbe angenommen. Es war, als hätte ihre Stimme ein leises, kaum hörbares Echo – etwas Hypnotisches, das Maggie beinahe dazu gebracht hätte, ihrer Bitte Folge zu leisten.

Maggie riss sich zusammen und wandte den Blick ab.

„Dann hätte er sich die Mühe machen sollen, mir zu erklären, was hier vor sich geht", sagte sie, betrat das Schlafzimmer und begann, sich anzuziehen. „Und wenn ich ihn in Gefahr bringe, wenn ich hier bin – vor wem und wie auch immer –, ist es das Beste, ich gehe."

„Bitte, Magdalena ..." Wieder dieser hintergründige Singsang in Virginias Stimme – und die seltsame, aber zugegebenermaßen wunderschön klingende Art und Weise, mit der sie, genau wie Axel, ihren vollen Namen benutzte, statt sie „Maggie" zu nennen wie jeder andere.

Magdalena, echote es in ihren Ohren und tief in ihrer Brust, um sie von innen heraus zu erfüllen. So als würde das Nennen ihres wahren Namens Virginia eine Art geheimer Macht über sie verleihen. War das der Grund, warum auch Axel sie immer so nannte? Sie schüttelte den Gedanken und die Wirkung des Echos unwillig ab.

„Richten Sie ihm aus, er weiß, wo er mich findet." Schon hatte sie ihre Hose geschlossen, war in ihren Pullover und in die Schuhe geschlüpft und griff nach Jacke und Handtasche.

„Ich bitte Sie noch einmal ausdrücklich, zu bleiben", sagte Virginia.

Maggie kramte in ihrer Handtasche nach dem Autoschlüssel. Dabei griff sie den Block und zog ihn raus, um leichter suchen zu können. Ihr Blick fiel auf die Zeichnung von Axels Tattoo und die hebräischen Buchstaben.

A-Z-A-Z-L

Da wusste sie plötzlich wieder, was sie vergessen hatte.

Axel hatte ihr versprochen, ihr beim Essen mehr darüber zu erzählen, aber dann war es ihr entfallen, und er hatte es von sich aus auch nicht mehr zur Sprache gebracht.

Sie wunderte sich sehr darüber, wie sie etwas so Wichtiges hatte vergessen können. Sicher, der Sex war großartig, so wie überhaupt alle Eindrücke von Axel, seinem fantastischen Haus und auch dem Menü – aber musste sie darüber gleich jeden Verstand verlieren?

„Was ist das?" Sie hielt Virginia den Block hin.

Virginias Miene erstarrte. Bedeutete das, sie wusste Bescheid? Konnte sie ihr helfen, Axels Geheimnis zu lüften?

„Wenn Sie mir sagen, was das ist und vor allem, was es zu bedeuten hat, bleibe ich", bot Maggie an.

Virginia senkte niedergeschlagen den Kopf. „Ich kann nicht."

„Dann gehen Sie mir aus dem Weg."

Maggie stapfte an ihr vorüber, schaltete das Flurlicht an und ging zum Aufzug.

Mit der Entschlossenheit eines Adlers auf der Jagd flog er durch die Nacht. Dieses Mal verschloss er seine Ohren vor dem Lied der Menschen, das der Wind herantrug, um sich besser auf seine Aufgabe zu konzentrieren. Er musste rasch handeln, wenn er verhindern wollte, dass schon bald wieder die Trommeln des Krieges wie dunkler Donner durch die Weiten der Himmel hallten und die Flügel des Todes ihre Schatten auf die Erde warfen, wie damals beim Untergang Caphtors. Eines wahnsinnigen und vor allem völlig sinnlosen Krieges, der so furchtbar werden würde, dass ihn keine Seite gewinnen konnte.

Er erinnerte sich an den brennenden Sturm der Zerstö-

rung, der damals über die Welt gerast war und sie beinahe völlig vernichtet hatte. Wie jedes Mal bei dem Gedanken daran flossen auch jetzt Tränen aus seinen ewig jungen Augen, und ein Bedauern, das nicht Reue war, ließ das Herz in seiner Brust verkrampfen. Er hatte es seinerzeit nicht verhindern können, aber dieses Mal würde er all seine Macht einsetzen, dass es nicht wieder geschah. Seine Macht und, wenn es nötig sein sollte, auch sein Leben.

Der Seraph war ihnen schon auf der Spur und bereits jetzt oder schon bald auf dem Weg hierher nach New York. Die Schutzsymbole um die Stadt herum mussten verstärkt werden, um ihm die Orientierung zu nehmen und ihn daran zu hindern, Magdalenas Witterung aufzunehmen. Sie würden ihn nicht auf Dauer stoppen, doch zumindest würden sie ihn für eine Weile aufhalten. Einen so riesigen Moloch wie New York zu durchsuchen, war auch für einen Engel keine leichte Aufgabe und würde einige Zeit in Anspruch nehmen. Zeit, die er brauchte, um die Dinge in Ordnung zu bringen, die durch seine Gefühle und die Freiheit, sie auszuleben, durcheinandergeraten waren.

Es gab nichts zu bereuen – aber einiges zu entwirren, da hatte Virginia völlig recht. Doch wenn er dabei einen Fehler machte, konnte er alles, wofür er in den vergangenen Jahrtausenden gekämpft hatte, zerstören. Und auch alles, was ihm in den letzten Tagen und Nächten ganz ohne jeden Kampf geschenkt worden war.

Er wusste nicht, vor welchem der beiden er mehr Angst hatte.

Es wäre ein Leichtes, sie unter den Einfluss des Di'Maì zu bringen und damit zu manipulieren – und zugleich war das das einzige Mittel, das einzusetzen er nicht bereit war.

Ihr freier Wille war ihm das Wichtigste. Wenn es hart auf hart kommen würde sogar wichtiger noch als ihre Liebe.

8. KAPITEL

Nachforschungen und Neuigkeiten

Maggie setzte Kaffee auf und fuhr den Computer hoch.

Nach dem Aufenthalt in Axels „Palast“ kam ihr ihr Apartment noch kleiner vor als sonst. Sie ging unter die Dusche und fragte sich zum hundertsten Mal, worum es in dem Gespräch zwischen Axel und Virginia gegangen sein mochte. Sie konnte sich einfach keinen Reim darauf machen, aber es ärgerte sie gründlich, dass diese so romantische und sinnliche Nacht ein derart unangenehmes Ende gefunden hatte.

Vielleicht wäre es besser, nach all dem Chaos, das er, seitdem er auf ihren Wagen gefallen war, in ihr Leben gebracht hatte, Axel einfach zu vergessen und ihn als kurzes Intermezzo abzuhaken, bevor die Dinge noch komplizierter wurden. Aber der Kerl hatte es ihr angetan.

Möglicherweise sogar mehr als das.

Und sie wollte wissen, was es mit *Azazel* auf sich hatte. Larrys Behauptung, dieser Azazel sei schlimmer als Luzifer, hatte sie noch neugieriger gemacht. Wie konnte etwas oder jemand noch schlimmer sein als Luzifer? Sie wünschte sich jetzt, sie hätte Larry weitergehend dazu befragt, aber die Jungs von der Finanzabteilung hatten sie unterbrochen mit dem Vertrag zu dem Promo-Sharing.

Gedankenversunken stieg sie aus der Dusche, wickelte sich ein großes Handtuch um und schenkte sich einen Kaffee ein – drei Löffel Zucker, einen Schuss Milch. Das nannte sie ihr Denkgetränk. Normalerweise nahm sie ihren Kaffee mit nur zwei Löffeln Zucker und ohne Milch; aber wenn sie am Computer recherchierte, brauchte sie ihn süßer und weiß.

Sie nahm einen großen Schluck, setzte sich an den Rechner und ging ins Internet.

Es überraschte sie nicht schlecht, dass Google ihr schon weniger als eine Minute später unzählige Verweise zu Azazel ausspuckte, wo sie doch, trotz ihres Faibles für Geschichte und Mythologie, noch nie von ihm gehört hatte. Maggie konzentrierte sich nur auf die, die auch einen seriösen und fundierten Eindruck auf sie machten. Im Laufe der Jahre, die sie jetzt schon online für ihre Romane recherchierte, hatte sie da sorgfältig zu unterscheiden gelernt.

Schon nach kurzer Zeit hatte sie einiges in Erfahrung gebracht: Gemäß christlicher und jüdisch kabbalistischer Überlieferung war Azazel ursprünglich ein besonders hochrangiger Engel. Er war ein *Ariel* gewesen. Manchen Quellen zufolge sogar der Oberste der *Arielim* – „Der Löwe der Himmel".

Maggie musste unwillkürlich an ihren Traum zurückdenken: an den schwarzen Löwenkopf mit den Widderhörnern.

Azazels ursprünglicher Name lautete Hel'El – „Herr der Sonne". Er war es, der auf die Schönheit der Menschenfrauen aufmerksam geworden war und eine Gruppe von Engeln dazu verführt hatte, gegen Gott zu rebellieren, sich hier auf der Erde niederzulassen und diese Frauen zu ihren Gefährtinnen zu machen. Und so war aus Hel'El Azazel geworden – „Herr der Erde".

Aus der Verbindung dieser gefallenen Engel und den Menschenfrauen erwuchsen die Nephilim: mächtige Wesen, halb menschlich, halb göttlich. Mit ihnen wollte Azazel eine Rebellion gegen Gott führen, um die Macht über die Erde für immer an sich zu reißen. Dieses Sakrileg erzürnte Gott so sehr, dass er seine Erzengel in den Krieg schickte gegen die Gefallenen und ihre Missgeburten …

… ein Krieg, in dessen Verlauf die Menschheit und die Nephilim durch die Sintflut ausgelöscht wurden.

Wieso huldigte Axel diesem Feind der Schöpfung durch die vierfache Zeichnung dessen Namens auf seinem Körper? Oder war er sich vielleicht gar nicht im Klaren darüber, was die Zeichnung überhaupt bedeutete?

Sie würde ihn darauf ansprechen. Aber zuerst wollte sie noch mehr über Azazel herausfinden. Genaueres. Dazu würde sie sich jedoch nicht auf Artikel im Internet verlassen. Sie brauchte ältere Quellen.

Und sie fand sie.

Die meisten der Einträge bezogen sich auf das *Buch der Wächter* von Henoch, eine Schrift älter noch als alle bekannten Bibel-Urtexte. Man zählte es zu den sogenannten apokryphen Schriften. Das waren Texte, die aus religionspolitischen Gründen nicht in den Kanon der Bibel aufgenommen worden waren.

Maggie ahnte, warum.

Die ganze heute geläufige Bibel drehte sich um den ewigen Kampf zwischen Gott und Luzifer. Gut und Böse. Sie war von vorne bis hinten so aufgebaut, dass Luzifer der Einzige war, der je gegen Gott rebellierte – eine irrelevante unrühmliche Ausnahme, die Gott am Tag des Jüngsten Gerichts zur Rechenschaft ziehen und vernichten würde. Das damit verbundene Versprechen an die Menschheit war: danach ist das Böse für immer vernichtet, und die Erde wird zu einem Paradies. Ein Konzept, das völlig auf den Kopf gestellt werden würde, wenn herauskäme, dass das Strafgericht gegen Luzifer keinen einmaligen Präzedenzfall darstellte, sondern auch andere hochrangige Engel versucht hatten, gegen ihren Schöpfer zu rebellieren.

Maggie war gespannt zu erfahren, was sich damals genau abgespielt hatte und was nach der Rebellion aus Azazel geworden war, also suchte sie nach einer englischen Übersetzung des Henoch-Textes. Als sie nach einer kleinen Ewigkeit keine gefunden hatte, beschloss sie, später direkt in die Bibliothek zu gehen.

Eine Sekunde später klingelte das Telefon.

Überrascht rieb sie sich die Augen. War es tatsächlich schon Tag? Sie schaute auf und aus dem Fenster. Es war tatsächlich schon hell. Richtig hell. Ein Blick auf die Uhr zeigte halb neun. Der Kaffee war inzwischen eiskalt. Die Zeit hatte einen riesigen Sprung gemacht. Ein Phänomen, das Maggie beim Recherchieren und auch beim Schreiben öfter widerfuhr und das sie immer ein wenig orientierungslos zurückließ, sobald sie es bemerkte.

Entsprechend irritiert nahm sie den Hörer zur Hand und meldete sich knapp.

„Guten Morgen, Maggie.“ Es war Larry. „Entschuldige, falls ich dich geweckt haben sollte, aber ich habe gute Nachrichten. Verdammt gute sogar.“

„So schnell?“, fragte sie, überrascht und freudig gespannt. „Wir haben mit der Plakatwerbung und dem Presseverteiler doch noch gar nicht angefangen.“

„Vielleicht brauchen wir das auch gar nicht mehr“, sagte Larry mit einem Lachen.

„Was meinst du?“

„Zieh dir sofort etwas Schickes an und fahr nach Downtown Manhattan zu den River Piers.“

„Zu den River Piers?“

„Pier 6 E“, bestätigte Larry. „Du triffst dich da mit jemandem zum Frühstück.“ Er gab, wie Maggie deutlich hören konnte, seiner Stimme ganz absichtlich eine geheimnisvolle Note.

„Mit wem treffe ich mich dort, Larry, und warum?“, hakte Maggie ungeduldig nach.

„Das ist eine Überraschung, Kleines“, erwiderte Larry.

Überraschungen waren nicht Maggies Ding. Nun ja, eigentlich mochte sie sie schon … sie liebte sie sogar; aber sie fand, dass sie in den vergangenen sechsunddreißig Stunden ihr Soll an Überraschungen erfüllt hatte. Für die nächsten fünf Jahre. Außerdem war sie gerade so richtig schön im Recherche-Modus und mehr als gespannt darauf, Weiteres über Azazel zu erfahren. „Wenn du mir nicht sagst, worum es geht, fahre ich nicht.“

Larry stieß einen enttäuschten Laut aus. „Es ist wirklich etwas ganz Wunderbares. Vertrau mir.“

Aber Maggie blieb eisern. „Ein Stichwort, Larry.“

„Hm“, machte er. „Na gut. Ein Stichwort.“ Dann eine lange Pause. Maggie wollte schon nachfragen, aber Larry wollte wohl lediglich die Spannung steigern. Was ihm auch tatsächlich gelang. „Filmrechte.“

Maggie verschlug es den Atem, und ihr Herz machte einen Sprung. „Hast du gerade Filmrechte gesagt?“

„Ja, Kleines, ich habe gerade Filmrechte gesagt.“

„F-Filmrechte“, echote Maggie noch einmal.

„Der Typ hat mich vor drei Stunden aus dem Schlaf geklingelt. Sein Angebot ist umwerfend. Ihr müsst also gar nicht mehr verhandeln. Es geht nur darum, dass ihr euch mal kennenlernt, ehe die Anwälte die Verträge aufsetzen.“

Jemand wollte tatsächlich die Filmrechte an *Bloody Bill* kaufen?

„Wie viel, Larry?“, war das Erste, das ihr dazu einfiel.

„Das wirst du nicht glauben.“

„Los, sag schon.“

„Schätz mal.“

„Larry, ich habe keine Ahnung, in welcher Höhe Filmrechte gehandelt werden“, gab sie zu.

„Och, von Hunderttausend aufwärts ist da alles drin", sagte Larry. „Schätz einfach mal."

„Hm, wenn du sagst, das Angebot sei umwerfend, dann greife ich mal ziemlich hoch und sage Dreihunderttausend." Laut Vertrag standen ihr sechzig Prozent davon zu. Das wären dann Einhundertachtzigtausend Dollar. Es war schon erstaunlich, wie sich innerhalb kürzester Zeit ihre finanziellen Nöte in Rauch aufgelöst hatten.

Auch ohne Axels Diamanten wäre sie spätestens jetzt alle ihre Geldsorgen los. Sie merkte, dass ihre Finger angefangen hatten zu zittern … vor Freude … und ganz sicher auch vor Erleichterung.

Good bye, Aurora, Missouri würde jetzt auch für ihre Mutter gelten. Sie konnte sie endlich von da weg holen.

„Ich meine richtig hoch, Maggie."

„Dreihunderttausend ist richtig hoch!"

Aus dem anderen Ende der Leitung gluckste es vergnügt. „Fünf Millionen, Kleines. Davon gehören drei dir."

„F-f-f-ünf?", stotterte Maggie.

„Millionen", vollendete Larry.

Maggies Knie gaben nach, und sie ließ sich auf ihr Sofa plumpsen, um nicht Gefahr zu laufen, hinzufallen.

„Und die Fünfzigtausend von gestern bekommst du natürlich auch wieder zurück. Jetzt, da Hollywood einen Film aus deinem Buch macht, wird selbstverständlich auch hier im Verlag der Werbeetat erhöht. Verdrehte Zahlenschubserlogik." Larry seufzte.

Maggie konnte es noch immer nicht fassen. Deshalb fragte sie sicherheitshalber noch einmal nach. „Du hast doch eben fünf Millionen Dollar gesagt, oder?"

„Ja, Kleines, das habe ich", bestätigte Larry. „Das ist ein wirklich ausgezeichneter Deal. Zwei Millionen davon hat er bereits überwiesen, als Zeichen dafür, dass sein Angebot ernst gemeint ist. Du musst da also nicht mehr pokern oder feilschen. Sei einfach nur du selbst, und den Rest erledige ich von hier aus."

Pokern oder feilschen? Daran dachte Maggie nicht im Traum. Die drei Millionen, die ihren sechzig Prozent entsprachen, waren mehr, als sie jemals zu hoffen gewagt hätte.

„Keine Sorge", sagte sie daher schnell. „Dann zieh ich mich jetzt mal an, sobald ich meinen weichen Knien wieder trauen kann, und fahre unverzüglich los."

„Tu das, Kleines", sagte Larry. „Und genieße es."

„Larry?"

„Ja?"

„Du bist ein Schatz", sagte sie lächelnd. „Ich danke dir. So sehr."

„Schon okay", erwiderte er, und sie konnte sich nur zu gut vorstellen, wie er gerade auf eine süße, väterliche Art rot wurde. „Du hast es dir redlich verdient."

Fünfundzwanzig Minuten später hatte Maggie ihren neuen Audi A3 östlich der Battery geparkt und ging zu Fuß zu den Landungsbrücken hinunter. Da erst fiel ihr ein, dass Larry ihr gar nicht gesagt hatte, in welchem Restaurant sie den Filmproduzenten treffen würde. Sie nahm ihr Handy und wählte seine Nummer. Doch es antwortete nur seine Mailbox, die sie darüber informierte, dass er gerade in einem Meeting war. Sie konnte nicht einmal eine Nachricht hinterlassen.

Es machte Maggie immer furchtbar nervös, wenn bei einem wichtigen Termin irgendetwas schiefging – wenn sie sich verspätete oder die angegebene Adresse nicht fand … oder wie in diesem Fall nicht einmal kannte. Und das hier war ein verdammt wichtiger Termin. Sie merkte, wie ihr Puls sich beschleunigte und ihre Handflächen feucht wurden. Verdammt!

„Pier 6 E“, sagte sie vor sich hin und zählte die Piers ab. Vielleicht gab es ja unter der Adresse selbst ein Restaurant, auch wenn die Piers eigentlich nur Anleger für die Hudson-Fähren waren. Nach ein paar Metern erreichte sie Nummer 6 – und blieb erstaunt stehen.

Hier gab es kein Restaurant.

Pier 6 war auch kein Fähr-Anleger … sondern ein Hubschrauber-Flughafen. Hier war sie ganz bestimmt falsch.

Sie nahm noch einmal ihr Mobiltelefon zur Hand. Vielleicht wussten die Mitarbeiter in der Telefonzentrale des Verlages, in welcher Besprechung Larry gerade war. Sie mochte den Gedanken nicht, ihn dabei zu unterbrechen. Aber das hier war wichtig.

Doch noch ehe sie wählen konnte, winkte ihr ein Mann zu, der hinter einer der großen Glasscheiben des Terminals stand. Eilig kam er zu ihr nach draußen gelaufen. Er war mittleren Alters und trug die Overall-Montur eines Helikopterpiloten.

„Ms Carey?“

„Ja“, antwortete Maggie – zu gleichen Teilen erleichtert und verwirrt darüber, dass sie hier erwartet wurde.

„Sehr schön“, sagte der Pilot. „Bitte folgen Sie mir.“

„Wohin?“, fragte Maggie skeptisch.

„Zu meinem Hubschrauber.“

Sie zögerte. „Es muss ein Missverständnis vorliegen, da bin ich ganz sicher. Ich bin hier zu einem Frühstück mit einem Filmproduzenten verabredet.“

„Ich weiß“, sagte der Pilot. „Ich bringe Sie dorthin.“

„Mit einem Helikopter?“

„Mit dem Auto wäre unser Ziel schwer erreichbar“, erwiderte er und machte eine Geste, ihm zu folgen.

Aber Maggie tat nichts dergleichen. Sie war sich plötzlich überhaupt nicht mehr sicher, ob ihr der Geschmack von

„Großem Geld“ gefiel. Sie war noch nie mit einem Helikopter geflogen. Zum einen hatte sie es sich bisher einfach nicht leisten können, und zum anderen hatte sie furchtbare Höhenangst. Schon wenn sie auf eine Leiter stieg, wurde ihr schwindelig. Das einzige Mal, dass sie in großer Höhe keine Panikattacke hatte, gleich in die Tiefe zu stürzen, war in ihrem Traum von Axel auf dem Empire State Building gewesen.

War das hier ein Spiel, sie zu beeindrucken? Reiche und mächtige Menschen tun so etwas ja gerne.

Wieso konnte man sich nicht irgendwo ganz normal zum Frühstück treffen?

„Na, kommen Sie schon“, sagte der Pilot verständnisvoll. Es war wohl nicht das erste Mal, dass er es mit jemandem mit Flugangst zu tun hatte. „Ihnen wird nichts passieren. Das verspreche ich.“

Es geht um drei Millionen Dollar, hörte Maggie ihre innere Stimme drängeln. *Also, stell dich nicht so an!*

Sie atmete noch einmal tief durch, straffte die Schultern und folgte dem Piloten dann wummernden Herzens auf den weit in die Bay hineinragenden Landeplatz.

Für die einen ist New York die Hölle, für andere das Ziel ihrer Träume. Man hasst es, oder man liebt es. Dazwischen gibt es nichts. Nicht bei New York. Maggie liebte es. Trotz seiner schmuddeligen Ecken und der Tatsache, dass man hier immer ein klein wenig mehr auf der Hut sein musste als vielleicht anderswo auf der Welt. Doch ehe sie sie aus der Luft gesehen hatte, war ihr nicht klar gewesen, wie hinreißend schön diese Stadt war. Maggie konnte sich noch gut an ihre Ankunft auf dem John F. Kennedy Airport erinnern, und auch damals hatte ihr der Blick aus dem Fenster beim Landeanflug den Atem geraubt. Aber das hier, aus der Kabine eines niedrig fliegenden Helikopters – das war etwas anderes.

Es war unglaublich.

Ja, sie hatte Angst. Ja, ihr Herz schlug ihr bis zum Hals, und beim Start hatte sie für ein paar Sekunden gedacht, sie würde sich gleich übergeben müssen. Aber die Euphorie, die jetzt beim Anblick ihrer grandiosen Stadt und deren umwerfenden Architektur aus der Luft in ihr aufwallte, wog alle Angst restlos auf.

Links unter ihr die Brooklyn Bridge. Mit ihren beinahe fünfhundert Metern Spannweite war sie bei ihrer Erbauung am Ende des neunzehnten Jahrhunderts die größte Hängebrücke der Erde. Inzwischen gab es auf der ganzen Welt Brücken, die bis zu drei Mal so lang waren, aber kaum eine davon besaß ihre klassische, elegante Schönheit.

Wenn Maggie den Kopf noch weiter links wandte, sah sie die berühmte Skyline von Manhattan, inklusive Empire State Building und Chrysler Building.

„Ich habe Ihnen doch versprochen, Sie müssen keine Angst haben", sagte der Pilot über das Headset und machte eine Rechtskurve über die Bay. Maggie sah Liberty Island und die Freiheitsstatue, und über die Bayonne hinweg auf New Jersey.

Sie kurvten noch ein Stück weiter nach rechts und flogen dann den Hudson hinauf, Manhattan Island jetzt rechts von ihnen im Osten. Die noch niedrig stehende Sonne tauchte die markanten und weltberühmten Wolkenkratzer in gleißendes Licht.

„Wohin fliegen wir?", fragte Maggie in das Mikrofon vor ihrem Mund hinein.

„Darf ich nicht verraten", antwortete der Pilot. „Soll eine Überraschung werden."

Was hatten die Leute nur alle mit ihren Überraschungen?

Aber Larry hatte gesagt, der Deal sei koscher, also versuchte sie das plötzlich ungute Gefühl in der Magengrube zu ignorieren. Sie sah den Central Park und dahinter die Fifth Avenue, und ihre Euphorie wurde noch ein wenig mehr gedämpft bei dem Gedanken an den Ausgang der vergangenen Nacht.

Würde Axel ihr bei ihrer nächsten Begegnung alles erklären?

Dann kam Harlem in Sicht, und Maggie beschloss, die Gedanken an Axel für den Moment zur Seite zu schieben. Sie stand gerade vor dem größten Geschäft ihres Lebens und entschied, dass das ausreichte, sich jetzt und hier ganz auf sie selbst zu konzentrieren.

Der Pilot lenkte den Hubschrauber vom Hudson weg nach rechts.

Harlem mochte im Rest der Welt noch immer als Ghetto verschrien sein, doch in Wahrheit hatte sich der Stadtteil inzwischen gemacht und beinahe wieder den Glanz früherer Zeiten erreicht.

Genau in Richtung Sonne fliegend, passierten sie danach die Bowery Bay mit ihren unzähligen Frachtern und Schleppern und den Laguardia Airport, und da ahnte Maggie, wohin die Reise ging.

„Wir fliegen auf die Hamptons?“, fragte sie.

„Die Hamptons“, wie man sie in New York nennt, sind eine Reihe kleiner Dörfer und Gemeinden am Ende von Long Island, eine langgestreckte Insel, die von New York aus in nordöstlicher Richtung in den Atlantik ragte. Vor allem aber sind „Die Hamptons“ eine Ansammlung prachtvoller Villengrundstücke, die dafür berühmt sind, den ganz besonders Reichen, Noblen und Schönen des amerikanischen Nordostens als Sommerresidenzen zu dienen.

Die Immobilien dort zählen zu den teuersten auf dem

gesamten Kontinent. Wer hier wohnte, gehörte definitiv zur High Society.

Maggie fand es schwer einzuschätzen, was ihr nun – verglichen mit ihrem bis vor einigen Tagen eher armseligen Leben – unwirklicher vorkam: die Begegnung mit Axel und seinen Palast in der Fifth Avenue oder die Tatsache, mit einem Helikopter zu einem Filmrechtedeal zu den Hamptons zu fliegen.

„Fast", erwiderte der Pilot. „Tatsächlich fliegen wir noch ein kleines Stück weiter."

Noch ein kleines Stück weiter? „Östlich von Long Island gibt es nur noch den Atlantik", sagte Maggie.

„Ich weiß", antwortete der Pilot. Mehr sagte er nicht.

Die riesigen, malerischen Strandgrundstücke mit den altherrschaftlichen Bruchsteinvillen und hölzernen Badepavillons zogen unter ihnen hinweg, und schon nach weniger als zwei Minuten hatten sie das Ende von Long Island und die Hamptons passiert. Nun lag nur noch der weite Ozean unter und vor ihnen.

Der Anblick der von der Sonne beschienenen goldblauen Weite ließ Maggie seufzen. Es war einfach wunderschön.

Das ohnehin durch die Kopfhörer gedämpfte Geräusch der Rotoren war auf einmal wie ausgeblendet, und sie fühlte in sich eine Sehnsucht wachsen, einfach die Arme auszubreiten und über das Meer hinwegzugleiten; dicht über den Wellen, den Wind im Haar ... frei.

Sie konnte nicht sagen, wie lange sie so über den Atlantik hinweggeflogen waren, doch auf einmal tauchte am Horizont ein weißer Punkt auf, der schnell größer wurde.

Schon nach wenigen Sekunden erkannte Maggie, was es war – eine Jacht.

Eine gigantische Jacht. Beinahe so groß wie ein Kreuzfahrtschiff.

Das also war ihr Ziel. Der Helikopter hielt darauf zu, stieg kurz davor in die Höhe, verringerte dabei die Geschwindigkeit, bis er über dem Heck der Jacht schwebte und dann zur Landung herabsank.

Zwei Matrosen kamen herbeigelaufen, um die Kufen auf dem Deck zu sichern, und der Pilot schaltete die Rotoren ab.

Maggie sah einen hochgewachsenen Mann auf dem rückwärtigen Teil der zwei Etagen höher liegenden Brücke stehen. Seine langen, blonden Locken wehten im Wind und standen im starken Kontrast zu seinem dunklen, dreiteiligen Anzug.

Er bewegte sich nicht; stand einfach nur da – aber er lächelte. Obwohl er nicht älter aussah als vielleicht gerade mal Anfang dreißig, hatte seine Haltung etwas Majestätisches.

Einer der Matrosen half Maggie aus dem Cockpit.

„Willkommen", sagte er mit einer Verneigung. „Wenn ich bitten darf." Er bat sie mit einer Geste, ihr den Weg zeigen zu dürfen. Maggie schaute nach oben. Der große Blonde war verschwunden, aber sie war sich sicher, dass sie ihn gleich wiedersehen würde.

Während sie dem Matrosen in Richtung Bug folgte, fiel ihr auf, dass sie zwar beeindruckt war, aber nicht eingeschüchtert. Es war ein gutes Gefühl, einem Deal entgegenzugehen, den man zwar wollte, aber nicht unbedingt dringend brauchte.

Das verdankte sie der Begegnung mit Axel – so wie sie es auch dem Besuch in seinem riesigen Haus verdankte, dass die Jacht bei all ihrer glänzenden Pracht sie jetzt nicht so bange machte, wie sie es ganz gewiss noch vorgestern getan hätte.

Sie erreichten das Vorderdeck, und Maggie sah ihre Vermutung bestätigt: Der große Blonde stand dort mit dem Rücken zu ihr an der Reling und wartete auf sie. Sie musste unwillkürlich schmunzeln, als sie sah, dass seine langen Locken nicht das Einzige waren, das im Kontrast stand zu seinem makellos sitzenden Anzug.

Er war barfuß – und allein diese Tatsache brachte ihm schon Pluspunkte ein. Maggie mochte unkonventionelle Menschen.

„Sir", sagte der Matrose, um auf sich und Maggie aufmerksam zu machen; aber Maggie war sich sicher, dass er schon vorher gewusst hatte, dass sie hinter ihm standen.

„Wegtreten", sagte er mit einer unglaublich tiefen und kraftvollen Stimme und wartete erst, bis der Matrose sich entfernt hatte, ehe er sich langsam zu Maggie herumdrehte. Da wusste jemand, wie man wirkt. Und zu ihrem eigenen Erstaunen empfand Maggie sein Gebaren gar nicht mal aufgesetzt.

Es passte zu ihm und seiner majestätischen Ausstrahlung.

„Ms Carey", sagte er und deutete eine leichte Verneigung mit dem ganzen Oberkörper an, ohne dabei auch den Blick zu senken. „Ich freue mich sehr, dass Sie es so spontan einrichten konnten, meiner gewiss unerwarteten Einladung Folge zu leisten."

„Die Freude ist ganz auf meiner Seite", setzte Maggie das von ihm begonnene und leicht altertümlich wirkende Ritual fort. Da legte offenbar jemand großen Wert auf Etikette. Aber nach ihrer ausgiebigen Arbeit an Bloody Bill bereitete ihr sein Sprach-Kodex keine ernst zu nehmenden Schwierigkeiten. „Mit wem, wenn ich das so freiheraus fragen darf, habe ich die Ehre?"

„Oh, verzeihen Sie meine lausigen Manieren", beeilte er sich zu erwidern. „Bitte nennen Sie mich Tazz."

„Tazz?", fragte Maggie. „Ist das Ihr Vor- oder Ihr Nachname?", hakte sie leicht amüsiert nach.

Er schmunzelte. „Das ist der Versuch, mit dem altmodischen Namen zurechtzukommen, den mein Vater mir gegeben hat. Balthazar. Mit 'Z', stellen Sie sich das bitte vor."

„Ja, als Magdalena weiß ich nur zu gut, was Sie meinen", erwiderte sie. „Bitte nennen Sie mich Maggie."

Das Eis war gebrochen. Er lächelte ein hinreißendes Lächeln und machte eine Geste zu einem reich gedeckten Frühstückstisch.

„Jetzt, da wir die Formalitäten hinter uns haben, lassen Sie uns bitte das versprochene Frühstück genießen."

Maggie lächelte zurück und folgte ihm. Nur zu gerne gestattete sie ihm, ihr einen Stuhl anzubieten. Dann setzte er sich ihr gegenüber, und sogleich kamen zwei junge Frauen in Uniformen herangeeilt, um ihnen Kaffee einzuschenken.

Während sie ihren Kaffee süßte, fiel Maggie auf, dass beide ihm versteckt schmachtende Blicke zuwarfen … und auch, dass er sie völlig ignorierte und sich ganz auf Maggie konzentrierte.

Sie konnte die beiden Kellnerinnen nur zu gut verstehen. Tazz war einer der attraktivsten Männer, die ihr je begegnet waren. Fast ebenso attraktiv wie Axel; nur dass er da, wo Axel düster war, ja fast finster, hell war und freundlich – beinahe schon strahlend. Sie fragte sich, wie jemand sooo unverschämt blond sein konnte. Sie kannte Frauen, die dafür töten würden.

Er griff nach einem Buch, das neben seiner Serviette lag. Maggie erkannte es sofort als das ihre.

Bloody Bill.

„Ein toller Stoff", sagte er. „Meinen Glückwunsch."

„Danke", sagte sie und nahm einen Schluck Kaffee. „Es freut mich, dass es Ihnen so gut gefällt."

„So gut, dass ich einen Film daraus machen will." Er führte ein Glas mit Orangensaft zum Mund, und Maggie bemerkte die Schönheit seiner großen, aber schlanken und sehnigen Finger.

Sein sonnengebräunter Handrücken schimmerte im Glanz der feinen blonden Härchen. Er trug keinerlei Schmuck.

„Die Menschen lieben Rebellen“, fuhr er fort. „Es ist dabei ganz egal, wie rücksichtslos sie vorgehen oder wie viel Unheil sie mit ihren Handlungen anrichten.“ Bei dem letzten Satz war Tazz' Miene fast schon schwermütig geworden.

„Ich glorifiziere seine Taten nicht“, sagte Maggie schnell, um das gleich klarzustellen, und tat eine Scheibe Räucherlachs auf ein Stück warmen Toast. „Ganz bestimmt nicht. Und auch nicht die der James-Brüder.“

Tazz nickte verständnisvoll. „Sie setzen sie nur in einen ganzheitlichen historischen Kontext. Erklären die Beweggründe hinter ihren Taten.“

„Genau“, sagte Maggie. „Keiner von ihnen war ein Robin Hood oder gar ein Engel. Aber sie waren auch nicht die Monster, als die man sie so gerne darstellt.“

„Niemand wird als Monster geboren“, stimmte Tazz ihr mit einem gedankenvollen Nicken zu. „Doch wir alle haben die Pflicht, bestimmte Grenzen nicht zu überschreiten.“

„Nur wenn wir sie überhaupt als Grenzen erkennen und auch akzeptieren“, erwiderte Maggie kritisch. „Es sind Ereignisse und persönliche Erfahrungen, die jedem Einzelnen von uns diese Grenzen definieren und auch immer wieder neu setzen. Ganz eigene Hoffnungen und Ängste. Nicht die Moral der Massen und auch nicht ein abstraktes Regelwerk, das die einen durchaus als ihr Gesetz betrachten mögen, während es für andere nichts weiter ist als eine vollkommen bedeutungslose Ansammlung von Papier. Es gibt für jeden von uns Mächte, die größer sind als das, was andere als Gesetze festlegen.“

Tazz nickte nachdenklich. „Sie meinen die *Force Maj-*

eure. Die Höhere Gewalt."

„Auch. Aber in erster Linie meine ich den Willen zu überleben", fügte Maggie hinzu, während sie das letzte Stück ihres Lachstoasts auf die Gabel spießte. „In Freiheit zu leben."

„Oh ja, der ewige Drang nach Freiheit", bestätigte Tazz und nahm sich einen Apfel. „Schreien wir nicht alle danach? Und doch sehnen sich die meisten von uns nach Ordnung und Sicherheit. Nach festen Regeln und klaren Grenzen."

„Freiheit gegen Ordnung", sagte Maggie zustimmend. „Das älteste Dilemma der Welt. Und bei den meisten siegt die Ordnung ... weil sie einfach so sehr viel leichter zu leben ist als die Freiheit."

Jetzt schmunzelte Tazz wieder. „Sie sprechen mir aus der Seele. Wahrscheinlich hat Ihr Buch es mir deswegen so angetan. Nichts macht eine Story attraktiver als ein uralter, universaler Konflikt, den einfach jeder nachvollziehen kann und keiner wirklich zu lösen vermag."

Maggie war begeistert, dass er so umfassend verstand, worum es ihr mit ihrem Buch in der Hauptsache ging.

„Dann kann ich davon ausgehen, dass die Drehbuchadaption ganz nah beim Roman bleibt?"

„Absolut", sagte er. „Wenn Sie wollen, können Sie das Drehbuch auch selbst schreiben. Ich stelle Ihnen gerne einen erfahrenen Drehbuchautor zur Seite."

Sie fühlte sich geschmeichelt, lehnte aber dankend ab. Sie war zwei Jahre lang mit dem Stoff schwanger gegangen und hatte dann ein weiteres Jahr schreibend daran gearbeitet. Genug war genug. Außerdem hatte sie, wie ihr gerade bewusst wurde, längst eine Idee für einen neuen Roman: *Azazel*. Die Recherche heute Nacht hatte ihren Appetit geweckt.

Bloody Bill Anderson und die James-Brüder hatten gegen die Union rebelliert, Azazel aber gegen Gott. Ein noch sehr viel gewaltigeres Thema. Jetzt, da durch die Verfilmung von *Bloody Bill* die Aussicht bestand, dass das Buch ein Bestseller wurde, konnte sie davon ausgehen, dass ihr nächster Roman gleich von Anfang an voll einschlagen würde. Und während sie nie im Leben damit gerechnet hatte, dass *Bloody Bill* jemals verfilmt wurde, war nun – durch die Ereignisse des heutigen Tages und durch die Tatsache, dass sie gerade einem Filmproduzenten gegenübersaß – der Gedanke an eine Verfilmung des neuen Buches ein ganz logischer.

Ein verlockender.

Sie konnte es kaum erwarten, mit der Arbeit zu beginnen und eingehender zu recherchieren – und das nun nicht länger nur, um mehr über Axel zu erfahren.

„Dann sind wir uns also einig", sagte Tazz freundlich.

„Ja, das sind wir", bestätigte Maggie und war ehrlich begeistert. Nicht nur von dem Geld.

Sie freute sich schon darauf, ihrer Mutter und Lydia von dem Deal zu erzählen … und auch Axel.

Tazz winkte einer der Kellnerinnen, und die öffnete eine Flasche Champagner. Sie stießen miteinander an, um den Deal zu besiegeln. Anschließend sprachen sie noch über eine Stunde lang angeregt über das Projekt.

Tazz schien großen Wert zu legen auf Maggies Meinung; zum Beispiel welche Schauspieler die beste Besetzung der Figuren wären oder wer ihrer Ansicht nach Regie führen sollte.

Innerhalb von nur zwei Tagen hatte für Maggie ein vollkommen neues und in so vielen Bereichen aufregendes und überwältigendes Leben begonnen. Erst die Begegnung mit Axel und dann das hier. Sie war wie im Rausch – und gleichzeitig hatte sie, ganz tief im Innern, ein klein wenig Angst davor, dass sie jeden Moment wach werden und sich all das nur als Traum herausstellen würde.

„Oh“, sagte Tazz plötzlich mit einem überraschten Blick über ihre Schulter hinweg.

Maggie drehte sich herum. Während ihres Gespräches hatte der Himmel im Osten begonnen, sich zuzuziehen. Ein grauer Wall turmhoher Wolken näherte sich vom offenen Ozean her.

„Ich fürchte, Sie müssen uns verlassen, ehe uns das da erreicht.“ Er deutete mit einem Stirnrunzeln auf die Schlechtwetterfront und erhob sich von seinem Stuhl.

Schon kam auch der Hubschrauber-Pilot herangeeilt. „Wir müssen leider sofort los. Ich kann die Maschine hier auf der Jacht unmöglich ausreichend gegen den Sturm sichern.“

Maggie versuchte, ihre Enttäuschung darüber, so abrupt inmitten des interessanten Gesprächs unterbrochen zu werden, so gut es ging zu verbergen. Jedoch anscheinend nicht sehr gut, denn Tazz lächelte mitfühlend.

„Keine Sorge, Ms Carey, wir sehen uns schon ganz bald wieder“, sagte er und nahm ihre Hand in seine. „Spätestens zur Unterschrift der Verträge bei Ihnen im Verlag.“

„Ich freue mich schon sehr darauf“, entgegnete Maggie ehrlich und war überrascht, als Tazz sich vor ihr verneigte und tatsächlich den Rücken ihrer Hand küsste.

„Ich auch“, sagte er, während er von unten zu ihr hoch schaute, und in seinen unglaublich blauen Augen flackerte es kurz hell auf, bevor er die Luft tief durch die Nase einatmete.

Hatte sich da gerade ein erster Blitz aus den Gewitterwolken auf seinen Pupillen gespiegelt?

„Wir müssen los“, drängelte der Pilot noch einmal und lief eilig los.

Maggie schenkte Tazz ein letztes, dankbares Lächeln

und beeilte sich dann, dem anderen Mann zum Heck der riesigen Jacht zu folgen. Obwohl das Schiff selbst noch im strahlendsten Sonneschein lag, hatte das Meer bereits merklich an Bewegung zugenommen, und sie musste sehr aufpassen, auf dem schon leicht schlingernden Deck im Laufen nicht die Balance zu verlieren.

Als sie den Hubschrauber erreichte, saß der Pilot schon im Cockpit und startete gerade die Rotoren.

„Keine Sorge“, sagte er, während sie neben ihm auf ihren Sitz kletterte und sich hastig anschnallte. „Wir sind auf jeden Fall um einiges schneller als der Sturm. Sobald ich den Vogel erst einmal in der Luft habe, besteht kein Grund mehr zur Eile.“

Maggie beobachtete, wie die beiden Matrosen sich sputeten, die Kufen des Helikopters von ihren Sicherungen zu befreien und entdeckte dann Tazz, der wieder dort oben hinter der Brücke stand, wo sie ihn zuerst gesehen hatte.

Wie auch vorhin lächelte er. Doch dieses Mal galt das Lächeln nicht ihr. Sein scharf geschnittenes Gesicht war dem Sturm zugewandt. Es schien, als würde er ihn freudig erwarten. Und wieder fiel Maggie auf, wie unglaublich attraktiv er war.

Fast so attraktiv wie Axel. Und genauso makellos.

Die Matrosen traten vom Hubschrauber zurück, und der Pilot ließ die Maschinen aufheulen, um die Rotoren auf volle Touren zu bringen. Wenige Herzschläge später hob sich der Helikopter mit einer Geschwindigkeit in die Höhe, die Maggies Magen bis in die Kniekehlen sinken ließ. Sie krallte sich in die Lehnen ihres Sitzes.

Schon wenige Sekunden danach waren sie hoch genug, dass die gewaltige Jacht unter ihnen so klein aussah wie ein Modellbauboot. Maggie wünschte sich, sie hätte nicht nach unten gesehen und schloss die Augen. Dann erst brachte der

Pilot den Vogel auf den Kurs gen Festland und beschleunigte.

Erst eine gute halbe Minute später traute Maggie sich, die Augen wieder aufzumachen.

„Wir haben es geschafft“, sagte der Pilot. Die See unter ihnen war hell und ruhig, der Helikopter schoss stabil und sicher durch die Luft gen Westen, und Maggies Nervosität legte sich langsam wieder.

Sie warf einen Blick zurück.

Seltsam. Von der eben noch so bedrohlich erscheinenden Gewitterfront war nicht mehr das Geringste zu sehen.

9. KAPITEL

Menschliche Gelüste

Alle Mann unter Deck!"

Tazz' tiefe Stimme hallte auch ohne Megaphon über das ganze, riesige Schiff, und jeder Mann und jede Frau an Bord beeilte sich, seinem harsch ausgestoßenen Befehl Folge zu leisten. Das Lächeln seiner vollen Lippen wurde zu einem wissenden Schmunzeln, als er gleich darauf sah, dass die Gewitterfront, die jetzt beinahe die Jacht erreicht hatte, sich plötzlich wie durch Zauberhand in nichts auflöste. Das heißt, beinahe in nichts.

Tatsächlich zogen sich die turmhohen Wolken, ganz so als würde man sie komprimieren, zusammen zu einem zunächst winzigen Fleck, der jedoch schnell größer wurde, während er sich dem Schiff mit atemberaubender Geschwindigkeit näherte und schließlich in Menschengestalt darauf landete. Weite, taubenweiße Schwingen falteten sich zusammen und wurden sofort unsichtbar.

Die Frau hatte hüftlanges, honigblondes Haar und beinahe schon unschuldig blickende, große Rehaugen mit langen, seidigen Wimpern. Sie trug ein makellos weißes, ihr bis zu den schmalen Fesseln herab fließendes Kleid und auf der glatten Stirn einen schmalen, fein geschwungenen Goldreif, in dessen Mitte ein wie eine große Träne geformter Diamant eingearbeitet war.

Tazz lächelte und verneigte sich vor ihr. „Ani'El."

Die Oberste des Rates der *B'Nai Elohim* erwiderte seine Verneigung mit sanfter Grazie.

„Wo ist die Abgal?"

„Nicht mehr hier, Schwester."

„Du hast sie gehen lassen?"

„Ich habe jetzt ihre Witterung“, antwortete er. „Sie wird mich zu *ihm* führen.“

„Du benutzt sie als Köder?“

Er nickte.

„Also machst du Jagd auf ihn?“

„Ja“, sagte er knapp.

Ani’Els Blick füllte sich mit ungläubigem Erstaunen. „Du riskierst wirklich alles seinetwegen? Bist du denn von Sinnen, T’Azar? Er wird mit allen Mitteln versuchen zu verhindern, dass sie die Prophezeiung erfüllt.“

„Ich riskiere gar nichts, Ani’El“, erwiderte er ungehalten. Es ärgerte ihn mehr, als er zuzugeben bereit war, dass sie an ihm zweifelte – und offenbar auch daran, dass er alles im Griff hatte. „Die Abgal wird die Prophezeiung erfüllen. Das ist die Natur einer Prophezeiung, selbst wenn du verlernt haben magst, daran zu glauben.“

„Wage es nicht ...“

„Wage *du* es nicht, mir in die Quere zu kommen“, unterbrach er sie harsch. „Er wird endlich bezahlen für das, was er damals angerichtet hat. Und ich allein werde es sein, der dafür sorgt. Und dann, wenn er aus dem Weg ist und die Abgal getan hat, was ihr bestimmt ist, wird letzten Endes alles wieder so sein, wie es von Anfang an hätte sein sollen.“

„Nichts wird jemals wieder so sein, wie es von Anfang an hätte sein sollen und geplant war, T’Azar“, sagte sie. „Und das weißt du genauso gut wie ich.“ Sie blickte zum nun wieder wolkenlos klaren Himmel hinauf. „*Er* ist verschwunden. Für immer.“

„Er wird zurückkehren“, erwiderte Tazz störrisch. „Wenn wir die Dinge erst in Ordnung gebracht haben, wird Er uns endlich vergeben und Seinen alten Platz als Herrscher wieder einnehmen.“

Bedauernd schüttelte sie den Kopf.

„Alles was wir tun können, ist, dafür zu sorgen, dass der angerichtete Schaden nicht noch größer wird, mein Freund. Die Schöpfung muss gerettet werden. Um jeden Preis. Ehe sie gänzlich verloren geht. Und das setzt du gerade unbesonnen aufs Spiel, wenn du es dir zum Ziel machst, den Löwen zu jagen, anstatt die Abgal ihrer Bestimmung zuzuführen."

„Ich muss tun, was ich tun muss."

„Dann lässt du mir keine andere Wahl, Bruder", sagte sie und drehte sich herum.

„Wo willst du hin?"

„Zur Abgal", erwiderte sie. „Ich werde die Sache selbst in die Hand nehmen."

„Das kann ich nicht zulassen, Ani'El."

„Wa…?"

Ihr Blick war zornig, als sie zu ihm herum wirbelte: die bis eben noch unschuldigen Rehaugen jetzt die einer angreifenden Wölfin. Doch Tazz machte nur eine knappe Geste, und ihr Gesichtsausdruck wurde auf der Stelle wieder sanft, der Blick wieder harmlos und weich. Jetzt, da sie bei der Landung auf der Jacht einen Menschenkörper angenommen hatte, war sie wie die Malikat seinem Di'Maì wehrlos ausgeliefert, gleichwohl er wusste, wie sehr sie in ihrem Innern dagegen ankämpfte.

„Du bleibst", sagte er leise.

„Ich bleibe", wiederholte sie.

„Du weißt, dass ich dir nichts Böses will."

„Ja, das weiß ich."

„Und auch, wie sehr ich dich liebe."

„Ja."

„Dann sei mein Gast und gönne dir ein wenig Ruhe, Schwester. Du hast sie nach all der Zeit bitter nötig."

„Oh ja, das habe ich", erwiderte sie und seufzte.

Dieses Seufzen kam von so tief drinnen, dass er wusste,

dass er jetzt wirklich die vollständige Gewalt über sie hatte. Und es war so ehrlich, dass es ihn fast schmerzte zu erkennen, dass Ani'El nur unter dem Einfluss des Di'Maì dazu in der Lage war, ihre Müdigkeit, ihre Erschöpfung zuzugeben. All die Jahrtausende hatte sie als ihre Anführerin immer nur Stärke zeigen müssen. Dabei war sie so verloren und verzweifelt wie sie alle. Das brachte ihn auf eine Idee und zum Schmunzeln.

„Du brauchst etwas Entspannung", sagte er.

„Entspannung wäre schön."

Tazz nahm ein kleines Funkgerät aus der Hosentasche und gab einen Befehl. Gleich darauf erschienen zwei seiner Matrosen auf Deck. Hochgewachsene Kerle. Muskulös und sehnig.

„Das sind Lars und Ricco. Gefallen sie dir?", fragte Tazz. Zu seiner Überraschung wurden Ani'Els Wangen rot, und sie senkte ein wenig den Blick, ohne jedoch die beiden attraktiven und zugleich ungehobelt wirkenden Männer aus den Augen zu lassen.

Lars war, wie der Name schon verriet, nordischer Abstammung und beinahe ebenso blond wie Tazz. Ricco war Latino und erinnerte stark an den jungen Banderas.

„Ja", flüsterte sie. „Sie gefallen mir. Sehr sogar."

„Sie gehören ganz allein dir, Schwester", sagte Tazz. „Tu mit ihnen, was immer du willst."

Er sah, wie sie zögerte und wunderte sich, warum. Dann räusperte sie sich schüchtern.

„Was?", fragte Tazz.

Aber auch jetzt zögerte sie, trat von einem kleinen Fuß auf den anderen, ehe sie dann leise sagte: „Es ist mir ein wenig peinlich."

„Dir muss gar nichts peinlich sein, Ani'El", versicherte er ihr. „Sprich es ruhig aus."

Sie holte tief Luft, dann sprach sie ganz schnell, so als wolle sie sich selbst überlisten. „Mir wäre es lieber, wenn sie mit mir tun, was immer *sie* wollen."

Beinahe hätte Tazz laut aufgelacht vor Überraschung und entzückter Begeisterung.

Ani'El, die Oberste der Söhne und Töchter der Himmel, die Älteste und Mächtigste des Rates der *B'Nai Elohim*, sehnte sich also heimlich danach, endlich einmal nicht die Kontrolle haben zu müssen, endlich einmal nicht die Verantwortung zu tragen für das, was geschah? Ani'El, die Starke, wollte einmal in ihrem Ewigkeiten währenden Leben schwach sein dürfen …

… und genommen werden …

… sich wehr- und machtlos ausliefern und fallen lassen.

Tazz freute sich darüber, dass er ihr über das Di'Maì die Chance dazu verschaffen konnte, sich dazu zu bekennen … und es auch auszuleben. Sie selbst würde sich das niemals gestatten.

Nicht zum ersten Mal stellte er fest, wie groß seine Liebe zu ihr war, und es erleichterte ihn ein wenig, ihr – wenn er sie schon davon abhalten musste, seine Pläne zu durchkreuzen – dann wenigstens diesen heimlichen Wunsch erfüllen zu können.

„Ihr habt sie gehört", sagte er zu den Matrosen, die nicht nur unter seinem Befehl, sondern ebenfalls unter seinem magischen Einfluss standen. „Tut mit ihr, was immer ihr wollt."

Er sah, wie seine Worte ein leises, vorfreudiges Zittern bei Ani'El hervorriefen.

Lars und Ricco ließen sich das nicht zweimal sagen und traten von beiden Seiten an sie heran.

Ani'El hatte aufgehört, sich darüber zu ärgern, dass es ihrem Bruder geglückt war, sie auszutricksen. Sie hatte nicht damit gerechnet, dass er so weit gehen würde; andernfalls wäre es ihm nicht gelungen, sie mit dem Di'Maì unter seine Kontrolle zu bringen. Sie überlegte, ob sie versuchen sollte, den Bann zu brechen. Schließlich war sie stärker als er – es lag also durchaus im Bereich des Möglichen. Aber sie fühlte auch, wie sehr ihr das Spiel gefiel, das Tazz begonnen hatte und die Richtung, die es nahm. Vor allem, weil es ihr dank ihm so leichtgefallen war, sich zu ihrer Sehnsucht zu bekennen, sich unterwerfen zu lassen. Die Nähe der beiden Männer schürte ihre Gier ... und ihre Bereitschaft, sich ohne Gegenwehr auf das Spiel einzulassen. So viel Zeit musste sein.

Als sie spürte, wie Lars sie ohne lange zu zögern im schlanken Nacken packte, bevor er ihr Gesicht zu ihm herum drehte und ihr einen verlangenden Kuss gab, erwiderte sie den mit dem gleichen Verlangen. Ricco hingegen griff genau so unverhohlen und schamlos nach einer ihrer Brüste und fasste fordernd zu, wobei er mit der anderen Hand den Reißverschluss auf dem Rücken ihres Kleides fand und mit einer schnellen Bewegung aufzog.

Das Kleid rutschte herab und fiel auf die Planken des Decks. Sie war nackt darunter und spürte die angenehm kühle Meeresbrise auf ihrer Haut.

Nun fasste auch Lars, ohne den gierigen Kuss zu unterbrechen, nach der zweiten ihrer herrlich runden Brüste. Ani'El hatte sich für ihre menschliche Form einen wirklich schönen Körper ausgesucht. Hohe, rosigfarbene, fast winzige Nippel, eine Wespentaille und schmale Hüften über ewig langen und schlanken Beinen mit grazilen Fesseln und beinahe schon entzückend kleinen Füßen. Und diesen wundervollen Körper ließ sie nun bereitwillig und voller Hingabe den begehrenden Berührungen der großen, von der Arbeit auf See schwieligen Männerhände entgegensinken.

Auch Ricco forderte jetzt seinen Kuss und bekam ihn willig mit sich immer weiter öffnendem Mund. Lars senkte seine Lippen auf die Seite ihres Halses und ließ seine zweite Hand über ihren schlanken Rücken nach unten gleiten, um nach einer ihrer kleinen, festen Backen zu fassen und sie zu kneten.

Die berückende Intensität der auf sie einstürmenden Empfindungen ließ Ani'Els Beine weich werden, und die beiden Männer gestatteten ihr nur allzu gerne, vor ihnen in die Knie zu sinken.

Ani'Els Blick verschwamm vor Entrückung und Gier, und ihre Wangen waren vor Erregung jetzt noch heißer. Sie als eines der mächtigsten Wesen des Universums kniete hingebungsvoll vor zwei einfachen Menschenmännern … und sie brannte innerlich danach, von ihnen mit ihrem heißen Fleisch gefüttert zu werden und ihrer Lust zu dienen.

Ricco und Lars schlüpften aus ihren weiten und leichten Matrosenuniformen und stellten sich nebeneinander vor sie hin. Ani'El fasste mit beiden Händen nach ihnen und beugte sich nach vorne, um sie zu schmecken.

Ein beinahe schon schüchterner Kuss zuerst – trotz all der Gier und dem Hunger war da noch Scheuheit. Dann ein vorsichtiges, zartes Schlecken, während das Fleisch in ihren Händen wuchs und härter wurde. Den Kopf von der einen Seite auf die andere drehend, naschte sie abwechselnd, und ihre Finger begannen vor Lust zu zittern.

Süßsalziger Geschmack auf ihrer Zunge.

Das Aufstöhnen der beiden Männer ließ ihren Herzschlag beschleunigen … machte sie mutiger.

Eine immer praller werdende Eichel zwischen ihren Lippen.

Küssen … saugen … schlecken.

Dann die andere.

Schließlich beide.

Weit gespreizte Lippen. Köstlicher Rausch.

Männerhände in ihrem Haar … die ihren Kopf nach vorne zwangen … während ihr Mund sich immer weiter öffnete … füllte. Der eine Schwanz in ihrer Kehle, der andere gegen ihre Wange gedrückt. Dann wieder abwechselnd.

Warm. Fest. Tief.

Langsam zunächst. So weit in den Rachen, dass ihr die Luft wegblieb und sie ein erstes Mal röcheln musste. Dann schnellere und kürzere Stöße. Spucke auf ihren Mundwinkeln, ihrem Kinn. Die Angst zu Ersticken verdrängt von der hungrigen Gier nach mehr. Rauschen im Nacken und in den Schläfen. Tanzende Punkte vor verschleiertem Blick.

Das Gefühl benutzt zu werden steigerte ihre Lust um ein Vielfaches, ohne dass sie hätte erklären oder gar darüber nachdenken wollen, warum das so war. Alles was sie wusste war, dass es zwischen ihren Schenkeln immer heißer wurde, immer feuchter … dass ihre Haut und ihr Haar immer empfindlicher reagierten auf jede der Berührungen, ja sogar auf den Seewind, der sacht und abkühlend über ihre gereizten Nippel strich und sie noch härter machte.

Ani'El röchelte und sie sabberte, und es machte sie an.

Das war alles, was zählte.

Machtlosigkeit war ein berauschendes Gefühl, eine unbeschreibliche Sensation. So kostbar, wenn man sonst so mächtig war.

Sie fühlte, wie sie hochgehoben und auf einen Tisch gelegt wurde. Mit dem Bauch nach oben. Ihr Kopf hing über die Kante herab, und schon nach wenigen Sekunden war ihr schlingender Mund von Ricco erneut gefüllt. Nur zu gerne ließ sie zu, dass Lars, der auf der anderen Seite stand, ihre Beine spreizte und mit seinem Kopf zwischen ihre Schenkel sank, um nun sie zu kosten.

Seine Lippen waren rau und im Vergleich zu ihrer eigenen Haut schon fast kühl. Aber das änderte sich schnell, als er sie fest gegen ihr feuchtes Fleisch drückte, um sie dort nun ebenso fordernd zu küssen wie vorhin ihren Mund.

Die Festigkeit des Kusses zuckte wie ein süßer Blitz in sie hinein und ließ sie sich aufbäumen, während vier große Hände einen spielerischen Kampf um ihre immer wärmer werdenden Brüste kämpften. Fast automatisch öffnete ihr Mund sich noch weiter, und Ricco drang tiefer in sie ein, bis es ihr wieder die Luft abschnürte und das Blut in ihren Schläfen noch heftiger pochte.

Lars teilte ihr Fleisch mit seiner Zunge. Sie war beinahe so fest wie ein Schwanz … aber so viel beweglicher … und er verstand es zu Ani'Els großer Freude, sie zu benutzen. Er ließ sie einige Male zwischen ihren feuchten Lippen auf und ab gleiten, ehe er sie anschließend über ihre Klit drückte.

Schöne, kleine, feste Kreise.

Ihre Backen spannten sich wie von selbst an, um ihren Schoß dem neckenden Tanz entgegenzuheben und die Berührung zu verstärken. Seine Küsse überwältigten sie, und sie saugte noch selbstvergessener an Riccos Schwanz.

So fest, dass er erneut laut aufstöhnte und ihre Nippel hart mit den Fingern kniff.

Schon sehr bald hatte Lars mit seinen Lippen und seiner Zunge einen Takt gefunden, der ihre Lust immer schneller und immer weiter in die Höhe schraubte. Die Zuckungen ihrer Hüften hatten sich ganz wie von selbst diesem Takt angepasst, und sie stöhnte ein Sekunde für Sekunde lauter werdendes Stakkato ihrer Ekstase in Riccos steifes, sie in ihren Mund fickendes Fleisch.

Lars hatte ihre Kniekehlen gepackt und drückte sie jetzt so weit nach oben, bis ihre Knie ihre eigenen Brüste berührten.

Ricco griff mit beiden Händen an Lars' Gesicht vorbei und spreizte ihre Scham, damit Lars mit seiner Zunge noch besser an ihre Klit kam. Dabei spielte Ricco auch noch zusätzlich mit seinen Fingerspitzen geschickt links und rechts am Eingang ihrer Pussy – was Ani'El regelrecht um den Verstand brachte.

Wäre der harte Schwanz in ihrem Mund nicht gewesen, hätte sie laut aufgeschrien vor Wollust, als der erste Höhepunkt durch sie hindurch raste wie ein Tropensturm.

Sie war dermaßen überwältigt, dass sie zunächst gar nicht merkte, wie Lars sein erhitztes Gesicht von ihr löste und seinen Schwanz in sie schob. Er hatte sie noch immer in den Kniekehlen gepackt, sodass sie mit gespreizten Schenkeln weit offen war für ihn.

Ohne zu zögern passte er den Takt seiner Stöße dem seines vorherigen Schleckens an und sorgte dafür, dass der Sturm, der durch Ani'El jagte, nicht abflaute.

Sie bebte und röchelte unkontrolliert, während die beiden sie in Mund und Möse fickten und sie sich auf die herrlichste Weise benutzt vorkam und genommen. Sie war für sie das Stück Fleisch, das sie jetzt nur allzu gerne sein wollte.

Das Spielzeug ihrer Lust.

Ihr williges Opfer.

Speichel triefte ihr über die erhitzten Wangen, ihr eigener Saft über die Pobacken.

Und erst als sie ein zweites Mal mit unglaublicher Gewalt gekommen war, wechselten Ricco und Lars sich ab.

Anders als Ricco stieß Lars ihr nicht in den Mund, sondern ließ sie schlecken, und anders als Lars fickte Ricco sie nicht schnell und hart, sondern langsam, aber dafür eindringlich …

… mit schlängelnden Bewegungen, sodass sie ihn überall zu spüren bekam.

Ani'Els überschnappende Lust wurde zu einer geschmeidigeren … das rasende Trommeln ihres Herzens zu dem langsameren Schlagen einer Basspauke … das hoch lodernde Feuer in ihren Adern zu einem warmen, gleichmäßigeren Glühen … ihr stoßweises Stöhnen zu einem sinnlichen Seufzen … und doch, obwohl sich alles anfühlte, als würde es in Zeitlupe geschehen, wurde das Gefühl kein Stück weniger kraftvoll und überwältigend als das zuvor.

Sie griff mit einer Hand nach oben, um Lars' Schwanz und seine Hoden dichter an ihre nasse Zunge drücken zu können und fasste mit der anderen zwischen ihre eigenen Schenkel, um Riccos drängendes Spiel auch mit den Fingerspitzen zu genießen.

Lars hatte sie am Hals gepackt, sodass sie gerade noch Luft bekam, und Ricco zupfte an ihren Nippeln. Sie hatte das Gefühl, als bewegten sie sich und als atmeten sie alle drei im gleichen Takt … in ihrer Lust zu einer Einheit verschmolzen.

Sie leckte erste Lusttröpfchen von Lars' Eichel, und ein neuer Schauer durchzuckte sie.

Ricco fasste ihre Hand und benutzte ihre eigenen Finger, um ihre Klit damit zu streicheln, während er tief in ihr steckte und seinen Schwanz in ihr hin und her schlängelte.

Ani'El schwebte in ihrer Ekstase wie in einem Meer aus warmem Gel, das jeden Quadratzentimeter ihrer Haut umschmeichelte. Schweiß und Lust. Der Duft der beiden Männer vermischte sich in ihrer Nase zu einem sämtliche Sinne vernebelnden Parfüm.

Sie spürte, wie Ricco sie anhob und sich mit ihr gemeinsam aufrichtete, wobei sie sich noch tiefer auf ihn hinabließ.

Lars trat hinter sie. Dicht hinter sie. Sie schlang ihre Arme um Riccos breite Schultern und ließ Lars gewähren, als er ihre Backen spreizte, um auch seinem Schwanz Zugang zu verschaffen.

Als er von hinten in sie eindrang, schrie sie vor Geilheit auf.

Zwei Schwänze.

Das Eindringen raubte ihr nach dem Schrei den Atem, und die Lust staute sich in ihr wie hinter einem Damm. So hing sie nun in der Luft zwischen den beiden aufrecht stehenden Männern, die sie fest packten und in einem langsamen Rhythmus begannen, abwechselnd von unten in ihr hochzustoßen.

Vorne, hinten, vorne, hinten … .

Das war Erfüllung pur!

Ihre Nippel rieben sich an den Härchen von Riccos schweißnasser Brust, und ihre vor Stöhnen weit offenen Lippen suchten seinen Mund zum schlingenden Kuss, während Lars überwältigt von der eigenen Lust in ihren Nacken biss.

Tazz, der das Spiel der drei beobachtete, war begeistert zu erleben, mit welcher Hingabe Ani'El den beiden Männer gestattete, sich von ihr zu nehmen, was ihnen gefiel. Davon, wie sehr sie es offenbar genoss, in diesen speziellen Momenten schwach und machtlos zu sein. Er, der die Kontrolle niemals abzugeben bereit war, konnte sich nur schwer vorstellen, worin für sie dabei der Reiz lag; aber es faszinierte ihn ungemein, dass es bei ihr so war.

Er hatte miterlebt, wie sie ganze Städte mit einem einzigen Streich ihres Feuerschwertes ausradiert hatte und wie Vulkane ausbrachen, nur, weil sie mit dem Finger schnipste. Hätten Lars und Ricco das erlebt, da war Tazz sicher, würden sie ganz bestimmt nicht so rau und zügellos mit ihr umgehen.

Aber vielleicht ging es Ani'El, unterstützt durch den Einfluss des Di'Maì, genau darum: ohne Furcht oder auch nur Respekt genommen und benutzt zu werden.

Lars und Ricco gingen von abwechselnd zu gleichzeitig über, und wieder schrie Ani'El laut und lüstern auf.

Sie wurde nach oben gestoßen und sackte herab ... nach oben ... und wieder herab ... immer und immer und immer wieder.

Vor Wollust jauchzte sie auf und grub Ricco die Nägel ihrer Finger so fest zwischen den Schulterblättern in die Haut, dass er zu bluten begann. Aber davon ließ er sich nicht stören.

Er lachte nur auf und stieß noch härter zu.

Sie rang keuchend nach Luft, so als würde sie gerade aus dem Wasser auftauchen, und die Haut ihrer Wangen glühte immer dunkler, während sie selbstvergessen die Augen verdrehte und der nächste Climax über sie hereinbrach. Sie wand ihren schlanken Körper gierig hin und her und vor und zurück, um jede der Berührungen und Stöße so intensiv auszukosten wie nur irgend möglich.

Lars ließ sich nach hinten sinken, sodass er auf der Tischkante zu sitzen kam, ohne sich aus ihr zurückzuziehen.

So saß sie nun auf seinem Schoß, rittlings auf seinem Schwanz. Ricco machte die Bewegung mit und stellte sich fest zwischen Lars' Füße – Ani'Els Kniekehlen mit den Händen hoch in der Luft haltend. Und während Lars von hinten um sie griff, um ihre Brüste zu kneten, nahm Ricco mit seinen jetzt schneller werdenden Stößen den Takt ihres rasenden Atems an und hielt sie auf dem Hoch, das ihren Leib zucken ließ wie unter kleinen, köstlichen elektrischen Schlägen.

Tazz sah daran, dass ihr Tränen der Freude über die Wangen liefen, wie lange schon sie sich diese Lust verwehrt hatte. Offen gestanden wusste er nicht, ob sie überhaupt schon jemals Sex mit einem Menschen gehabt hatte.

Falls ja, hatte sie keinen Deut verlernt.

Falls nein, tat es ihr ganz offensichtlich verdammt gut.

Sie hatte die weißen Zähne fest zusammengebissen und schnaubte gierig, ja fast schon wild. Ihre dunklen und jetzt gar nicht mehr so unschuldig aussehenden Augen blitzten Ricco an und forderten ihn wortlos dazu heraus, noch fester zuzustoßen, noch härter, während sie bis zum Ansatz Lars in sich aufgenommen hatte.

Ihre Haut glänzte nass und im Schein der inzwischen hoch stehenden Sonne fast schon golden, und Tazz konnte erkennen, dass sie auch von innen heraus strahlte. Es war das Licht der *B'Nai Elohim*, das Licht der Himmel.

Riccos Stöhnen wurde unkontrollierter, und er stieß noch fester und hemmungsloser zu … jetzt nur noch einzig und allein auf seine Befriedigung bedacht. Mit einem Aufschrei zog er sich aus ihr zurück, und sein Sperma spritzte im hohen Bogen auf ihren Bauch und ihre Brüste.

Sie griff gierig nach dem pumpenden Schwanz, packte ihn fest und rieb ihn, bis er völlig leer war.

Erst dann stieg sie von Lars ab und brachte auch ihn mit geschickter Hand zum Kommen.

Die Männer keuchten schwer, aber für Ani'El hatte das Spiel gerade erst begonnen. Tazz musste dafür sorgen, dass sie noch länger beschäftigt blieb. Wieder nahm er das kleine Funkgerät zur Hand und sprach einen Befehl in das Mikro. Wenige Augenblicke später traten drei weitere Matrosen an Deck.

„Zieht euch aus und macht euch bereit", befahl er ihnen mithilfe des Di'Maì, und sie gehorchten ohne zu zögern.

Ani'El erblickte sie, und ihre Augen weiteten sich vor Gier.

Sie sah nicht, wie Tazz aus einer kleinen Phiole etwas klare Flüssigkeit in eine Champagnerflasche träufelte und sie einem der Matrosen reichte.

10. KAPITEL

Das Buch der Wächter

Vom Aschenputtel zur Prinzessin in nur wenigen Tagen.

Was für ein Wandel! Maggie war überwältigt vom Verlauf der Ereignisse. Direkt nach der Rückkehr von der Jacht hatte sie ihre Mutter angerufen, um ihr die sensationellen Neuigkeiten mitzuteilen. Sie beide hatten vor Freude geweint und angefangen, Umzugspläne für ihre Mutter zu schmieden. Selbst falls der Deal mit Tazz doch noch platzen sollte, was Maggie nicht glaubte, waren ihr die Prozente von den bereits an den Verlag überwiesenen zwei Millionen sicher.

Jetzt stand sie in der Bronx, vor dem fünfstöckigen Ziegelblock, in dem ihre Freundin Lydia wohnte und klingelte.

„Hallo", meldete Lydias Stimme sich nach einigen Momenten aus der Gegensprechanlage.

„Ich bin es", sagte Maggie. „Komm doch mal runter."

„Geht nicht", sagte Lydia. „Bin nicht angezogen. Komm erst mal nach oben."

Maggie lachte. „Zieh dir schnell was über und komm runter. Ich hab 'ne Überraschung für dich."

„Okay-okay-okay", erwiderte Lydia, und kaum zwei Minuten später öffnete sie mit zerzausten Haaren, Jogginganzug, Hauslatschen und Bademantel die Tür.

Wieder musste Maggie lachen. „Wie siehst du denn aus?"

„Hey, dank dem Riesenbauch hier hab ich kaum noch was Passendes im Kleiderschrank. Schon mal gar nichts, was man so schnell mal überzieht. Himmel, ist das schön, dich noch mal zu sehen, ehe du dich davonmachst." Sie fiel Maggie um den Hals.

„Ich mach mich nicht davon", sagte Maggie und drückte die Freundin.

„Was?"

„Du hast richtig gehört. Ich bleibe. Und du bleibst auch."

Lydia schob sie von sich weg und schaute sie erstaunt an. „Wie meinst du das?"

„Erzähle ich dir alles gleich", sagte Maggie. „Aber jetzt will ich dir erst einmal was zeigen." Sie deutete auf ihren Audi, der am Straßenrand geparkt stand.

„Wow", sagte Lydia. „Wo hast du den denn her?"

„Den meine ich gar nicht", erwiderte Maggie. „Komm mit." Sie nahm Lydia bei der Hand und führte sie zum Heck des Wagens. Mit einem Druck auf die Fernbedienung öffnete sie die Klappe. Sie hatte die Rückbank umgelegt, und der Kofferraum war bis oben voll mit den Geschenken, die sie für Lydia und ihr Baby gekauft hatte. Das zusammenbaubare Kinderbett im Karton, die Sets mit Fläschchen und Spielzeug, Windeln, Strampler und andere Klamotten. Darunter auch welche für Lydia.

„W-w-was?", stotterte Lydia.

„Für dich", sagte Maggie. „Aber das Beste kommt noch."

„Sag mal, hast du im Lotto gewonnen?"

„Viel besser", antwortete Maggie. „Erzähl ich dir oben. Aber jetzt bringen wir erst mal die Sachen hoch."

„Das ist alles für mich?" Lydia konnte es offenbar immer noch nicht fassen. Ihre dunklen Augen hatten einen feuchten Glanz angenommen. „D-das kann ich nicht annehmen."

„Oh doch, kannst du", sagte Maggie und winkte einer Gruppe etwa dreizehnjähriger Jungs zu, die auf einem Platz gegenüber Basketball spielten. „Einen Zehner für jeden, der uns beim Hinauftragen hilft!"

Eine Stunde später saßen Maggie und Lydia inmitten all der neu gekauften Sachen in Lydias kleiner Wohnung, und Maggie hatte ihrer Freundin alles erzählt, was ihr an Merkwürdigem und Tollem passiert war, seit sie sich das letzte Mal am Abend der Lesung gesehen hatten.

„Wahnsinn", sagte Lydia. „Unglaublich. Fantastisch. Und auch ein bisschen furchteinflößend."

„Das kann man wohl sagen", meinte Maggie, holte einen Umschlag aus der Handtasche und reichte ihn Lydia. „Dafür, dass du immer an mich geglaubt hast."

Zögernd öffnete Lydia das Kuvert und stieß einen überraschten Pfiff aus. „Oh mein Gott. Wie viel ist das?"

„Zwanzigtausend", sagte Maggie. Nach dem Treffen mit Tazz hatte sie den Betrag verdoppelt. „Und jetzt komm mir bitte nicht wieder auf die Das-kann-ich-nicht-annehmen-Tour. Es ist das Mindeste, das ich tun kann, damit du mit dem Baby in New York bleiben kannst. Ich brauch dich doch."

Sie konnte in Lydias Gesicht sehen, dass sie noch immer zögerte. Dann aber steckte sie den Umschlag in die Tasche ihres Bademantels. „Unter einer Bedingung", sagte sie.

Maggie schaute sie fragend an.

„Ich möchte für dich arbeiten", sagte Lydia.

„Für mich arbeiten?"

„Ja", sagte Lydia. „Du wirst jetzt bestimmt eine Assistentin brauchen; jemanden, der sich um alles kümmert, während du an deinen nächsten Projekten arbeitest. Büro, Haushalt, Einkäufe, etcetera. Du könntest doppelt so schnell und so viel arbeiten wie bisher, wenn du dich darum nicht mehr kümmern müsstest."

„Das würdest du für mich tun?"

„Machst du Witze?", fragte Lydia. „Das wäre der geilste Job, den ich mir als Schwangere und auch nach der Entbindung vorstellen kann."

„Cool!“, sagte Maggie. „Abgemacht.“

Lydias Gesicht wurde ernst. „Und dieser Axel?“

„Gute Frage“, sagte Maggie nachdenklich. „Da gibt es noch einiges zu klären und herauszufinden.“

„Darin bist du ja ganz besonders gut.“ Lydia zwinkerte ihr zu, aber Maggie konnte erkennen, dass sie besorgt war.

„Mach dir keine Sorgen.“

„Versprich mir, dass du auf dich aufpasst.“

„Versprochen“, sagte Maggie nachdenklich. „Aber jetzt gehen wir beide erst einmal schick essen.“

Zwei Stunden später, nachdem sie mit Lydia beim besten Italiener der Bronx fürstlich gespeist und sie danach wieder nach Hause gebracht hatte, stand Maggie in der Fifth Avenue, gar nicht weit weg von Axels Haus, vor *Patience*, Geduld, und *Fortitude*, Tapferkeit, den beiden riesigen Steinlöwen am Eingang der *New York Public Library*, um die Nachforschungen in Sachen Azazel zu vertiefen.

Geduld und Tapferkeit – um ein Haar hätte sie nach Jahren harter Arbeit beide verloren gehabt, und jetzt hatte sich dadurch, dass sie gerade noch lange genug ausgehalten hatte, das Blatt genau in dem Moment gewendet, als sie die Stadt hatte verlassen wollen. Sie atmete befreit auf und erinnerte sich daran, wie oft sie schon bei der Recherche für ihre Romane hier bei den Löwen Halt gemacht hatte.

Der Besuch der größten Bibliothek des Landes erfüllte sie jedes Mal von Neuem mit Ehrfurcht. Das lag zum einen ganz bestimmt an der wundervollen Architektur des Gebäudes, in allererster Linie aber an all dem Wissen, das hier im Laufe der vergangenen hundertzehn Jahre angesammelt worden war. Vieles davon hatte noch nicht den Weg ins Internet gefunden.

Sie stieg die Stufen zwischen den gewaltigen Säulen hinauf und betrat das Gebäude durch den Haupteingang.

Eine halbe Stunde später saß sie, drei Stockwerke tief unter dem Bryant Park, in dem Archiv, in dem alle bibelrelevanten Texte gelagert waren. Auf dem großen Tisch vor ihr stapelten sich die Bücher und Abschriften – alles, was sie über das *Buch der Wächter* von Henoch hatte finden können; darunter englische Übersetzungen der Qumrantexte. Doch vor allem anderen blätterte sie durch die seltene englische Bibelausgabe der Äthiopischen Kirche, die den geheimnisvollen und angeblich ältesten apokalyptischen Text der Welt in ihren Kanon aufgenommen hatte.

Henoch war der Vater Methusalems, des der Bibel zufolge ältesten Menschen aller Zeiten, und damit der Urgroßvater Noahs. Er hatte also lange vor der Sintflut gelebt und war wegen seines gerechten Lebenswandels noch zu seinen Lebzeiten als Unsterblicher in den Himmel aufgefahren, wo er als Richter und Chronist die Ereignisse, die zu der Vernichtung der Menschheit führten, aus erster Hand miterlebte und sie aufzeichnete.

Maggie war nervös – ohne genau sagen zu können, ob diese Nervosität dieselbe war, die sie immer empfand, wenn sie begann, an einem neuen Manuskript zu arbeiten, oder ob sie mit Axel zu tun hatte. Schließlich war sie im Begriff, mehr über das Wesen herauszufinden, dessen Namen er sich auf den Körper hatte zeichnen lassen ... und damit auch mehr über ihn, den Mann, der so unvermittelt und mitreißend in ihr Leben getreten war.

So seltsam und schräg ihre bisherigen Begegnungen auch gewesen sein mochten, jedes Mal, wenn sie an ihn dachte – und sie dachte eigentlich ständig an ihn –, standen ihre Gefühle Kopf.

Es hatte noch nie einen Mann gegeben, der sie so schnell so tief bewegt hatte, der sie so sehr beschäftigte und nach dessen Nähe sie sich so dauerhaft, ja beinahe schmerzhaft sehnte. Nach seinen Berührungen, dem Glanz in seinen Augen, der so viele aufwühlende Nuancen annehmen konnte, wenn er sie ansah, dem Duft seiner Haut, seiner warmen, tiefen und so verdammt verführerischen Stimme.

Natürlich flackerte da auch immer wieder ein Alarmsignal auf, ein unbestimmtes Gefühl, dass er auf irgendeine Weise gefährlich war. Dass an ihm etwas anders war als an anderen. Und dann wiederum war es doch genau diese Andersartigkeit, die sie so sehr an ihm faszinierte. Dieses Dunkle. Diese Ungewissheit. Die Unmöglichkeit, irgendetwas vorherzusehen – und damit verbunden die Klarheit, in der Begegnung mit ihm auf eine seltsam willkommene Weise nichts, aber auch gar nichts unter Kontrolle zu haben.

Anders als alle anderen Männer, die Maggie jemals kennengelernt hatte, war Axel von seiner ganzen Natur her, von seinem Auftreten bis hin zu seiner völligen finanziellen Unabhängigkeit vom Rest der Welt, kein Puzzlestück, das man irgendwie mit in sein Leben integrierte – und zur Not formen konnte, damit es passte. Vielmehr fühlte es sich so an, als wäre er das Puzzle, und sie versuchte, es zu erkennen, um herauszufinden, wie sie am besten da hineinpassen könnte.

Denn auch wenn sie gestern Nacht mürrisch gegangen war, wurde ihr doch immer mehr bewusst, dass sie genau das wollte: in sein Leben passen, allerdings nicht nur als winziges Stück.

Sie war verwirrt.

Vielleicht war auch das ein Grund, warum sie heute hier war und die alten Schriften studierte – um die vielen in ihrem Bauch, ihrem Herzen und zugegebenermaßen auch zwischen ihren Schenkeln wirbelnden und bohrenden Gefühle mehr in Einklang zu bringen mit ihrem ansonsten recht klaren Kopf, ihrem analytischen Verstand und ihren bis zur Grenze des Unbehaglichen misstrauischen Gedanken. Sie wollte ihn besser verstehen, sein Wesen klarer erkennen können. Aber nach mehreren Stunden eingehender Lektüre der vor ihr liegenden Schriften in Sachen Azazel stellte sie missmutig fest: Sie hatte genau das Gegenteil erreicht.

Ihr Kopf warnte sie vor dem, was ihre Seele und ihr Körper so sehr begehrten.

Larry hatte recht: Dem *Buch der Wächter* zufolge war Azazel noch sehr viel schlimmer als Luzifer. Luzifer hatte die Menschen nur verführt, Azazel hingegen hatte sie verderbt. Luzifer hatte lediglich Zweifel gesät und den Herrschaftsanspruch des Himmels infrage gestellt, Azazel aber hatte die gesamte Menschheit in eine offene Rebellion gegen Gott geführt.

Das *Buch der Wächter* beschrieb, wie er und einhundertneunundneunzig andere Engel, die *An'Gal* – Wächter der Himmel – oder *Grigori*, wie andere Quellen sie nannten, zur Erde gesandt wurden, um nach dem Sündenfall Adams und Evas über sie und die entstehende Menschheit zu wachen.

Doch stattdessen lehrte Azazel sie die Schmiedekunst und die Herstellung von Waffen, Heilkunst, Ackerbau und Viehzucht, und er und seine Mitwächter verführten Menschenfrauen, um mit ihnen die Nephilim zu zeugen. Diese mächtigen, kriegerischen Wesen wollte er zusammen mit den Menschen in eine Rebellion gegen den Himmel führen und dessen Herrschaft ein für alle Mal beenden.

Als man dort seiner furchtbaren Untaten gewahr wurde, sandte Gott seine Erzengel, die *B'Nai Elohim*, mit ihren Armeen aus, um die Zweihundert zu bekämpfen und gefangen zu nehmen und die Nephilim und die gesamte Menschheit in einer gewaltigen Flut zu vernichten.

Nach einem langen, schrecklichen Krieg im Himmel und auf der Erde, dem zahllose Engel zum Opfer fielen, kam es schließlich zu einem Duell zwischen Azazel und Raphael, und Azazel wurde in Ketten gelegt und in einen tiefen Abgrund in der Wüste Dudael geworfen. Dort wird er bleiben, bis er am Tag des Jüngsten Gerichts in die Feuer der ewigen Vernichtung geworfen wird.

Luzifer hatte die Schöpfung befleckt, Azazel aber hatte dafür gesorgt, dass sie vollständig vernichtet wurde.

Wieso um alles in der Welt trug Axel sein Zeichen?

Maggie war fest entschlossen, ihn danach zu fragen. Am besten würde sein, sie tat das jetzt gleich.

Sie packte ihre Sachen zusammen und brachte die ausgeliehenen Schriften zurück zum Tresen des Bibliothekars; einem Mittfünfziger mit mausgrauem Haarkranz und randloser Brille. Er musterte sie aufmerksam, während er die einzelnen Artikel wieder in seinen Computer eintrug.

Maggie fragte sich, ob er sie so interessiert in Augenschein nahm, weil sie vielleicht einen Tintenklecks auf der Nase hatte. Aber dann dachte sie, dass es sehr viel wahrscheinlicher an den Werken lag, die sie sich ausgeliehen hatte, und er sich bestimmt heimlich fragte, ob sie wohl eine „Satansanbeterin“ war, die in dunklen Neumondnächten heimlich im Keller versuchte, Dämonen zu beschwören.

Doch dann hellte sich seine Miene zu einem Lächeln auf, und er sagte: „Jetzt hab ich’s.“

Maggie schaute ihn fragend an.

„Sie sind Magdalena Carey“, sagte er, und es lag großer Respekt in seiner Stimme. „Die Autorin von *Bloody Bill.* Aber Sie sehen in Wirklichkeit so viel besser aus als auf dem Buchrückenfoto, wenn ich das sagen darf.“

Maggie atmete erleichtert auf und lächelte zurück. Sie merkte, dass sie tatsächlich ein wenig rot geworden war. Es geschah nicht oft, dass man sie erkannte, und sie fragte sich, ob und wie sich das wohl ändern würde, wenn ihr Buch erst einmal verfilmt und sie mit ihren Folgebüchern noch bekannter wurde.

„Danke“, sagte sie, weil ihr sonst gerade nichts Besseres einfiel. Aber dann fügte sie hinzu: „Hat es Ihnen gefallen?“

„Umwerfend“, antwortete er. „Sie haben eine völlig neue Perspektive auf Bill und die James-Brüder geliefert. Klar, Verbrecher waren sie, aber eben nicht die Monster, als die sie in der offiziellen Berichterstattung ihrer Zeit dargestellt wurden. Sie befanden sich im Krieg, und als die Gegenseite gewann und ihnen alles nahm, was sie besaßen, haben sie sie nicht als neue Regierung anerkannt und sie weiter bekämpft. Darf ich Sie vielleicht um ein Autogramm bitten?“

Maggie erfüllte ihm die Bitte, und als sie wenig später die Bibliothek verließ und auf die Fifth Avenue und in das Licht der Spätnachmittagssonne hinaustrat, fragte sie sich, ob sie nicht vielleicht zu voreilig war, Azazel nur aufgrund der Schilderungen im *Buch der Wächter* zu verurteilen. Sie war gespannt darauf, was Axel ihr dazu zu erzählen hatte und schlug den Weg zu seinem Haus ein.

Eine halbe Stunde später stand Maggie völlig perplex auf dem von Menschen nur so wimmelnden Bürgersteig. Axels Haus war verschwunden. Wie vom Erdboden verschluckt. Maggie wusste sehr wohl, dass das überhaupt nicht sein konnte – aber sie war an der Stelle, an der sie es erinnerte, jetzt schon drei Mal auf und ab gelaufen, ohne es zu finden. Sie ging in Gedanken noch einmal den Weg nach, den sie mit Axel gegangen war, als er so unerwartet im Central Park aufgetaucht war, und auch den Weg, den sie beim Verlassen des Hauses gestern Nacht zu ihrem Wagen genommen hatte. Aber da war nichts.

Seltsam. Normalerweise hatte sie einen ziemlich guten Orientierungssinn, aber hier ließ er sie offenbar im Stich, also versuchte sie es weiter oberhalb. Doch nach einer weiteren Viertelstunde hatte sie das Haus immer noch nicht ausgemacht.

Die einzige Erklärung war, dass sie schon auf dem Weg vom Museum daran vorbeigelaufen sein musste, ehe sie dort angekommen war, wo sie das erste Mal danach gesucht hatte. Sie machte kehrt und ging den ganzen Weg wieder zurück.

„Magdalena“, rief da plötzlich eine ihr inzwischen sehr vertraute Stimme ihren Namen, und sie schaute sich um.

Es war Axel.

Er stand etwa zehn Meter hinter ihr.

Vor seinem Haus.

Dort, wo sie es von Anfang an vermutet, aber nicht gefunden hatte.

Hatte sie Halluzinationen? Wie in jener Nacht, in der sie davon geträumt hatte, angeschossen und von einem seltsamen Löwenwesen mit gewaltigen Schwingen auf der Spitze des Empire State Buildings geheilt worden zu sein?

Vielleicht sollte sie wegen des Schlages, den sie bei dem Überfall abbekommen hatte, doch einmal zu einem Arzt gehen und sich eingehend untersuchen lassen.

Axel trat an sie heran. „Es ist schön, dich zu sehen.“

„Mehr hast du nach deinem seltsamen Abgang von gestern Nacht nicht zu sagen?“, fragte sie und gab sich dabei keine Mühe, den unwirschen Unterton zu verbergen.

„Ich musste dringend weg“, sagte er, und es klang nicht nach einer Entschuldigung. „Als ich zurückkam, warst du verschwunden.“

„Wo warst du?“

„Ich habe jemanden gesucht, ihn aber nicht gefunden.“

„Wieso bringe ich dich in Gefahr?"

Er lächelte mild. „Virginia hat mir erzählt, dass du das glaubst. Doch mein Gespräch mit ihr hatte nichts mit dir zu tun."

Sie setzte ihren skeptischsten Blick auf. „Hatte es nicht? Wovor sollte sie mich dann beschützen?"

„Wie kommst du darauf, dass es dabei um dich ging?", fragte er.

„Ging es nicht?"

„Nein, das war alles nur ein dummes Missverständnis – etwas rein Geschäftliches, und Virginia hatte nicht die Befugnis, darüber zu reden. Du bist also ganz ohne Grund so argwöhnisch. Ich habe dich den ganzen Tag gesucht, um dir das zu erklären."

Maggie fühlte sich jetzt ein wenig albern, weil sie das alles auf sich bezogen hatte, und war froh über die Gelegenheit, das Thema wechseln zu können.

„Ich war unterwegs", sagte sie. „Ich hatte ein total irres Treffen mit einem Produzenten, der die Filmrechte an meinem Buch kaufen will."

„Herzlichen Glückwunsch", sagte er erfreut. „Das sind gute Nachrichten."

Ja, das waren verdammt gute Nachrichten. Sogar sensationell gute Nachrichten. Besser ging es eigentlich kaum noch, und Maggie merkte, dass sie sich noch gar nicht wirklich die Zeit genommen hatte, sie zu verarbeiten. Aber vielleicht war sie Axel auch aufgrund dieser guten Nachrichten schon nicht mehr wirklich böse wegen vergangener Nacht – und jetzt, da sie wusste, dass es in dem seltsamen Gespräch gar nicht um sie gegangen war und sie Virginias Verhalten völlig falsch interpretiert hatte, gleich noch viel weniger.

Stattdessen war sie jetzt besorgt. „Aber Virginia hat gesagt, du seist in Gefahr."

Er winkte ab. „Sie hat überreagiert. Wie gesagt, es ging um etwas rein Geschäftliches, nichts Besonderes. Mach dir also bitte keine Sorgen, Magdalena. Aber komm, wir müssen deinen Erfolg feiern." Er deutete nach oben zum obersten Stockwerk seines Hauses.

Als er sah, dass sie zögerte, schaute er sie forschend an – dann schmunzelte er. „Ich habe Essen und Champagner gemeint. Nicht, was du jetzt vielleicht denkst. Pfadfinderehrenwort."

Sie lachte spontan auf, als sie merkte, dass er gedacht haben musste, sie hätte das so verstanden, dass er mit „feiern" Sex gemeint und geglaubt hatte, dass sie deshalb zögerte.

„Von mir aus können wir auch gerne im Bett feiern", beeilte sie sich ihm mit einem Zwinkern zu versichern. „Sehr gerne sogar. Aber vorher habe ich noch ein paar Fragen."

„Du gehst aber ganz schön ran", lachte er.

Sie grinste frech. „Meinst du mit rangehen jetzt das Bett oder die Fragen?"

„Hm. Wir werden sehen." Er machte eine einladende Geste, und sie hakte sich bei ihm ein und ließ sich zur Eingangstür führen.

Axel führte sie in einen Raum, den er zwar schon erwähnt, den sie aber bisher noch nicht gesehen hatte. Als er jetzt die beinahe drei Meter hohe Tür öffnete und Maggie über die Schwelle trat, verschlug es ihr buchstäblich den Atem.

„Die Bibliothek", sagte er – überflüssigerweise, aber voller Stolz.

Maggie ging mit langsamen Schritten und voller Ehrfurcht hinein. Mehr noch als vorhin in der New York Public Library hatte sie das Gefühl, einen heiligen Raum zu betreten. Was für andere Leute Kirchen oder Tempel waren,

waren Bibliotheken für Maggie. Und die hier mehr als jede andere zuvor.

Wie schon der Vergnügungspark nahm der Raum drei komplette Etagen des riesigen Hauses in Anspruch. Deckenhohe Regale aus poliertem Mahagoni, Bronze, Treppen, Galerien, Terrassen, Sitzgruppen aus Leder – ja sogar zwei kunstvoll fein beschnitzte Bogenbrücken, die auf halber Höhe in Kreuzform alle vier Wände miteinander verbanden. Dazwischen lebensgroße Statuen von Engeln, manche davon mit weit gespreizten Schwingen.

Und alles voller alter Bücher und Schriftrollen – in einigen Glasvitrinen sogar Tontafeln und auch welche aus Stein.

„Wirf den Schlüssel weg und hol mich in hundert Jahren wieder ab“, hauchte sie voller Begeisterung.

„Ich dachte, dass es dir hier gefällt“, sagte er mit einem Lächeln. „Hier findest du alles, was du jemals suchen könntest.“

Das erinnerte Maggie daran, warum sie heute eigentlich in erster Linie hierhergekommen war. „Auch Bücher über Dämonen und Teufelsanbetung?“

„Dämonen und Teufelsanbetung?“ Er stutzte. Doch dann entspannte er sich schnell wieder und tat, als ob gar nichts wäre. „Ziemlich sicher sogar. So wie auch Bücher über Kräuterkunde, Architektur, Dampfmaschinen und Malerei.“

Sie fixierte ihn mit einem ernsten Blick. „Wie steht es mit dem *Buch der Wächter*?“

„Worauf willst du hinaus?“

Sie deutete auf seine Brust. „Erzähl mir von Azazel und warum du sein Zeichen auf dem Körper trägst.“

Er seufzte schwer. „Nach dem Essen. Immerhin gibt es etwas zu feiern, und das ist jetzt viel wichtiger.“

Doch sie blieb eisern.

„‚Nach dem Essen‘ hast du gestern schon gesagt“, erwiderte sie. „Ich bekomme mehr und mehr das Gefühl, dass du mir ausweichst, Axel. Dass du etwas vor mir verbirgst.“

„Das tut mir leid“, sagte er, und es klang ehrlich. „Aber es gibt Dinge, die hängt man besser nicht an die große Glocke. Schon gar nicht, wenn man sich gerade erst kennenlernt.“

„Bist du ein Teufelsanbeter?“, fragte sie ganz direkt. Es musste einfach raus.

Sein Gesicht nahm einen völlig verblüfften Ausdruck an.

„Ein Teufelsanbeter? Ich? Nein. Der Himmel bewahre!“ Er war mit einem Mal sichtlich aufgeregt, und Maggie bedauerte bereits, so unverblümt gefragt zu haben.

„Okay“, beschwichtigte sie. „Anders gefragt: Warum hast du dir Azazels Namen auf den Körper tätowieren lassen?“

„Das ist kein Tattoo.“

„Dann eben ein Branding oder ein Cutting, was weiß denn ich?“, sagte sie ungeduldig. „Der Kern der Frage ist doch wohl der: Warum hast du es überhaupt anbringen lassen?“

Seine Augen zogen sich zusammen, und er schaute sie kühl an. „Was, glaubst du, gibt dir das Recht, eine derart persönliche Frage zu stellen, Magdalena?“, verlangte er zu wissen. „Und dann auch noch auf eine solch fordernde Art und Weise und in diesem Ton?“

Die herrische Kälte, mit der er diese Worte aussprach, verschlugen ihr für einen Moment die Sprache, und es fühlte sich so an, als hätte sie plötzlich einen Kloß im Hals.

„Du hast recht“, sagte sie dann, überrascht darüber, wie sehr seine Fragen sie verletzt hatten. „Wenn das, was wir haben … oder vielmehr *hatten* … für dich etwas Nebensächliches, Unwichtiges ist oder war, etwas, das nichts bedeutet und keine Zukunft hat, dann steht mir das natürlich nicht zu. Aber dann, Axel, gibt es für mich auch keinen Grund, länger hier zu sein.“

Sie drehte sich um und wollte gehen.

Er fasste sie am Arm und zog sie zurück.

Sie stieß ihn von sich.

„Lass mich!“ Sie fühlte, wie ihre Augen feucht wurden und wollte nicht, dass er das sah.

„Bitte“, sagte er. „Geh nicht.“

„Warum nicht?“, fragte sie und versuchte, ihre zitternde Stimme zu kontrollieren. „Warum soll ich bleiben, wenn du nicht willst, dass ich mehr über dich erfahre, um dich besser kennenzulernen? Geht es dir nur um den Sex? Ich wette, mit all deiner Kohle kannst du den wesentlich unkomplizierter haben als mit jemandem wie mir, der sich wirklich für dich interessiert und deswegen eben auch Fragen stellt.“

„Wie kannst du so etwas denken?“, fragte er bestürzt, und da war ein Flehen in seinen dunklen Augen. „Du hast es doch gerade eben selbst gesagt: Wenn es mir nur um Sex ginge … den könnte ich mir an jeder Straßenecke kaufen. Wie kannst du ernsthaft glauben, das mit uns sei etwas Nebensächliches oder Unwichtiges, nur weil ich einer einzigen Frage ausweiche? Du musst doch wissen, was du fühlst … was wir füreinander empfinden … und kannst das nicht einfach in Zweifel ziehen, nur weil es da in meinem Leben etwas gibt, das ich lieber für mich behalten hätte … oder dir zumindest gerne später gesagt hätte.“

Maggie ärgerte sich sehr über seine Worte – musste aber zugeben, dass er gar nicht so unrecht hatte. Und dann wieder doch. Schließlich hatte sie nicht nach so etwas Banalem wie seinem Lieblingsessen oder seinem Hobby gefragt, sondern danach, warum er den Namen eines Dämonenfürsten auf den Körper gezeichnet trug.

Sie fand schon, dass das etwas sehr Entscheidendes für ein mögliches Miteinander, für eine mögliche Zukunft war. Etwas, worauf zu wissen sie sehr wohl ein Recht hatte – einen Anspruch. Sie sagte ihm das, genau so – und wiederholte dann ihre Frage: „Wieso trägst du seinen Namen auf deiner Haut?"

Er holte tief Luft und seufzte noch einmal. „Das war nicht ich", sagte er schließlich leise. „Ich *wurde* damit gezeichnet. Direkt nach meiner … Geburt."

Maggie erstarrte vor Schreck und wusste zuerst gar nicht, was sie sagen sollte – so schockiert war sie. „Du meinst … deine Eltern haben dir das angetan?"

Axel schaute sie lange wortlos an … seine Augen nahmen dabei einen seltsam verlorenen Glanz an … so als würden seine Gedanken gegen seinen Willen zurück in die Vergangenheit reisen … an einen ihm unangenehmen Ort … einen Ort voll schrecklicher Erinnerungen … dann schließlich nickte er.

Unglaublich! Maggie konnte und wollte sich nicht einmal entfernt vorstellen, wie fanatisch und besessen Menschen sein mussten, um ein Neugeborenes … ihr eigenes Kind …

„Sie haben dich sogar nach ihm benannt", erkannte sie jetzt. Daher also die Namensähnlichkeit zwischen Axel und Azazel.

Wieder ein Zögern, gefolgt von einem weiteren Nicken.

„Dann waren sie Teufelsanbeter?"

Plötzlich war da erneut tiefe Bestürzung in seinem wunderschönen Gesicht, und er schüttelte den Kopf. „Nein, so war es nicht."

„Wie dann?"

„Würdest du akzeptieren, wenn ich dir gestehe, dass ich darüber jetzt lieber nicht sprechen würde?", fragte er. „Weil … es sind keine … angenehmen Erinnerungen."

Maggie konnte das nur zu gut verstehen, und jetzt tat es ihr erst richtig leid, das Thema überhaupt zur Sprache gebracht zu haben. Auch wenn sie gute Gründe dafür gehabt hatte. Aber sie hatte ja nicht ahnen können, auf welche Abgründe sie damit stoßen würde.

„Natürlich", sagte sie verständnisvoll und trat an ihn heran. Behutsam legte sie die Arme um seine Taille und ihre Wange an seine breite Brust. „Es tut mir leid, Axel. Bitte entschuldige. Ich wollte dich nicht verletzen. Ich hoffe, du glaubst mir das."

„Dir muss nichts leidtun, Magdalena", sagte er leise und küsste ihre Stirn. „Ich verstehe, dass du fragen musstest."

Wie jedes Mal ließ seine direkte Nähe sie tief im Innern erbeben, und sie schloss die Augen.

In der Art und Weise, mit der er sie an sich drückte, lag etwas Verzweifeltes, und es brach ihr beinahe das Herz. Sie reckte sich nach oben, um ihn zu küssen … um ihn vergessen zu lassen, woran erst sie ihn überhaupt wieder erinnert hatte.

„Ich werde es dir erzählen", flüsterte er ihr gegen die Lippen. „Du hast ein Recht darauf, es zu erfahren."

„Das musst du nicht", flüsterte sie zurück. All ihre Wut auf ihn war verflogen. „Alles wird gut."

„Doch, ich muss", sagte er. „Nur noch nicht jetzt."

„Nicht jetzt", wiederholte sie seine Worte und drückte ihren Mund fester auf seinen, um ihn daran zu hindern, nicht doch jetzt schon zu reden. Natürlich wollte sie alles über ihn wissen. Und gleichzeitig wollte sie ihm nicht wehtun; wollte alten, längst begrabenen Schmerz nicht wieder nach oben bringen.

Sie presste sich an ihn, wie um ihn mit der Nähe ihres Körpers zu wärmen und ihn vor weiterem Leid zu beschützen, und er hielt sie so fest als bräuchte er sie, um sich nicht zu verlieren.

Seine Erinnerungen mussten schreckliche sein. Und sie hatte sie wieder zurückgerufen.

Sie verfluchte sich dafür und verwarf den Gedanken, ein Buch über Azazel zu schreiben.

„Doch, du musst es ihr *jetzt* sagen, Gebieter. Sonst wird es kein *später* geben." Virginia stand plötzlich direkt neben ihnen. Maggie hatte sie nicht kommen gehört und war entsprechend erschrocken.

Das makellos schöne Gesicht der großen Blondine war von Trauer erfüllt und voller Mitgefühl.

„Virginia", sagte Axel tadelnd und löste sich von Maggie. Doch ehe er weitersprechen konnte, sagte sie: „Du weißt, dass ich recht habe. Und du weißt auch, dass ich wollte, es wäre anders. Er ist auf dem Weg hierher, und wenn er sie findet ..."

„Genug!", schnitt Axel ihr das Wort mit barscher Stimme und einer knappen Geste ab. „Hier kann er sie nicht finden. Er hat ihre Witterung noch nicht aufgenommen."

„Das ist nur noch eine Frage der Zeit", sagte Virginia flehend. „Und ich fürchte, wir reden hier eher von Stunden als von Tagen."

„Wovon sprecht ihr?", verlangte Maggie zu wissen. „Wer ist ‚er'? Was geht hier vor?"

Axels Gesicht verfinsterte sich.

Virginias Augen füllten sich mit Tränen. „Ich habe dir immer treu und gehorsam gedient, mein Gebieter. Das weißt du. Aber wenn du es ihr nicht jetzt sofort sagst, lässt du mir keine andere Wahl. Dann werde ich es ihr sagen müssen."

„Das würdest du tun?" Er schien völlig entgeistert.

„Weil ich dich liebe", sagte sie und nickte. „Aus keinem anderen Grund."

„Ich frage nur noch ein Mal: Was geht hier vor?" Maggies Verwirrung schlug in Wut um. Wo war sie hier hineingeraten? Ein unruhiges Gefühl beschlich sie.

In welchem Verhältnis standen Axel und Virginia zueinander?

Wieso war sie so verzweifelt und er so niedergeschlagen?

Und was konnte so schlimm sein, dass es danach kein *später* mehr geben würde?

„Also gut“, sagte Axel und trat drei Schritte zurück. „Sieh her.“

Etwas veränderte sich, ohne dass Maggie hätte sagen können, was genau. Es war als würde ein Teil ihrer Wahrnehmung Axels verschwimmen. Aber das Endresultat der Veränderung war deutlich sichtbar: Axel hatte plötzlich Flügel. Gewaltige Flügel. Schwingen, die über seinen beiden Schultern weit über den Kopf nach oben ragten und am unteren Ende fast bis zum Boden herabreichten.

Es waren schwarze Flügel!

Maggie schreckte zurück.

„D-d-du bist …“, stotterte sie.

Er nickte. Seine Haare kamen ihr jetzt noch länger und lockiger vor, seine Augen noch strahlender. „Ja, ich bin … Azazel.“

Ani'El erwachte mit einem dicken Kopf in der geräumigen Suite der Jacht in der Mitte eines großen runden Bettes. Um sie herum lagen fünf nackte Matrosen – tief schlafend. Sie schaute durch eines der Bullaugenfenster nach draußen und sah, dass die Sonne bereits untergegangen war. T'Azar musste sie und die Männer mit irgendetwas betäubt haben. Vermutlich mit dem Champagner.

Sie fluchte und richtete sich auf. Sie empfand keine Scham angesichts dessen, was sie getan hatte – oder vielmehr mit sich hatte tun lassen –, aber große Wut darüber, dass sie nicht damit gerechnet hatte, dass T'Azar das Di'Maì bei ihr anwenden würde.

Sie verließ die Suite und machte an der Reling einen Versuch, ihre Flügel zu materialisieren. Es funktionierte nicht. Zu viel von dem Betäubungsmittel war noch in ihrem fleischlichen System. Also begab sie sich zu Fuß auf die Suche nach T'Azar, obwohl sie ahnte, dass er schon längst nicht mehr hier war.

Die Männer, denen sie dabei auf den Decks begegnete, starrten sie unverhohlen und lüstern an, wagten jedoch nicht, sie anzusprechen. Sie hätte sich wohler gefühlt, wenn sie dazu in der Lage gewesen wäre, wenigstens Kleidung zu materialisieren oder ihre Brüder und Schwestern zu Hilfe zu rufen. Doch auch dazu war sie noch zu geschwächt.

Das Schwanken des Schiffes verstärkte das Brummen in ihrem Schädel und sorgte für zusätzliche Übelkeit, sodass sie sich am liebsten wieder hingelegt hätte. Aber sie wusste, dass es dadurch nur noch schlimmer werden würde. Und selbst falls nicht, sie konnte sich diese Schwäche jetzt nicht leisten.

Nach etwas mehr als zehn Minuten hatte sie sich vergewissert, dass T'Azar, wie sie befürchtet hatte, nicht mehr an Bord war.

Sie ging zur Brücke. Der Kapitän war ein grobschlächtiger Kerl Ende fünfzig.

„Welchen Kurs nehmen wir?“, fragte sie ihn.

„Ost“, antwortete er. „Auf die offene See hinaus.“

„Kehrt um und bringt mich nach New York“, befahl sie.

Er schüttelte den Kopf. „Kann ich nicht machen“, stellte er klar. „Hab meine Befehle.“

Ani'El versuchte erst gar nicht, das Di'Maì einzusetzen. Wenn sie nicht einmal Kleidung erscheinen lassen konnte, würde auch das nicht funktionieren. Es war ein furchtbares Gefühl, so hilflos an einen Ort gefesselt zu sein. Etwas, das sie in all den Jahrtausenden ihrer Existenz noch nicht erlebt hatte. Flucht war unmöglich.

Es blieb ihr nichts anderes übrig, als sich in ihr Schicksal zu fügen und abzuwarten, bis ihre Kräfte zurückkehrten. Das könnte noch einige Stunden dauern. Wertvolle Stunden, in denen alles Mögliche passieren konnte, ohne dass sie dazu in der Lage war, Einfluss darauf zu nehmen.

Sie hoffte nur, dass T'Azar keinen Fehler machen würde – und erkannte, wie klein diese Hoffnung war.

Das Herz tat ihr weh vor Trauer – und jetzt, da sie Mensch war, spürte sie es nur umso stärker. Es war beinahe noch unerträglicher als das Bewusstsein, nicht von hier fort zu können. Eine Empfindung, so stark, dass sie sie von innen zu zerreißen drohte. Ein Teil von ihr war froh, jetzt nicht im Besitz ihrer Kräfte zu sein. Die Jacht und ihre Besatzung wären dem Ausbruch dieser verzweifelten Wut nicht gewachsen.

Ihr fiel nur ein Weg ein, mit diesem Ansturm unangenehmer Gefühle fertig zu werden, um nicht den Verstand zu verlieren: wenn sie die Probleme nicht lösen konnte, musste sie ein Mittel finden, sie zu verdrängen. Für gerade so lange, wie sie hilflos war.

„Ich gehe wieder unter Deck", sagte sie zu dem Kapitän. „Schickt mir zwei eurer Männer."

„Aye", sagte er.

Sie drehte sich noch einmal zu ihm herum. „Schickt besser gleich vier. Die wildesten unter ihnen."

Das würde sie hoffentlich lange genug ablenken, bis sie ihre Kräfte zurückgewonnen hatte.

TEIL 3

DER ARIEL

11. KAPITEL

Sein wahres Gesicht

„Ja, ich bin ... Azazel."

Die Worte hallten noch immer durch die Bibliothek wie das Echo eines Donners. Der riesige Raum war plötzlich vom Boden bis zur beinahe zehn Meter hohen Decke in einen seltsam finsteren Glanz gehüllt. So als hätte alles Schwarze darin und jeder tiefe Schatten in sich dunkel zu glühen begonnen. Am dunkelsten aber glühten Axels gewaltige Flügel ... und seine Augen.

Maggie machte instinktiv drei Schritte zurück. Sie hatte das Gefühl, als würde sich alles in ihr verkrampfen. Schlagartig begriff sie, dass sie überhaupt nicht gewusst hatte, was sie in Verbindung mit den Zeichnungen auf seiner Brust erwartet hatte. Aber das ganz gewiss nicht. Kein Mensch erwartet so etwas. Nach allem, was wir wissen, gibt es keine Engel, hat es nie welche gegeben, und doch stand jetzt einer leibhaftig vor Maggie. Und nicht irgendeiner.

Alles, was sie über ihn im *Buch der Wächter* gelesen hatte, brach über sie herein, und es erfüllte sie eine schreckliche Furcht. Azazel, der „Herr der Erde", einstmals General der Arielim.

Hundertmal schlimmer als Luzifer, hallten ihr Larrys Worte durch den Kopf.

„Der Anführer der Angu'Gal, der Gefallenen Wächter, der die Menschheit verderbt hat", hauchte sie tonlos.

„Das ist ihre Version der Ereignisse", sagte Virginia mit Verachtung in der Stimme.

„Wessen Version?", fragte Maggie herausfordernd. Sie wusste nicht, wie sie anders mit dieser Angst umgehen sollte, die ihr bis ins Mark hineinzukriechen drohte. Fest schaute sie die ihr gegenüberstehende Kreatur an und blinzelte nur zwischendurch kurz: in der vagen Hoffnung, dass das, was sie sah, sich schließlich doch noch als Halluzination entpuppte ... oder die Situation, in der sie sich befand, als Traum.

Bitte lass es ein Traum sein! Sie schalt sich dafür, dass sie nach dem Schlag auf den Kopf immer noch nicht im Krankenhaus gewesen war, um sich untersuchen zu lassen.

„Die Version derer, die glauben und predigen, sie seien die ‚Guten'", erwiderte Virginia. „Derer, die ihren Herrschaftsanspruch daraus beziehen, die Wahrheit zu vertuschen."

„Und wer bist du?", fragte Maggie, die kein Wort von dem verstand, was Virginia ihr sagte, voller Zorn. „Eine Hexe? Seine Anbeterin? Seine Dienerin?"

Die Traurigkeit von vorhin kehrte in den Blick der großen Blondine zurück, und sie senkte schmerzerfüllt den Blick.

„Lass uns bitte allein, Virginia", sagte Axel sanft, und obwohl er so leise sprach, echote seine volle Stimme durch den riesigen Raum. Virginia verneigte sich und zog sich zurück. Am Ausgang drehte sie sich noch einmal um. Der Blick, den sie auf den dunklen Engel richtete, war tränenverschleiert.

„Ich hoffe von ganzem Herzen, du kannst mir irgendwann verzeihen, Gebieter", sagte sie.

Auch sein Gesicht war voller Trauer. „Du hast das Richtige getan. Und ich weiß, du hast es aus Liebe zu mir getan."

Ein leises, unsicheres Lächeln schlich sich auf ihre Lippen, und nachdem sie die Tür hinter sich geschlossen hatte, machte Axel einen Schritt auf Maggie zu, doch die wich weiter nach hinten aus.

„Hab bitte keine Angst vor mir, Magdalena", sagte er ruhig. „Ich werde dir nichts tun."

Sie lachte auf, an der Grenze zur Hysterie. „Wie bitte? Ich soll keine Angst haben? Keine Angst vor einem Dämon? Keine Angst vor dem Monster, das die Sintflut über die Menschheit gebracht hat? Komm bloß nicht näher! Nicht einen Schritt."

Er blieb tatsächlich stehen – und senkte das schwarz gelockte Haupt. „Ich bin kein Dämon, Magdalena", sagte er mit leiser Stimme. „Und erst recht kein Monster. Aber vor allem war nicht ich es, der die Menschheit vernichtet hat. Ich will dir alles erklären."

„Ich weiß bereits alles", sagte sie barsch. „Auf jeden Fall mehr, als mir lieb ist."

„Nichts weißt du", begehrte er auf. „Nichts. Nur das, was du gelesen und gehört hast."

„Lass mich in Ruhe, Axel … Azazel."

„Das kann ich nicht", entgegnete er und schaute sie dabei eindringlich an. „Das will ich nicht. Ich will …"

„Du willst? Was? Mich ebenfalls verderben?", fragte sie vorwurfsvoll. „Mich vernichten? Warum? Was habe ich dir getan? Wieso gerade ich? Was will ein Teufel wie du von mir?"

„Ich? Ein Teufel? Komm, Magdalena, du weißt, dass das nicht stimmt", sagte er. „Du *fühlst*, dass das nicht stimmt. Ganz tief in dir drin. Schau mich doch an. Könnte ich dir jemals etwas antun? Und falls ja, warum habe ich es nicht schon längst getan? Bitte geh in dich. Wenn du nicht mir vertraust, vertraue deinen Instinkten. Deinen Gefühlen."

„Ich …", begann sie, wusste dann aber nicht, was sie noch sagen sollte. Er hatte recht. Mit allem, was sie war und das sie ausmachte, fühlte sie trotz ihrer Angst, dass er ihr nichts antun wollte. Dass sie von ihm nichts zu befürchten hatte. Dass er nicht hier war, um ihr etwas anzutun. Das Wesen, über das sie inzwischen so viel gelesen hatte, war im *Buch der Wächter* als grausames, kriegerisches Monster geschildert worden. Der Mann aber, der jetzt vor ihr stand, mochte vieles sein – vieles, das sie nicht verstand oder auch über ihre Fähigkeit zu verstehen hinausging –, aber er war ganz bestimmt kein Monster.

Sie zögerte.

Er machte einen weiteren Schritt auf sie zu, und diesmal wich sie nicht zurück.

Verständlicherweise immer noch misstrauisch, las sie in seinen Augen; aber da war keine Arglist. Nichts Teuflisches. Nur eine brennende Sehnsucht … und Wärme.

„A-aber", sagte sie leise, „was willst du dann?"

Statt einer Antwort nahm er sie in die Arme … und sie ließ es zu. Zu ihrer Verwunderung fühlte es sich genauso richtig an wie beim ersten Mal und all den Malen danach, und aus der Verwunderung wurde Erleichterung. So ließ sie es ebenfalls zu, dass er sich mit seinem wunderschönen, finsteren Gesicht zu ihr herabbeugte … und sie küsste. Und was auch immer sie aufwühlen mochte, was auch immer an Angst und Zweifeln in ihr brodelte, war plötzlich verschwunden; denn dieser Kuss fühlte sich an wie Nachhausekommen … wie dort anzugelangen, wo man schon immer sein wollte, ohne es vorher gewusst zu haben.

Sie schlang die Arme um seinen Nacken und zog sich ihm entgegen, die Hitze seiner Lippen entflammte das Begehren tief in ihr. Hier in seinen starken Armen war sie geborgen. Und mehr. Nie hatte sie sich so willkommen und begehrt gefühlt wie jetzt. Nicht einmal in ihrer ersten gemeinsamen Nacht.

Sie war nicht irgendeine Frau, die er wollte – sie war die *eine Frau*, die er brauchte! Was immer er war, was immer er getan haben mochte, was immer er vorhatte … all das war in diesem Moment unwichtig. Das sagte ihr ihr Herz.

Ihre Augen schlossen sich wie von selbst, und sogleich fühlte Maggie, wie ihre Füße vom Boden abhoben. Sie erschrak, löste sich von ihm und riss die Augen schnell wieder auf.

Sie schwebten. Fünf Meter über dem Boden.

Er hielt sie sicher in seinen Armen. Seine schwarzen Schwingen waren weit ausgebreitet und schlugen langsam.

„W-w-was?!"

„Keine Sorge", sagte er. „Vertrau mir."

Maggies Herz raste.

Eines der großen Fenster öffnete sich ganz wie von selbst, und sie glitten hinaus. Gut dreißig Meter über der Fifth Avenue. Ihre Höhenangst setzte ein. „Lass mich runter."

Er lächelte nur und schlug fester mit den Flügeln. Sofort waren sie gleich noch einmal zehn bis fünfzehn Meter höher und schwebten nun über dem Central Park.

„Axel!", flehte sie und klammerte sich an ihn. „Bitte!"

„Dir wird nichts geschehen, Magdalena", flüsterte er ihr gegen die Wange, und seine Lippen streichelten ihre Schläfe. „Das würde ich nicht zulassen."

„Ich habe Angst", sagte sie und kämpfte gegen das Zittern an, das unaufhaltsam von ihrem Körper Besitz ergriffen hatte.

„Das weiß ich", sagte er. „Doch das ist nicht nötig. Ich lasse dich nicht fallen."

Wieder küsste er sie, und sie hielt sich verzweifelt an ihm fest, wie eine Ertrinkende.

„Versprich es mir", flüsterte sie ihm gegen die Lippen. „Versprich mir, dass du mich nicht fallen lässt."

„Ich schwöre es!" Sein inniger Kuss wurde noch intensiver, wie um seinen Schwur zu besiegeln, und Maggie schloss die Augen wieder.

Sie glaubte ihm.

Der Wind strich ihr immer kräftiger durchs Haar und am Körper entlang. Es war, als würde er Axel dabei helfen, sie beruhigend zu streicheln, und je höher sie flogen, umso mehr verwandelte das erschreckende Gefühl, gleich in die Tiefe zu stürzen, sich in das viel wohligere Gefühl absoluter Schwerelosigkeit.

Sie trank seinen Kuss wie köstlichen Wein, spürte die Kraft seiner Brust an der ihren, seine starken Arme auf ihrem Rücken. Ihr Verstand konnte immer noch nicht so richtig fassen, was hier geschah ... wer und was er war ... dass sie jetzt hier war bei ihm ... aber ihre Seele und ihr Herz brauchten ihren Verstand nicht. Sie beide hatten sich für Axel entschieden ... wer und was auch immer er sein mochte ... völlig irrational ... doch ohne Wenn und Aber.

Sie fühlte sein gleichmäßiges, tiefes Atmen auf der empfindlichen Haut über ihren Lippen, schmiegte sich noch enger an ihn und presste ihren Schoß gegen seinen Schenkel.

Als sie die Augen aufschlug, war die Stadt unter ihnen eine Insel von Lichtern inmitten eines Sees tiefer Dunkelheit. Sie hatten die Richtung gewechselt. Statt weiter nach oben flogen sie nun parallel zur weit unter ihnen liegenden Erde.

„Wohin fliegen wir?“

„Wohin möchtest du?“ Er schmunzelte. „Ich fliege mit dir, wohin immer du willst.“

Wohin immer du willst. Was für ein Angebot. Doch Maggie hatte keine Ahnung, wohin sie wollte. Sie war viel zu sehr überwältigt. Und außerdem war sie schon da, wo sie sein wollte. In seinen Armen.

„Überrasch mich“, sagte sie deshalb einfach.

Er schien zu überlegen. Dann – „Warst du schon einmal bei den Pyramiden der Azteken?“

„In Mexiko?“

„Ja.“

„Das ist ganz schön weit.“

„Nicht so weit wie du glaubst“, sagte er lächelnd. „Wir können noch vor dem Sonnenaufgang da sein.“

„So schnell kannst du fliegen?“

„Noch sehr viel schneller. Ich könnte in wenigen Minuten da sein, aber das würdest du nicht überleben.“

„Dann auf nach Mexiko“, lachte sie. „Sonnenaufgang ist früh genug.“

Sie schmiegte sich an ihn. Die Nähe seines Körpers und das Gefühl, nein, das *Bewusstsein* zu schweben, erregten sie. Es war erstaunlich, wie sicher sie sich inzwischen hier oben fühlte. „Das ist aber dann ein ganz schön langer Flug.“

„Hm“, knurrte er mit einem Schmunzeln auf den Lippen. Er hatte natürlich gemerkt, worauf sie hinaus wollte. „Vielleicht kann ich dir ja die Zeit bis zur Ankunft vertreiben.“

„Wie denn?“, fragte sie trotzdem schelmisch und presste verspielt ihr Becken noch ein wenig fester gegen sein Bein und kraulte mit den Fingernägeln die Härchen in seinem Nacken.

Er lachte rau und lüstern auf und griff ihr ohne jede Vorankündigung von hinten herum zwischen die Schenkel.

Maggie schnappte nach Luft.

So unromantisch die Berührung war, so sehr trieb sie die Mischung aus Euphorie und Erregung in ihr noch weiter in die Höhe.

„Halt dich mit beiden Armen an meinem Nacken fest“, befahl er. Wie sie es inzwischen gewohnt war, gehorchte sie ihm ohne zu zögern.

Sie hielt sich fest, und er ließ sie los.

Wenige Sekunden später war sie nackt, ehe sie überhaupt

begriff, was er mit seinen übermenschlich schnellen Bewegungen tat.

„Hey!“, rief sie und wollte so klingen, als würde sie sich darüber beschweren. „Du kannst doch nicht einfach ...“

Doch es war zu spät – und sie genoss es.

Der Nachtwind glitt jetzt noch intensiver überall über ihre Haut, und Axel hatte inzwischen wieder einen seiner Arme um ihre Taille gelegt. Sie rekelte sich ihm entgegen, während seine freie Hand wieder zwischen ihre Schenkel glitt und sie zärtlich liebkoste. Dadurch aufs Herrlichste entspannt, legte sie sich in seinem haltenden Arm zurück und den Kopf weit in den Nacken.

Er küsste ihren Hals, ihre Schultern und schließlich ihre Brust, wo er mit seinem Mund verweilte, um sie noch mehr zu verwöhnen. Dabei begann er, sich langsam in der Luft zu drehen, dass Maggie mal die Erde unter und mal die Wolken und die Sterne über ihnen sehen konnte, was sie gleich noch mehr in einen Zustand süßwilder Ekstase versetzte.

Sie wollte ihn noch eindeutiger spüren, also griff sie kurzentschlossen mit von Sehnsucht getriebenem Mut an ihrem Bauch vorbei an den Bund seiner Hose und begann, den schweren Ledergürtel aufzunesteln.

„Das ist nicht nötig“, flüsterte er, ohne das Knabbern an ihrem Nippel zu unterbrechen.

Im nächsten Augenblick war er nackt. Seine Kleidung war einfach verschwunden.

„Toller Trick“, lachte Maggie und griff nach seinem Schwanz. Er war hart und groß. Es fühlte sich befreiend an, sich immer mehr von Axels direkter Art anstecken zu lassen und der eigenen Lüsternheit ihren natürlichen Lauf lassen zu können, ohne dabei zu riskieren, dass es als luderhaft missverstanden wurde, wie das bei einigen Männer in ihrer Vergangenheit der Fall gewesen war.

Sie schloss ihre Finger noch ein Stück fester um ihn.

Fordernder.

Seine Hand zwischen ihren Beinen verstand die mehr als eindeutige und so hemmungslos gesprochene Einladung und tat es ihr gleich. Sie stöhnte auf. Seine kräftigen Fingerspitzen an den empfindlichsten Stellen ihrer Haut machten sie geradezu irre vor Lust. Noch dazu erreichte er jetzt auch ihre Klit und verteilte ihren eigenen Saft darauf.

Köstlich!

Sie rieb ihn, und er rieb sie … im Takt der Schläge seiner weiten Schwingen.

Er flog jetzt gerade, und ihr Haar hing offen nach unten, im Wind wehend. Vom Spiel seiner Finger und seinen Lippen an ihren Nippeln immer gieriger gemacht, schlang sie die Beine um seine Hüften und führte seinen Schwanz an den Eingang ihrer Pussy. Noch einige Male rieb sie die pralle Eichel gegen ihre lustvoll kribbelnde Perle, und dann schob sie ihn langsam in sich.

Wie immer brachte das besondere, das wunderbare Gefühl des Eindringens ihren Atem zum Stocken, während sie ihm die Hüften Stück für Stück weiter entgegenhob, um ihn schließlich der ganzen Länge nach in sich aufzunehmen.

Es war, als ob ihr Herz dabei stehen bliebe – und mit ihm die Welt.

Da war nichts mehr außer ihr und ihm … dem Engel.

Ein langgezogener Seufzer befreite sie von ihrer Atemlosigkeit, und sie fühlte, wie der Wind ihr zwei Tränen über die heißen Wangen trieb.

Axel hatte sie mit beiden Händen an der Taille gepackt, sie hing frei in der Luft, hielt sich nur noch mit den Schenkeln um seine Hüfte, und der Schlag seiner Flügel bestimmte den Rhythmus, mit dem er in sie glitt und wieder heraus …

... in sie ... und wieder heraus ...

Ein berauschendes Glücksgefühl durchströmte sie. Sie war eins mit ihm. Eins mit Axel ... mit Azazel ... einem der ältesten und mächtigsten Wesen des Universums. Und sie gehörte ihm.

Mit Leib und Seele.

Wieder begannen die Zeichen auf seiner Brust sanft zu leuchten, und sie küsste sie zärtlich. Selbstvergessen.

Weiter und weiter flogen sie so über das endlose Land ... und höher und höher schwappte ihre Lust, während er sich tief in ihr vor- und zurückbewegte.

Er zog sie dichter an sich, und sie legte ihr kleines, glühendes Gesicht gegen seine breite, warme Brust; schlang auch die Arme wieder um ihn, um ihm ganz nah zu sein. Durch die Muskeln hindurch konnte sie das Schlagen seines Herzens hören und fühlen und atmete immer heftiger gegen seine Haut.

Sehr zu ihrer Überraschung war die ruhige Gleichmäßigkeit seiner Flugbewegungen noch erregender, als wenn er die Schlagzahl gesteigert hätte. Schon nach wenigen Momenten konnte sie jede einzelne Berührung an und in ihr vorhersagen ... sich vorfreuen ... sich darauf verlassen.

Sie biss sich vor berauschender Verzückung auf die Unterlippe und krallte sich fest.

Schlag um Schlag peitschten seine Flügel sie immer größerer Wollust entgegen ... Stoß um Stoß ... unaufhaltsam.

In ihr war er wie ein hoch- und runterdrückender, ein- und ausgleitender Hebel ... und immer und immer wieder rieb sein unglaublich harter Schwanz dabei an ihrer Klit auf und ab.

Der ihr mittlerweile so vertraute Duft nach Leder und Wüstenwind wurde wieder stärker und benebelte ihre ohnehin überwältigten Sinne noch mehr. Er war über ihr wie ein gewaltiger Adler … und sie lag als bereitwillige Beute in seinen Klauen.

Die Luft war ihr Zuhause. Alle Angst war verloren.

Da war nur noch Lust. Ekstase so grenzenlos wie der Himmel um sie herum.

Dies war einer der Momente, von denen man sich wünscht, dass sie niemals vergehen. Und zugleich wuchs die Sucht nach Erfüllung … nach Erlösung – die mit Axel zum Glück immer nur eine vorübergehende war. Denn so leicht er ihren Hunger zu stillen in der Lage war, so leicht verstand er es auch, ihn stets wieder neu zu entfachen.

Sein kräftiges Becken pumpte zwischen ihren federnden Schenkeln auf und nieder. Sie bebte am ganzen, lustdurchströmten Körper. Immer mehr Hitze sammelte sich in ihrem wundervoll gefüllten Schoß, und so zuverlässig wie Axels geschmeidige Stöße in sie hinein waren, erreichte Maggie nun auch ihren ersten Gipfel. Ihr Unterleib verkrampfte sich ganz ohne ihr Zutun, weil die Erfüllung jetzt so groß war, dass sie sie laut in die Nacht hinausschreien musste.

Sie kam lange und anhaltend. Oben gehalten dadurch, dass Axel weitermachte, ohne auch nur das Geringste an seinen wunderbaren Bewegungen zu verändern.

Auf und ab. Ein und aus.

Weiter und weiter.

Der Rausch schoss ihr durch jede Faser ihres Leibes, und sie rang keuchend nach Atem.

„Komm her", flüsterte er und richtete sich in der Luft auf, sodass sie jetzt aufrecht schwebten und sie ihn noch tiefer, noch fester in sich aufnahm. Die Fersen hatte sie hinter seinem Rücken verhakt. Er nahm ihr Gesicht in seine Hände und küsste sie, und sie begann vor Überwältigung und Glück zu weinen.

Der Sturm der Gefühle raste durch sie hindurch wie ein reinigendes Feuer, das endgültig alles hinfort brannte, was da war an Angst und Zweifeln.

Was auch immer dieser Mann, dieses himmlische Wesen, getan oder angerichtet haben mochte, er würde es ihr früher oder später erklären … und sie, sie würde es verstehen. Das wusste sie jetzt. In ihrem Inneren wurde es absolut ruhig. So ruhig, dass sie das Schlagen ihres eigenen Herzens hören konnte – und auch das seine.

Sie schlugen im Gleichklang. In perfekter Harmonie. So als wären sie eines.

„Du liebst mich", sagte er und lächelte.

„Ja", antwortete sie leise. „Und du liebst mich."

„Das tue ich."

Jetzt küsste sie ihn – und war überrascht, als sie plötzlich etwas Feuchtes auf der Wange spürte.

Sie schaute ihn an. Auch er weinte, und seine Augen leuchteten dabei. Das zu sehen, sprengte ihr beinahe das Herz. Sie streichelte und küsste die Tränen hinfort.

„Zeig mir dein wahres Gesicht", flüsterte sie mit all der Zärtlichkeit, die sie für ihn empfand.

„Das ist mein wahres Gesicht", sagte er.

„Ich meine das andere", erwiderte sie. „Du weißt, welches."

Er schüttelte sanft den Kopf.

„Bitte, Axel."

„Es ist ein Gesicht des Schreckens, Magdalena", sagte er. „Ich habe dir für heute schon genug Angst gemacht."

„Ich habe es schon einmal gesehen, nicht wahr?", fragte sie. „Als ich glaubte, ich träume nur. Oben auf dem Empire State Building. Das war gar kein Traum."

Er antwortete nicht; aber in seinen Augen konnte sie lesen, dass es stimmte.

„Also bin ich doch angeschossen worden“, fuhr sie fort. „Und du hast mich geheilt.“

Endlich nickte er.

„Zeig es mir“, sagte sie noch einmal und legte ihre Hand an seine Wange. „Hab keine Angst. Denn ich habe auch keine.“

Noch einmal schaute er sie lange an, dann spürte sie, wie sich unter ihren Fingern etwas veränderte, und schließlich sah sie es auch mit den Augen. Sein Gesicht wurde dunkel, und überall war plötzlich weiches, warmes Fell. Schwarzes Fell. Auch die Form wechselte, und nach wenigen Sekunden schaute sie in das Antlitz eines gewaltigen schwarzen Löwen mit riesiger Mähne und den geschwungenen Hörnern eines Widders.

Sie strich mit den Fingern über den im Licht der Sterne seidig schimmernden Pelz. Die Reißzähne in seinem Maul waren länger als ihre Daumen.

„Du bist atemberaubend schön“, flüsterte sie mit vor Überwältigung brechender Stimme. „Ja, das bist du.“

Mit beiden Händen griff sie zärtlich in seine Mähne, und er knurrte wohlig. Das Knurren war so tief und trotz seiner Sanftheit so kraftvoll, dass es ihr bis in die Brust hinein vibrierte. Sie schmiegte die Wange an seine und seufzte, weil sie spürte, wie sehr auch sein zweites Gesicht, die animalische Seite seiner Natur, sie erregte ... und sie wurde sich noch mehr als bisher schon bewusst, dass er noch immer tief und warm in ihr steckte.

Sofort war ihre Lust wieder geschürt, und sie rekelte einladend die Hüften.

Sein Knurren wurde noch tiefer, sein Griff zupackender, die riesigen Hände umschlossen ihre Backen – und ihr Rekeln wandelte sich zu einem drängelnden Stoßen.

Die Hitze schoss ihr von unten herauf hoch in den

Bauch und in die Brüste hinein, die sie gegen ihn gedrückt hielt, um ihn noch deutlicher zu fühlen. Von dort aus floss sie ihr wie warmer Honig in den Nacken nach oben und in die Wangen, während er begann, sie vor sich zu heben und zu senken, wobei ihr Schambein an dem seinen auf- und abrutschte, was ihr ein süßes Kribbeln in den Schoß hineinjagte.

Langsam zunächst – kraftvoll zärtlich. Aber nur für einige Stöße. Dann beschleunigte er die Bewegungen ein wenig, machte sie weiter und ausholender; ließ sie seine ganze Länge spüren. Aus und wieder ein.

Fester.

Tiefer.

Sie presste ihr Gesicht in seine Mähne und stöhnte mit offenem Mund in das weiche Fell hinein. Sein lustvolles, vibrierendes Grollen brachte jede einzelne Zelle ihres wieder immer hungriger werdenden Leibes zum Schwingen.

Er fickte sie, indem er sie an Hintern und Taille gepackt mit seiner unvergleichlichen Kraft einfach auf und nieder hob und sie bei jedem Nieder fest auf seinen steil nach oben ragenden Schwanz drückte. Jedes Mal bis zum Anschlag.

Maggie schrie auf vor Freude.

Und er wurde immer schneller.

Schon bald hatte er die Geschwindigkeit erreicht, die sie selbst anwendete, wenn sie gerade ganz besonders gierig war und es sich selbst machte.

Die Sterne tanzten um sie herum. Doch dieses Mal waren es keine Lichtpunkte vor geschlossenen Augen. Es waren echte Sterne … und sie waren mitten drin.

Der Himmel gehörte ihnen.

Sie packte nach seinen Hörnern und hielt sich daran fest, um ihm noch besser entgegenzucken zu können. Seine langen Reißzähne waren nun gefährlich dicht vor ihrem Gesicht.

Wenn er ihr etwas hätte antun wollen: ein einziger Biss hätte genügt. Oder er musste sie einfach nur fallen lassen. Nein, Axel wollte ihr nicht schaden. Das hatte sie nun begriffen.

Er schien es in ihren Augen zu lesen und brüllte seine Freude darüber heraus. Der Himmel erbebte.

Maggie jauchzte vor Glück.

Fester und fester glitt er in sie – so schnell, dass ihr Herz mit dem Schlagen kaum noch nachkam und es sich in ihrer brennenden Brust so anfühlte, als würde es holpern und stolpern, hüpfen und springen vor Glückseligkeit und Wollust.

Ihre Brüste wippten unter dem Ruck seiner Stöße – immer schneller. Ihr war schwindlig vor Erregung, und ein roter Schleier legte sich über ihren liebevoll auf ihn gerichteten Blick, während er unaufhörlich und unaufhaltsam in sie drang.

Inzwischen lief ihr trotz der kühlen Nachtluft der Schweiß in Bächen über die Haut … und als sie dem Ansturm der in ihr wühlenden Gefühle nicht länger Herrin werden konnte und mit einem heftigen Orgasmus kam, schrie sie seinen Namen … seinen wahren Namen … und er, er brüllte noch einmal.

Der Löwe der Götter.

Er packte sie und drehte sie herum – mit dem Rücken zu seiner Brust. Noch ehe Maggie in ihrem köstlichen Rausch überhaupt merkte, was gerade geschah, war er bereits wieder tief in ihr.

Er fasste kräftig nach ihren Brüsten, kippte in der Luft mit ihr zusammen nach vorne …

… und setzte zum Sturzflug an.

Sie schrie auf! Lange anhaltend.

Aber da war keine Angst mehr in diesem Schrei. Da war nur noch pure Freude und alles überwältigende Lust.

Schnell wie ein Meteor stürzten sie der Erde entgegen,

und Maggie breitete vor Wonne die Arme aus. Jetzt fühlte es sich wirklich so an, als würde sie ganz aus eigener Kraft fliegen. Der Wind peitschte ihr durchs Haar und trieb ihr die Tränen in die Augen. Vergiss Achterbahnfahren! dachte sie und lachte.

Axels Gesicht war nun plötzlich wieder das eines Menschen, und er reckte es neben das ihre. Auch er lachte verspielt, und dieses Lachen klang in all seiner befreiten Unschuld einfach wundervoll in ihren Ohren.

„Du bist verrückt", sagte sie kichernd, während sie mehr und mehr an Geschwindigkeit zunahmen.

„Ja. Das bin ich. Nach dir", sagte er, und küsste sie auf die Wange. „Und ich dachte, dir würde jetzt vielleicht eine kleine Abkühlung ganz guttun."

„Abkühlung geht anders", lachte sie.

Überall kribbelte es und prickelte es, der Wind verschlug ihr fast den Atem, zerrte wohltuend an ihrem Haar, und schließlich war da ja noch die Tatsache, dass Axels Schwanz hart und warm pochend in ihr steckte und seine starken Finger an ihren Nippeln spielten. An Abkühlung war da ganz gewiss nicht zu denken.

Durch die Tränen in ihren Augen hindurch versuchte Maggie Einzelheiten des Landes unter ihnen zu erkennen, dem sie sich mit immer mörderischer Geschwindigkeit näherten.

Zunächst war es zu dunkel, um irgendetwas zu erkennen – es fühlte sich an, als würden sie in eine schwarze, bodenlose Tiefe stürzen. Viel länger als sie geglaubt hätte. Offenbar waren sie weiter oben gewesen als gedacht. Sie stürzten nicht senkrecht, sondern in einer steilen Schräge … und plötzlich sah Maggie etwas glitzern. Erst dachte sie, sie habe im Laufe des Sturzes die Orientierung verloren – weil das vor ihr eindeutig Sterne waren. Schossen Axel und sie gerade in Wirklichkeit nach oben in den Himmel? Mit dieser Geschwindigkeit?

Dann lachte sie auf, als sie ihren Irrtum erkannte. Das unter ihr war das Meer.

„Der Golf von Mexiko", sagte Axel. „Wir haben gerade die Küste von Louisiana hinter uns gelassen."

„Was?", rief Maggie erstaunt. Sie konnte es kaum fassen. „So weit sind wir schon?"

Axel küsste sie auf den Hals, und das Wasser kam immer näher. Schnell näher. Gefährlich schnell näher.

Vielleicht noch dreißig Meter.

Maggies Adern füllten sich schlagartig mit Adrenalin. Axel beschäftigte sich dermaßen hingebungsvoll damit, sie zu küssen, dass er vielleicht gar nicht sah, wie weit unten sie schon waren.

Noch zwanzig Meter.

„A-A-Axel!"

Fünfzehn, zwölf, zehn …

„Aaaaaaaaaaaaaaxel!"

Sieben, fünf …

„Keine Angst", sagte er, ohne nach vorne zu schauen … und breitete seine Flügel aus. Das Geräusch war fast so laut wie der Schlag eines Donners und ging Maggie durch Mark und Bein. In einem Sekundenbruchteil hatte Axel den Sturzflug in eine Kurve gelenkt, und nun schossen sie mit kaum mehr als einem Meter Abstand über die fast spiegelglatte Wasseroberfläche dahin.

Maggie jauchzte vor Freude.

Der frische Duft von Salz und Tang stieg ihr in die Nase. Maggie konnte sich selbst in dem glatten Wasser sehen und Axels Gesicht neben ihrem … und seine unglaublich weiten Schwingen. Das war noch besser als der Flug im Helikopter.

Sooo viel besser!

Axel verlangsamte das Tempo. „Du kannst es berühren, wenn du willst“, sagte er.

Maggie streckte beide Hände nach unten. Ihre Finger glitten ins Wasser und furchten hindurch. Es war wundervoll warm. Sie drehte ihre Hände darin hin und her, schöpfte davon und spritzte es sich und Axel ins Gesicht.

Axel lachte … und sank ein klein wenig tiefer.

Die Spitzen ihrer roten Locken strichen durchs Wasser und auch ihre von seinen Händen umschlossenen Brüste und ihr Bauch. Das Gefühl war der pure Wahnsinn. Dann begann er wieder mit den Flügeln zu schlagen. Aber nicht, um an Höhe zu gewinnen; denn sie blieben im Kontakt zum Meer, das Maggies Haut warm und weich und doch gleichzeitig auch kraftvoll und rau liebkoste.

Nein, er schlug mit den Flügeln, um wieder in sie zu stoßen.

Maggie ließ einen kleinen, spitzen Schrei überraschter Begeisterung fahren.

Jeder Schlag war wie ein kurzes Anheben ihres Unterleibs und ein In-sie-Hineindringen, während sie mit Brüsten und Bauch durch das Wasser glitt. Unter ihr das Meer, über ihr Axel. Ein Orkan überwältigender Empfindungen brach über sie herein.

„Ja“, schrie sie, als Axel nun begann, sie noch fester zu nehmen. Härter.

Sie sah im Spiegel die feurige Lust in seinem Blick; seine wilde Freude daran, sie zu berauschen.

Er stieß zu … immer und immer wieder, wobei seine starken Finger ihre vom Wasser umspülten Brüste kneteten. Sie griff mit beiden Händen über ihren Kopf hinweg nach hinten, um sich an seinem muskulösen Nacken festzuhalten und ein Hohlkreuz machen zu können, mit dem sie ihren Schoß noch dichter dem seinen entgegendrängen konnte.

Er stöhnte rau auf und glitt noch tiefer in sie hinein. Vor Erregung wäre Maggie beinahe ohnmächtig geworden. Es war, als würde das Meer selbst sie gegen ihn nach oben drücken … in einer leicht schlängelnden Bewegung … wie das Schwimmen eines Delfins.

Schneller und schneller.

Sie rang nach Luft, hätte am liebsten gestrampelt vor freudiger Erregung und von innen heraussprengender Lust. Das Wasser strömte an ihrem Bauch entlang nach unten über ihren Schoß bis hin gegen ihre Klit. Das war besser als jede Zunge.

„Ja", keuchte sie. Ebenfalls immer schneller. Als würde sie in einem Wettkampf ihrem Orgasmus entgegenrennen. „Ja!"

Und Axel hörte nicht auf damit, bis sie kurz vor Sonnenaufgang Mexiko erreichten.

12. KAPITEL

Tod der Unschuld

Der Nachtwind war warm, doch sie fröstelte.

Etwa eine Stunde nachdem Axel und Maggie davongeflogen waren, stand Virginia auf der Wintergartenterrasse hoch über der Fifth Avenue und schaute auf den Central Park hinab. Sie sah auf die Bow Bridge und den Bethesda Springbrunnen mit dem Wasserengel, die Sommerbühne auf dem Rumsey Playfield, die Strawberry Fields und den Ladies Pavillon auf Hearns Head im See. Aber während sie sonst mühelos Stunden damit verbringen konnte, die nächtliche Schönheit und Stille des Parks zu genießen, nahm sie all das gerade kaum wahr. Zum ersten Mal seit sehr, sehr langer Zeit hatte sie wirkliche, tief im Mark sitzende Angst um Axel.

Das Auftauchen Maggies schien sein Urteilsvermögen getrübt zu haben. In Virginias Augen verhielt er sich unter den gegebenen Umständen schon beinahe gefährlich unvorsichtig.

Er hielt den Schlüssel zu der mächtigsten Waffe der Welt in den Händen und statt ihn zu nutzen, zu verbergen oder zu vernichten, damit er nicht in die falschen Hände geriet, benahm er sich plötzlich so ziellos und unvorhersehbar, wie Virginia ihn noch nie erlebt hatte – fast schon kindlich blauäugig und unachtsam. Aber vielleicht war das auch nur ihr Eindruck von außen, und in Wahrheit wusste er ganz genau, was er tat. Vielleicht hatte sie ihn auch nur deswegen noch nie so sorglos erlebt, weil sie ihn noch nie so glücklich wie in den letzten Tagen gesehen hatte. Und sie war sich nicht sicher, ob sie sich für ihn freuen oder traurig sein sollte, dass er so lange darauf hatte verzichten müssen.

Außerdem war sie auch ein klein wenig eifersüchtig auf Maggie – weil sie ihn glücklicher machte, als Virginia es in all der Zeit vermocht hatte. Hatte sie vielleicht deswegen ein so ungutes Gefühl? Weil Maggie in so kurzer Zeit so großen und kraftvollen Zauber auf ihn ausübte und dabei keine Ahnung davon hatte, in welch schreckliche Gefahr sie ihn brachte?

Plötzlich merkte sie, dass sie beobachtet wurde.

Es war dieser Instinkt, den jeder kennt – wenn sich die Härchen im Nacken aufrichten und es zwischen den Schulterblättern kribbelt, ohne dass man dort wirklich berührt wird. Und Virginias Instinkte waren noch wesentlich schärfer als die von Menschen.

Sie wusste schon, ehe sie sich umsah, dass der nächtliche Beobachter sehr nahe war – und schloss daraus direkt auf dessen Natur. Denn es gab nur wenige Geschöpfe im Himmel, auf der Erde und darunter, die ihre von Geburt an übernatürlich scharfen Sinne so mühelos zu umgehen in der Lage waren und es schafften, sich ihr so dicht zu nähern, ohne dass sie es lange vorher merkte.

Trotz der Angst, die von ihr Besitz ergriff, zwang sie sich, so ruhig zu bleiben wie es eben nur ging und sich nichts anmerken zu lassen. Bewusst langsam drehte sie sich herum.

Keine fünf Meter von ihr entfernt kauerte der riesige, geflügelte Schatten auf dem gusseisernen Spitzgiebel des Wintergartens und schaute lauernd auf sie herab.

Er saß regungslos da und wirkte dabei wie ein steinerner Gargoyle. Es war, als würde er das Licht um sich herum schlucken, was ihn mit einer dunklen Aura umgab. Bis auf den Lendenschurz um seine Hüfte war er nackt. Die einzigen Anzeichen dafür, dass er tatsächlich lebte, waren seine im Nachtwind wehenden blonden Locken und das unbarmherzige Funkeln in seinen kalten Augen.

Virginia musste sich etwas einfallen lassen, wenn sie die nächsten Sekunden überleben wollte ... und Axel einen größeren Vorsprung verschaffen.

„Ba'Al'T'Azar", sagte sie, wie zur Begrüßung eines alten und lange erwarteten Freundes und lächelte. „Endlich."

Ba'Al'T'Azar zog verwundert eine Augenbraue nach oben. „Du freust dich, mich zu sehen?"

„Natürlich. Ich warte seit Ewigkeiten auf euch", sagte sie. „Und darauf, dass ihr mich befreit."

Ba'Al'T'Azar lachte leise auf. „Und das soll ich dir glauben, Virginia? Du warst nie seine Gefangene."

„Was weißt denn du, Engel?", fragte sie herausfordernd, und ließ ihr Gesicht schlagartig traurig werden. „Ich bin die Gefangene meiner unheiligen Geburt. Sein Fluch lastet auf mir, ohne dass ich selbst je ein Verbrechen begangen hätte. Und keiner von euch hat es jemals auch nur für nötig befunden, zu versuchen, mich zu erretten."

„Das wundert dich?", fragte Ba'Al'T'Azar. „Du bist keines der Geschöpfe Gottes, Virginia."

Sie lachte rau. „Nein, das bin ich wahrlich nicht. Aber nicht minder unschuldig, oder habe ich mich deines Wissens nach jemals wissentlich oder unwissentlich gegen die Gesetze der Himmel versündigt?"

„Nein", gab Ba'Al'T'Azar zu. „Doch du hast ihm all die Jahre treu gedient."

„Hatte ich denn je eine Wahl?", begehrte Virginia mit herzzerreißender Stimme auf. „Oder disqualifiziert alleine schon meine Herkunft mich von eurer angeblich unendlichen Gnade und Barmherzigkeit?"

„Du hast nie um diese Gnade gebeten", sagte Ba'Al'T'Azar trocken. „Also warst du offenbar nicht an ihr interessiert."

„Ihr habt meine Gebete nur nie erhört", widersprach

sie vehement – und brach sofort darauf in Tränen aus, ohne dass es sie große Mühe gekostet hätte.

Das wirkte; Ba'Al'T'Azars kalte Züge wurden ein paar Grad wärmer, und er glitt mit ausgebreiteten Schwingen lautlos vom Dach auf die Terrasse nieder.

„Du?“, fragte er forschend und zugleich unsicher. „Du hast wirklich gebetet?“

„Jeden Tag und jede Nacht“, sagte sie heftig schluchzend und mit bebenden Lippen. „Um eure Gnade … oder, wenn ich derer nicht wert bin, um die Erlösung von meiner unnatürlichen Existenz.“

In einer Geste der Demut und der Unterwerfung fiel sie vor Ba'Al'T'Azar auf die Knie und riss das Dekolleté ihres Gewandes auf, um ihm ihre nackte Brust zu präsentieren. „Erlöse mich, Seraph. Nimm dein Schwert und walte deines Richteramtes. Beende meine Qual. Ein für alle Mal.“

Virginia wusste, dass ihr Spiel ein äußerst gewagtes und gefährliches war, aber so wie es aussah, hatte sie nichts mehr zu verlieren. Ba'Al'T'Azar zögerte. Das war ein Anfang.

„Ich bin nicht gekommen, dich zu richten“, sagte er schließlich. „Das sollen andere tun, in den Tagen, die vor uns liegen. Ich bin nur wegen der Abgal hier. Wo ist sie?“

Da kam Virginia eine Idee.

„Darf ich dir etwas vorschlagen?“, fragte sie.

„Sprich.“

Virginia tat so, als müsse sie sich sammeln und überwinden, ihm ihren Vorschlag zu unterbreiten. „Wenn ich dir helfe, sie zu finden, wirst du mich dann von hier fortbringen?“, fragte sie dann.

Er stutzte – dann legte er mit grübelnder Miene den Kopf auf die Seite. „Sag mir, Virginia, wohin soll ich dich denn bringen? Hier auf der Erde würde er dich überall finden, und in den Himmeln oben gibt es keinen Ort für solche wie dich.“

Virginia sah ihn flehend an und schluchzte noch stärker. „Wenn du mich nicht fortbringen kannst, wirst du mich denn wenigstens von meinem Leid erlösen?“

Ba'Al'T'Azar überlegte einen Moment lang. Schließlich sagte er: „Wenn du mir wirklich hilfst, sie und ihn zu finden, brauchst du vielleicht weder zu fliehen noch dich zu verstecken.“

„Weil du ihn töten wirst und er mir nichts mehr antun kann“, stellte sie fest und bemühte sich, eine Spur Begeisterung in ihre Worte zu legen – und Erleichterung.

„Ja“, sagte er. „Das werde ich. Also, sag mir, wo sind die beiden? Wo haben sie sich versteckt?“

Virginia erhob sich, scheinbar schwach, und achtete darauf, ihr Gewand nicht wieder zu schließen. Sie hatte das lüsterne Funkeln in Ba'Al'T'Azars Augen sehr wohl bemerkt.

Es war allgemein bekannt, welche Attraktion Engel auf Menschen ausübten; weit weniger bekannt jedoch war, dass das auch umgekehrt galt – dass Menschenkörper eine unglaubliche und mächtige Anziehungskraft auf Engel hatten. Virginia wusste das von Axel.

„Komm mit mir“, flüsterte sie mit einer verschwörerischen Note und streckte die Hand nach der seinen aus. „Ich führe dich zu ihnen. Aber leise. Sie schlafen.“

Ihre Bewegung war so natürlich und unschuldig, dass Ba'Al'T'Azar Virginias Hand wie automatisch ergriff und sich von ihr in Richtung des Wintergartens führen ließ. Er sah die Symbole, die überall eingraviert oder gemalt waren.

„Daher konnte ich ihn hier nie entdecken“, erkannte er und trat über die Schwelle. „Und auch jetzt nicht.“

„Er ist hier“, beeilte Virginia sich, zu versichern. „Sie beide sind hier. Unten im Keller.“

Plötzlich schrie sie vor Schmerz auf und sackte wieder in die Knie. Ba'Al'T'Azar hatte ohne jede Vorwarnung ihre

Hand so fest gequetscht, dass sie glaubte, im nächsten Moment würden all ihre Knochen darin brechen. Frische Tränen schossen ihr in die Augen – und diesmal waren es keine gespielten.

„Du lockst mich doch nicht etwa in einen Hinterhalt?", fragte er sie drohend.

„Wenn du das glaubst, töte mich hier und jetzt", forderte sie ihn auf und versuchte mithilfe der Tränen so verletzlich auszusehen wie nur irgendwie möglich.

„Gut", sagte er und zog sie wieder auf die Beine. Mit einer geschickten Drehung der Schulter und indem sie beim Aufstehen mit dem Fuß auf den Saum trat, sorgte Virginia dabei dafür, dass ihr das Gewand nun völlig vom Körper glitt und zu Boden rutschte. „Weil, wenn du mich täuschst, bist du die Erste, die stirbt."

Das bin ich ohnehin, dachte sie und senkte demutsvoll den Kopf und den Blick. Aber sie hatte nicht vor, alleine zu sterben. Sie führte den General der Seraphim durch den Wintergarten ins Innere des Hauses und dort zum Aufzug.

„Ich kann sie riechen", sagte Ba'Al'T'Azar. „Die Witterung ist ganz frisch. Höchstens eine Stunde alt."

Virginia nickte und schluchzte noch einmal. Sie drückte den Knopf am Lift und ließ die nackten Schultern hängen, schaute Ba'Al'T'Azar mit tränennassen Augen von unten herauf an.

Er legte ihr einen Finger unter das Kinn und hob ihren Kopf, sodass sie ihm ins Gesicht sehen musste. „Du tust ein gutes Werk, Virginia. Nicht mehr lange, und du bist frei."

Sie nahm seine Hand und küsste sie in einer Geste der Dankbarkeit. Dann aber zögerte sie. „Willst du nicht sicherheitshalber Verstärkung holen?"

„Wieso?", fragte er mit argwöhnischem Blick. „Hat er noch andere Wachen?"

„Nein", sagte sie wahrheitsgemäß. „Aber wenn es dir nicht gelingt, ihn zu töten und er stattdessen dich tötet, wird er wissen, dass ich ihn verraten habe. Und dann wird er mir ganz gewiss sehr viel Schlimmeres antun als den Tod."

„Mach dir keine Sorgen", sagte er. „Ich werde auch ohne Verstärkung mit Leichtigkeit mit ihm fertig."

Virginia musste sich anstrengen, nicht spontan laut aufzulachen über seine Arroganz. Niemand in diesem Universum wurde *mit Leichtigkeit* mit Axel fertig.

Der Aufzug kam, die Tür ging leise auf, und die beiden bestiegen die großräumige Kabine. Virginia drückte die Taste für den untersten Keller.

Während die Tür sich wieder schloss und der Lift sich in Bewegung setzte, schaute sie den Engel auf höchste Weise hilflos an.

„Aber wenn er tot ist ..."

„Was dann?"

„Es ist nur so ... also ... ich ... ich war noch nie alleine." Sie versuchte so unsicher und ängstlich zu klingen wie möglich. „Ich meine, ich war noch nie ohne jemanden, der mich beschützt."

Als er, außer dass seine hellen Augen mit wachsender Gier und nur misslungen heimlich über ihren nackten Leib wanderten, darauf nicht weiter reagierte, fügte sie schnell hinzu: „Ich werde einen neuen Herrn brauchen. Einen neuen Gebieter. Einen, der sich meiner annimmt und dem ich dafür treu und loyal dienen kann."

Er legte ihr die große Hand auf die nackte Schulter. „Weißt du, wenn die Dinge ihren vorherbestimmten Weg gehen, werde ich loyale Diener brauchen."

Virginia setzte eine Miene auf, die sowohl schwache Hoffnung als auch leise Zweifel verriet. „Wirklich? Du, der mächtige General der Seraphim, würdest dich einer so einfachen Sklavin annehmen? Die noch dazu durch ihre Geburt völlig unwürdig ist?“

„Warum nicht?“, fragte er. „Wenn sie mir wirklich treu dienen würde und absolut bedingungslos meinem Willen und meinen Befehlen gehorcht.“

Sie sah, dass er schlucken musste; offenbar war seine Kehle gerade trocken geworden. Auf jeden Fall hatte sein Blick an lüsterner Gier zugenommen. Wie schon vor dem Aufzug nahm sie seine Hand, doch statt sie zu küssen, legte sie in bravourös gespielter Demut und Hingabe ihre Wange in seine leicht raue Handfläche.

„Es gibt nichts, Ba’Al’T’Azar, was ich nicht für dich tun würde“, flüsterte sie, leise und heiser. „Wenn du mich nur aus dieser schrecklichen Hölle befreist.“

Sie trat zaghaft ganz nah an ihn heran, wie um bei ihm Schutz zu suchen, und sorgte dafür, dass ihre Brustspitzen dabei wie zufällig seinen Arm und seinen Bauch berührten. Sogleich umspielte ein hungriges Lächeln seine Mundwinkel.

Nicht mehr lange, dachte sie.

Der Aufzug hielt an. Noch ehe die Tür sich öffnete, waren an den Seiten von Ba’Al’T’Azars Gürtel zwei Schwerter erschienen. Er legte seine Hände auf die Griffe.

„Stell dich vor mich“, sagte er. Er benutzte sie als Schutzschild, falls es doch ein Hinterhalt war.

Virginia stellte sich gehorsam vor ihn, ehe die Tür zur Seite glitt.

„Gut“, sagte er, als er sah, dass draußen niemand war. „Geh voran. Aber ganz langsam.“

Der Keller war eine Mischung aus altem, gemauertem Gewölbe und natürlicher Höhle im porösen Gestein unter der Fifth Avenue. Auch hier waren überall Schutzsymbole angebracht; aber auch alte indianische Felsmalereien.

Dieser Keller war älter als die Stadt darüber. Sehr viel älter.

Von einer großen Halle gingen drei Gänge ab. Virginia machte sich nicht die Mühe, Licht anzuschalten. Sie wusste, dass der Engel, wie sie selbst, hervorragend im Dunkeln sehen konnte. Langsamen Schrittes steuerte sie geradeaus auf den mittleren der Gänge zu.

Der Gang führte in eine kleine, schmucklos eingerichtete Halle ohne weitere Ausgänge. Mit nur einem kleinen Bett, einem Stuhl und einem alten Tisch sah sie aus wie ein Notlager – oder auch wie eine Zelle; denn das war sie in Wahrheit. Eine Zelle, in der man sogar einen Engel gefangen halten konnte.

Deshalb hatte Virginia Ba'Al'T'Azar hierher gelockt.

Der Raum war mit mächtigen Symbolen versehen, die es selbst einem Engel unmöglich machten, aus eigener Kraft von hier auszubrechen. Sie musste nur dafür sorgen, dass Ba'Al'T'Azar ihn betrat. Dann würde sie einen geheimen Schalter betätigen, der ein in der Decke des Ganges verborgenes Fallgittertor heruntersausen lassen würde, das nur von außen wieder zu öffnen war.

Sie wäre dann zwar mit ihm hier unten gefangen, und er würde sie zweifellos töten, aber Axel wäre in Sicherheit.

„Sie sind weg", sagte sie, gespielt überrascht und enttäuscht, und blieb mit hängenden Schultern in der Nähe des Schalters stehen, fest davon überzeugt, dass Ba'Al'T'Azar an ihr vorüber in die Halle rennen würde, um nachzusehen.

Doch er stoppte hinter ihr.

„Bist du dir vollkommen sicher?", fragte er, und seine Stimme klang ungehalten. Sehr ungehalten.

„Ja", antwortete sie. „Schau nach."

Aber er drehte sich herum und ging.

„Wohin willst du?", fragte sie ihn.

„Zum Aufzug", sagte er. „Ich muss ihnen nach."

Virginia fluchte in sich hinein. Sie musste sich einen neuen Plan überlegen.

„Lass mich nicht allein“, rief sie.

Er schaute sie fragend an.

„Wenn er zurückkehrt“, beeilte sie sich zu erklären, „wird er augenblicklich spüren, dass du hier warst, und er wird mich gnadenlos bestrafen. Ich habe Angst, Ba'Al'T'Azar. Bring mich bitte von hier weg. Bring mich in Sicherheit vor ihm.“

„Er wird nicht zurückkehren“, sagte Ba'Al'T'Azar grimmig. „Das verspreche ich dir.“

„Und was, wenn doch?“, fragte sie. „Was, wenn du verlierst?“

Er schnaubte verächtlich und wollte seinen Weg fortsetzen.

„Hör zu“, startete Virginia einen neuen Versuch und faltete dabei die Hände wie zum Gebet. „Er hat die Abgal dabei, also wohin auch immer er geht, du holst ihn mit Leichtigkeit ein oder findest ihn ganz schnell über ihre Witterung. Du hast also Zeit genug, mich von hier fortzubringen … Gebieter.“

Das letzte Wort hatte sie voller Hingabe ausgesprochen, und jetzt schaute sie ihn mit großen, feuchten Augen flehend an.

„Bitte, Herr! Ich tue alles, was du willst!“ Wie unbewusst wandte sie dabei den Blick zurück auf das schmale Bett in der Zelle – in der Hoffnung, ihn vielleicht doch noch hineinlocken zu können.

„Komm her“, sagte er und winkte sie zu sich heran.

Sie ging zu ihm und wiegte dabei die schmalen Hüften so aufreizend sie konnte, ohne dabei das Flehen in ihrem Blick zu verlieren.

„Näher“, verlangte er, als sie etwa anderthalb Meter von ihm entfernt stehen blieb.

Sie machte einen weiteren Schritt.

„Noch näher."

Er nahm ihr Kinn zwischen Daumen und Zeigefinger und zog ihr Gesicht zu sich. Sie unterdrückte den Impuls, ihre Arme vor ihrer nackten Brust zu verschränken. Dann beugte er sich vor und schnupperte an ihrem Hals und an ihrem Haar.

Virginia wusste, dass er damit ihre Witterung aufgenommen hatte und sie somit jederzeit und überall würde finden können ... solange er lebte. Solange *sie* lebte.

„Du willst mir also dienen", flüsterte er mit rauer Stimme ganz dicht neben ihrem Ohr.

„Mit Haut und Haar", flüsterte sie zurück ... vorsichtig lockend ... verführerisch ergeben.

„Dann diene mir", sagte er und richtete sich wieder zu seiner vollen, übermenschlichen Größe auf.

Sie schaute ihn fragend an. „Jetzt? Hier?"

„Du hast recht; er kann mir nicht entkommen", sagte er. „Nicht, wenn er die Abgal dabeihat. Mit ihr kann er sich nicht schnell genug bewegen. Wir haben also ausreichend Zeit. Wir sollten sie nutzen. Und wenn mir deine ... *Dienste* ... zusagen, bringe ich dich von hier fort."

Virginia musste sich zusammenreißen, um nicht zu lächeln. Das war ihre Chance, ihn zumindest für eine Zeit lang aufzuhalten ... oder vielleicht sogar ganz und endgültig.

Sie ging in die Knie. Dabei überlegte sie, ob sie ihn sofort angreifen sollte – entschied sich aber dagegen. Wenn er sie besiegen würde, was sehr wahrscheinlich war, würde er sich direkt daranmachen, Axel und Maggie zu verfolgen, und ihr Opfer war umsonst. Der bessere Plan war, ihn so lange abzulenken wie nur möglich und ihn entweder dabei in die Zelle zu locken oder ihn dann, wenn er sich nicht länger von ihr und ihren Verführungskünsten ablenken ließ und sich auf den Weg machen wollte, zu attackieren.

Sie setzte sich bequem auf ihre Fersen und ließ ihre Hände mit gespreizten Fingern an seinen stählernen Oberschenkeln nach oben gleiten, schob dabei den Saum des ledernen Schurzes höher. Als sie demutsvoll den Blick hob, sah sie, dass er die Fäuste fest um die Griffe seiner Schwerter geschlossen hatte.

Er misstraute ihr.

Das wunderte sie nicht. Aber sie würde dafür sorgen, dass seine Achtsamkeit nachließ … früher oder später.

Während sie den Lendenschurz noch höher schob, erkannte sie, wie sehr ihn alleine der Anblick ihres nackten Körpers bisher schon erregt hatte. Steif schwebte er dicht vor ihrem Gesicht.

Mit einer langsamen, fließenden Bewegung neigte sie sich nach vorne und nahm ihn zwischen ihre warmen Lippen. Sofort fühlte sie, wie er noch ein wenig härter wurde und begann, sachte zu saugen. Sie spürte das leise Pochen seines Pulses auf ihrer Zunge und entschied sich, dass sie die Ablenkung ebenso gut genießen konnte.

Je mehr sie das tun würde, umso leichter würde es ihr fallen, die Rolle der Dienerin überzeugend genug zu spielen. Und falls die vor ihr liegenden Stunden die letzten Stunden ihres Lebens sein sollten, wollte sie sie wenigstens auskosten.

Sie sog seinen Duft durch die Nase ein und schloss genussvoll die Augen. Nachdem sie entschieden hatte, dass sie für den Moment vergessen wollte, wozu er hier war, duftete und schmeckte er sogar geradezu wundervoll.

Virginia krümmte ihre Finger ganz leicht, um mit den Nägeln seine Haut zu streicheln und ließ ihren feuchten Mund vor- und zurückwandern, wobei sie ihn mit der

Zunge neckte. Als sie dabei ein leises Zittern durch seine Beine fließen fühlte, wusste sie, dass ihr verführerischer Zauber es durchaus mit seiner Kraft aufnehmen konnte.

Sie nahm ihn, so tief es ihr möglich war und ihr die Augen zu tränen begannen und schaute dann wieder zu ihm nach oben, wohl wissend, wie aufopferungsvoll ihr nasser Blick auf ihn wirken musste. Und tatsächlich hatten seine Mundwinkel einen triumphierenden Zug angenommen; ganz so, als habe er sie erobert und sie sich unterworfen – wo sie sich ihm doch ganz freiwillig hingab.

Er hatte die Fäuste von den Schwertern genommen und sie verschwinden lassen, so wie er nun auch den Lendenschurz verschwinden ließ, wodurch ihre Hände mehr Spielraum erhielten.

Sie streichelte mit flacher Hand die harten Muskeln unterhalb seines Bauchnabels und röchelte ein bisschen für ihn, als sie seinen Schwanz noch tiefer in ihre Kehle hineingleiten ließ, auf dass er sich noch mehr wie ein Sieger fühlen konnte.

Er legte eine Hand auf ihren Kopf, und Virginia war überrascht, mit welcher Zärtlichkeit er das tat, wie warm seine Finger waren und dass er mit der Daumenspitze ganz sanft ihre Stirn streichelte; knapp über den Augenbrauen. Ganz unwillkürlich entglitt ihr ein leises, wohliges Schnurren, und wie von selbst wurden auch ihre Liebkosungen und das Spiel ihrer Zunge zärtlicher. Verdammt! Sein Zauber war nicht weniger mächtig als der ihre.

Schon nach wenigen Herzschlägen dirigierte seine Hand ihren Kopf … ihr Vor- und Zurücknicken … die Tiefe, in die sie ihn nahm.

Es gefiel ihr.

Wenn er so interessiert in das Spiel einstieg, kam er nicht auf die Idee, Axel hinterherzujagen. Das war es, was zählte.

Sie schleckte intensiver ... feuchter. Er knurrte leise auf. Es schien auch ihm zu gefallen. Sie umschloss die Wurzel seines dicken Schafts mit Daumen und Fingern und begann zu massieren, während sie lutschte und jetzt auch ihre Eckzähne über sein Fleisch gleiten ließ.

Mit ihren Lippen und in ihrer Hand konnte sie fühlen, wie sein Puls sich beschleunigte und saugte gleich noch ein wenig fester. Ihr eigener Atem wurde dabei lauter und schneller, und sie spürte, wie ihr die Lust in den Nacken hoch und zwischen die Schenkel nach unten kroch.

Sein zärtlich fordernder Griff wanderte von ihrer Stirn in ihr dichtes Haar, fasste es zu einem Zopf und dirigierte sie gleich noch ein Stückchen schneller.

Offenbar machte es ihn an, wenn sie röchelte, also röchelte sie für ihn. Schon bald floss ihr der Speichel über die Mundwinkel, und vor ihren nun hingebungsvoll geschlossenen Augen begannen kleine rote Punkte zu tanzen.

Sein Schwanz war so hart und prall, wie man ihn sich härter und praller nicht wünschen konnte, und obwohl oder gerade weil es Virginia stark erregte, ihn zu schmecken und saugend an ihm zu lutschen, wünschte sie sich plötzlich, an anderer Stelle damit erobert zu werden.

Nach einigen weiteren, tiefen Stößen in ihre Kehle, so als hätte er ihre Gedanken erraten, zog er sie mit einer kraftvoll gleitenden Bewegung am Haar hoch auf die Füße, drehte sie herum und drückte sie mit Gesicht und den Brüsten gegen die raue, kühle Felswand, ohne dabei ihren Zopf loszulassen.

Er trat hinter sie, und gleich darauf spürte sie seinen von ihr nass geleckten Schwanz hart zwischen ihren Pobacken. Schnell und so gierig, dass es sie selbst überraschte, reckte sie sich weit ins Hohlkreuz, um ihm den Zugang in ihren Schoß zu erleichtern – erstaunt darüber, wie sehr sie sich tatsächlich danach sehnte, ihn in sich zu spüren.

Sie spürte seine Eichel an ihrem Eingang und drängte sich ihm nach hinten entgegen.

Genussvoll seufzend und den kleinen, willkommenen Schock genießend, biss sie sich auf die Unterlippe, als er kraftvoll in sie eindrang und sie damit auf die Fußspitzen hochhob. Während er immer tiefer in sie hineinglitt, wurden die empfindlichen Spitzen ihrer inzwischen glühenden Brüste gegen den herrlich kalten Stein gedrückt und zogen sich in Wohlbehagen noch fester zusammen.

Als er sich endlich ganz in ihr versenkt hatte, zog er ihren Kopf unsanft an den Haaren weit in den Nacken und küsste sie. Und da sie sich als willige Dienerin ausgegeben hatte, erwiderte sie seinen Kuss voller Hingabe und Gier.

Mit der anderen Hand fasste er um sie herum … an ihrem Bauch vorbei zwischen ihre Schenkel. Um sie besser zu halten … und um sie zu streicheln. Er legte Ring- und Mittelfinger fest an die Seiten ihrer Klit, und erst dann begann er, sie zu stoßen.

Stark.

Fordernd.

Gierig.

Wehrlos war sie zwischen ihm und der Wand eingeklemmt … zwischen seiner Hand in ihrem Haar und seinen hungrigen Küssen … seinen Fingern an ihrer Klit und seinem harten Schwanz tief in ihr. Von allen Seiten strömte die Lust in sie und schwappte mit jedem Stoß, mit jedem Kuss, mit jedem Reiben des Steins an ihren Nippeln und seiner Finger an ihrem Schoß hoch und höher.

Nicht lange, und sie keuchte im Takt seiner machtvollen Bewegungen und fühlte, wie ihre Beine schnell weich wurden und schwach. Doch er hielt sie so fest wie er sie nahm.

Tief.

Rau.

Herrisch.

Er schwang seine Flügel um sie herum, sodass deren Spitzen und Schwungfedern nun von vorne zwischen ihre Schenkel kamen und sie an den Innenseiten liebkosten … bis hoch zur Scham … zu beiden Seiten seiner streichelnden Hand. Die weiche Berührung ließ Virginia erbeben vor Wollust.

„Wer bist du?", fragte er mit einem leisen, gierigen Lachen.

„Virginia, Herr."

„Und was bist du?"

Sie wusste nur zu gut, was er hören wollte, was ihn anmachte, was seine Lust auf sie noch mehr aufpeitschte. „Deine Sklavin, Herr!"

Der Takt seiner Stöße war hungrig, aber gleichmäßig … nicht zu langsam … nicht zu schnell. Genau richtig für Virginias Empfinden. Sie gestattete ihrem schweren Keuchen, zu einem von den Felswänden widerhallenden Stöhnen zu werden.

„Stille deine Lust an mir, Gebieter", hauchte sie dazwischen, um ihm klarzumachen, dass er mit ihr tun konnte, was immer er wollte … solange ihn das nur davon abhielt, Axel und Maggie zu verfolgen.

Sie fühlte das feste Hämmern seines Herzens in ihrem schmalen Rücken … seinen Mund auf ihren Lippen … den Fels … seine Finger … seinen Schwanz … seine Flügel. Der Rausch, in den er sie fickte, war unglaublich. Sie war kurz davor, überzuschnappen.

Und er fühlte es. Das wusste sie. Er fühlte es am Zittern ihrer Schenkel, am pulsenden Pochen ihrer Klit unter seinen geschickten Fingern und daran, wie ihr Bauch sich immer fester anspannte.

„Komm für mich", knurrte er. Es war ein Befehl … und sie gehorchte ohne zu zögern. Bereitwillig gab sie sich dem

Rausch hin und der Lust, den unzähligen Berührungen und Reizen ... seinen verlangenden Stößen ... seiner Kraft ... und ihr bis zum Zerreißen erregter Leib reagierte darauf wie von selbst.

Der heftige Höhepunkt schüttelte sie am ganzen Körper, und Ba'Al'T'Azar lachte laut auf – in einer Mischung aus Triumph und echter Freude.

Sie verdrehte die Augen und rang nach Atem. Es war, als würde Feuer durch ihre Adern fließen ... warmes, Leben spendendes Feuer. Ihre Brüste zogen sich noch ein wenig fester zusammen, und sie presste die Nippel mit einem weiteren Anflug von Gier gegen den Fels.

„Das war erst der Anfang", flüsterte er ihr ins Ohr.

„Dein Wille geschehe, Gebieter", keuchte sie. „Benutze mich, wie es dir gefällt."

Im nächsten Moment fand Virginia sich auf allen vieren wieder ... auf dem Boden kniend ... und der General der Seraphim war über ihr ... gleich darauf auch wieder tief in ihr ... wie ein hungriger Wolf über der willigen Wölfin, während seine großen Hände ihre vor Lust schimmernden Brüste fest umklammerten.

Sie stemmte sich ihm mit all ihrer Kraft entgegen und empfing seine weit ausholenden Stöße: sein knurrendes Gesicht ganz dicht neben dem ihrem.

Auch wenn Ba'Al'T'Azar der Feind war, so war er doch attraktiv wie kaum ein anderer, und die geschmeidige, raubtierhafte Kraft, mit der er sie nahm, war unvergleichlich. Es war für Virginia so einfach, darin zu schwelgen, sich ihr hinzugeben, sie auszukosten und sich von ihr treiben und mitreißen zu lassen.

So brachen auch noch die letzten Barrieren in ihr, und Virginia schrie ihre Lust frei in das weitläufige Gewölbe hinein. Nie hatte sie auf köstlichere Weise ein Opfer gebracht.

Stoß um federnden Stoß nahm er ihren immer wärmer glühenden Leib in Besitz.

Wild.

Fest.

Unerbittlich.

Dabei ließ er seine Hüften alle paar Stöße von einer Seite zur anderen gleiten und veränderte so immer wieder den Winkel, um sie ihn überall in sich spüren zu lassen.

Ihre Wangen und ihr Nacken brannten heiß vor Erregung, und ihr Blick verschleierte sich von Neuem. Das Haar hing ihr wie ein Vorhang aus Gold zu beiden Seiten des Kopfes herab und schaukelte im wilden Takt seines Ansturms.

Und wieder peitschten die Wogen der Lust in ihr höher und immer höher, schwappten über und drohten sie, in einen süßen Abgrund zu reißen. Doch das Spiel, das sie mit ihm spielte, hatte Regeln. Je gewissenhafter sie die einhielt, umso länger hielt sie ihn bei Laune.

„Darf ich noch einmal kommen?“, fragte sie also devot, weil sie spürte, dass sie bereits wieder so weit war und es kaum noch halten konnte. Sie wusste, dass ihn das noch mehr anspornen würde.

„Nur wenn du darum bittest“, keuchte er mit seiner tiefen Stimme, die ihr noch zusätzlich tief unter die Haut ging.

„Bitte, mein Gebieter!“, beeilte sie sich zu sagen. „Gestattest du mir, dass ich komme?“

„Noch nicht“, sagte er und beschleunigte den Takt seiner Stöße, ganz so, wie sie es vorausgesehen hatte.

Virginia riss sich zusammen und unterdrückte ihren Höhepunkt, und ihr wurde rot vor Augen. Dadurch wurde das Gefühl in ihr noch intensiver … noch berauschender.

„B-bitte“, flehte sie wimmernd und biss sich auf die Unterlippe.

„Nein“, sagte er und stieß fester.

Sie hörte, dass er lächelte. Es gefiel ihm offenbar sehr, dass sie ihm die Möglichkeit gab, sie auf solch köstliche Art zu quälen und zu beherrschen, und sie wusste, welche aufreizende Wirkung das süße Flehen einer Frau auf die Lust eines Mannes haben konnte.

Sie stöhnte immer lauter. Schweiß lief ihr über die Haut. Sie hatte das Gefühl, explodieren zu müssen.

„Jetzt", befahl er …

… und mit einem befreiten Schrei, der von den Fels- und Steinwänden des Kellers widerhallte, kam sie.

Gleich mehrfach – da er nicht aufhörte, sie zu ficken und nun auch noch rau mit ihren Nippeln spielte.

Weiter und weiter nahm er sie …

… und sie kam und schrie, bis sie heiser war und ihre Arme und Beine ihr den Dienst versagten.

Ermattet glitt sie zu Boden – aber Ba'Al'T'Azar machte weiter. Sie wurde geschüttelt von unglaublicher Ekstase und drückte ihm trotz ihrer kurzfristigen Erschöpfung ihren Schoß nach oben entgegen, presste das Gesicht und die Brust dabei auf den kühlen Boden, weil sie genau wie er mehr wollte.

Sie genoss das Gefühl … und das Bewusstsein, wie sehr die von ihr angenommene Rolle der rechtlosen Sklavin ihn dazu animierte, sich zu verausgaben.

Doch bei allem Genuss durfte sie ihre Aufgabe nicht vergessen.

„Das Bett", keuchte sie daher und deutete in die Zelle.

„Wir brauchen kein Bett", sagte er lachend, drehte sie herum und spreizte ihre Schenkel, um gleich darauf wieder tief in ihr zu sein.

Virginia schlang die langen Beine um seine Waden und zog seinen lockigen Kopf zu einem gierigen Kuss auf ihren Mund herab.

Er stieß zu … und sofort war der Rausch wieder da.

Sie verkrallte sich in seinen Flügeln, schrie lüstern unter der Kraft, mit der er sie jetzt fickte.

So vergingen die nächsten Stunden wie im Flug.

Virginia ließ ihn sie benutzen, wie immer er es wollte und verwöhnte ihn auf jede erdenkliche Art und Weise, sodass Ba'Al'T'Azar in all der Zeit nicht ein einziges Mal Anstalten machte, sich aus ihrer leidenschaftlichen Umarmung zu lösen und zu gehen. Aber so oft sie es auch versuchte, sie bekam ihn einfach nicht in die Zelle.

Und er zeigte auch keinerlei Anzeichen von Erschöpfung oder Müdigkeit.

Sie allerdings schon.

Mittlerweile musste draußen die Sonne aufgegangen sein, denn sie fühlte sich bereits leicht schläfrig und matt. Diese Schläfrigkeit hatte nichts mit dem Sex zu tun.

Wenn sie Ba'Al'T'Azar in einen Kampf verwickeln wollte, durfte sie nicht mehr länger warten.

Als er sich jetzt auf den Rücken drehte und sie sich auf seinen Schwanz und Schoß setzte, sah sie die Gelegenheit endlich gekommen. Sie ritt ihn zügig und gierig, um ihn schnell zum Kommen zu bringen.

Ihre eigene, neu entfachte Lust hielt sie dabei so gut es ihr möglich war in Schach.

Stoß um Stoß drückte sie sich fest und drängend auf ihn, ließ ihr Becken kreisen und die Muskeln ihrer Pussy an seinem dauerharten Fleisch saugen. Sie spielte mit ihren Fingernägeln an seinem rechten Nippel und knabberte an dem linken mit ihren Zähnen – ohne sein Gesicht aus den Augen zu lassen. Dabei begann sie, ganz leise, zu summen.

Es war eine uralte Melodie. Ein Lied, das ihre Mutter ihr beigebracht hatte.

Die Magie der Ewigen Nacht.

Es fiel ihr unsagbar schwer, sich jetzt nicht wieder ihrer eigenen, wachsenden Gier hinzugeben. Aber das durfte nicht sein. Es stand zu viel auf dem Spiel. Die Kraft ihrer Stimme wuchs, und sie gestattete ihrem Summen, zu einem leisen Singen zu werden. Uralte Worte mit uralter Wirkung.

Da … endlich … als das Funkeln in den Augen des Seraphen trübe wurde vor Ekstase und Schläfrigkeit und er sie genussvoll schloss, erkannte sie, dass er jetzt so weit war.

Ihr Gesang schwoll allmählich immer mehr an. Noch nie hatte sie diese Macht ihres Erbes eingesetzt – den Willen eines anderen zu manipulieren. Schon ihre normale Stimme wirkte, ganz ohne ihr Zutun, leicht hypnotisch, aber ihr Gesang war noch so viel mächtiger. Doch würde er auch ausreichen, dem General der Seraphim ihren Willen aufzuzwingen und ihn in den Kerker zu bringen?

Sie durfte jetzt nicht zweifeln und ließ die Kraft der Worte über ihre Lippen fließen, um über sie in seinen Geist hinabzutauchen. Doch was sie dort jetzt sah, war anders als alles, was sie jemals erwartet hatte. Sie sah seine Vision von der Zukunft … das Schreckliche, das er vorhatte … die Mittel, die er dazu einzusetzen bereit war … das Unaussprechliche.

Ihr Entsetzen über das Gesehene war so groß, dass vor Schreck ihre Stimme brach und sie aufhörte zu singen.

Sie sah, wie Ba'Al'T'Azar langsam wieder zur Besinnung kam, und seine Lider zu flackern begannen. Noch einmal versuchte sie zu singen, aber sie brachte nur noch ein paar unsichere Töne zustande.

Langsam öffneten sich seine Augen … und ihr blieb keine andere Chance als zum letzten aller ihr zur Verfügung stehenden Mittel zu greifen … und sich zu verwandeln.

Auch wenn sie ganz sicher nicht so aussah, war Virginia so alt, dass sie die Verwandlung in ihre wahre Gestalt blitzschnell durchführen konnte. Sie brauchte dazu nicht mehr als die wenige Zeit, die zwischen zwei Herzschlägen vergeht.

Ihre Ohren wuchsen und wurden nach oben hin spitz, und aus ihren schlanken Fingern wurden lange, kräftige und vor allem rasiermesserscharfe Klauen. Zwischen ihren Schulterblättern sprossen zwei gewaltige, schwarze Fledermausflügel. Ihre Haut und ihr Haar verfärbten sich zu einem bläulich schimmernden Schwarz, und ihre Augen wurden blutrot und geschlitzt.

Ihre Eckzähne wuchsen zu riesigen, nadelspitzen Fängen.

All das geschah gleichzeitig.

Sie schnellte mit dem Oberkörper nach unten und jagte ihre Reißzähne in seinen Hals.

Zu ihrer großen Überraschung lachte er.

„Du hast dir Zeit gelassen, Tochter der Nyx“, sagte er, packte sie im Nacken wie ein Kätzchen und zog ihren Kopf ohne jede Kraftanstrengung nach hinten. Seine Wunden schlossen sich sofort wieder.

Sie fauchte wild und versuchte sich freizukämpfen, doch er hielt sie fest.

„Du hast wirklich geglaubt, ich nehme dir deine kleine Scharade ab?“, fragte er amüsiert. „Nein, ich weiß, dass du mich belügst, seit wir aus dem Aufzug gestiegen sind. Aber dass es dir gelingt, mich tatsächlich einzulullen, damit hätte ich nicht gerechnet. Hat dir gefallen, was du gesehen hast?“

„Woher wusstest du, dass ich lüge?“, fauchte sie.

Er zuckte mit den breiten Schultern. „Die Abgal war nie hier unten. Ich hätte sie gewittert. Aber du hast wirklich ausgezeichnet gespielt. Mein Kompliment. Du bist ein wahres Naturtalent. So viel Hingabe. So viel Mühe. Ich bin froh, dass ich mir das nicht habe entgehen lassen. Du warst wunderbar. Um nicht zu sagen sensationell.“

Mit einem festen Schlag seiner Flügel richtete er sich

mühelos auf und schleuderte Virginia von sich. Sie krachte hart gegen eine Wand und fiel angeschlagen zu Boden.

„Zum Dank für dieses wundervolle Spiel lasse ich dich sogar leben“, sagte er und setzte sich unbeschwert in Richtung des Lifts in Bewegung.

Mit einem wilden Schrei stürzte Virginia sich auf ihn. Sie sprang ihm auf den Rücken, schlang Arme und Beine um ihn und grub ihre langen Fangzähne jetzt von hinten in seinen Nacken.

Diesmal war sie schneller als zuvor und beeilte sich von dem Engelsblut zu trinken.

Sofort spürte sie die Kraft, die daraus in sie strömte.

Virginia hatte noch nie das Blut eines lebendigen Wesens getrunken. Trotz ihrer Natur. Daher der Name – Virginia für Jungfrau. Deshalb hatte sie vorhin auch behaupten können, noch nie *gesündigt* zu haben. Aber jetzt *sündigte* sie; jetzt wurde sie zu dem, was sie seit ihrer Geburt war und nie ausgelebt hatte.

Sie war eine *Keres* – die Tochter eines Engels und der Elohim Nyx ... Halbgöttin des Todes ... der Ursprung aller Legenden über Sirenen, Harpyien, Vampire und Walküren ... und nach mehr als viertausend Jahren selbstauferlegter Askese hatte sie jetzt zum ersten Mal lebendiges Blut getrunken ... und nicht nur irgendwelches, sondern das Blut eines Engels.

Ba'Al'T'Azar spürte die Veränderung, die in ihr vorging, sofort und wollte sie abschütteln. Doch anders als gerade eben noch gelang es ihm zu seiner großen Überraschung nicht. Mit immer größer werdender Kraft klammerte sie sich an ihn. Sie schlug mit den Flügeln und zog ihn vom Aufzug weg in den Keller zurück.

Er schrie laut und schmerzerfüllt auf und versuchte, sich irgendwo festzuhalten. Vergeblich.

Von Sekunde zu Sekunde immer kräftiger wurde der Schlag ihrer schwarzen Flügel, bis es Ba'Al'T'Azar schließlich gar von den Füßen riss. Er merkte, dass sie versuchte, ihn in die hintere Halle zu schleppen – und natürlich wusste er, dass es eine Gefängniszelle war, die auch ihn halten würde. Das durfte er auf gar keinen Fall zulassen.

Hastig griff er nach seinen Schwertern, die augenblicklich sichtbar wurden, zog sie hervor und stach damit über die eigenen Schultern hinweg nach hinten.

Virginia kreischte auf und wich den Klingen gerade noch aus. Dabei musste sie jedoch Krallen und Zähne von seinem Leib nehmen, und Ba'Al'T'Azar kam frei.

Er wirbelte blitzartig herum und schlug mit ungebremster Brutalität nach ihr. Doch sie war geschickt genug, sprang schnell zur Seite und weit nach hinten weg.

„Hast du mir nicht zugehört?", schrie er sie von Zorn erfüllt an. Seine Wunden heilten jetzt schon um einiges langsamer. „Ich lasse dich am Leben."

„Ich dich aber nicht", schrie sie zurück. „Ich lasse nicht zu, dass du ihn findest und verletzt oder gar vernichtest. Und erst recht nicht lasse ich zu, dass du die Abgal für deine Zwecke missbrauchst."

„Es gibt keinen anderen Weg!"

„Oh doch", widersprach sie fauchend und verlagerte ihr Gewicht nach vorne auf die Fußballen. „Und den werde ich dir jetzt zeigen."

Sie sprang auf ihn zu, und als er mit den Schwertern nach ihr hieb, schlug sie sie mit einem Schwung ihrer riesigen Flügeln beiseite. Noch fast in der gleichen Bewegung packte sie ihn an den Handgelenken, um ihn daran zu hindern, noch einmal zuzustechen, und grub erneut ihre Fangzähne in seinen blutigen Hals.

Ba'Al'T'Azar war überwältigt von ihrer Kraft.

Er hatte damit gerechnet, dass sie aufgrund ihrer einzigartigen Herkunft stark war; vielleicht sogar mächtig. Aber dass sein eigenes, übermenschliches Blut sie noch stärker machen würde, hatte er nicht mit einkalkuliert. Panik durchzuckte ihn. Panik und Angst vor dem Tod.

Immer wieder versuchte er, mit den Klingen nach ihr zu stechen, doch ihre Klauen waren wie Schraubstöcke. Und sie trank immer mehr von seinem Blut. Er spürte jetzt sogar schon erste Anzeichen von Schwäche, und ihm wurde klar, dass er den Kampf so schnell wie möglich beenden musste, wenn er ihn überleben wollte.

Wieder versuchte sie, ihn zur Zelle zu zerren, doch seine eigenen Flügel waren jetzt frei.

Mit so viel Kraft, wie er nur aufbringen konnte, schlug er damit, um sie in die andere Richtung zu ziehen. Der Staub von Jahrhunderten wurde aufgewirbelt, und schon nach wenigen Sekunden lag das ganze Gewölbe in einem dichten, schmutzigen Nebel. Mochte die Stärke seiner Arme der Macht ihrer Umklammerung nicht gewachsen sein, so waren doch seine Schwingen größer und kräftiger als ihre, zumal sie sie nicht in vollem Umfang einsetzen konnte, ohne Gefahr zu laufen, sie sich an den Spitzen seiner Schwerter zu verletzen.

So zog er sie Stück für Stück näher zum Aufzug.

Virginia gab alles.

Hätte sie vorher gewusst, welche Wirkung das Blut des Engels auf sie haben würde, sie hätte nicht gewartet, bis der Sonnenaufgang sie schwächte. Ohne diesen Effekt hätte sie ihn ganz gewiss mit Leichtigkeit besiegt, wie sie jetzt begriff. Aber auch so würde sie es versuchen. Das schuldete sie Axel. Ba'Al'T'Azar durfte ihn und die Abgal nicht in die Hände bekommen.

Ihre riesigen Fledermausflügel peitschten die staubige Luft

mit aller Macht und so weit, wie es die Nähe der Schwertspitzen zuließ, aber sie verlor mehr und mehr an Boden. Dennoch war sie zuversichtlich. Nicht mehr lange und sie hatte dem Engel so viel Blut geraubt, dass er seine Schwingen nicht mehr einsetzen können würde.

Dann würde sie ihn zur Zelle bringen und dort einsperren … oder ihn vielleicht endgültig töten, um die Bedrohung durch ihn ein für alle Mal auszuschalten.

In diesem Moment aber – während sie mit ihren eigenen Flügeln gerade erneut ausholte – wirbelte Ba'Al'T'Azar herum und warf sich nach vorne. Getragen vom nicht mehr zu stoppenden Schlag ihrer eigenen Schwingen und seinem Stoß krachte sie rückwärts gegen die Aufzugtüren, die unter dem Aufprall der beiden überirdischen Wesen nachgaben wie Butter. Virginia knallte innen gegen die Rückwand der Kabine, und ihr wurde von der Wucht schummrig vor Augen.

Ba'Al'T'Azar nutzte ihre kurze Benommenheit aus, ging in die Knie und stieß sich mit aller ihm noch verbleibenden Kraft vom Boden des Lifts ab. Gemeinsam brachen sie durch das dünne Metalldach hoch in den Aufzugschacht.

Den Raum in dem engen Schacht so gut wie möglich ausnützend, peitschten Ba'Al'T'Azars Schwingen nach unten und katapultierten ihn und Virginia nach oben. Sie breitete schnell die eigenen aus, um den Flug zu bremsen, doch er stach mit den Schwertern danach, sodass sie sie wieder außer Reichweite bringen musste.

Alles, was sie tun konnte, war, seine Handgelenke weiterhin festzuhalten und noch gieriger zu trinken.

Schlag um Schlag brachten die Flügel des Engels sie schnell immer höher. Da begriff sie, was er vorhatte – und dass sie jetzt auf jeden Fall sterben würde.

Die Erkenntnis schnürte ihr die Kehle zu, und sie fühlte,

wie eine Träne über ihre Wange nach unten rollte. Nachdem sie für einige Momente gehofft hatte, doch noch zu siegen, kehrte der Gedanke von vorhin zurück: Wenn sie schon sterben musste, würde sie versuchen, den General der Seraphim mit sich in den Tod zu nehmen.

Sie ließ seine Handgelenke los und kratzte mit ihren Klauen nach seinen Augen und seiner Kehle.

Er wich ihr aus, und im nächsten Moment fühlte sie, wie erst das eine, dann das andere Schwert sie durchbohrten. Der Schmerz war furchtbar, aber vielleicht würde sie es noch schaffen, ihm eine ebenso tödliche Verletzung zuzufügen.

Doch nun packte er ihre Arme, um ihre scharfen Klauen auf Abstand zu halten … und flog immer schneller.

Eng umschlungen krachten sie durch das Dach des Gebäudes nach oben in den Morgenhimmel.

Virginia sah die Sonne … zum ersten Mal seit über viertausend Jahren … und zum letzten Mal.

Sie fühlte die Wärme der Strahlen auf ihrer blauschwarzen Haut … und weinte eine zweite Träne, die jedoch augenblicklich verdampfte.

Sie löste ihren Biss … in der verzweifelten Hoffnung, dass sie Axel wenigstens ein paar Stunden Vorsprung verschafft hatte.

„Du wirst ihn nie besiegen, Seraph“, flüsterte sie in Ba'Al'T'Azars Ohr.

Dann zerfiel Virginia glitzernd zu Staub.

13. KAPITEL

Noch ein Wiedersehen

Der Dschungel von Mexiko breitete sich zu ihren Füßen aus.

Nackt stand Maggie neben einem gewaltigen Schlangenkopf aus Stein auf der obersten Plattform der Pyramide und schaute über die smaragdgrünen Urwaldriesen hinweg zum östlichen Horizont, der im Licht der gerade aufgehenden Sonne feuerrot flimmerte. Die Luft war noch nicht sehr warm, aber duftete bereits schwer nach Orchideen, Bromelien und überreifen Ananas und war angefüllt vom Singen unzähliger exotischer Vögel. Nur wenige Meter von Maggie entfernt sirrte ein Kolibri zwischen den kelchförmigen Blüten einer zwischen zwei umgestürzten Säulen wachsenden Ranke.

Dies würde ein wundervoller Tag werden. Dies würde ein wundervolles Leben werden. Mit Axel.

Azazel.

Auch wenn sie sich noch überhaupt nicht vorstellen konnte, wie genau das Leben mit einem Gefallenen Engel aussehen mochte oder verlaufen könnte, wusste sie doch, dass alles gut werden würde. Die Liebe besiegt alles.

Sie hörte das machtvolle Rauschen von Axels weiten Schwingen hinter sich und drehte sich schnell genug herum, um ihn landen zu sehen. Was für ein Anblick! So majestätisch. So wunderschön. Ihr Herz stolperte vor Glück.

„Ich habe dir ein Kleid mitgebracht“, sagte er und küsste sie innig auf den Mund. „Ich hoffe, es gefällt dir.“

Es war ein wundervoll leichtes, traumhaft schönes Baumwollkleid in Rubinrot.

„Danke“, sagte sie lächelnd und legte es dennoch zur Seite. „Solange hier niemand zufällig vorbeikommt, würde ich gerne noch ein wenig nackt bleiben. Falls es dich nicht stört.“ Es fühlte sich richtig an und schön, hier inmitten des Urwaldes, fernab jeder modernen Zivilisation, nackt und frei zu sein und die nun langsam doch wärmer werdende Morgenluft direkt auf der Haut zu spüren.

„Wie könnte mich das stören, Magdalena?“, fragte er grinsend und stellte eine große Umhängetasche aus altem Ziegenleder auf den moosbewachsenen Boden, während die Kleidung an seinem Leib sich in nichts auflöste, damit er genauso nackt sein konnte wie sie. Auch seine Flügel waren jetzt unsichtbar. „Ich habe uns auch Frühstück besorgt. Ich dachte mir, nach dem langen und anstrengenden Flug könntest du eine Stärkung gebrauchen.“

„Oh ja“, sagte sie und musste unwillkürlich und beinahe mädchenhaft kichern. Ihre Beine waren noch immer ein wenig schwach, und das lag ganz bestimmt nicht ausschließlich an dem Flug von New York hierher; vielmehr an dem, was sie während dieses Fluges ausgiebig getan hatten. „Ist da auch Kaffee drin?“

„Deine Lieblingsmischung“, sagte er.

„Du bist ein Engel.“

Er lachte. „Ja, das bin ich wohl.“

Maggie stellte zu ihrer Zufriedenheit fest, wie befreit und gelöst er plötzlich wirkte … und dass ihn das gleich noch einmal doppelt so attraktiv machte, wie er ohnehin schon war. Und das hatte nichts damit zu tun, dass er jetzt nackt ganz dicht neben ihr stand. Gar nichts. Ganz bestimmt nicht. Ach, wem wollte sie etwas vormachen? Allein seine Nähe machte sie schon wieder heiß.

„Verdammt“, sagte sie und lachte. „Wirst du immer diese Wirkung auf mich haben?“

Er stimmte in ihr Lachen ein und nickte. „So wie du auf mich."

Sie sah an der Regung zwischen seinen Schenkeln, dass er meinte, was er sagte, und spürte, wie ihre Wangen rot wurden. Und schuld daran war ganz sicher nicht ihre Schamhaftigkeit. Was auch immer sie davon jemals besessen hatte, war durch Axels Nähe vollkommen verschwunden. Sie stellte sich vor, dass es so für die ersten Menschen im Paradies gewesen sein musste. Um wie viel freier man sich so doch fühlte.

Allerdings hatten die wohl damals noch keinen Kaffee. Sie schmunzelte bei dem Gedanken und kramte den Thermosbecher aus der Ledertasche. Eilig drehte sie den Verschluss auf und nahm einen tiefen Schluck.

„Himmlisch", seufzte sie und lehnte sich mit den Schultern an Axels breite Brust. Gemeinsam schauten sie zum flimmernden Horizont. Dort kehrte gerade ein Schwarm Fledermäuse von der nächtlichen Jagd zurück und senkte sich in das Grün der Baumwipfel, um Schutz zu suchen vor dem schnell greller werdenden Tageslicht.

Maggie fragte plötzlich ganz unvermittelt: „Wieso bringe ich dich in Gefahr, Axel?"

Er antwortete nicht, fasste sie aber sanft bei den Schultern, wie um zu sagen, dass der Moment zu schön sei, um ihn mit Fragen solcher Art zu verderben.

„Du hast mir versichert, dass das, was Virginia zu dir auf der Dachterrasse sagte, nichts mit mir zu tun hatte", fuhr sie dennoch fort und schmiegte sich mit dem Rücken noch ein Stück enger an ihn, um ihm zu zeigen, dass sie keinen Streit suchte, sondern Antworten. „Das war gelogen, nicht wahr?"

„Ich wollte dich nicht beunruhigen", sagte er.

„Dann sag mir die Wahrheit", bat sie.

„Es ist kompliziert.“

„So kompliziert ist es doch gar nicht“, sagte plötzlich eine fremde Stimme hinter ihnen.

Die beiden wirbelten herum.

„Ba’Al’T’Azar“, stieß Axel hinter zusammengebissenen Zähnen hervor und stellte sich schützend vor Maggie.

„Tazz“, rief Maggie verwundert.

Tatsächlich stand da, am anderen Ende der Plattform der Aztekenpyramide, Tazz, so wie Maggie ihn auf seiner Jacht kennengelernt hatte – im dreiteiligen, maßgeschneiderten Anzug und barfuß, die langen blonden Locken im Licht der aufgehenden Sonne glänzend.

„Du kennst ihn?“, fragte Axel erstaunt. „Wieso hast du mir nicht gesagt, dass du ihm bereits begegnet bist?“

„Aber das habe ich doch. Er ist der Filmproduzent, von dem ich dir erzählt habe“, erklärte sie. Im selben Moment wurde ihr bewusst, wie unrealistisch es war, dass ein Filmproduzent plötzlich wie aus dem Nichts auf der Plattform einer Pyramide inmitten des Dschungels auftauchte, weshalb der Rest ihres Satzes eher unsicher war: „Der, der die Rechte an *Bloody Bill* kaufen will.“

„Nein, Maggie, das ist Ba’Al’T’Azar, der *Rapha’El*, der *Falke Gottes*, der General der Seraphim“, sagte Axel und fügte dann mit Trauer im Ton hinzu: „Mein Bruder.“

„Wage es nicht, mich *Bruder* zu nennen“, knurrte Tazz warnend … und nahm vor Maggies erstaunten Augen seine Engelsgestalt an.

Es war, als würde er von innen heraus wachsen und noch größer werden, als er auch so schon war. Sein eleganter Anzug verschwand, seine blonden Locken wurden heller und noch länger, und gewaltige Flügel ragten hoch über seinen breiten nackten Schultern hervor. Das für Maggie Beunruhigendste jedoch waren die beiden großen, gebogenen Schwerter, die von einem Gürtel an der schmalen Hüfte hingen.

„Ich bin dein Richter und dein Henker, Verräter."

„Mein Henker vielleicht", erwiderte Axel leise, „aber niemals mein Richter. Das, T'Azar, steht dir wahrlich nicht zu. Damals nicht und heute nicht."

„Das Urteil ist gefällt, und ich werde es vollstrecken." Tazz zog seine Schwerter.

Auch Axel zog plötzlich von irgendwoher ein Schwert. Die lange, gerade Klinge leuchtete schwarz und die beiden Schneiden erschienen blutrot. Doch statt damit in Verteidigungsstellung zu gehen, warf er es beiseite. „Dann walte deines Amtes. Ich werde dich nicht daran hindern."

Verwundert zog Tazz eine Augenbraue nach oben. „Du überlässt sie mir so einfach?" Er deutete mit einer seiner Waffen auf Maggie.

„Sie?", meinte Axel mit einem liebevollen Blick auf Maggie. „Nein. Sie wird niemals dir gehören."

Für einen ewig langen Moment musterte Tazz Axel skeptisch. Dann aber erhellte sich sein Gesicht wieder. „Ich wette, du hast ihr verschwiegen, wie wichtig sie ist. Welche Rolle sie spielt in der Prophezeiung. Du hast ihr kein Wort davon gesagt, nicht wahr?"

„Wieso auch?", fragte Axel. „Was du ‚Prophezeiung' nennst, ist nichts als eine weitere eurer Lügen. Es würde mich nicht wundern, wenn du sie dem, der sie niedergeschrieben hat, selbst eingeflüstert hättest, um sie dann auch selbst zu erfüllen."

„Wusste ich es doch", sagte Tazz frohlockend. „Sie hat nicht die geringste Ahnung."

„Welche Prophezeiung?", verlangte Maggie zu erfahren, doch keiner der beiden beachtete sie in diesem Moment.

„Sie ist ihre eigene Herrin, T'Azar", sagte Axel, „und

sie wird weder dir noch irgendeiner deiner Prophezeiungen dienen. Auch mit dem Di'Maì kannst du sie nicht zwingen, das weißt du sehr genau. Sie muss es aus freiem Willen heraus tun. Und das wird sie nicht."

„Was tun?", fragte Maggie aufgebracht, erhielt jedoch wieder keine Antwort.

„Dessen bist du dir so sicher, dass du dich mir einfach so ergibst?", fragte Tazz. „Ganz ohne Kampf?"

„Ja, Bruder", sagte Axel traurig. „Ganz ohne Kampf."

„Wieso?"

„Du stellst eine Frage, deren Antwort du nur zu genau kennst", begehrte Axel auf. „Ich habe Legionen sterbender Engel fallen sehen."

„Dass sie sterben mussten, war allein deine Schuld!" In Tazz' Augen funkelte wilder Zorn.

„Mach dir das nur immer wieder vor", resignierte Axel. „Ich habe den Krieg nicht begonnen. Und erst recht nicht das Töten. Also tu, was immer du zu tun müssen glaubst, aber ich werde weder meine Hand noch mein Schwert gegen dich erheben. Ich habe bereits zu viel unschuldiges Blut vergossen."

„Sind deine Überzeugungen inzwischen so schwach geworden?", fragte Tazz voller Ironie in der Stimme.

„Was lässt dich das glauben, T'Azar?"

„Für starke Überzeugungen muss man kämpfen ... und auch bereit sein, für sie zu töten."

„Siehst du, auch das unterscheidet uns voneinander", entgegnete Axel. „Der Krieg damals hat mich eines ganz besonders gelehrt: Wenn man für eine Überzeugung erst töten muss, um sie durchzusetzen, ist sie nichts wert. Das ist sie nur, wenn man bereit ist, für sie auch zu sterben. Aber das wirst du nie verstehen."

„Heb dein Schwert auf", forderte Tazz, und seine blauen Augen blitzten gefährlich.

Axel schüttelte den Kopf.
„Schwächling!“
Doch noch immer rührte Axel sich nicht.
„Vielleicht hilft es“, meinte Tazz mit einem provozierenden Grinsen, „wenn ich dich ganz lieb von Virginia grüße.“
Maggies ohnehin schon vor Aufregung schnell hämmerndes Herz setzte für einen Schlag lang aus. Was meinte Tazz damit?
Axels Miene wurde hart und verfinsterte sich. „Du hast ihr doch nichts angetan, oder?“
„Zunächst nicht ... bis ich gemerkt habe, dass sie mich anlügt und hinhalten will. Aber dann ...“ Tazz schloss die Augen und sog genussvoll die Luft durch die Nase ein. So als würde er an einem ganz besonderen Wein riechen. Ein grausames Zeichen für eine wohl nur für ihn köstliche Erinnerung.
Maggie sah, wie Axel die Zähne zusammenbiss, und seine großen Hände hatten sich unwillkürlich zu Fäusten geballt. „Sie war vollkommen unschuldig, T'Azar.“
Tazz' unverschämtes Grinsen wurde noch breiter. „Nicht lange. Glaub mir.“ Es war klar, dass er das Ziel verfolgte, Axel wütend zu machen, um ihn zum Kampf gegen ihn zu bewegen. „Na los, komm schon, heb dein Schwert auf. Lass deinem Zorn auf mich freien Lauf. Zeig Maggie deine wahre Natur. Zeig ihr, wer du wirklich bist.“
„Nein“, erwiderte Axel entschieden. „Wenn du mich töten willst, töte mich.“
„Heb es auf!“, schrie Tazz und deutete auf das Schwert. „Ich lasse dich doch jetzt nicht den Märtyrer spielen, nachdem doch du es warst, der alles verdorben hat!“
„Was habe ich denn verdorben, T'Azar?!“, rief Axel. „Was? Komm, sag es mir! Die himmlische Ordnung? Meinst du die? Die war doch bereits in dem Moment verdorben, als sie sich anmaßte, sich über die Freiheit zu erheben.“

„Wie kannst du es wagen, den Herrn zu verhöhnen?"

„Er ist dein Herr", stellte Axel trocken fest. „Ganz bestimmt nicht der meine."

„Er ist unser aller Herr."

„Unsinn!", herrschte Axel ihn an. „Er hat unrechtmäßig eine Macht ergriffen, die ihm nicht zustand und damit nicht weniger gegen die Elohim rebelliert als Luzifer danach gegen ihn."

„Und du!"

„Ich?", fragte Axel. „Nein, Bruder. Ich habe nicht gegen ihn rebelliert. Und wenn ihr das noch in zehntausend Jahren behauptet. Ich habe nur versucht, die Erde und die Menschheit vor ihm zu schützen."

„Du hast sie die Kriegskunst gelehrt."

„Natürlich habe ich das. Damit sie sich gegen eure Willkür verteidigen konnten."

„Das ist dasselbe", sagte Tazz. „Wer nicht mit ihm ist, ist gegen ihn."

„Ja ja. Natürlich. Und wer die Freiheit liebt, gefährdet die himmlische Ordnung. Erspar mir deine Propaganda."

„Mit der Ordnung hat er dem Chaos Einhalt geboten", entgegnete Tazz. „Der Anarchie."

„Du nennst es Chaos, ich nenne es Natur. Schau doch hin", sagte Axel voller Leidenschaft und deutete auf den Dschungel. „Das hier ist die Schönheit der Natur. Die Vielfalt, die Unbändigkeit, der Wille zu leben, zu wachsen und zu gedeihen; das zu nehmen, was zur Verfügung steht und das Beste daraus zu machen. Ganz ohne jede auferzwungene Ordnung. Und dabei folgt sie durchaus ihren eigenen Regeln und Gesetzen. Aber sie braucht keinen Gott. Keinen Gärtner. Ebenso wenig wie die Menschheit einen braucht."

„Sie brauchen seine Herrschaft und seine Gebote, um sich in ihrer Freiheit nicht zu verlieren", protestierte Tazz.

„Er hat versucht, ein Gemüsebeet aus ihnen zu machen, Bruder“, hielt Axel dagegen, „und jede einzelne Pflanze, jedes einzelne menschliche Begehr, das ihm nicht gefiel, das seine Pläne und seine Gier nach Kontrolle in Gefahr brachte, als Unkraut verdammt und ohne Gnade und Erbarmen ausgemerzt.“

„Er hat nur diejenigen bestraft, die sich an seiner Schöpfung versündigten.“

„Du weißt, dass das nicht stimmt. Und was heißt hier ‚seine Schöpfung‘?“, rief Axel. Die Leidenschaft, mit der er das tat, berührte Maggie, obwohl sie sich noch immer kein genaues Bild machen konnte von dem, was hier eigentlich vorging.

„Es war nie seine Schöpfung!“, fuhr Axel fort. „Sie war das Werk der Elohim.“

„Die sie sich selbst überlassen haben“, warf Tazz ein.

„Natürlich“, sagte Axel. „Weil sie von Anfang an geplant hatten, sie sich selbst zu überlassen. Das war doch die vollkommene Schönheit der Idee. Aber dein Herr wollte das nicht zulassen. Er wollte sich nicht daran erfreuen, er wollte angebetet werden … vergöttert. Und du sagst, er habe nur diejenigen bestraft, die sich daran versündigten?“

„Ja.“

„T’Azar, um Himmels willen, mach endlich die Augen auf! Du warst doch dabei: Er hat die verdammte Sintflut über sie gebracht und sie alle bis auf einige wenige ausgelöscht. Er hat fast die ganze Menschheit vernichtet, nur weil die Dinge nicht so liefen, wie er sie sich vorgestellt hat. Dem soll ich huldigen? Niemals!“

„Du lässt mir wirklich keine andere Wahl“, sagte Tazz. „Heb dein Schwert auf.“

„Du willst doch gar keine Wahl“, erwiderte Axel müde. „Deswegen dienst du ihm ja. Weil er dir keine lässt. Weil du glaubst, dass blinder Gehorsam dich jeder Verantwortung für deine Taten enthebt. Doch da irrst du dich. Er hat dich und all die anderen, die ihm dienten, bereits vor Ewigkeiten verlassen."

„Er wird schon sehr bald zu uns zurückkehren, sobald sie die Prophezeiung endlich erfüllt", sagte Tazz zuversichtlich und deutete wieder auf Maggie.

„Du hast tatsächlich keine Ahnung, wovon du sprichst", sagte Axel. „*Falls* sich die Prophezeiung jemals erfüllen sollte, wird all das hier untergehen. Und ihr da oben gleich mit."

„*Schweig!*", brüllte Tazz und stürmte mit hoch erhobenen Schwertern auf Axel los. Maggie schrie auf vor Schreck. Doch Axel blieb seelenruhig stehen und schaute dem Angreifer fest in die Augen. Die Klingen sausten herab – und stoppten ... auf beiden Seiten wenige Millimeter von Axels Hals entfernt.

„Wehr dich!", schrie Tazz voller Zorn, sein vor Wut verzerrtes Gesicht ganz dicht vor dem Axels. „Tu nicht so, als wärst du hier das hilflose Opfer!"

Axel schüttelte nur wieder den Kopf.

Da warf Tazz seine beiden Schwerter weg, holte mit der Faust aus und schlug zu.

Was jetzt geschah, hatte seit Jahrtausenden niemand mehr gesehen, und obwohl Maggies Vorstellungskraft ungewöhnlich lebendig war, überstieg es sie bei Weitem.

Tazz' Faust traf Axels Gesicht mit der Gewalt eines Blitzes – und einem nicht minder lauten Donnerschlag, der die Luft zum Erbeben brachte und Maggie taumeln und zu Boden fallen ließ.

Axel wurde buchstäblich von den Füßen gerissen und in einem hohen Bogen über zweihundert Meter weit von der Aztekenpyramide weg in den Dschungel geschleudert. Wie ein Komet schlug er in die Baumkronen ein und riss sie mit sich – dort wo er landete, tat sich eine Schneise im Urwald auf.

Triumphierend brüllte Tazz auf und schoss auf seinen Schwingen in die Höhe … um sich dann mit nach vorne gestreckten Fäusten dort herunterzustürzen, wo Axel gelandet war.

Der zweite Treffer war noch lauter. Eine grelle Explosion zuckte durch den Dschungel. Die Druckwelle knickte die umstehenden Bäume um wie Streichhölzer. Mit einem Mal waren sämtliche Vogelstimmen verstummt.

Ein dritter Schlag – und Axels Leib wurde hoch in den Himmel geschleudert; dicht gefolgt von Tazz, der ihn bald einholte und dann weit oben in der Luft mit seinen brutalen Fäusten bearbeitete.

Wehr dich! flehte Maggie stumm, als sie sah, dass Tazz mit Axel spielte wie eine Katze mit einer fast toten Maus.

Es war wie ein makabres Tennismatch, bei dem Tazz zuschlug, um dann unglaublich schnell an Axel vorbeizuschießen und ihn am Ende der Flugbahn mit einem weiteren, furchtbaren Faustschlag zu erwarten.

Um Himmels willen, Axel, wehr dich doch!

„Lass ihn in Ruhe!“, schrie sie zum Himmel, aber Tazz reagierte nicht. Er lachte rau und beinahe vergnügt, während er immer und immer wieder auf seinen Bruder einschlug. Was immer da sein mochte an Hass auf Axel, Tazz ließ ihm freien Lauf. Schließlich packte er ihn mit beiden Händen und schleuderte ihn zur Erde – ins Zentrum der Plattform der Pyramide. Der Einschlag ließ die großen Steinplatten bersten und riss Maggie erneut von den Füßen.

Axel lag vor ihr wie tot. Aus zahlreichen Platzwunden an Kopf und Körper floss Blut. Eines seiner Augen war zugeschwollen, und seine zuvor so wunderschönen Lippen waren aufgerissen.

Tazz kam vom Himmel herab auf ihn gestürzt, landete mit beiden Füßen in seiner Magengrube und kniete sich dann über seinen Bauch, um weiter mit den Fäusten auf ihn einzuschlagen.

Maggie ertrug es nicht länger. Sie rannte zu Axels am Boden liegendem Schwert, hob es auf und stürmte mit einem lauten Schrei der Verzweiflung von hinten auf Tazz los. Die Klinge war sehr viel schwerer, als sie gedacht hatte, doch es gelang ihr, sie im Laufen nach oben zu reißen. So gut sie konnte, zielte sie auf Tazz' Nacken und schlug zu.

Doch so schnell sie auch war, Tazz war noch schneller.

Er wirbelte zu ihr herum und packte ihre beiden Handgelenke mit seiner riesigen, schraubstockharten Faust. Ein Ruck, und sie schrie auf vor Schmerzen. Das Schwert glitt ihr aus den Händen, und er schleuderte sie weit zur Seite. Dann drehte er sich wieder herum und schlug erneut auf Axel ein.

Vom Aufprall noch ganz benommen, rappelte Maggie sich wieder auf die Füße. Sie hatte sich auf die Zunge gebissen und schmeckte ihr eigenes Blut. Aber sie war nicht bereit, klein beizugeben. Sie suchte nach dem Schwert, hob es auf und trat von der anderen Seite an Tazz heran. Ohne zu zögern ging sie vor ihm auf die Knie, drehte das Schwert so herum, dass sie den Griff in eine Spalte am Boden einklemmen konnte und setzte sich die scharfe Spitze genau gegen das Herz.

„Hör sofort auf!“, rief sie.

Tazz hob den Blick – und erschrak.

„Nein!“, schrie er.

„Ich sagte, hör auf!“, schrie sie zurück. „Lass ihn in Ruhe oder such dir jemanden anderes, der deine Prophezeiung erfüllt!“

„Es gibt niemand anderen!“

„Dann hör auf, oder ich lasse mich fallen.“

Er zögerte. Dann lächelte er und sagte: „Du bluffst.“

Sie lehnte sich langsam nach vorne, und die scharfe Spitze durchbrach ihre Haut. Ein schmales Rinnsal warmen Blutes floss ihr über den nackten Bauch.

„Nein!“, rief Tazz noch einmal und streckte schnell beide Arme zur Seite weg. Er öffnete die Fäuste, als Zeichen dafür, dass er ihr jetzt wohl doch glaubte.

„Gut“, sagte sie. „Und jetzt lass ihn gehen. Dann komme ich freiwillig mit dir.“

„Mag-da-lena“, sagte Axel schwach. „Tu es nicht.“

„Ich lasse nicht zu, dass er dich tötet.“

„Es ist unser beider Schicksal, dass ich ihn vernichte“, sagte Tazz.

„So etwas wie Vorsehung oder Schicksal existiert nicht“, sagte Maggie.

„Und warum sind wir dann jetzt alle drei hier?“, fragte er. „Es ist mir bestimmt, ihn zu töten. Seit Tausenden von Jahren.“

„Dann wird das wohl auch geschehen“, sagte Maggie desinteressiert. „Aber ganz bestimmt nicht heute. Und nicht hier. Wenn du mich willst, lass ihn in Ruhe.“

„Nein, Magdalena.“ Axel sprach undeutlich und angestrengt unter Schmerzen.

„Das ist nicht deine Entscheidung, Axel“, sagte sie. „Ich will, dass du lebst. Weil, irgendwann will ich die ganze Geschichte hören. Aus deinem Mund. Und von ihm“, sie deutete auf Tazz, „will ich wissen, um welche Prophezeiung es geht. Und warum du sie mir verschwiegen hast.“

Tazz nickte sein Einverständnis und stand auf. Er ging zu seinen Schwertern, hob sie auf und steckte sie in die Scheiden an seinem Gürtel.

„Nein!“, rief Axel noch einmal und versuchte, sich aufzurappeln. Vergeblich. Er war zu schwach.

„Mein Kleid, wenn ich bitten darf“, sagte Maggie zu Tazz und deutete auf das rote Baumwollkleid, das, inzwischen völlig schmutzig, auf dem Boden lag. Tazz hob es auf und kam zu ihr. Nachdem sie seine Grausamkeit erlebt hatte, musste sie sich anstrengen, nicht aus Furcht vor ihm zurückzuweichen und das Kleid scheinbar ungerührt entgegenzunehmen.

Sie konnte nur hoffen, dass sie das Richtige tat und Axel schnell heilen würde, um sie retten zu kommen. Dass er nicht um sein Leben kämpfen würde, hatte er gerade unter Beweis gestellt – und sie war sich noch nicht sicher, ob sie das bewundernswert oder dumm finden sollte. Aber sie hoffte inständig, dass er um das ihre kämpfen würde, sobald er wieder bei Kräften war.

Sie ließ sein Schwert zu Boden sinken, klopfte den Staub vom Kleid und zog es an.

„Ich wäre so weit“, sagte sie. Tazz trat hinter sie, legte seine Arme um sie und schlug mit den Flügeln. Eine Sekunde später waren sie schon mehr als fünfzig Meter hoch in der Luft. Maggie schaute nach unten und glaubte gerade noch zu erkennen, wie Axel verzweifelt einen Arm nach ihr ausstreckte.

14. KAPITEL

Offenbarung

Maggie hatte Angst.

Die *Catedral Metropolitana de la Asunción de María*, die Kathedrale der Himmelfahrt Mariä, ist die älteste und größte Kirche Mittel- und Südamerikas. Erbaut wurde sie auf dem heiligsten aller alten Aztekentempel im Herzen des heutigen Mexiko City, dem früheren Tenochtitlan. Hierher, genauer gesagt, in den westlichen Glockenturm, hatte Tazz Maggie von der Pyramide aus gebracht.

Jetzt stand sie an einem der hohen, glaslosen Fensterbögen, und er kauerte oben auf der größten Glocke und starrte sie an. Maggie fiel auf, dass er dabei mit seinen angelegten Flügeln, dem scharf geschnittenen Gesicht und den sie eiskalt fixierenden Augen wirklich Ähnlichkeit hatte mit einem Jagdfalken, der unruhig darauf wartete, sich auf sein Opfer stürzen zu können.

Maggie war noch immer nicht ganz bei sich; nicht nur wegen des schrecklichen Kampfes und der Tatsache, dass sie sich für Axels Leben beinahe in ein Schwert gestürzt hätte. Nein, es ging tiefer. Als Axel ihr offenbart hatte, dass er in Wahrheit ein Engel war, und dann auch noch ein gefallener, hatten ihre Gefühle für ihn ihr den Blick verklärt für die eigentliche Enormität der Ereignisse.

Es gab verdammt noch mal Engel!

Und sie führten Krieg gegeneinander.

Hier auf der Erde.

Und irgendwie schien sie darin eine zentrale Rolle zu spielen.

Das musste sie doch träumen, oder?!

In Axels Nähe schien das alles irgendwie in Ordnung zu

sein – auf eine völlig irreale Weise real … handfest … und wunderschön. Aber Tazz?

Sie fühlte sich nackt und ihm ausgeliefert, was nicht nur an dem dünnen Kleidchen lag. Allerdings würde sie sich in seiner Nähe auch in einer Rüstung nicht sicherer fühlen, das wusste sie. Sie hatte gesehen, wie er mit Axel umgesprungen war – zu welch ungemein brutaler Grausamkeit er trotz seines ansprechenden Äußeren fähig war.

Sie raffte all ihren Mut zusammen und sagte: „Erzähl mir von der Prophezeiung."

Sein kalter Blick wurde unerwarteterweise wärmer. „Das kommt jetzt vielleicht wie ein Schock. Ziemlich sicher sogar. Und das ist nur allzu gut nachvollziehbar. Vor allem, nachdem du meinen Streit mit Azazel miterlebt hast."

„Komm zum Punkt, Tazz", sagte sie ungehalten. Dass sie Angst hatte, änderte nichts daran, dass sie die rätselhaften Dinge, die hier gerade geschahen, geklärt haben wollte.

Er holte tief Luft. „Also ganz direkt. Es ist dein Schicksal, Maggie, das Paradies auf Erden wiederherzustellen."

„Was?!"

„Das Paradies."

„Das habe ich verstanden", sagte sie unwirsch. „Aber *ich* soll es wiederherstellen? Ausgerechnet ich?"

„So ist es dir bestimmt."

„Bestimmt durch wen?", wollte sie wissen. „Wieso? Wie?"

„Du bist die Hüterin des Siegels."

„Ich? Die Hüterin des Siegels?"

„Ja."

„Tut mir leid", sagte sie. „Aber ich habe definitiv keine Ahnung, wovon du da gerade sprichst."

Tazz seufzte angestrengt. „Das stand allerdings zu befürchten nach all der Zeit."

Er machte eine Handbewegung, und ein schemenhaftes Bild erschien an der Wand. Wie ein Dia, das nur sehr langsam scharf gestellt wurde.

Als es endlich scharf genug war und Maggie genauer hinsah, erkannte sie, was es war: ein Wappen. Auf dem Schild war ein diagonales Band zu sehen, auf dem von oben links nach unten rechts drei Rosenblüten gesetzt waren. Über der Krone des Wappens stand ein Kelch, über den ein silberner Schwan schützend seine Flügel ausbreitete.

„Erkennst du es?", fragte Tazz.

„Nein", antwortete Maggie wahrheitsgemäß, auch wenn es ihr entfernt vertraut vorkam.

Tazz schnaubte missmutig. „Das ist das Familienwappen der Careys. Dein Familienwappen."

Maggie war verblüfft. „Ich wusste, dass meine Wurzeln irgendwo in der alten Welt, in England oder Schottland, liegen, aber nicht, dass meine Familie adlig war."

„Deine Wurzeln, Maggie, reichen noch sehr, sehr viel weiter zurück", sagte Tazz. „Tatsächlich leitet sich ‚Carey' vom sumerischen ‚Kar' ab und hat die Bedeutung von Hüter, Wächter."

Das Familienwappen verwandelte sich vor ihren Augen in sumerische Keilschrift und dann in ägyptische Hieroglyphen. Wieder die drei Rosen, der Kelch und der Schwan.

„Die erste deiner Familie", fuhr Tazz fort, „baute nach der Flut in Theben die Tempelanlage von Karnak, was übersetzt so viel heißt wie ‚Festung des Wassers'. Dort befindet sich ein Siegel. Ein Siegel, das nur von der hundertvierundvierzigsten Tochter der Erbauerin geöffnet werden kann. Das bist du."

„Was ist dieses Siegel?", fragte sie. „Und wozu soll ich es öffnen?" Eine seltsame Unruhe ergriff sie.

„Um es kurz zu machen: Du als Einzige auf der Welt hast die Kraft, diese Erde wieder zu einem Paradies zu machen.“

Maggie wusste nicht, was sie dazu sagen sollte. Konnte das stimmen? War es das, worum es hier ging?

Und wenn es wirklich stimmte … „Warum hat Axel mir nichts davon erzählt?“

„Azazel wollte dich davon abhalten, diese wunderbare Bestimmung zu erfüllen“, fuhr Tazz fort.

Sie runzelte die Stirn. „Das glaube ich nicht.“

„Das kannst du mir glauben“, versicherte Tazz. „Er will die Wiederherstellung des Paradieses aufhalten. Weil dessen Wiederaufbau laut der Prophezeiung seinen Untergang bedeutet; als Strafe für seine früheren Verbrechen.“

„Aber … er liebt mich.“

„Tut er das?“ Tazz lachte spöttisch. „Warum hat er dir dann nicht von der Prophezeiung erzählt und dich frei wählen lassen? Warum hat er dir nicht gesagt, dass du die Macht besitzt, die ganze Erde zu einem Garten Eden zu machen?“

Ja, warum nicht? fragte sie sich noch einmal. „Ich nehme an, er wollte mich nicht erschrecken und es mir später erzählen. Schließlich weiß ich ja auch erst seit ein paar Stunden, dass er ein Engel ist.“

„Nein, er hätte es dir nie erzählt“, behauptete Tazz. „Ganz bestimmt nicht. Er hat dich verführt, um dich mit Lust und Sünde von der Erfüllung deiner Bestimmung abzulenken. Die Menschen verführen, besonders Frauen, das war schon immer eine seiner größten Stärken … und auch sein größtes Laster.“

Maggie erkannte den Haken an der Behauptung sofort. „Aber wenn es angeblich sein Ziel war, zu verhindern, dass ich das Paradies auf die Erde zurückbringe und ihn damit vernichte, warum hat er mich dann nicht einfach getötet?“

„Dich töten? Das können Engel nicht“, sagte Tazz. „Auch nicht die Gefallenen.“

„Engel können keine Menschen töten?“

„Wenn sie es könnten, wären wir nicht in dieser Situation.“ Maggie sah in Tazz’ Augen, wie wütend es ihn machte, bei all seiner Macht nicht einmal einen einfachen Menschen töten zu können.

„Warum sind sie nicht dazu in der Lage?“

„Das ist ein Gesetz der Schöpfung“, antwortete er. „Schon der Versuch führt zur sofortigen Vernichtung des Engels.“

„Was war mit Virginia? Die hast du doch getötet, wenn ich das vorhin richtig verstanden habe.“

„Ja, das habe ich.“ Tazz zuckte mit den Achseln. „Aber sie war kein Mensch.“

Das überraschte Maggie. „Wer oder was war sie dann?“

„Virginia war eine Keres“, sagte er. „Eine Tochter der chaosgeborenen Nyx.“

Trotz der aufsteigenden Vormittagshitze lief Maggie eine Gänsehaut über den Rücken. Sie musste daran denken, wie sie in Axels Haus ganz allein gewesen war mit Virginia – und daran, wie unnatürlich einschläfernd ihre Stimme geklungen hatte.

„Ja“, sagte Tazz als hätte er ihre Gedanken gelesen. „Azazel umgibt sich gerne mit allen möglichen unheiligen Geschöpfen der Nacht. Das war schon immer so.“

„Engel können keine Menschen töten?“, wiederholte sie, was er gesagt hatte.

„Nein.“

„Das bedeutet, du kannst mir nichts tun?“

„Oh, ich kann dir alles Mögliche antun, Maggie“, knurrte er warnend. „Nur töten kann ich dich nicht.“ Dann entspannte sein Gesicht sich wieder. „Aber ich will dir auch nichts tun. Ich brauche dich, damit du die Prophezeiung erfüllst und die alte Ordnung wiederherstellst."

„Und was genau müsste ich dafür tun?"

„Das, Maggie, erfährst du noch früh genug."

Und damit sprang er von der Glocke herab auf sie zu.

Maggie erschrak im Schatten seiner riesigen Schwingen und hörte gerade noch den ersten Schlag der Glocke.

Dann wurde alles schwarz.

Ani'El und ihre fünf Brüder und Schwestern standen zwischen zwei der schmiedestählernen Adler hoch oben auf dem Chrysler Building und schauten auf das in der Mittagssonne gleißende Manhattan mit seinen unzähligen Wolkenkratzern herab.

„Sie haben die Stadt verlassen", stellte Ani'El grimmig fest. „So, wie es scheint, schon vor mehreren Stunden. Wir müssen so schnell es geht herausfinden, wohin sie geflüchtet sind."

„Hast du schon versucht, Kontakt zu T'Azar aufzunehmen?", fragte einer ihrer Brüder. Er war noch um einiges größer und stärker gebaut als T'Azar. Seine Augen hatten die Farbe von Eisen. „Es sieht ganz danach aus, als sei er ihnen dicht auf den Fersen."

„Schon mehrfach, Suri'El", antwortete Ani'El. „Doch ohne jeden Erfolg. Er ignoriert mich einfach."

„Aber wir dürfen nicht ignorieren, was er angerichtet hat", sagte eine ihrer Schwestern. Sie war klein und zart. Ihre Haut hatte die Farbe von Alabaster, und ihr glattes, schwarzes Haar glänzte im Schein der Sonne wie flüssiges Pech. Ihre Pupillen waren so hell, dass sie beinahe weiß wirkten, und das Tageslicht schien ihr schwer zu schaffen zu machen. Sie blinzelte unentwegt. Ganz offenbar fühlte sie sich in ihrem halbmenschlichen Körper nicht besonders wohl.

„Das werden wir nicht, Ragu'El", erwiderte Ani'El so zuversichtlich wie wütend. „Ganz gewiss nicht. Doch zu allererst müssen wir ihn finden. Ehe er sie findet."

„Was sollen wir tun?"

„Fliegt in alle vier Himmelsrichtungen", befahl sie den anderen vier. „Ich bleibe in New York, für den Fall, dass sie hierher zurückkehren." Zu Suri'El, dem, der zuerst gesprochen hatte, sagte sie: „Du begibst dich zum Siegel, aber halte dich auf jeden Fall im Verborgenen. Keiner von uns unternimmt mehr etwas im Alleingang. Wer immer ihn oder die beiden anderen sichtet, ruft zunächst die anderen."

Die fünf verneigten sich und erhoben sich auf ihren strahlenden Schwingen in den vor Hitze flirrenden Himmel.

Ani'El schaute nach unten in die Straßen, die vor Menschen nur so wimmelten. Von hier oben waren sie noch kleiner als Ameisen.

Und ebenso ahnungslos.

15. KAPITEL

Das Siegel

Der Duft nach Wüstensand …

… drang in Maggies Bewusstsein, und das Erste, woran sie dachte, während sie langsam wieder zu sich kam, war Axel. Wo mochte er jetzt wohl sein? Wie ging es ihm … und wie lange würde er brauchen, bis er sich von seinen Verletzungen erholt haben würde? Maggie wunderte sich, wieso sie sich all das fragte – wieso es sie überhaupt, und dann auch noch so dringend, bewegte. Falls Tazz die Wahrheit gesagt hatte, bestand Axels einziges wirkliches Interesse an ihr lediglich darin, sie von der Wiederherstellung des Paradieses abzuhalten.

Falls Tazz die Wahrheit gesagt hatte …

Trotz all der seltsamen Ereignisse und Vorkommnisse der vergangenen Tage und Nächte fiel es Maggie schwer zu glauben, dass der Garten Eden auf die Erde zurückgebracht werden konnte, und dass ausgerechnet sie es sein sollte, die dazu auserkoren war.

„Wach auf, Menschlein“, hörte sie Tazz’ Stimme durch die Dämmerung. „Wir sind da.“

Sie schlug die Augen auf – und machte sie sofort wieder zu. Es war hell. Verdammt hell. Noch sehr viel heller, als es in Mexiko City im Glockenturm der Kathedrale gewesen war.

„Wo sind wir?“, wollte sie wissen.

„In Karnak“, antwortete Tazz. „Die *Festung des Wassers.*“

Deswegen war es so außerordentlich hell, und deswegen duftete es auch nach Wüstensand.

Langsam öffnete Maggie ihre Lider wieder, um ihre Augen an die gleißende Sonne zu gewöhnen. Um sie herum ragten massive, baumhohe Sandsteinsäulen voller Hieroglyphen in den hellblauen Himmel. Die Sonne stand hoch über ihnen. Die Heiligkeit des altertümlichen Tempels war fast körperlich spürbar.

„Wieso war ich bewusstlos?“, fragte Maggie mürrisch und erhob sich von dem sandigen Steinboden.

„So konnte ich dich schneller hierherbringen“, sagte Tazz. „Wärst du wach gewesen, hätte die Geschwindigkeit dich zweifellos um den Verstand gebracht.“

„Haben wir es denn so eilig?“, fragte sie – nicht unbeabsichtigt mit zynischem Unterton. Tazz’ drängende Haltung behagte ihr ganz und gar nicht.

Seine Miene verfinsterte sich. „Ich habe Jahrtausende gewartet, Hüterin. Jede weitere Minute kommt mir vor wie eine unerträglich lange Ewigkeit. Je schneller du das Siegel öffnest, umso schneller wird alles wieder so, wie es einmal war.“

„Wo ist das Siegel?“, fragte Maggie.

„Komm mit.“ Tazz schritt in südöstlicher Richtung voran.

Maggie betrachtete ihn und konnte nicht anders, als insgeheim zuzugeben, dass er mit seinen gewaltigen Schwingen, dem nackten muskulösen Oberkörper, den antik aussehenden Schwertern an seinem Gürtel und den langen blonden Locken wirklich aussah wie ein Gott aus längst vergessener Zeit.

Sie ging ihm nach, und nach einer kleinen Weile verließen sie den Wald aus Säulen und kamen an einen kleinen, künstlich angelegten See. Er war geformt wie die Sichel des Mondes kurz vor Neumond. Tazz trat ans Ufer heran, breitete die Arme aus und murmelte etwas in der uralten Sprache, die auch Axel gesprochen hatte.

Plötzlich begann das Wasser des Sees in der Mitte zu sprudeln. Zunächst nur ein wenig, dann immer heftiger; begleitet von einem tiefen, unterirdischen Grollen.

Dieses Grollen machte die unheimliche Stille um sie herum auf seltsame Weise noch stiller … noch unheilvoller. Maggie stellten sich die feinen Härchen im Nacken und auf den Unterarmen auf, und sie bekam eine Gänsehaut.

Lange Sekunden verstrichen, in denen weiter nichts geschah.

Dann aber: Etwas tauchte in der Mitte des Sees auf. Wie eine kleine Insel. Das Wasser lief daran herab. Schlagartig erkannte Maggie an der Form, was es war: ein etwa fünf Meter langer und zwei Meter breiter Sarkophag. Er war aus einem seltsamen Stein geformt, wie Maggie noch nie einen gesehen hatte und schimmerte gräulich … wie Titan.

Er sah unvorstellbar alt aus – und zugleich wirkte er, als stamme er aus einem Science-Fiction-Film.

Tazz murmelte erneut in der alten Sprache, und gleich darauf hob sich ein etwa vier Fuß breiter Steg aus dem Wasser, der von genau dort, wo Tazz jetzt stand, zu dem Steinsarg hinüber führte.

„Wer ist darin begraben?“, wollte Maggie wissen.

„Hier ist niemand begraben“, winkte er ab.

„Das ist ein Sarkophag, Tazz“, sagte sie bestimmt. „Natürlich ist darin jemand begraben.“

„Das ist eine Tür“, erwiderte er. „Sie ist nur geformt wie ein Sarkophag.“

„Warum sollte jemand eine Tür formen wie einen Sarg?“, fragte sie misstrauisch.

„Das muss dich nicht interessieren“, antwortete er unwirsch. „Komm einfach mit.“

Er betrat den Steg mit zügig großen Schritten, aber Maggie blieb stehen, wo sie war.

„Was soll das heißen: ‚Das muss mich nicht interessieren‘?“, verlangte sie zu erfahren. „Es interessiert mich sehr wohl.“

Tatsächlich hatte sie niemals vorgehabt, irgendetwas zu tun und schon gar nicht, ein Siegel zu öffnen, ohne sehr viel mehr Einzelheiten über die Wiederherstellung des Paradieses zu erfahren. Und auf gar keinen Fall würde sie einen Sarkophag öffnen; schon gleich zweimal nicht, wenn sie nicht wusste, wer darin begraben war, dafür aber merkte, dass Tazz es ganz absichtlich zu verschweigen schien.

„Ich sagte, ‚Komm mit'!", herrschte Tazz sie an, schaute ihr tief in die Augen und streckte eine Hand nach ihr aus.

Gegen ihren ausdrücklichen Willen ging Maggie wie ferngesteuert los. Sie wehrte sich im Innern dagegen, und all ihre Gedanken heulten Alarm; aber es brachte nichts.

Irgendeine unsichtbare, dafür aber umso mächtigere Kraft, die von Tazz' herrischem Blick und seiner Geste ausging, zwang sie dazu, einen Fuß vor den anderen zu setzen und damit einen Schritt nach dem anderen über den schmalen, vom Wasser noch feuchten und rutschigen Steg zu tun – auf den Sarkophag zu, der, je näher sie ihm kam, eine immer unheimlichere, düsterere Aura ausstrahlte.

Es schien ihr fast so, als würde er das Licht um ihn herum in sich hineinschlucken.

Auch hatte sie plötzlich das Gefühl, dass es merklich kälter geworden war.

„Nein", rief sie verzweifelt, und dennoch ging sie ununterbrochen weiter.

Hier war etwas faul. Ganz gewaltig faul.

An der Seite des Sarkophags konnte sie in den seltsam fremdartigen Stein gehauene Flügel erkennen … und am Fuß des Sarkophags eine Hieroglyphenkartusche, in die drei Rosenblüten, ein Kelch und ein Schwan eingraviert waren.

Tazz deutete darauf. „Das Siegel der Neferkara, der ersten Königin der Welt. Deine Urahnin. Öffne es."

Maggie blieb stehen. Er hatte sie zwingen können, über den Pfad zu gehen, aber gegen den Befehl, das Siegel zu öffnen, konnte sie sich wehren. Sie erinnerte sich daran, was Axel zu Tazz auf der Aztekenpyramide gesagt hatte.

Auch mit dem Di'Maì kannst du sie nicht zwingen. Sie muss es aus freiem Willen heraus tun.

„Worauf wartest du?", brüllte Tazz.

„Was wird geschehen, wenn ich es öffne?"

„Das habe ich dir bereits gesagt", erwiderte Tazz gereizt. „Das Paradies wird auf die Erde zurückkehren."

„Wie?"

„Das ist doch vollkommen egal", stieß er hinter vor Wut zusammengebissenen Zähnen hervor. „Die Hauptsache ist, es ist dann endlich wiederhergestellt."

„Du verschweigst mir etwas."

Er schnaubte wütend. „Nichts, was dich interessieren müsste. Öffne endlich das Siegel."

„Nein", sagte sie, klar und bestimmt.

Mit einem Schrei voller Wut verlor Tazz jeden Rest seiner nur noch mühsam bewahrten Geduld. Er sprang auf sie zu, packte sie mit seiner riesigen Hand am Hals und hob sie mit einer Leichtigkeit in die Höhe, als wöge sie nur ein paar Gramm.

Sie bekam kaum noch Luft und strampelte mit ihren Füßen. Am liebsten hätte sie ihn getreten, doch er hielt den Arm ausgestreckt, und sie kam nicht an ihn heran.

„Öffne es!", verlangte er mit einem gefährlichen Knurren in der Kehle. „Stell die Göttliche Ordnung wieder her."

„N-nein", röchelte Maggie und rang nach Atem. „N-nicht, solange ich nicht weiß, wer da drin liegt und was passieren wird, wenn ich ihn oder sie da rauslasse."

„Oh, dieser dreimal verfluchte freie Wille, mit dem ihr sterblichen Wichte erschaffen worden seid!", schnaubte Tazz verächtlich. „Er hat schon damals alles kaputt gemacht. Erfülle deine Bestimmung, und öffne dieses verdammte Siegel."

„Ist dir schon einmal aufgefallen, wie sehr das Konzept vom Freien Willen und die Idee von Bestimmungen und Prophezeiungen einander widersprechen?", fragte Maggie keuchend.

„Was?", fragte er verwirrt.

„Es muss einen Grund dafür geben, dass ich es nur aus freien Stücken heraus öffnen kann und du mich nicht dazu zwingen kannst", erklärte sie unter großer Anstrengung. „Axel hatte recht: Ich bin meine eigene Herrin und nicht wie du Sklave einer Prophezeiung."

Tazz' Augen zogen sich zu schmalen, gefährlich funkelnden Schlitzen zusammen. „Das stimmt: Ich kann dich nicht dazu zwingen, es zu öffnen. Aber, glaube mir, wenn du es nicht freiwillig tust und ich erst einmal mit dir fertig bin, wirst du mich auf Knien anflehen, es *öffnen zu dürfen*."

„Du kannst mich nicht töten."

„Aber ich kann dir sehr, sehr viel Schlimmeres antun." Mit der freien Hand riss er ihr das Kleid vom Leib und warf es in den See. Dann drückte er mit dem Daumennagel auf die Rippen unter ihrer linken Brust und fuhr damit über die Haut. Der Nagel war messerscharf.

Maggie schrie auf, und sie fühlte, wie ihr Blut über die Seite herablief. Der Schmerz und der Mangel an Luft machten sie schwindlig – und gleichzeitig, auf eine Art, die sie nicht näher hätte erklären können, wütender und wehrhafter.

„Willst du mir so das Paradies verkaufen, Engel?", schrie sie ihn zornig an. „Mit Gewalt und Schmerz?"

Statt zu antworten, schlug er ihr mit einer weit ausgeholten Rückhand ins Gesicht.

Er traf sie am Jochbein, und Tränen schossen ihr in die Augen. Sie schmeckte ihr eigenes Blut.

„Öffne das Siegel!“, schrie er. „Ich werde nicht zulassen, dass ein Menschlein alles verdirbt, wofür ich kämpfe.“

Zum wiederholten Male sprach er so verächtlich von den Menschen, dass Maggie nicht anders konnte als zu fragen: „Wenn du die Menschen so sehr hasst, warum willst du dann das Paradies zurückhaben? Denn wenn ich mich nicht irre, ist das Paradies ein Ort für Menschen, nicht für Engel. Was genau hast du also vor?“

Er verstärkte den Druck an ihrem Hals, und sie krächzte. Es fühlte sich an, als würde er ihr gleich die Luftröhre zerquetschen – und die Wirbelsäule gleich mit. Ganz dicht zog er sie zu sich, und sein kalter Blick bohrte sich in den ihren. „Halt endlich dein dummes Maul, und tu, was du tun sollst.“

„Und du behauptest, du handelst im Auftrag Gottes?!“, fragte Maggie herausfordernd.

„Ich tue, was getan werden muss.“ Sein kantiges Gesicht war blass vor Zorn. „Ich tue, was *Er* schon lange hätte tun müssen.“

Ein Donnergrollen peitschte durch den vollkommen wolkenlosen Himmel. Doch Tazz beachtete es nicht.

In wilder Panik packte Maggie mit beiden Händen seinen Unterarm und versuchte, ihn zu kratzen; doch es schien ihn überhaupt nicht zu berühren, und sie bekam Zweifel, ob er es überhaupt spürte. Also krallte sie nach seinen Augen. Aber das hatte nur zur Folge, dass er den Arm wieder ausstreckte, um sie auf Distanz zu bringen und noch fester zudrückte.

Sterne funkelten vor ihrem allmählich trüber werdenden Blick, und in ihren Schläfen pochte es so hart, dass sie das Gefühl hatte, ihr würde gleich der Kopf platzen.

Er fauchte wütend auf, und vor ihren Augen verwandelte er sich.

Sein noch immer überirdisch schönes Gesicht wurde zu der knurrenden und vor Wildheit verzerrten Fratze eines schwarzen Panthers mit gebleckten Reißzähnen, und an den Seiten seines Kopfes waren plötzlich Stierhörner. Er sperrte das Maul weit auf, und sein Brüllen war so laut, dass sie glaubte, ihr würde das Trommelfell reißen.

Das Wissen, dass er sie nicht töten konnte, brachte nicht länger Trost; denn jetzt wollte sie lieber sterben als Teil zu werden seines wie auch immer gearteten teuflischen Plans.

Mit letzter Kraft spuckte sie ihm ihr Blut entgegen. „Nein!"

Wieder holte er aus – jetzt war seine Hand eine riesige, mit langen, scharfen Klauen bewehrte Pranke.

Doch er kam nicht dazu, zuzuschlagen, denn plötzlich wurde sein Kopf zurückgerissen, und noch während seine Augen sich überrascht weiteten, erkannte Maggie, dass nun Axel hinter ihm stand.

Oder vielmehr Azazel. Denn auch er hatte seine Raubtiergestalt angenommen und Tazz mit seiner eigenen Klaue im Nacken gepackt. Ehe der General der Seraphim überhaupt begriffen hatte, was gerade geschah, hatte Azazel ihm bereits blitzschnell eine dicke, silberne Kette um die Kehle, zwischen die fingerlangen Zähne und über die Augen geschlungen.

Maggie sah, dass die Kettenglieder über und über mit feinen Symbolen bedeckt waren, offenbar magischen Symbolen, denn Tazz brüllte schmerzerfüllt auf, ließ sie augenblicklich los, sodass sie auf die Erde herabfiel, und krallte verzweifelt nach der Kette, die sich zischend in seine Haut fraß.

Doch Azazel hatte gerade erst begonnen. Er warf weitere Teile der Kette in mehreren Schlingen um Tazz' Brust und Arme, schleuderte ihn zu Boden und fesselte ihm mit unglaublichem Geschick Handgelenke, Flügel und Füße hinter dem Rücken zusammen – nicht unähnlich wie ein Cowboy bei einem Rodeo.

Überall, wo das Metall und die Symbole Tazz' Körper und Schwingen berührten, begann es zu glühen und zu brennen, und der pantherköpfige Seraph wand sich unter anscheinend entsetzlichen Schmerzen wie eine verletzte Schlange.

„Schnell", rief Azazel und streckte die Pranke nach Maggie aus.

Einem ersten Impuls folgend krabbelte sie panisch nach hinten weg. Sie hatte Angst vor ihm – mehr als jemals zuvor. Sofort nahm er seine menschliche Gestalt an. Seine Augen waren dunkel vor verzweifelter Trauer.

„Ich weiß", sagte er, „ich habe einiges zu erklären. Und ich könnte auch verstehen, wenn du nie wieder ein Wort mit mir reden würdest. Aber jetzt musst du von hier weg, Magdalena. Schnell."

„Wieso so eilig?", fragte sie misstrauisch. „Er ist doch von Kopf bis Fuß gefesselt."

Axel schüttelte den Kopf. „Die Kette wird ihn nicht sehr lange halten, und er wird nicht aufhören, dir wehzutun, bis du das Siegel für ihn geöffnet hast."

Erst jetzt spürte sie, dass sie beim Rückwärtskrabbeln mit den Schultern an den Sarkophag gestoßen war. Er strahlte eine furchtbar unangenehme Kälte ab, die ihr bis ins Mark ging, und sie hatte das Gefühl, als würde er mit unsichtbaren Klauen nach ihr greifen.

Dann war ihr plötzlich, als hörte sie etwas. Etwas, das sich anhörte wie ein unglaublich leises Flüstern aus dem Innern des gewaltigen Steinsarges. Eine Stimme voller Wut … voller Verzweiflung … voller Sehnsucht. Und gleichzeitig furchtbar müde … geschwächt … gebrochen.

Mutter!

Mutter? Hatte sie da eben richtig gehört? Maggie lauschte angestrengt, um das herauszufinden.

„Dafür wirst du büßen!“, brüllte Tazz plötzlich und riss damit Maggies verwirrte Gedanken sofort wieder von dem unheimlichen Sarkophag weg. Sie hatte sich das Flüstern ganz bestimmt nur eingebildet. Tazz hatte die Kette zwischen seinen Raubtierzähnen glatt durchgebissen. Blut lief ihm über die Lefzen.

„Magdalena!“, rief Axel drängend und streckte die Hand noch weiter nach ihr aus. „Du musst mir nicht vertrauen, aber du musst mit mir kommen. Jetzt!“

Maggies Herz raste.

Alles tat ihr weh. Hinzu kam das schmerzhafte Bewusstsein, dass Axel sie belogen hatte. Nun, zumindest hatte er ihr eine nicht unwesentliche Wahrheit über sie verschwiegen. Aber ihr war auch klar, dass sie unmöglich hierbleiben oder ohne Axels Hilfe vor Tazz fliehen konnte.

Dann sah sie den Schmerz in Axels Augen – sein Flehen, mit ihm zu kommen. Sie griff nach seiner Hand, und er zog sie auf die Füße, um sie sofort in seine Arme zu nehmen und festzuhalten.

Einen Wimpernschlag später peitschten seine Schwingen die Luft, und sie schossen in die Höhe. Nach drei Sekunden waren der Nil und die Tempelanlage unter ihnen kaum noch zu sehen. Aber Axel stieg noch höher, ehe er seinen Flug in Richtung Norden lenkte.

So schwer es ihr auch fiel, Maggie versagte es sich, sich schutzsuchend an seine breite Brust zu schmiegen.

16. KAPITEL

Engel in Ketten

Der General der Seraphim brannte innerlich vor Wut.

Es dauerte unendliche Minuten, bis Ba'Al'T'Azar sich von der glühenden Kette befreit hatte und sich wieder zurückverwandeln konnte. Für den Moment war er blind, aber schon in wenigen Stunden würde er wieder vollständig geheilt sein, und sein Augenlicht würde schon sehr viel früher zurückkehren.

Die schweren Verletzungen an seinen Flügeln dürften ihn noch geraume Zeit hier unten am Boden halten, aber sobald sie wieder einsatzfähig waren, würde er unverzüglich die Verfolgung der Abgal aufnehmen ... und dann endlich seine lange überfällige Rache an Azazel ein für alle Mal vollenden.

Bei allem, was ihm heilig war – er würde dem Verräter jede Art von Schmerz zufügen, die zuzufügen er in der Lage war; und das waren nicht wenige.

Ba'Al'T'Azar richtete sich umständlich auf und tastete umher, um sich trotz seiner Blindheit zu orientieren. Seine Finger berührten den Sarkophag. Die unheimliche Kälte, die von ihm ausging, jagte sogar ihm einen Schauer über den Rücken ... und zauberte ihm zugleich ein zuversichtliches Lächeln auf die Lippen.

Hier ruhte, der vollbringen konnte, was ihm und seinen Brüdern und Schwestern auf ewig verwehrt war.

Der Eine.

Ba'Al'T'Azar ließ seine Fingerkuppen über den Steinsarg wandern und nach dem Siegel suchen, und als er es endlich fand, verharrte er für einige lange Atemzüge, um sich zu sammeln. Er wusste, dass es ihm verboten war. Aber vielleicht würde es dennoch funktionieren. Einen Versuch war es allemal wert. Er nahm all seine Kraft zusammen und dann versuchte er, es herumzudrehen.

Es ging nicht. Es rührte sich nicht einen Millimeter.

Dann nahm er die zweite Hand zu Hilfe – und plötzlich: ein gewaltiger, laut berstender Blitz schoss aus dem seltsam glatten Stein seine beiden Arme hinauf und schleuderte ihn weg und im hohen Bogen weit durch die Luft.

Ba'Al'T'Azar versuchte vergeblich, den Sturz mit seinen verletzten Flügeln abzufangen und fühlte im nächsten Moment, wie er in eine der Säulen krachte und sie polternd mit sich zu Boden riss. Der Schmerz, den der magische Schlag in seiner Brust verursachte, war um noch einiges schlimmer als der, den die Kette Azazels ihm zugefügt hatte.

Dieses dreimal verfluchte Menschenweib!

Hätte sie sich nicht so zimperlich angestellt, hätte alles schon lange begonnen.

Er musste zugeben, er hatte die ganze Sache von Anfang an wirklich nicht besonders geschickt angefasst. Niemals hätte er damit gerechnet, dass sein Kampf gegen Azazel die Abgal so stark gegen ihn einnehmen würde. Er war sogar viel eher davon ausgegangen, dass sie ohne zu zögern und mit fliegenden Fahnen auf seine Seite wechseln würde, sobald sie erst einmal erfuhr, dass der Bastard ihr die Wahrheit über ihre Bestimmung vorenthalten hatte.

Sie hätte schließlich spätestens dann erkennen müssen, dass Azazel, der verräterische Hund, die Verkörperung all dessen war, was auf dieser Erde böse war und dass man ihm nicht trauen durfte.

Den größten Fehler aber hatte er seines Erachtens nach gemacht, als er sich nach der Pyramide nicht zunächst die Zeit genommen hatte, sie ausgiebig selbst zu verführen, um sie für sich zu gewinnen. Er hätte das Di'Maì dazu einsetzen sollen, sie zwei, drei Tage und Nächte von einer Euphorie zur nächsten zu jagen, bis sie Wachs in seinen Händen gewesen wäre und sie ihm im wahrsten Sinne des Wortes aus der Hand gefressen hätte.

So hätte er mit Leichtigkeit dafür sorgen können, dass sie über den Rausch, in den er sie versetzt hätte, Azazel vergaß und alles, womit er sie manipuliert hatte. Und danach hätte sie die Wiederherstellung des Paradieses als das erstrebenswerteste Ziel ihres Lebens betrachtet.

Aber er wusste zugleich ganz genau, warum er das nicht getan hatte. Er hatte schlichtweg den Gedanken nicht ertragen, mit einer Frau zu schlafen, oder auch nur intim zu berühren, die es schon mit Azazel getrieben hatte – und wunderte sich ohnehin, wie sie dermaßen *befleckt* noch rein genug sein konnte, das Siegel zu öffnen.

Mühsam stand er auf, unterdrückte den Schmerz in seinen geschundenen Gliedern und reckte das Gesicht nach oben, um die Luft und ihre Witterung durch die Nase einzusaugen.

Ba'Al'T'Azar brauchte eine kleine Weile, doch dann hatte er sie. Sie waren nach Norden geflogen – und er würde ihnen bald folgen. Azazel musste langsam fliegen wegen der Abgal. Es dürfte nicht schwer sein, sie wieder einzuholen.

Den Schmerz ignorierend öffnete er die bluttränenden Augen und ließ die Sonne ihre heilende Wirkung tun. Er konnte bereits wieder hell und dunkel voneinander unterscheiden.

Plötzlich huschten mehrere große dunkle Flecke durch sein trübes Gesichtsfeld, und gleich darauf hörte er das laute Schlagen von gewaltigen Flügeln um sich herum und das Geräusch von Füßen, die auf sandigen Steinplatten landeten.

„Ani'El", sagte er und drehte sich zu einem der größten der insgesamt sechs Schatten herum.

„T'Azar", grüßte sie knapp zurück. Ihre Stimme klang kühl und distanziert.

„Wieso seid ihr hierhergekommen?", fragte er, durch die strenge Note in ihrer Stimme augenblicklich argwöhnisch geworden. „Und dann auch noch ihr alle."

„Kannst du dir das denn nicht denken, Bruder?", fragte sie.

„Nein, kann ich nicht. Ich habe alles im Griff", sagte er. „Ich brauche eure Unterstützung nicht."

„Ja, ich fürchte, du glaubst tatsächlich noch immer, du hättest alles im Griff", sagte Ani'El kühl und trat näher zu ihm heran. „Zu deiner Information: Wir sind nicht zu deiner Unterstützung hier."

„Weshalb dann?"

„Du bist zu weit gegangen", antwortete Ani'El. „Viel zu weit. Die Malikat, die Keres ..."

„Die Malikat lebt", unterbrach Ba'Al'T'Azar sie hastig, als er merkte, dass sie bereits mehr wussten, als ihm lieb sein konnte. „Ich habe ihr kein Leid zugefügt."

„Du hast eine der Elohim gegen alle Alten Gesetze dazu verführt, einem Engel Informationen über einen Menschen zu geben", entgegnete sie grimmig. „Dazu, Bruder, hattest du nicht nur kein Recht, es ist dir sogar ausdrücklich verboten."

„Ich habe nur getan, was getan werden musste." Allmählich wurde seine Sicht besser, und er erkannte, dass die Sechs ihn umringt hatten. Sie hielten ihre blank gezogenen Waffen in den Händen.

Kein gutes Zeichen.

Wie um alles in der Welt konnten sie nur so verbohrt sein? Sie mussten doch genau wie er endlich einsehen, dass die außergewöhnlichen Umstände auch außergewöhnliches Vorgehen erforderten. „Ani'El, die Alten Gesetze dürfen keinen Bestand haben, wenn sie uns daran hindern, die Prophezeiung zu erfüllen.“

„Wir *erfüllen* keine Prophezeiungen, T’Azar“, sagte Ani’El, jetzt noch strenger. „Wir überbringen sie nur. Wir sind Boten und können uns lediglich darauf verlassen, dass sie sich erfüllen; nicht aber ihre Erfüllung mit eigener Kraft herbeiführen.“

„Aber …“

„Und was die Alten Gesetze betrifft“, fuhr sie fort, ohne sich von ihm unterbrechen zu lassen, „der Rat der *B’Nai Elohim* existiert nur, um genau sie zu schützen.“

„Diese veraltete Einstellung hat doch überhaupt erst zu der ganzen Misere geführt“, erwiderte T’Azar.

„Es ist keine Einstellung, Bruder“, sagte Ani’El. „Es ist unsere Berufung. Der alleinige Zweck unserer Existenz.“

„Es ist nicht mein Fehler, dass du dich damit zufriedengibst.“ T’Azars Worte trieften vor Verachtung.

„Soll ich etwa ein Verräter werden wie du?“

„Du wagst es, mich einen Verräter zu nennen?“, begehrte T’Azar wutentbrannt auf.

„Und mehr“, sagte sie. „Die Keres hat über viertausend Jahre lang nicht eine einzige Sünde begangen …“

„Sie hat dem Bösen gedient!“

„Du kannst sie nicht einfach richten, nur weil sie Azazels Tochter war“, fuhr Ani’El unbeirrt zornig fort. „Wir können sie doch nicht für die Vergehen ihres Vaters strafen. Außerdem hast du der Abgal Gewalt angetan. Ganz zu schweigen davon, dass du versucht hast, das Siegel mit eigenen Händen zu öffnen.“

T’Azar hatte genug gehört. Jetzt war er sich vollends sicher, warum sie alle zusammen hierhergekommen waren. Sie waren gekommen, ihn zu holen – und über ihn zu richten.

Die Erkenntnis ließ ihn innerlich vor Zorn kochen. Sie

hielten ihn für den Übeltäter? Ihn, den Rechtschaffensten von allen? Ihn, dessen einzige Mission es war, das Böse endgültig auszumerzen, die Göttliche Ordnung wiederherzustellen und *Ihn* dazu zu bewegen, zu ihnen zurückzukehren, damit sie endlich wieder in *Seinem* Licht erstrahlen durften?

Diese Ignoranten!

Er konnte inzwischen wieder halbwegs klar sehen und wusste, dass er nur diese einzige Chance haben würde. Und er musste sie schnell nutzen – solange sie noch alle am Boden waren. Seine Flügel waren noch immer nicht vollständig geheilt, und wenn nur einer der anderen in die Luft kam, war er verloren.

Mit einem wütenden Schrei stürzte er sich auf die zwei der Sechs, die ihm am nächsten standen und riss seine Schwerter aus den Scheiden.

Doch Ani'El war schneller.

Noch ehe T'Azar die beiden Ratsengel mit seinen Klingen erreichen konnte, fühlte er ihr Schwert an seiner Kehle.

„Keinen Schritt weiter, T'Azar", sagte sie ernst, und er hielt mitten in der Bewegung inne. „Lass deine Schwerter fallen."

Für einen Moment überlegte T'Azar, den Versuch zu wagen. Doch Ani'El hatte den deutlich besseren Stand. Eine einzige Bewegung von ihr, und sein Kopf würde rollen.

Er ließ seine Waffen zu Boden fallen, und gleich darauf legte man ihm von hinten Ketten an. Sie brannten nicht wie die, mit der Azazel ihn gefesselt hatte, aber sie lähmten ihn, und er wusste, dass es ihm unmöglich sein würde, sie aufzubrechen.

Sie waren extra für Engel geschmiedet.

TEIL 4

DER ABADDON

17. KAPITEL

Zuflucht

Ihr war kalt, und alles tat ihr weh.

Sie waren diesmal wesentlich höher geflogen als auf ihrer Reise von New York nach Mexiko, und Maggie fror deswegen so stark, dass sie am ganzen Leib zitterte. Die Wunden, die ihr von Tazz bei dem Sarkophag in Karnak zugefügt worden waren, schmerzten mörderisch, so als hätten sie sich entzündet.

Jetzt befanden sie sich im Sinkflug.

„Wir sind gleich da", sagte Axel, der ebenfalls erschöpft aussah, und rieb ihr mit seiner großen Hand den nackten Rücken, um sie wenigstens ein kleines bisschen zu wärmen.

„Dort kann ich mich dann auch endlich um deine Verletzungen kümmern." Er nickte mit dem Gesicht nach unten, und Maggie folgte seinem Blick.

Obwohl ihre Sicht durch die starken Schmerzen verschwommen war, erkannte sie nach einer kleinen Weile einen weiten, kurvigen Gebirgszug mit rauen, schwarzgrauen Klippen, dessen unteres Ende eine fast kreisförmige Schleife bildete. Er sah aus wie eine gespiegelte Sechs. Das Land im Innern der Schleife lag wie in einem Kessel – vom Rest der Welt abgeschnitten.

Genau darauf steuerte Axel zu.

„Was ist das?", fragte sie.

„Das sind die Karpaten", antwortete er, und er klang erleichtert. „Genauer gesagt, ist es Transsylvanien. Einer der wenigen Orte auf der Erde, den die Engel nicht einsehen können."

„Wie dein Haus?"

„Wie mein Haus“, bestätigte er. „Hier müssten wir eine Zeit lang sicher sein vor Ba'Al'T'Azar. Nach allem, was ich von diesem Ort weiß, dürfte es ihm hier auch schwerfallen, deiner Witterung zu folgen.“

„Er kann also wirklich meiner Witterung folgen?“ Sie erinnerte sich an das rätselhafte Gespräch zwischen Axel und Virginia in der Bibliothek, kurz bevor sie erfahren hatte, dass Axel ein Engel war.

Ein Gefallener Engel.

Und ganz offenbar auch ein Gejagter Engel.

„So hat er uns schon in Mexiko gefunden“, erklärte Axel. „Meiner Witterung kann er nicht folgen. Aber deiner. Ich wünschte, du hättest mir von deinem Treffen mit ihm erzählt.“

„Das sagt genau der Richtige“, entgegnete Maggie trotzig. „Weil du mir ja auch nichts verschwiegen hast. Bis auf die Kleinigkeit, dass es da eine Prophezeiung gibt, der zufolge ich dazu auserkoren bin, das Paradies wiederherzustellen. Wie hätte ich denn bitte schön ahnen sollen, dass der charmante Filmproduzent in Wahrheit ein Racheengel ist, der es auf mich und dich abgesehen hatte?“

„Er hat dir erzählt, es sei dir bestimmt, das Paradies wiederherzustellen?“, fragte Axel und schaute sie erstaunt an.

„Ja“, antwortete sie.

„Das Paradies wiederherstellen“, wiederholte er mit einem Stirnrunzeln. „So kann man das, was mein Bruder vorhat, natürlich auch nennen.“

Die Ironie in seiner Stimme war schwerlich überhörbar, deswegen fragte Maggie: „Wie würdest du es denn formulieren?“

„Ich würde das, was er plant und wozu er dich so dringend braucht, das Jüngste Gericht nennen“, antwortete er mit finsterer Miene. „Oder auch die Vernichtung der

Menschheit. Armageddon. Die Apokalypse. Den Weltuntergang. Such dir was aus."

„Was?" Maggie war schockiert.

„Ich erkläre es dir, wenn wir erst einmal in Sicherheit vor ihm sind. Es dauert nur noch ein paar Minuten."

Sie verloren immer schneller an Höhe, und zu den Schmerzen und der Kälte gesellte sich nun durch den rapiden Höhenverlust auch noch leichte Übelkeit.

Maggie beschloss daher, Axels Bitte fürs Erste nachzukommen und nicht weiter zu fragen. Sie hatte Angst, sie würde sich übergeben müssen, wenn sie auch nur den Mund aufmachte.

Nun, da sie endlich wieder Land sah, kam ihr der Flug in Relation zu den sich immer schneller nähernden, schroffen Bergspitzen noch steiler und rasanter vor.

Nach wenigen Sekunden, die ihr wie kleine Ewigkeiten erschienen, landeten sie schließlich sanft am östlichen Innenrand des Kessels auf einer Waldlichtung, hinter der die Berge aufragten wie eine Festungsmauer. Wenige Meter entfernt, dort, wo der Waldboden in die Felsenklippe überging, stand eine uralte, windschiefe Holzhütte; direkt an den nackten Stein gebaut.

Aus dem grob gemauerten und mit Moos bewachsenen Schornstein stieg eine dünne graue Rauchsäule, und in einem aus krummen Ästen und Zweigen errichteten Gehege grasten ein halbes Dutzend eher wild aussehende Ziegen. Die Tiere starrten sie mit ihren quer geschlitzten Augen neugierig an und schienen ihre Schritte genau zu verfolgen.

Hier wohnte ganz offensichtlich jemand – Maggie, der es wegen ihrer Schmerzen schwerfiel, alleine zu stehen, fragte sich, wie man nur so weit weg von jeglicher Zivilisation an einem solch unwirtlichen Ort leben konnte.

Alles wirkte so gespenstisch und düster, und Maggie

erkannte bei genauerem Hinsehen, dass von den maroden Dachschindeln, die über die vordere Wand der Hütte ragten, kleine gebleichte Knochen, Hörner und die Skelette winziger Tiere baumelten.

Die nur aus dünnen Brettern voller Astlöcher genagelte Tür schwang mit einem tiefen Knarren auf, und eine alte Frau trat heraus; hager, aber hochgewachsen. Maggie fand, sie sah gleichzeitig alt und zerbrechlich und doch irgendwie auch stolz und majestätisch aus.

Das weißgraue Haar fiel fast bis zu ihren Füßen herab und bedeckte ihre ärmliche Kleidung wie ein faseriger Mantel. In ihrer beinahe schon knöchrig mageren Rechten hielt sie einen fast mannshohen Stab, von dessen oberen Ende drei kleine Fledermausschädel und Krähenfedern herabhingen.

Gruselig.

Jetzt wurde Maggie sich auch ihrer Nacktheit wieder bewusst, und sie war ihr äußerst unangenehm. Die Alte jedoch schien sie gar nicht wahrzunehmen.

„Es ist lange her“, sagte sie mit einer leichten Verbeugung in Richtung Axel.

„Eine Ewigkeit“, stimmte er zu.

„Ja, eine Ewigkeit. Das kann man wohl, ganz ohne zu übertreiben, so sagen. Wie schnell doch die Zeit vergeht.“

„Wir brauchen ein Versteck“, erklärte Axel, und die Alte blickte unwillkürlich zum dicht bewölkten Himmel hinauf.

„Sie sind wieder auf der Jagd nach dir?“

Axel nickte.

„Dann kommt herein, mein Junge“, sagte sie. „Schnell.“ Damit drehte sie sich herum und verschwand wieder in der Hütte.

Maggie fühlte sich unbehaglich, und als Axel sie stützend zur Hütte führen wollte, zögerte sie.

„Was ist?“, fragte Axel.

„Sie hat dich ’mein Junge’ genannt.“

„Ja, das macht sie manchmal.“ Ein leises Lächeln huschte über seine Mundwinkel.

„Ist sie auch eine …?“ Maggie traute sich gar nicht, die Frage zu vollenden – aus Angst davor, sie könnte mit ihrer Vermutung richtig liegen. Schließlich waren sie hier in Transsylvanien.

Axel runzelte die Stirn. „Eine was?“

„Eine Keres“, sagte Maggie vorsichtig. „Wie Virginia.“

Bei der Erwähnung des Namens fiel ein Schatten der Trauer auf Axels Gesicht.

„Nein“, sagte er bloß. „Ihr Name ist Sybaris.“

Dass er nicht mehr sagte, obwohl Maggie spürte, dass die alte Frau kein normaler Mensch sein konnte, vertiefte das Misstrauen, das sie ihm gegenüber seit Tazz’ Offenbarung empfand.

Und ihre Angst.

Am liebsten wäre sie davongerannt. Aber sie wusste, dass sie alleine keine Chance hatte, sich irgendwo anders auf der Welt vor Tazz zu verstecken – und der würde sie, wenn er sie erst einmal gefunden hatte, zweifelsfrei wieder foltern. So lange foltern, bis sie schließlich tun würde, was er von ihr verlangte.

„Ich weiß, dass du mir nicht mehr vertraust“, sagte Axel schwermütig. „Und du hast wahrlich allen Grund dazu, Magdalena. Aber trotzdem müssen wir uns jetzt erst einmal verstecken, und deine Wunden müssen schnellstens versorgt werden.“

Er machte eine Geste in Richtung der Tür. Sein Blick war besorgt – und schmerzerfüllt. „Glaub mir, bitte. Wenn ich gewusst oder auch nur geahnt hätte, wie die Dinge enden, hätte ich sie ganz gewiss anders begonnen. Es lag nie in meiner Absicht, dich zu verletzen ... oder zuzulassen, dass andere dir wehtun ..."

Sie war zu verwirrt, um zu fühlen, ob er die Wahrheit sagte, und ihr Herz tat weh, weil, wenn das die Wahrheit war, sie doch nichts an den Tatsachen änderte – nämlich dass er nicht von Anfang an mit offenen Karten gespielt hatte; dass er versucht hatte, ihr seine Identität zu verheimlichen ... und ihre eigene, die sie jetzt immer noch nicht kannte.

Was hätte er getan, wenn sie nicht hinter das Geheimnis seiner wahren Natur gekommen wäre? Und wenn Tazz ihr nicht gesagt hätte, dass es eine Prophezeiung über sie gab und sie die Macht hatte, das Paradies auf die Erde zurückzubringen?

Hatte Axel sie nur deswegen verführt und verzaubert, weil – wie Tazz behauptet hatte – es nicht in seiner Macht stand, sie zu töten? Um auf jeden Fall zu verhindern, dass sie die Prophezeiung erfüllte?

Und waren sie vielleicht jetzt nur hier, damit er sie verstecken konnte – aber nicht zu ihrer Sicherheit, sondern zu seiner?

„Bin ich deine Gefangene?", fragte sie ihn daher ganz direkt und schaute ihm in die Augen, um zu sehen, wie er wohl reagieren würde.

„Was?" Die Überraschung in seinem Blick schien ehrlich – aber konnte Maggie nach alldem, was geschehen war, überhaupt noch ihren Augen trauen?

„Das war eine sehr einfache Frage, Axel", sagte sie. „Und ich erwarte eine einfache Antwort. Willst du mich hier einkerkern, um zu verhindern, dass ich die Prophezeiung erfülle?"

Axels Gesicht wurde plötzlich ganz leer, und einen weiteren Herzschlag später lief ihm eine Träne über die Wange.

In Maggies Brust schnürte sich etwas zusammen, als sie ihn so sah, und sie hätte ihn am liebsten sofort wieder um Verzeihung gebeten für ihre Frage. Aber da bestand noch immer die Möglichkeit, dass er ihr nur etwas vorspielte.

Was wusste sie schon über ihn?

Es wäre schließlich wirklich nicht das erste Mal, dass er sie täuschte. Sie musste nur daran zurückdenken, wie er in ihr Leben getreten war. Aufs Auto gefallen ... bei einer nächtlichen Immobilienbesichtigung ... wegen einer losen Planke.

Von wegen!

Alles, was sie bisher für ihn empfunden hatte, war durch sein Versteckspiel auf den Kopf gestellt worden. Sie konnte sich nicht daran erinnern, wann sie sich das letzte Mal ihrer Instinkte so unsicher gewesen war.

Also kämpfte sie das Mitleid für ihn nieder und auch das schnürende Gefühl in ihrer Brust. „Beantworte meine Frage“, sagte sie so fest sie konnte.

„Weißt du, wer Virginia war?“, fragte er sie, statt zu antworten.

„Du weichst mir aus“, warf sie ihm vor.

„Nein, das tue ich nicht, Magdalena“, erwiderte er. „Weißt du, wer Virginia war?“

„Deine Haushälterin? Deine Assistentin? Deine Hohepriesterin? Deine Geliebte?“, zählte Maggie auf.

Axels Gesicht wurde dunkel, und für einen Sekundenbruchteil konnte Maggie den Löwenkopf und die Widderhörner sehen.

„Sprich bitte nicht so von ihr, Magdalena“, sagte er mit einem knurrenden Unterton, und eine zweite Träne floss über seine Wange. „Virginia war meine Tochter.“

Seine Tochter?

Das war ein Schock! Schon wieder verspürte Maggie den

Impuls, sich für ihre Worte entschuldigen zu müssen und ihm die Tränen von seinem Gesicht zu streicheln.

Er musste sich sammeln, ehe er weitersprach. „Sie war weit über viertausend Jahre alt ... und sie war das unschuldigste Wesen, das diese Erde jemals gesehen hat ... und sie hat ihr Leben für mich und auch für dich geopfert ... Ba'Al'T'Azar hätte uns sonst schon sehr viel früher angegriffen."

„Sie hat ...?" Maggie fand keine Worte.

Axel nickte. „So wie ich bereit war, das meine auf der Pyramide zu opfern, damit du Ba'Al'T'Azars wahre Natur mit eigenen Augen erkennst und siehst, wozu er in der Lage ist."

Virginia war seine Tochter? Die Frage echote noch immer durch ihr Hirn, und Maggie erinnerte sich daran, wie Virginia Axel angefleht hatte, sie wegzubringen und ihn gewarnt hatte, dass er durch sie aufgespürt werden konnte ... und trotz allem hatte sie ihr Leben für sie geopfert? Ihr ewiges Leben?

„Nein, Magdalena", sagte Axel, „du bist nicht meine Gefangene. Das erkennst du jetzt hoffentlich, auch ohne es erst laut fragen zu müssen."

„Axel ..."

Doch er sprach weiter. „Also, wenn du gehen willst, geh einfach. Oder bitte mich, dich von hier wegzubringen. Ich bringe dich, wohin immer du willst. Sogar zurück nach Karnak zu dem Sarkophag, wenn das dein Wunsch sein sollte. Dort kannst du dann das Siegel öffnen, auch ohne dass Ba'Al'T'Azar dich erst mit Gewalt dazu zwingen muss. Es ist ganz alleine deine Entscheidung. Dein freier Wille."

Ohne ihre Antwort abzuwarten oder sich noch einmal zu ihr herumzudrehen, ging er gesenkten Hauptes zu der Hütte und trat durch die Tür in das dahinterliegende Dunkel.

Maggie entschied sich, besser keine weiteren Urteile mehr zu fällen, ehe sie nicht die ganze Wahrheit und sämtliche Hintergründe kannte, und folgte ihm mit schleppendem Gang.

Sie staunte nicht schlecht, als sie über die Türschwelle humpelte und erkannte, dass die kleine Hütte nur der unscheinbare Eingang war zu einer sehr, sehr viel größeren Höhle, die freundlich warm von einem in ihrer Mitte brennenden Feuer erhellt wurde. Von einem hohen Dreifuß in den Flammen hing ein schwarzer Kessel, in dem etwas brodelte, das einen wunderbaren Duft verströmte. Augenblicklich lief Maggie das Wasser im Mund zusammen.

In der Nähe des Feuers stand ein grob gearbeiteter Tisch mit vier Stühlen, und auf der anderen Seite ein dick mit Ziegenfellen bedecktes Bett. Die Wände waren mit ähnlichen Symbolen verziert wie Axels Haus in der Fifth Avenue. Das hintere Ende lag zwar im Schatten, aber Maggie konnte erkennen, dass es dort einen weiteren Zugang gab, noch weiter in die Felsenklippe hinein.

Wieder war sie unschlüssig, ob sie sich hier in Sicherheit fühlen sollte oder gefangen.

„Ich habe frische Kleidung für dich und einen wunderbaren Ziegengulasch gekocht", sagte die Alte, während sie gerade große Stücke roter Paprikaschoten in den Kessel hinein schnitt. „Aber erst werde ich deine Wunden versorgen. Leg dich aufs Bett."

Maggie schaute Axel an. „Kannst du nicht ...?"

„Ich habe all meine Kraft aufgebraucht, mich nach seinem ersten Angriff selbst zu heilen und dann die Kette zu schmieden", sagte er. „Es wird bestimmt noch einige Stunden dauern, bis ich völlig wiederhergestellt bin und meine

Kräfte zu deiner Genesung einsetzen kann. Sybaris ist sehr viel schneller."

Zögernd legte sie sich auf das Bett, das zu ihrer Verwunderung angenehm frisch duftete und herrlich weich war.

Die Alte wusch sich die Hände unter einem kleinen Strahl frischen Quellwassers, das aus der Wand herausfloss. Dann ging sie zu einem Schrank, der ebenso grob gezimmert war wie die restlichen Möbel und öffnete die Türen.

Maggie konnte zahlreiche Fläschchen, Tonkrüge, Einmachgläser und Phiolen darin erkennen.

„Ein Engel hat ihr das angetan?", fragte die Alte Axel mit vor Besorgnis gerunzelter Stirn.

„Ein Seraph", konkretisierte Axel.

„Oh", machte sie erstaunt und stöberte durch die Reihen der Behältnisse, dabei die Beschriftung der Etiketten leise vor sich hin murmelnd, bis sie gefunden hatte, wonach sie suchte. Sie stellte ein Einmachglas, eine kleine irdene Flasche, ein abgewetztes Stoffsäckchen und einen Mörser aus Granitstein auf ein Holztablett und trug es hinüber zu einem niedrigen Tisch, der neben dem Bett stand.

„Soso, ein Seraph", sagte sie vor sich hin und holte sich einen der Stühle. Sie setzte sich, zündete eine Kerze an und begann, die Ingredienzien in den Mörser zu füllen. Zu Maggies Überraschung hatten die bisher eher harten Züge der Alten inzwischen eine warme, fürsorgliche Note angenommen.

„Axel, sei ein Engel und hol uns etwas Wein", sagte sie liebevoll. „Du weißt ja, wo er steht."

Axel ging nach hinten und kam gleich darauf mit einem Lederschlauch und drei handgeschnitzten Holzkelchen zurück. Auch er holte sich einen Stuhl und setzte sich zu ihnen.

„Ist sie, die ich glaube, dass sie es ist?", fragte die Alte, während Axel den Wein aus dem Schlauch so geschickt einschenkte, als wäre es eine Flasche, und die Alte die im Mörser angerührte Paste mithilfe eines schmalen Spatels auf Maggies Jochbein und Rippen strich.

„Ja“, sagte Axel. „Sie ist die Abgal.“

Dass die beiden über sie sprachen, ganz so, als wäre sie nicht anwesend, gab Maggie Gelegenheit, sie im Schein der Kerze und des Feuers zu betrachten. Sie kam nicht umhin zu bemerken, wie freundschaftlich vertraut sie miteinander umgingen und dass da große Zuneigung war in ihren Blicken.

Gleichzeitig merkte sie, wie ihre Wunden aufhörten, wehzutun und nahm dankbar den Kelch entgegen, den Axel ihr hinhielt.

Der Wein war rot, süß und erstaunlich leicht. Sybaris nahm ebenfalls einen Schluck, ehe sie sagte: „Du bringst sie hierher und mich damit in Teufels Küche, mein Lieber.“

Axel lachte auf und hätte sich beinahe an seinem Wein verschluckt. „Da warst du schon, meine Liebe. Da warst du schon.“

„Das ist wohl wahr.“ Sie kicherte. Die zwei hörten sich an wie zwei alte Veteranen mit jeder Menge Kriegsgeschichten, und Maggie merkte, dass die Art und Weise, mit der die beiden einander neckten, sie zum Lächeln brachte.

„Ist sie meinetwegen jetzt auch in Gefahr?“, fragte Maggie Axel besorgt.

„Kindchen“, sagte die Alte lächelnd. „Die ganze Welt ist deinetwegen in Gefahr. Mach dir da wegen mir keine Sorgen.“ Sie wandte sich wieder an Axel. „Soll ich sie für dich töten?“

Maggie zuckte erschreckt zusammen; sah dann aber in den Augen der Alten ein schelmisches Funkeln.

„Keine Sorge“, sagte sie zu Maggie. „Engel können

zwar keine Menschen töten, aber wenn Axel dich tot sehen wollte, wärst du das schon längst, ohne dass er selbst auch nur einen Finger hätte krumm machen müssen. Und er hätte sich nicht die Mühe gemacht, dich hierherzubringen."

Stimmte das? Konnte Maggie der alten Frau glauben?

Die Alte schien die Zweifel in Maggies Gesicht lesen zu können und wandte sich wieder an Axel. „Ich glaube, ihr zwei habt jede Menge zu klären. Aber erst wird gegessen."

Sie nahm noch einen Schluck Wein, ehe sie sich von dem Stuhl erhob und hinüber zu dem Kessel ging, um zwei Holzschalen mit dem verführerisch duftenden Gulasch zu füllen.

Maggie merkte, dass ihre Schmerzen inzwischen vollständig verschwunden waren und fasste sich ans Jochbein. Die Schwellung von Tazz' barbarischer Rückhand war nicht mehr zu fühlen. Sie schaute auf die Wunde an ihren Rippen herab, und auch die war nicht mehr zu sehen.

„Ich möchte etwas anziehen", sagte Maggie, und die Alte, die gerade zwei Scheiben Brot von einem dicken Laib abschnitt, deutete zu einem anderen Schrank.

Maggie stand auf, ging hinüber – was ihr jetzt wieder absolut leichtfiel – und öffnete ihn.

„In der Mitte hängt eine Tunika aus Ziegenleder", sagte die Alte, während sie die Schalen und das Brot auf den großen Tisch stellte und Löffel dazulegte.

„Bring den Wein", sagte sie zu Axel. Der tat, worum sie ihn bat und brachte auch die beiden Stühle vom Bett zurück an den Tisch.

Maggie schlüpfte in die Tunika, die ihr bis zu den Knien reichte, und war angenehm überrascht darüber, wie gut sich das weich gegerbte Leder auf ihrer nackten Haut anfühlte.

Sie nahm einen dünnen aber festen Strick und band ihn sich als Gürtel um die Taille.

„Komm, setz dich", sagte Sybaris und deutete auf eine der Suppenschalen. Maggie nahm davor Platz, und Axel setzte sich ihr gegenüber. „Hau anständig rein, damit du schnell wieder zu Kräften kommst."

Sie schenkte von dem Wein nach und gesellte sich zu den beiden an den Tisch.

Maggie nahm den Löffel, tauchte ihn in die Suppe und rührte darin herum. Sie roch so lecker, dass ihr sprichwörtlich das Wasser im Mund zusammenlief; aber sie war argwöhnisch. So argwöhnisch, dass es ihr sogar selbst schon paranoid vorkam. Sie hob den Löffel zur Nase und schnupperte daran.

„Die Frage, ob ich dich töten soll, war wirklich nur ein Spaß", lachte Sybaris. „Wenn ich dich hätte vergiften wollen, hätte ich das Gift in die Salbe gemixt." Sie nahm Maggie den Löffel ab und steckte ihn sich selbst in den Mund. Sie kaute und schluckte betont. Dann reichte sie Maggie den Löffel zurück. „Siehst du? Ein bisschen scharf vielleicht, aber darüber hinaus völlig ungefährlich."

„Ärgere sie nicht, Sybaris", sagte Axel, der angefangen hatte, mit großem Appetit zu essen. „Es ist meine Schuld, dass sie so misstrauisch ist. Ich habe nicht mit offenen Karten gespielt."

„Das ist ja wohl die Untertreibung des Jahres", sagte Maggie und nahm nun endlich auch einen Bissen. Das Gulasch war umwerfend köstlich. Ein wenig paprikascharf vielleicht, wie die Alte schon zugegeben hatte, aber genau das weckte Maggies durch Tazz' Angriff stark angeschlagene Lebensgeister – vor allem aber ihren Kampfgeist. „Ich verlange eine Erklärung."

„Wo soll ich anfangen?", fragte Axel.

„Von vorne“, sagte Maggie.

„Also gut. Die Prophezeiung …“

„Nein“, unterbrach Maggie ihn. „Das meine ich nicht mit von vorne. Ich meine unsere Begegnung. Die Nacht, in der du so ganz zufällig auf mein Auto gefallen bist. Ich kann inzwischen wohl davon ausgehen, dass das *kein* Zufall war.“

„Nein, das war es nicht“, gab Axel zu.

„Dann erkläre mir, was du vorhattest“, verlangte sie. „Was war dein Plan? Was *ist* dein Plan?“

Axel senkte den Blick, und statt zu antworten, nahm er noch einen Löffel Gulasch. Er kaute nachdenklich.

„Legst du dir gerade eine passende Antwort zurecht?“, fragte sie ihn herausfordernd. „Ich warne dich, Axel. Keine Schattenspiele mehr!“

„Die Dinge sind mir aus der Kontrolle geraten“, sagte er leise.

„Was meinst …?“

„Lass mich bitte erklären, Magdalena“, fiel er ihr ins Wort. „Nein, ich lege mir keine Antwort zurecht. Ich versuche nur selbst, die Antwort zu finden; die Ereignisse in die richtige Reihenfolge zu bringen, damit du auch verstehst, warum ich das, was ich getan habe, so getan habe, wie ich es getan habe.“

Maggie wollte dazwischenreden. Wollte sagen, dass die einfachste Art, die Wahrheit zu sagen, war, sie direkt zu sagen und ohne Umschweife. Aber sie sah an seinem Blick, dass es wohl wirklich nicht so einfach war, wie sie sich das vorstellte, und schwieg.

„Ich wusste, dass du kommen würdest“, begann Axel. „So, wie auch der Rat der *B’Nai Elohim*, dem Ba’Al’T’Azar angehört, wusste, dass du kommen würdest. Aber nur ich wusste, woran du zu erkennen sein würdest. Deshalb habe ich dich vor ihnen gefunden.“

„Woran hast du mich erkannt?"

„Am Schlag deines gebrochenen Herzens."

„Bitte?" Was meinte er damit?

Er schaute sie lange an. „In jener Nacht ist etwas geschehen, das alle Hoffnung in dir hat sterben lassen."

Nur ungern erinnerte sich Maggie an diesen Teil der Nacht – am Ende der Lesung in dem alten Theater; als alles, wofür sie gelebt, gearbeitet und gekämpft hatte, vergebens gewesen zu sein schien. „Du hast mein Herz brechen gehört?"

Er nickte. „Ja, und es hatte den gleichen Klang wie damals bei deiner Urahnin, Neferkara."

„Du kanntest …?", wollte Maggie zwischenfragen, doch er bat sie mit einer Geste, ihm zuzuhören.

„Also, ich habe dich gefunden", fuhr er fort. „Mein Plan war, dich kennenzulernen und dann zu entscheiden, ob ich dich mit der Wahrheit konfrontieren kann oder ob ich dich verführen muss, um dich davon abzuhalten, die Prophezeiung zu erfüllen."

„Du hast dich ganz offensichtlich für Plan B entschieden", sagte Maggie säuerlich und schob die Schale von sich weg. Ihr war der Appetit vergangen. Ihr Herz verkrampfte sich in ihrer Brust. „All das, was ich erlebt habe, war also nichts weiter als irgendein Engelszauber, den du auf mich ausgeübt hast?"

„Oh nein, so war das nicht gemeint", beeilte Axel sich zu sagen. „Ich habe doch vorhin zugegeben, dass mir die Dinge außer Kontrolle geraten sind. Außer dem Überfall durch die Straßenräuber sind noch zwei Ereignisse eingetreten, mit denen ich nicht gerechnet habe. Erstens konnte ich wirklich nicht vorhersehen, wie schnell du meiner wahren Identität auf die Spur kommst …"

„Du meinst, wie schnell ich deine Lügen durchschaue", fuhr sie dazwischen.

„Magdalena.“ Er wollte ihre Hand nehmen, doch sie entzog sie ihm.

„Und zweitens?“, fragte sie kühl.

„Und zweitens, die *B'Nai Elohim* haben schneller von dir erfahren, als ich es erwartet hätte.“ Er seufzte. „Was ich sagen will, ist, wir waren uns gerade erst begegnet … aber schon in dieser ersten Nacht, noch ehe ich dich nach Hause brachte, wusste ich, dass ich dir die Wahrheit anvertrauen kann … über mich, deine Herkunft, die Prophezeiung … ich wollte nur den richtigen Zeitpunkt abwarten. Dich nicht überfallen. Es dir langsam beibringen. Dein Vertrauen gewinnen, um dir dann in aller Ruhe …“ Er raufte sich die Haare. „Aber … da war es bereits zu spät …“

„Du redest wirr, Axel“, sagte Maggie. „Für mich hört sich das alles äußerst widersprüchlich an.“

„Männer“, lachte die Alte. „Egal ob von der Erde oder aus dem Himmel. Die können so alt werden, wie sie wollen – und, glaub mir, Schätzchen, der hier ist ziemlich alt –, sie werden es nie lernen, Dinge des Herzens einfach und geradeheraus zu sagen.“

Maggie schaute sie fragend an.

„Soweit ich das verstanden habe“, begann Sybaris, „seid ihr euch begegnet, und er hat sich schlagartig in dich verliebt.“

„Was?“, fragte Maggie.

„Sybaris, bitte“, sagte Axel.

Doch die Alte fuhr unbeirrt fort. „Schau ihn dir doch an“, sagte sie. „Er ist eines der mächtigsten Wesen im Universum, und er sitzt hier stammelnd wie ein Schuljunge, weil er Angst hat, dir wehzutun … und, schlimmer noch, du die Macht hast, ihm wehzutun. Ich meine, dass er dich liebt, sieht man ihm doch auf eine Meile Entfernung an. Dazu muss man keine Moira sein. Auch wenn ich zugeben muss, dass eine zu sein ein wenig hilft, das Chaos, das ihr beide angerichtet habt, zu durchschauen.“

Maggie hatte keine Ahnung, was eine Moira war, aber das war jetzt auch egal.

Sybaris sprach weiter. „Er hat sich völlig unerwartet in dich verliebt, und das hat ihn daran gehindert, dir gleich und direkt die Wahrheit zu sagen. Oder besser, die Wahrheit*en*. Die über sich selbst aus Angst. Ich meine, es ist ja auch nicht so leicht, jemandem, den man liebt, zu gestehen, dass man auf der *Most-Wanted*-Liste des Himmels an Nummer eins steht und nach herkömmlicher Publicity sogar das Böse überhaupt erst auf die Erde gebracht hat.

Und was die Wahrheit über dich betrifft. Hm. Mal überlegen.“ Sie fixierte Maggie mit ihren dunklen Augen. „Wie hättest du denn reagiert, wenn er dir gesagt hätte ‚*Du bist etwas ganz Besonderes und hast die Macht, die Welt zu vernichten. Nutze sie weise.*‘? Nein, Kleines, jemandem so etwas beizubringen, braucht Zeit. Aber die hattet ihr nicht.“

„Dann hast du mich nicht durch Zauberei verführt?“, fragte Maggie Axel. Das zu erfahren, war für Maggie das Allerwichtigste. Denn nur so konnte sie wissen, ob sie ihrem Urteilsvermögen und ihren Gefühlen überhaupt noch trauen durfte.

Axel schüttelte den Kopf. „Die einzigen beiden Male, die ich das Di’Maì bei dir angewendet habe, war, als ich dich nach der Schießerei geheilt habe und als du mich das erste Mal nach Azazel gefragt hast und ich wollte, dass du das so lange wieder vergisst, bis ich es dir erklären kann. Aber dann kam Ba’Al’T’Azar dazwischen.“

Maggie fiel ein Stein vom Herzen.

„Und was Sybaris sagt, stimmt?“, fragte sie, ihre Stimme nun schon sehr viel versöhnlicher. „Du liebst mich?“

Er schaute sie lange einfach nur an. Dann fragte er leise: „Spürst du das denn nicht?“

„Doch“, antwortete sie ehrlich. Jetzt da sie wusste, dass sie ihren Gefühlen trauen konnte, spürte sie es sogar noch viel deutlicher als schon zuvor. „Ich war nur verunsichert.“

Jetzt war sie es, die seine Hand in die ihre nahm. Tränen standen ihr in den Augen.

18. KAPITEL

Freund und Feind

Ani'Els Stimme war so schwer wie das Urteil.

„Hiermit befinden wir, der Rat der *B'Nai Elohim*, dich, Ba'Al'T'Azar, den Rapha'El und General der Seraphim, schuldig des Verrates an den Himmeln. Des Weiteren befinden wir dich schuldig des Mordes an der Keres Virginia, Tochter des Azazel, und schließlich des Eidbruchs und der Insubordination gegen den Rat, dessen eingeschworenes Mitglied du warst.

Zur Strafe für diese Vergehen wirst du nach altem Brauch in Ketten gelegt und in der Erde vergraben, auf dass du nie wieder das Licht sehen mögest, bis zum Tage des Jüngsten Gerichts, an dem man dich holt und in die Feuer der Ewigen Vernichtung wirft."

„Ihr Narren", brüllte Ba'Al'T'Azar. Er lag, am ganzen Leib gefesselt, in einem frisch gehauenen Sarkophag, nahe der Tempelruine von Karnak. Die anderen Sechs standen im Kreis um ihn herum. Ani'El thronte am Fußende des Sarkophags, sodass er ihr direkt ins Gesicht sehen konnte. „Seid ihr denn blind? Wenn ihr mich jetzt begrabt, wird es das Jüngste Gericht niemals geben! Dann werde ich noch in zehntausend Jahren hier liegen, wenn diese Menschenwürmer auch noch den letzten Rest *Seiner* Schöpfung zerstört haben werden!"

Ani'El schüttelte entschieden den Kopf. Ihr Blick war stechend und unnachgiebig. „Die Erfüllung der Prophezeiung ist nicht von dir abhängig, T'Azar."

„Und was, wenn doch?", begehrte Ba'Al'T'Azar verzweifelt auf und versuchte, sich in seinen Ketten aufzubäumen. „Was, wenn es meine Bestimmung ist, die Prophezeiung zu erfüllen?"

„Wenn es so wäre, hätten wir dich jetzt nicht verurteilen können“, sagte Ani’El unbeeindruckt. „Du, Bruder, bist doch derjenige, der unerschütterlich an die Unausweichlichkeit der Vorsehung glaubt. Was geschehen wird, wird geschehen. Und nichts, was wir tun oder nicht tun, wird daran etwas ändern.“ Sie wandte sich an die anderen Fünf. „Schließt den Sarkophag.“

„Nicht doch“, erklang da plötzlich eine völlig neue Stimme – eine jugendlich helle –, und wie aus dem Nichts tauchte jemand hinter Ani’El auf.

Es war eine Frau. Eine wunderschöne Frau.

Obwohl sie um gut einen Kopf kleiner war als Ani’El, konnte Ba’Al’T’Azar sie deutlich erkennen. Sie war, rein äußerlich, noch im Teenageralter, vielleicht gerade mal achtzehn, und hatte hellblond strahlendes, glattes Haar, das ihr fast mädchenhaft junges Gesicht umrahmte. Ihre Augen waren groß und blau und bargen eine Spur Ewiger Unschuld.

Ganz im Kontrast dazu trug sie ein mitternachtsschwarzes, eng anliegendes Gewand aus Seide, das mehr von ihrer wohlproportioniert kurvigen Figur enthüllte als es verbarg. Der kleine, aber volle Mund war halb geöffnet, ganz so, als sei sie verblüfft. „Was tut ihr denn da?“

Ba’Al’T’Azar wollte noch eine Warnung ausstoßen.

Doch es war bereits zu spät.

Noch ehe Ani’El sich umdrehen konnte, hatte sich in den Händen der Blonden eine Lanze mit ungewöhnlich langer und schlanker Klinge aus schwarz glänzendem Obsidian materialisiert.

„Du?!“, konnte Ani’El gerade noch ausrufen, da hatte die schimmernde Speerspitze sie bereits an der Schulter berührt. Binnen des Bruchteils einer Sekunde verwandelte sich die Anführerin der B’Nai Elohim mitten in der Bewegung in eine regungslose Statue aus Basalt, und der Obsidian leuchtete, als hätte er gerade frisches Leben getrunken – was, wie Ba'Al'T'Azar wusste, tatsächlich der Fall war. Denn er kannte diese Waffe und ihre Trägerin nur zu gut. Es war der Speer der Verdammnis. Der dunkle Zwillingsbruder des Speers des Schicksals.

„Macht mich los!“, schrie er in wilder Panik; doch die übrigen Fünf hatten ganz eigene Sorgen.

Die kleine Blonde stieß einen triumphierenden Schrei aus und bewegte sich mit der Schnelligkeit und dem Geschick eines Derwischs. Noch ehe die B'Nai Elohim überhaupt ihre Waffen ziehen konnten, waren zwei weitere von ihnen von der Spitze der Lanze berührt und augenblicklich zu Stein erstarrt.

Die verbleibenden drei gingen in Formation und erhoben sich mit ihren Schwingen in die Luft.

Doch auch die Blonde hatte mit einem Mal Flügel; allerdings waren ihre die ledrigen, schwarzen Hautschwingen einer riesigen Fledermaus. Und sie war damit sehr viel geschickter als die Engel.

Mit der Präzision einer Libelle zickzackte sie auf ihre Gegner zu – viel zu schnell, um ihre Flugbahn berechnen und eine wirksame Verteidigung aufbauen zu können.

„Kommt, meine kleinen Vögelchen“, sang sie mit glockenklarer, wundervoller Stimme und hörte sich dabei verspielt fröhlich an; auf eine grausame Art fürchterlich gut gelaunt.

„Bringt euch in Sicherheit!“, brüllte Ba'Al'T'Azar seinen überlebenden Geschwistern zu; aber keiner schien ihn zu hören. „Ihr habt nicht die Spur einer Chance!“

Die drei griffen zugleich an; frontal und über die beiden Flanken. Doch die Blonde kicherte nur amüsiert, wirbelte mit der Grazie einer Ballerina einmal um die eigene Achse herum, und ein weiterer Engel fiel, in einen Felsen verwandelt, krachend zu Boden.

„Flieht, ihr Narren!", rief Ba'Al'T'Azar aus Leibeskräften – und nun endlich reagierten die beiden, die noch am Leben waren. Es waren der gewaltige Suri'El, Hauptmann der Cherubim, und die zarte Ragu'El, Bewahrerin der Schlüssel.

„Hol Verstärkung", rief Suri'El Ragu'El zu. „Ich halte sie hier solange auf."

„Aber …", begann Ragu'El einzuwenden, während Suri'El in Position ging.

„Flieg!", rief er.

Ragu'El gehorchte und flog los. Suri'El deckte sie, indem er sich zwischen sie und die Blonde schob.

Doch auch wenn er beinahe doppelt so groß war wie sie und jedes seiner beiden Schwerter so lang wie ihre Lanze, konnte Ba'Al'T'Azar die nackte Angst in seinen eisengrauen Augen lesen.

Unsterbliche haben so sehr viel mehr Furcht vor dem Tod als die Sterblichen.

Die Blonde bemühte sich nicht einmal mit einer Finte. Sie schoss direkt auf Suri'El zu, holte mit der Lanze Schwung und schleuderte sie mit aller Kraft.

Suri'El zuckte, um sie abzuwehren; doch sie war viel zu hoch geworfen und jagte mehr als drei Meter über seinen Kopf hinweg.

Suri'El lachte … laut und jubelnd … bis er den Schrei weit über sich hörte.

Der Wurf mit der Lanze hatte nicht ihm gegolten.

Er drehte sich herum, und sah, wie Ragu'El leblos und in Gestalt ihrer eigenen Statue vom Himmel stürzte.

„Nein!", röhrte er verzweifelt auf und wollte sich wieder seiner jetzt unbewaffneten Angreiferin zuwenden. Die jedoch hatte die kurze Ablenkung zu nutzen verstanden und war nun heran. Zu dicht, als dass Suri'El sie noch hätte abwehren können. Und plötzlich kam, wie aus dem Nichts, der unheilige Speer zurück in ihre kleine Hand geflogen.

Mit einer blitzschnellen Bewegung tippte sie damit an die Stirn Suri'Els und beendete den Kampf, ehe er überhaupt begonnen hatte.

Der Rat der B'Nai Elohim war nicht mehr.

Während auch Suri'El vom Himmel fiel, bäumte Ba'Al'T'Azar sich noch einmal in seinen Ketten auf und brüllte all seine Wut und all seinen Schmerz über den Verlust seiner Brüder und Schwestern gen Himmel. Er war nicht immer einer Meinung mit ihnen gewesen; aber er hatte sie geliebt. Jetzt konnte er sie nicht mehr spüren. Sie waren verschwunden.

„Der gesamte Rat auf einen Streich", triumphierte die kleine Blonde mit einem Kichern und landete auf dem Fußende von Ba'Al'T'Azars Sarkophag. „Ich habe Jahrtausende gewartet, bis ihr alle in eurer körperlichen Gestalt gleichzeitig anwesend seid. Was für eine Gelegenheit! Was für ein toller Tag!"

Ihre Flügel verschwanden, und sie ging in die Hocke. Das entzückende Lächeln in ihrem jungen Gesicht stand im krassen Gegensatz zu dem abgrundtief bösen Funkeln in ihren Augen. Nach einer kleinen Bewegung von ihr löste sich auch der Speer wie von Geisterhand in nichts auf. „Und nun zu dir, mein Lieber."

Geschmeidig wie ein Kätzchen kletterte sie zu ihm in den Sarkophag hinein.

„Wir haben uns viel zu lange nicht mehr gesehen", schnurrte sie und streichelte dabei an Ba'Al'T'Azars Schenkeln nach oben. Ihr tief geschnittenes Dekolleté und der ohnehin halb durchsichtige Stoff offenbarten zwei große, perfekt geformte Brüste.

„Nicht lange genug“, knurrte Ba’Al’T’Azar voll abgrundtiefem Hass und eiskalter Verachtung.

„Aber, aber“, machte die Blonde, während sie völlig schamlos unter seinen Lendenschurz griff. „Wer wird denn so kratzbürstig sein? Schließlich habe ich dir gerade das Leben gerettet.“

„Nicht“, sagte er stockend, als sie fand, wonach sie suchte und zärtlich damit zu spielen begann.

Sie grinste – und sah dabei ganz bezaubernd aus. „Komm, Ba’Al’T’Azar, gib zu, dass du davon schon immer geträumt hast. Auch wenn es lange her ist, so erinnere ich mich doch an die Gier in deinen Blicken. So verzweifelt gezügelt … aus Angst, das Falsche zu tun und deinem Herrn zu missfallen. Armer Seraph.“

Ba’Al’T’Azar biss sich auf die Zunge, während sein Fleisch in ihrer kundigen Hand ihn wachsend verriet.

„Komm schon, gib es zu.“

Er konnte sich nicht wirklich rühren, dennoch versuchte er, sie abzuschütteln. Natürlich vergeblich. Ihre zarte und kleine Gestalt täuschte über ihre wahre Kraft hinweg. Immerhin hatte sie gerade sechs Erzengel im Alleingang vernichtet.

Sie schmunzelte katzenhaft über seine Hilflosigkeit, und als er hart genug war, schob sie seinen Lendenschurz und ihr Kleid zur Seite und setzte sich auf ihn. Sich mit den Händen auf seinem flachen Bauch abstützend, senkte sie ihr glühendes, enges Fleisch über das seine, bis sie ihn ganz tief in sich hatte.

„Oh, ist das gut!“, stöhnte sie, und ihre Augen nahmen einen selbstvergessenen Glanz an. Ihre Knie links und rechts seitlich von ihm auf den Boden des Steinsarkophags gestützt, begann sie, ihre Hüften langsam vor und zurück zu schieben und seufzte lustvoll.

„Na", neckte sie ihn dabei, während ihr Atem schwerer und schwerer wurde. „Ist es nicht wahr? Hast du dir das nicht schon immer gewünscht, mein kleiner Ba'Al'T'Azar?"

Und tief in seinem Innern erkannte er, dass sie recht hatte, dass er sich das tatsächlich schon immer heimlich gewünscht hatte. Wie den Sex mit der Malikat. Aber er wollte und vor allem *würde* er verflucht sein – noch verfluchter, als er es nach den Ereignissen der letzten Tage ohnehin schon war –, wenn er das jetzt zugeben würde.

„Ist schon gut", keuchte sie. „Du brauchst nichts zu sagen. Ich kann es in deinen Augen lesen." Mit ihren scharfen Fingernägeln zeichnete sie versonnen kleine Muster auf seine nackte Brust. Die Bewegungen ihres wohlgerundeten und äußerst agilen Beckens wurden eindringlicher, fester, gieriger, und er spürte, wie er in ihr immer härter wurde.

Sein Herz raste, und auch sein Atem ging jetzt schwerer. Er biss die Zähne zusammen.

„Wir hätten das schon viel, viel früher machen sollen", stöhnte sie mit vor Lust offen stehenden Lippen und verdrehte dabei die wunderschönen Augen. „Findest du nicht?"

Er schwieg. Aber das hielt sie nicht davon ab, sich das, was sie wollte, zu nehmen. Es sich immer fordernder zu nehmen. Schweißperlen bildeten sich auf ihrer Stirn und über ihrem köstlichen Mund; ihre Wangen glühten, und das Kleid auf ihrer Haut löste sich in nichts auf.

Ba'Al'T'Azar sah ihre wundervoll runden Brüste im Takt ihrer Stöße auf- und niederwippen und ihre dunklen Nippel immer kleiner und dunkler werden.

Sie war kurz davor, zu kommen.

„Sag meinen Namen, Seraph", ächzte sie hungrig. Ihre Bewegungen wurden immer schneller. Ihr um seinen harten Schwanz geschlossenes Fleisch immer heißer.

Ba'Al'T'Azar fand, sie war noch viel schöner, als er sie in Erinnerung hatte. So sehr viel schöner.

„Los", keuchte sie. „Sag meinen Namen. Sprich ihn aus."

Ba'Al'T'Azar, der fühlte, wie ihre hemmungslose Lust auf ihn überschwappte und mehr und mehr von ihm Besitz ergriff, biss die Kiefer noch fester aufeinander.

„Na, komm schon", hechelte sie ihm mit vor Geilheit fliehendem Atem gegen die Lippen. „Du weißt, wie er lautet. Und wenn du willst, dass das hier weitergeht, sprich ihn aus."

Er kämpfte mit sich. Mit der Lust in ihm. Sie hatte ihm angeboten, aufzuhören. Alles, was er tun musste, war, sich ihr weiterhin zu verweigern, indem er schwieg und sie um den Triumph brachte. Sie würde ihm ein schnelles Ende bereiten.

Sie richtete sich auf und griff mit einem Arm nach hinten; an ihrem Rücken entlang zwischen seine Schenkel. Ihre Finger bekamen seine Hoden zu fassen und kraulten sie.

Das Gefühl brachte ihn beinahe um den Verstand.

„Meinen Namen", gurrte sie lüstern und rau, und in ihren Augen funkelte alle Wollust dieser Erde ... und alle Sünde.

Da konnte Ba'Al'T'Azar sich nicht mehr länger beherrschen.

„M-Morgenstern", stotterte er.

„Ja", stöhnte sie und rammte ihn fester, grub die Nägel ihrer anderen Hand in seine breite Brust. „Aber ich meine den, den die Römer daraus gemacht haben. Den, den ihr seitdem alle benutzt. Den ihr nur flüstert, weil er euch Angst macht."

Sie beugte sich wieder nach vorne, ohne damit aufzuhören, seinen Schwanz mit jetzt drängenden Kreisen zu ficken. Ihr keuchender Atem schmeckte süß und berauschend. Sie streckte ihre feuchte rosige Zunge nach vorne und leckte den Rand seiner Oberlippe entlang. „Sag meinen Namen", flüsterte sie.

Ba'Al'T'Azar stöhnte auf vor Begehren. Wie gerne hätte er sie jetzt berührt. Sie mit seinen kräftigen Händen gepackt, ihre Brüste geknetet. Aber er war ihr hilflos ausgeliefert. Zum allerersten Mal in seinem Leben. Er wusste selbst nicht, ob die Tränen, die ihm über die Schläfen hinabliefen, Tränen der Verzweiflung waren oder Tränen der Freude.

Ihr Schoß stieß nun in immer schnellerem Takt, und sie keuchte wild gegen seinen Mund. „Meinen Namen, kleiner Engel. Mei-nen-Na-men-mei-nen-Na-men!"

Ba'Al'T'Azar konnte sich nicht länger zurückhalten. Er spürte, wie er in ihr kam. Gewaltig, unbändig.

„Lu-zi-fer!", schrie er und presste seinen Mund gierig auf ihre blutroten Lippen.

19. KAPITEL

Die Wahrheit

„Erzähl ihr von der Prophezeiung."

Sybaris saß im Schneidersitz an der Feuerstelle und stopfte sich eine schmale, geschwungene Tonpfeife mit Tabak aus einem kleinen ledernen Beutel, der von ihrem grauen Fellgürtel hing. Sie nahm einen Span aus den Flammen und zündete sie paffend an. Beinahe sofort breitete sich ein süßlich würziger Duft in der Höhle aus, und Maggie, die gerade an der Quelle hockte und die Gulaschschüsseln und Löffel abwusch, war sich schnell ziemlich sicher, das in dem Tabak Dinge waren, die in den meisten Ländern der Erde unter das Betäubungsmittelgesetz fielen.

„Ja, erzähl mir davon", bat sie Axel. Jetzt, da endlich alle Zweifel an seinen und vor allem ihren eigenen Gefühlen beseitigt waren, hatte sie wieder den Kopf frei, über die Bedrohung durch Tazz nachzudenken. Dazu musste sie die Hintergründe kennen und verstehen lernen, was hier vor sich ging und welche Rolle sie darin spielte.

Warum war sie für den blonden Engel so wichtig, und was war in dem Sarkophag, dass Tazz sie sogar gefoltert hatte, um sie dazu zu zwingen, ihn zu öffnen?

Axel stand draußen vor dem Rahmen der Hüttentür und schnitzte mit einem kleinen, sichelförmigen Messer Symbole in das alte Holz, die so aussahen wie die, die Maggie bereits in seinem Haus in New York gesehen hatte.

„Es geht um die Johannes-Offenbarung", begann er.

„Um die Apokalypse?", fragte sie.

„Ja", antwortete er. „Um die darin verkündete Vernichtung der ganzen oder zumindest fast der ganzen Menschheit, damit danach auf der gesäuberten Erde ein neues Paradies entstehen kann." Er verzog das Gesicht. „Die zentrale Rolle darin spielt der Abaddon – der Zerstörer. Der Engel des Todes."

„Es gibt wirklich einen Engel des Todes?", flüsterte Maggie erschüttert.

Axel nickte. „Der Prophezeiung des Johannes nach muss er für die Apokalypse aus seinem Kerker befreit werden. Denn nur er hat die Macht, die Menschheit zu vernichten. Und wiederum nur du hast die Macht, ihn aus seinem Gefängnis zu befreien und ihn und seine tödliche Macht auf die Menschheit loszulassen."

„Wieso ich?", wollte Maggie natürlich augenblicklich wissen. „Was habe ich denn mit diesem ... wie hast du ihn genannt?"

„Abaddon."

„Was hab ich denn mit diesem Abaddon zu tun?"

„Das ist eine längere Geschichte", sagte Axel. „Und sie beginnt damit, dass Engel keine Menschen töten können."

„Ich weiß", sagte Maggie. „Tazz hat es mir gesagt."

„Schon der Versuch führt zu unserer spontanen Vernichtung", erklärte Axel. „Wir sind von unseren Schöpfern, den Elohim, so *programmiert*, wenn man das so sagen will. Als daher der, den ihr Gott nennt, sich dazu entschloss, die Menschheit und die Nephilim in der Sintflut zu vernichten, weil er jegliche Kontrolle verloren hatte, konnte er sich nicht der Engel bedienen. Also schuf er ein neues Wesen. Eine Abnormität. Den Abaddon Azra'El."

„Wie?"

„Er stieg zur Erde herab, nahm menschliche Gestalt an und verführte die Prinzessin von Caphtor, das ihr in euren heutigen Legenden Atlantis nennt. Der Name der Prinzessin war Neferkara; sie war deine Urahnin. Mit ihr zeugte er Azra'El."

Maggie überlegte kurz. „Also ist Azra'El selbst auch einer der Nephilim."

„Nein", schaltete sich Sybaris ein und blies eine Serie von Rauchkringeln in die Luft, ehe sie weitersprach. „Nephilim sind die Kinder von Engeln und Menschen. Als Sohn eines der Elohim und einer Menschenfrau ist Azra'El ein Halbgott."

„Wie Herkules oder Perseus?", fragte Maggie, die sich an Geschichten aus der griechischen Mythologie erinnert fühlte.

„Vom Prinzip her, ja", stimmte Sybaris zu. „Aber sehr, sehr viel mächtiger. Doch lass Axel weitererzählen."

Maggie schaute Axel an und wartete.

„Als Neferkaras Vater Unas, der König von Caphtor, erkannte, dass seine unverheiratete Tochter schwanger war", fuhr Axel fort, „wurde er von großem Zorn erfasst und verstieß sie. Er verbannte sie nach Theben am Nil. Dort fand sie Zuflucht bei Pharao Teti, einem der zahlreichen Unterkönige des Unas, der es schon lange heimlich auf die Krone seines Herrschers abgesehen hatte.

Teti erkannte eine einzigartige Möglichkeit. Er machte Neferkara zu seiner Frau und fasste den Plan, Kinder mit ihr zu zeugen, danach Unas heimlich meucheln zu lassen, um dann den Thron Caphtors für sich und seine Erben zu beanspruchen.

Als daher Azra'El geboren wurde, ließ Teti ihn seiner Mutter wegnehmen und setzte den Neugeborenen in der Wüste aus, auf dass er dort sterben sollte. Er konnte nicht dulden, dass es außer seinen zukünftigen Kindern noch einen anderen direkten Nachkommen des Unas gab.

Neferkara war völlig verzweifelt über den Verlust ihres Kindes und wollte sich auf die Suche nach ihrem Sohn machen. Doch Teti sperrte sie in seinem Palast ein, zwang sie zur Hochzeit, und schon bald darauf trug sie sein Kind unter dem Herzen.

Azra'El aber überlebte in der Wüste. Als Halbgott brauchte er weder Wasser noch Speise, und selbst die gefährlichsten Tiere der Wildnis, ob nun Löwe oder Schlange, Skorpion oder Schakal, konnten ihm nichts anhaben. Schon bald hatte er die Herrschaft über sie erlangt und wuchs inmitten unter ihnen schon im Verlauf von nur wenigen Monaten zu einem jungen Mann heran. Man kann sich kein wilderes Wesen vorstellen.

Als sein wahrer Vater schließlich der Meinung war, er sei bereit, stieg er ein zweites Mal vom Himmel herab und holte Azra'El zu sich. Er klärte ihn darüber auf, welch schreckliches Unrecht ihm von Seiten der Menschen in Caphtor und Theben widerfahren war und hetzte ihn damit gegen sie auf, nachdem er ihm gezeigt hatte, welch wahre, übernatürliche Macht ihm innewohnte.

Inzwischen war es Pharao Teti gelungen, seinen dunklen Plan, König Unas zu meucheln und seinen Thron zu usurpieren, in die Tat umzusetzen, und er war jetzt absoluter Herrscher über ganz Caphtor und seine Unterkönigreiche.

Azra'Els Vater sagte seinem menschengeborenen Spross, dass er, als leiblicher Sohn der Neferkara und Enkel des Unas, eigentlich der rechtmäßige Herrscher Caphtors und seiner Vasallenreiche sei und durch seine Abstammung von ihm, dem Obersten der Elohim selbst, sogar Erbe des Thrones über die ganze Erde. Aber die Menschen und die Nephilim darauf seien schlecht und böse und zollten ihm nicht den Respekt, den sie ihm schuldeten. Deshalb müssten sie – bis auf einige wenige Treue – allesamt vernichtet werden. Mit den auserwählten Überlebenden würde man ein neues Menschengeschlecht schaffen, und über dieses neue Menschengeschlecht sollte Azra'El dann herrschen – als König der Könige, für alle Zeiten … mit seinem Vater als einzigem Gott.

Nun stell dir bitte vor, dass zu der Zeit das Mittelmeer und das Schwarze Meer keine Meere waren, sondern fruchtbare Tiefebenen. Dort, wo heute die Straße von Gibraltar ist, waren die Kontinente Europa und Afrika außer durch die Tiefebene durch einen Ausläufer des Atlasgebirges miteinander verbunden. Jenseits dieses Gebirges, auf der westlichen Seite, lag der Atlantik.

Caphtor lag nordwestlich vom heutigen Ägypten. Versuch dir Tunesien, Italien, Griechenland, inklusive Kreta, und die Türkei ohne Wasser dazwischen vorzustellen. Das war Caphtor … ehe Azra'El sich daranmachte, dem Willen seines Vaters zu gehorchen und die Menschheit, die versucht hatte, ihn als Kleinkind in der Wüste sterben zu lassen, von der Erde zu tilgen.

Er flog nach Westen, und mit seiner gewaltigen Kraft schlug er eine Schneise in das Gebirge, das den Atlantik von der Tiefebene trennte. Der Ozean brach hindurch, und die nach Osten donnernden Wassermassen füllten das Becken zwischen dem heutigen Europa und Afrika in nur wenigen Stunden – bis in das Schwarze Meer, den Libanon und Ägypten. Caphtor wurde geradezu hinweggespült. Die Fluten vernichteten über drei Viertel der Menschheit."

Maggie erschauderte bei der Vorstellung der tödlichen Wassermassen. Das hier war kein Mythos; nicht weltfern und unwirklich, wie der Verlauf der Flut sich in den alten Überlieferungen anhörte – es war grausame Realität. Sie erinnerte sich daran, mehrere Bücher gelesen zu haben, die den Durchbruch des Atlantiks in das Mittelmeerbecken als Quelle für die Entstehung der Sintflutlegende annahmen. Jetzt wusste sie, dass das mehr war als nur eine Hypothese.

Axel fuhr fort. „Und dann machte Azra'El sich daran,

alle die zu suchen, die sich noch rechtzeitig auf den Berggipfeln vor den schrecklichen Wassermassen in Sicherheit gebracht hatten, auf den Gebirgen, die heute die Inseln Sardinien, Korsika, Sizilien, Kreta und Zypern sind. Er erwies sich als wahrer Meister darin, sie alle in seinem vom Vater genährten Hass aufzuspüren, zu hetzen und zu erschlagen, wo immer er ihrer habhaft wurde. Im Anschluss daran machte er Jagd auf den umliegenden Landmassen der jetzt getrennten Kontinente – kein Mensch war vor ihm sicher.

Schließlich führte der Pfad der Zerstörung ihn nach Theben. Er hinterließ eine schreckliche Spur der Verwüstung. Dann aber erreichte er den Königspalast, und es geschah etwas Seltsames.

Neferkara hatte sich, um ihre neugeborene Tochter vor dem herannahenden Monster zu retten, in einem der hintersten Winkel des Palastes versteckt. Um das weinende Mädchen zu beruhigen, auf dass ihr Geschrei nicht ihr Versteck verrate, sang sie ihm leise ein Schlafliedchen vor.

Azra'El aber hatte ein sehr feines, übernatürliches Gehör. So wie alle Engel oder engelsgleichen Wesen. Er vernahm den leisen Gesang … und es rührte ihn … und zu seiner großen Verwirrung fielen all seine Wut, sein Hass und sein vom Vater ins Herz gepflanzter Zorn mit einem Mal von ihm ab.

Die Melodie kam ihm wohlbekannt vor, denn das Schlaflied, das Neferkara ihrer kleinen Tochter sang, war das gleiche, das sie immer gesungen hatte, als er, der Engel des Todes selbst, noch ein Ungeborenes war in ihrem Leib. Er erkannte es wieder, und er folgte ihrer so vertrauten Stimme bis zu ihrem Versteck.

So fand Azra'El nach all der Zeit und all dem Schrecklichen, was geschehen war und das er getan hatte, endlich zu seiner Mutter zurück, und sie sah am Blick seiner Augen, dass es ihr eigener Sohn war, der dort vor ihr stand – seine Schwerter und Klauen, ja selbst seine Flügel rot vom Blut ihres Volkes.

Sie grüßte ihn voller Liebe, nahm ihn zu ihrem Neugeborenen in die Arme und sang nun unter Tränen auch für ihn. Da begann er ebenfalls zu weinen – vor Glück; denn nach all der Zeit der Einsamkeit fühlte er sich endlich geborgen. Auch die Vernichtung der Menschheit hatte ihren Tribut gefordert. Er war so schrecklich müde … und zum ersten Mal in seinem Leben schlief der Abaddon friedlich ein. So tief, wie er noch nie zuvor geschlafen hatte.

Neferkara war glücklich, ihren Sohn wiedergefunden zu haben … aber sie wusste auch, was er angerichtet hatte; was und wer inzwischen aus ihm geworden war … und dass sie dem ein Ende bereiten musste, wenn sie wenigstens die letzten verbliebenen Menschen retten wollte. Also rief sie mich zu Hilfe."

„Wieso dich?", fragte Maggie.

Er zögerte.

Sybaris deutete mit dem Mundstück ihrer Pfeife auf ihn. „Komm schon, erzähl es ihr. Da ist nichts wofür du dich schämen müsstest."

Axel seufzte – dann nickte er.

„Ich war ihr Gott, Magdalena."

„Ihr Gott?", fragte sie verwundert.

„Ja. Der Gott Caphtors", sagte Axel, und es lag Wehmut in seiner Stimme. „Ich hatte es gegründet, indem ich die Menschen dort Ackerbau gelehrt hatte und Viehzucht, Bergbau und das Schmieden von Eisen. Ich hatte der Menschheit die Zivilisation gebracht, damit sie frei von den Göttern leben und existieren konnten, ohne auf deren Gnade angewiesen oder deren Machtspielen unterworfen zu sein. Und furchtbarerweise war es letztendlich genau das, wofür man sie jetzt fast völlig vernichtet hatte: ihre Unabhängigkeit von höheren Mächten.

Ich folgte Neferkaras verzweifeltem Ruf und fand den in ihren Armen schlafenden Abaddon. Ich konnte ihn nur in Ketten legen, weil er tief und fest schlief … und seine Mutter weiter für ihn sang. Wir brachten ihn an einen abgelegenen Ort am Nil, und dort errichtete ich Karnak, den *Kerker des Zerstörers.*"

„Tazz hat behauptet, es sei die *Festung des Wassers*", sagte Maggie erstaunt.

„Du weißt ja inzwischen nur zu gut, wie genau es mein Bruder mit der Wahrheit hält", erwiderte Axel. „Er wusste, wenn er dir die echte Übersetzung nennt, würdest du es dir zweimal überlegen, ehe du so einfach ein Siegel öffnest."

„Zum Glück haben mich meine Instinkte auch so davor bewahrt", sagte sie mit hörbarer Erleichterung.

„Zum Glück, ja", stimmte Axel ihr zu. „Als ich Azra'El in den Kerker legte und ihn dort einschloss, brach es Neferkara aus Trauer um ihren Sohn das Herz. Nie sollte ich diesen Klang vergessen – und schließlich habe ich daran auch dich erkannt.

Sterbend bat sie mich darum, den Kerker so zu versiegeln, dass er wieder geöffnet werden könnte … in einer fernen Zukunft … in zwölf mal zwölf Generationen … von der einhundertvierundvierzigsten ihrer eigenen Blutlinie … und das auch nur aus freien Stücken, niemals unter Zwang … auf dass ihre Nachfahrin, und das bist du, Magdalena, entscheiden sollte, ob die Menschheit es verdiene, dass ihr Sohn auf ewig im Abgrund liege.

Ich tat, worum sie mich bat, und sie starb in Frieden. Ich begrub sie in einem Grab nahe dem Kerker ihres Sohnes und brachte ihre Tochter von dort weg – auf eine Insel weit im Nordwesten, wohin ich auch weitere Überlebende aus den Gebieten zwischen Nil, Euphrat und Tigris führte, damit sie für das Kind und somit für den Fortbestand deiner Familie sorgen sollten."

Maggies Herz war angefüllt von Trauer, und etwas in Axels Erzählung beschäftigte sie ganz besonders. „Wieso hast du nicht vorher versucht, Azra'El aufzuhalten, um die Menschen zu beschützen, die dich als ihren Gott anbeteten?"

Axels Gesicht verfinsterte sich. „Ich bezweifle, dass ich stark genug gewesen wäre, den Abaddon zu besiegen. Aber das werden wir hoffentlich nie erfahren. Dass ich es nicht einmal versucht habe, hat seinen Grund. Die Vernichtung der Menschheit war nur ein Teil des Krieges, der damals stattfand. Nur ein Teil des Planes zur Vernichtung des Bestehenden und des Versuches, eine *Neue Ordnung* herzustellen.

Die Engel können zwar keine Menschen töten, wohl aber Nephilim. Und um genau das zu tun und um all jene von uns Engeln, die den neuen Herrscher in den Himmeln nicht als den ihren anerkannten, gefangen zu nehmen, waren die Sieben vom Rat der *B'Nai Elohim*, die Erzengel, mit ihren Armeen zeitgleich mit Azra'El ausgesandt worden, zum Kampf gegen uns und die Nephilim.

Sie vernichteten unsere Kinder und legten uns in Ketten, wo immer sie auf uns trafen. Der Krieg war ein schrecklicher. Zu der Zeit, zu der Azra'El die Sintflut über die Menschen brachte und dann die Überlebenden jagte, war ich in ein Duell mit Ba'Al'T'Azar verwickelt."

„Ihr habt schon einmal gegeneinander gekämpft?", fragte Maggie überrascht.

Axel nickte. „Die Sahara ist Zeugnis unseres Kampfes", sagte er. „Und heute empfinde ich es als Fehler, ihn damals am Ende verschont zu haben; aber ich war losgezogen, um den Menschen ein Leben in Freiheit zu bringen, nicht meinesgleichen den Tod, nur weil sie jemandem dienten, der nicht das Recht hatte zu regieren. Er, Ba'Al'T'Azars Herr, war der wahre Rebell. Er hatte die wunderbare Schöpfung der Elohim an sich reißen wollen und hat sie dann vernichtet, weil er sie nicht beherrschen konnte wie er es sich gewünscht hatte.

Und als er sah, wie Ba'Al'T'Azar gegen mich verlor und ich seinen Sohn in den Kerker von Karnak sperrte, wandte er sich einfach ab und ging fort – für immer. Ba'Al'T'Azar aber glaubt, dass sein Herr, wenn er jetzt den Abaddon wiedererweckt und die Menschheit und mich vernichtet, zurückkehren wird, um die versprochene Neue Ordnung aufzubauen."

Maggie seufzte und schüttelte traurig den Kopf. Sie konnte nicht sagen, was schlimmer war – das, was damals geschehen war oder die Tatsache, dass sie die Macht hatte, den zu erwecken, der es noch einmal geschehen lassen konnte.

20. KAPITEL

Stille Nacht

Ein Käuzchen schrie.

Maggie und Axel traten aus der Hütte auf die Lichtung hinaus. Die Abendsonne stand niedrig über den Baumspitzen vor ihnen. Libellen sirrten mit glitzernden Flügeln durch das Gras und Grillen zirpten. Schwalben tanzten weit oben in der Luft – ein sicheres Zeichen für gutes Wetter. Maggie konnte sich nicht erinnern, wann sie das letzte Mal derart frische Luft geatmet hatte und tat gleich mehrere tiefe Züge. Sie wusste, dass sie im Recht war, wütend auf Axel gewesen zu sein, aber nun, da sie die Motive für sein Handeln kannte und verstand, tat es ihr unglaublich leid, ihrem Unmut derart freien Lauf gelassen zu haben, ohne zuvor die Hintergründe zu kennen.

„Ich hoffe, du bist mir nicht böse“, sagte sie, während sie auf den Waldrand zugingen. Die Idylle des Ortes ließ sie die Schrecken von Mexiko und Karnak vergessen. Die Idylle und, wie sie mehr und mehr merkte, natürlich Axels Nähe. Es war, als ob sich alle Ängste und Befürchtungen durch ihn ganz einfach in Luft auflösten.

„Du hoffst, dass ich dir nicht mehr böse bin?“, fragte er erstaunt – und gerührt. Dann seufzte er. „Ich bin schon heilfroh, dass *du mir* nicht mehr böse bist.“

„Ich habe voreilig reagiert“, gab sie zu.

„Hast du nicht. Du konntest ja schließlich nicht wissen, worum es überhaupt ging“, entgegnete er. „Ich hätte sehr viel früher und schneller mit offenen Karten spielen sollen.“

„Wer weiß, ob ich dir dann geglaubt hätte“, sagte sie. „Es ist um einiges wahrscheinlicher, dass ich dich für einen abgedrehten Spinner gehalten und das Weite gesucht hätte.

Nein, ich glaube, manche Dinge muss man erst erleben, um sie zu glauben."

„Aber ich hätte dir zumindest früher über mich die Wahrheit sagen sollen."

Sie schüttelte entschieden den Kopf. „Sybaris hat ganz recht. Ich war schon mehr als genug irritiert, als ich durch die Zeichen auf deiner Brust den Verdacht hegte, du würdest vielleicht Dämonen anbeten. Was glaubst du, wie ich reagiert hätte, wenn du mir gesagt hättest, dass du selbst eben jener Dämon bist?"

„Ich … ich bin …", sagte er leise, ohne sie anzuschauen. „Ich bin kein Dämon."

„Das weiß ich jetzt", erklärte sie und nahm behutsam seine Hand. „Aber, verstehst du, am Anfang dachte ich eben, Azazel sei sogar ein Dämonenfürst. Es war besser, dass ich die Dinge nach und nach erfahren habe. Es war schon so schockierend genug."

„War es das?" Er klang traurig, aber verständnisvoll.

„Das war es sogar ganz sicher", gestand sie. „Und ich brauchte genügend Zeit, alles zu verarbeiten, sonst hätte ich sofort die Flucht ergriffen."

Jetzt lächelte er. „Und jetzt hattest du genug Zeit?"

Sein fast schon unverschämt spitzbübisches Lächeln drückte einen Knopf ganz tief in ihr drin, und sie seufzte wohlig. „Oh ja."

Mittlerweile hatten sie die einsame Lichtung passiert und traten nun zwischen die eng stehenden Kiefern und Tannen. Es war wie ein Schritt in eine andere Welt – in eine Zauberwelt. Düster und doch wunderschön. Voller Schatten, die Schutz versprachen statt Gefahr. Die Luft hier war kühl und duftete süß und harzig. In der Ferne heulte ein Wolf; aber so dicht neben Axel hatte Maggie nicht die Spur von Furcht.

„Es tut mir sehr leid, dass Virginia sterben musste", sagte sie vorsichtig und drückte dabei seine Hand noch ein wenig fester, um ihm Trost zu spenden.

„Es ist nicht deine Schuld", antwortete er.

„Es fühlt sich aber so an."

„Bitte, Magdalena, so darfst du auf keinen Fall denken", sagte er mit belegter Stimme. „Ba'Al'T'Azar hat sie ermordet – nicht du. Und das völlig ohne Grund. Nur aus Wut heraus. Oder, was noch sehr viel wahrscheinlicher ist, aus reiner, grausamer Freude am Töten."

„Wieso tut er so etwas?"

Axel zuckte mit den breiten Schultern, und Maggie erkannte an seinem Blick, dass er sich an frühere Zeiten erinnerte. „Er hat sich sehr verändert im Laufe der Jahrtausende."

Sie konnte den Schmerz sehen, den diese Erinnerungen in ihm verursachten und entschied, dass es besser war, das Thema zu wechseln. „Was sollen wir jetzt tun?"

„Das liegt an dir, Magdalena", sagte er, und sein Blick klärte wieder auf. „Du allein hast die Macht, das Siegel zu öffnen und den Abaddon zu befreien."

„Eine Macht, auf die ich nur allzu gerne verzichten könnte", sagte sie sarkastisch.

„Willkommen im Club", sagte er und lächelte sie mitfühlend an. „Doch du hast sie nun einmal."

„Aber ich werde sie nie einsetzen."

„Das zu entscheiden, obliegt dir."

„Was gibt es da zu entscheiden?", fragte sie verwundert. „Wenn ich es tue, vernichtet Azra'El die Menschheit." Doch sie dachte in erster Linie gar nicht an die ganze Menschheit. Sie dachte an ihre Mutter, an Larry und vor allem an Lydia und ihr noch nicht geborenes Baby. „Das ist keine Option."

Axel legte die ansonsten glatte Stirn in kummervolle Falten. „In einem mag Ba'Al'T'Azar recht haben."

„Womit?“

„Die Menschen gehen nicht gerade sorgfältig mit dem Leben und dem Planeten um.“

„Worauf willst du hinaus?“

Er zögerte, ehe er weitersprach. „Es vergeht nicht ein Tag, an dem ich mich nicht frage, ob es wirklich gut war, ihnen all das beigebracht zu haben, womit sie sich jetzt gegenseitig, aber auch die Natur zerstören.“

„Du gibst dir die Schuld daran?“

Axel seufzte tief und lange. „Vielleicht habe ich doch das Böse in die Welt gesetzt.“

Maggie dachte lange darüber nach, während sie über das sattgrüne Moos schritten. „Weißt du, Axel, wenn du den Menschen damals nicht geholfen hättest, würden wir vielleicht heute noch in Höhlen leben … und von der Hand in den Mund. Wir wären sehr, sehr viel weniger an Zahl und nur eine unter vielen Tierarten.“

„Manche würden das das Paradies nennen“, sagte er nachdenklich. „Ein unverderbtes Leben in der freien Natur. Keine Technologie, keine Zivilisation. Eine Existenz in vollkommener Harmonie und im Einklang mit der Schöpfung.“

„Und zugleich keine Medizin für die Kranken, kein Ackerbau und keine Viehzucht für eine gesicherte Ernährung, keine Häuser zum Schutz gegen Kälte, Schnee und Sturm, keine Kultur und keine Kunst für die Bildung der Seele“, hielt Maggie dagegen.

Axel nickte bestätigend. „Nur die Stärksten bestehen den täglichen Kampf ums Überleben.“

„Fressen und gefressen werden“, sagte Maggie mit einem verächtlichen Schnauben. „Schönes Paradies. Und dafür sollen Milliarden sterben? Nein, ganz bestimmt nicht.“

„Ich bin froh, dass du so denkst.“

„Dann wolltest du mich auf die Probe stellen?“

„Das würde ich niemals tun, Magdalena", sagte er. „Ich wollte nur sichergehen, dass du selbst beide Seiten beleuchtest und dass – welche Entscheidung auch immer du treffen magst – sie die deine ist."

Sie verstand. „Aber egal, wie ich es halte, Ba'Al'T'Azar wird weiter nach mir suchen."

„Ja", sagte Axel. „Und wenn er dich findet, wird er ganz bestimmt wieder versuchen, dich dazu zu zwingen, das Siegel zu öffnen und Azra'El zu befreien."

Maggies Magen verkrampfte bei der Erinnerung und dem Erkennen der Konsequenzen. „Das bedeutet ein Leben auf der Flucht."

„Sybaris bereitet einen Schutzzauber vor."

Das war eine gute Nachricht. „Aber früher oder später wird er mich finden, nicht wahr?"

„Ja", sagte Axel ernst. „Das wird er. Es sei denn, jemand vernichtet ihn vorher."

Maggie erschrak über die Finsternis in seinen Worten, fasste ihn am Arm und brachte ihn dazu, stehen zu bleiben. „Denk nicht einmal darüber nach, Axel. Bitte!"

„Ich sehe keinen anderen Weg."

„Dann werden wir einen suchen, verdammt noch mal", sagte sie aufgebracht, aber auch eisern. „Du hast ihn damals verschont, weil du nicht zum Mörder an deinesgleichen werden wolltest. Ich kann nicht zulassen, dass du ihn jetzt für mich tötest."

„Es wäre nicht nur für dich, Magdalena", sagte er. „Es wäre auch die gerechte Strafe für das, was er Virginia angetan hat."

Maggie schüttelte den Kopf. „Du weißt, sie würde auf gar keinen Fall wollen, dass du dich selbst aufgibst und zum Monster wirst. Schon gar nicht für so etwas Sinnloses wie Rache." Wieder dachte sie an Lydia und ihr ungeborenes

Kind. Wenn Azazel Ba'Al'T'Azar tötete, wäre die Gefahr für seine Geburt und sein junges Leben gebannt; aber der Preis wäre viel zu hoch.

Er schwieg eine Weile. Der traurige Glanz in seinen dunklen Augen verriet Maggie, dass er noch immer an Virginia dachte, während er überlegte: so als würde er ihr ganzes langes Leben an seiner Seite noch einmal vor seinem geistigen Auge Revue passieren lassen. „Nein, das würde sie nicht wollen. Du hast recht."

Dann nahm er Maggie in die Arme und küsste sie. „Aber ich will dich nicht auch noch verlieren."

„Uns fällt bestimmt etwas ein", sagte sie zuversichtlicher, als sie sich in Wirklichkeit fühlte, und dieses Mal hörte sich das Heulen des Wolfes so an, als würde er sie und ihre Hoffnung verhöhnen. Als wüsste er, dass sie keine Chance hatte ... dass die Erfüllung der Prophezeiung unausweichlich war ... und sie nicht nur leiden, sondern auch das Ende der Menschheit herbeiführen würde.

„Halt mich fest", flüsterte sie, obwohl sie wusste, dass es nur eine Einbildung war, und schmiegte sich schutzsuchend vor ihren eigenen Gedanken und Ängsten an seine breite Brust.

Er legte eine Hand in ihren Nacken und sagte: „Ich werde es nicht zulassen, Magdalena."

„Solange du bei mir bist, ist alles gut", hauchte sie leise gegen seine Haut, küsste seine Brust und reckte sich nach oben, um ihre eigenen Lippen mit den seinen zu versiegeln. Sie wollte jetzt nicht mehr verzweifelt sein, nicht mehr hoffen und sich auch nicht mehr ängstigen. Nicht mehr darüber nachdenken, welche unheimliche Macht ihr vom Schicksal und einer entfernten Vorfahrin aufgebürdet worden war und welche Verantwortung damit einherging.

Für die einen war sie die Hoffnung auf die Rückkehr

des Paradieses, für die anderen die größte Bedrohung der Menschheit seit der Sintflut. Nein, über all das wollte sie jetzt nicht mehr nachdenken, sondern Kraft schöpfen für das, was noch alles vor ihr liegen mochte.

„Verzaubere mich, Axel", flüsterte sie gegen die warme Haut seiner Wange.

Er wandte den Kopf und schaute sie mit einem beinahe schon unschuldigen Blick irritiert an.

„Lass mich vergessen", sagte sie sehnsuchtsvoll. „Nur für ein paar Stunden. Und morgen ist ein neuer Tag."

Jetzt verstand er ... und lächelte liebevoll. „Dazu brauche ich kein Di'Maì."

Sie lächelte zurück. „Ich weiß."

Wieder legte er seine Hand in ihren Nacken, zog sie zu sich heran und küsste sie. Dieses Mal aber mit einer solchen Leidenschaft, dass ihre Knie schon nach wenigen Augenblicken weich wurden und sie sich an ihm festhalten musste, um nicht zu Boden zu sinken.

Die Magie seiner Küsse hatte nichts zu tun mit dem Di'Maì – und war doch so viel stärker. Und so schwach ihre Knie dabei auch wurden, ihr Herz wurde stärker.

Mit seiner freien Hand nestelte er geschickt und ganz ohne Hast die Schleife auf, mit der sie den Strick um ihre Taille gebunden hatte, und plötzlich spürte sie, wie er sie mit dem Rücken gegen einen Baumstamm drückte.

Die raue Rinde rieb durch das dünne Leder hindurch an ihrer Haut, wie eine dritte Hand, und mit schneller werdendem Atem und wachsender Sehnsucht ließ sie zu, dass er ihre Arme mit seiner übermenschlichen Kraft nach oben reckte, bis sie auf den Zehenspitzen stand. Dann fühlte sie den Strick an ihren Handgelenken.

Er fesselte sie. Aufrecht stehend, mit dem Rücken zum Baum, die Arme weit nach oben gestreckt. Und das alles, ohne dass er damit aufhörte, sie immer wilder und gieriger zu küssen.

Sie reckte sich ihm, so gut sie konnte, entgegen, um ihn überall zu spüren, und erwiderte seine Küsse mit der gleichen emporlodernden Leidenschaft. Dem gleichen gierigen Hunger.

Die Hitze ihrer Lust stieg ihr ins Gesicht, in den Nacken und in die Lenden, und mit einem Mal hörte sich das ferne Heulen des einsamen Wolfes an wie ihre zunehmende Wildheit begleitende Musik.

Axel trat einen Schritt zurück, um sie zu betrachten.

Seine breite Brust hob und senkte sich schneller als noch vor wenigen Minuten, und die Zeichen darauf hatten leise zu leuchten begonnen. So wie sein Blick, mit dem er sie verlangend musterte. Das Lächeln um seine Mundwinkel war ein finster lüsternes, und es ließ Maggie bis ins Mark erbeben.

Sie war ihm ausgeliefert, diesem mächtigen Wesen, dieser Kreatur der Ewigkeit, diesem Krieger des Himmels – und genau das wollte sie sein.

Trotz der sichtlich in ihm brennenden Leidenschaft immer noch ganz ohne Eile, griff er nach vorne und riss einen der kurzen Ärmel der Tunika ab. Maggie war vorfreudig gespannt, was er damit vorhatte.

Er schmunzelte, als er die Neugier in ihren Augen sah, und riss das breite Lederband der Länge nach fast ganz durch, sodass es jetzt ein beinahe doppelt so langer schmalerer Streifen war. Da wusste Maggie, was er damit wollte.

Und tatsächlich – er trat wieder zu ihr hin … und verband ihr damit die Augen, fest und sicher, sodass sie auch ja nichts mehr sehen konnte.

Er küsste sie erneut, während er das tat, mit seinen warmen, leicht rauen Lippen, und Maggie fühlte ihr eigenes Herz vor Aufregung und Spannung stolpern … das Blut in ihren Adern rauschen.

Verzaubere mich, hatte sie ihn gebeten, und genau das tat er nun.

Vollkommen machtlos und blind war sie jetzt seiner Lust ausgesetzt, seiner Fantasie ausgeliefert.

Noch während er sie küsste, glitten seine Handflächen an ihren nach oben gereckten Armen herab, zu ihren Achseln und von dort ohne Umwege und auf eine herrlich fordernde und direkte Weise zu ihren Brüsten. Seine Daumen drückten das trockene, aber weiche Leder gegen ihre Nippel, und es war, als würden kleine Blitze in sie hineinflammen. Gebannt hielt sie den von ihren Lippen fliehen wollenden Atem an, um sich auf das wundervolle Gefühl besser konzentrieren zu können … auf das wundervoll grobzärtliche Necken und das rhythmische Kreisen seiner festen Finger … die sanfte Rauheit des Leders … das spontane, prickelnde Zusammenziehen ihrer Brustspitzen.

Küsse auf ihrem Hals.

Das Heulen des Wolfes war inzwischen näher gekommen, und es hatten sich zwei, wenn nicht drei weitere zu ihm gesellt. Ein Schauer lief Maggie über den Rücken – aber es war ein wohliger. Sie hatte keine Angst. Dank Axel. Und dieses Bewusstsein erregte sie noch mehr. Eines der mächtigsten Wesen des Universums war ihr Geliebter. Und er machte sich gerade daran, ihrer Lust zu dienen.

Obwohl sie gefesselt war, fühlte sie sich von ihm angebetet … wie eine Göttin.

Sie spürte, wie seine großen, in Jahrtausenden des Kampfes gestählten und dabei doch so einfühlsamen Hände an ihr herabwanderten …

… über ihre Seiten … ihre Hüfte …

… ihre Schenkel … die leise zu zittern begannen, als er ihr jetzt den Saum der ledernen Tunika nach oben schob. Hoch und immer höher – bis zum Bauch hinauf.

Als sie seinen Atem auf ihrem nun nackten Schoß fühlte, wusste sie, dass er vor ihr auf die Knie gegangen war, und sie erschauerte in Erwartung dieser köstlichen Verheißung.

Ein sanfter Kuss zuerst. Warm und weich.

Maggie biss sich vor Genuss auf die Unterlippe.

Ein zweiter Kuss. Dann ein dritter – beide schon ein wenig fester, hungriger.

Seine Nasenspitze auf ihrer empfindlichen Haut. Seine kräftigen Hände unter dem nach oben geschobenen Saum des Kleides über ihren Bauch wandernd bis hinauf zu ihren Brüsten, um sie mit gespreizten Fingern zu umfassen, während aus kleinen Küssen auf ihren Schoß ein langer wurde – und warm zu heiß.

Ihre Beine begannen zu beben und gaben nach, doch der feste Strick an ihren Handgelenken hielt sie aufrecht. Sein Gesicht tauchte zwischen ihre sich nur allzu gerne teilenden Schenkel, und sie genoss es, zu fühlen, wie sich sein Mund langsam öffnete und delikat sacht an ihr zu saugen begann. Der Biss auf ihre Unterlippe wurde fester, während sie ihm mit einem hingebungsvollen Seufzen ihren Schoß entgegenrückte, um seinen Kuss noch intensiver zu spüren.

Die Berührung war trotz ihrer anfänglichen Sanftheit so eindringlich und so köstlich, dass sie zunächst gar nicht merkte, dass er zugleich ihre Nippel zwischen seinen Daumen und Finger genommen hatte, um verspielt an ihnen zu drücken und sie ganz sachte zu zwirbeln. Erst als er ein wenig fester daran zupfte, wurde sie dessen gewahr und stieß einen zweiten, etwas lauteren Seufzer aus, als das Prickeln in ihrem Schoß und das Kribbeln in ihren Brüsten tief in ihrem Bauch zusammenströmten und ihre süße Sehnsucht in sehr viel handfestere Wollust verwandelten.

Ohne lange nachzudenken hielt sie sich an dem Strick fest und zog ihre Beine nach oben, um sie ihm gespreizt auf die breiten Schultern zu legen und sich ihm und seinem drängender werdenden Kuss auf ihre Scham zu öffnen.

Da brachte er seine Zunge ins Spiel … und Maggie dadurch völlig um den Verstand.

Sie stöhnte rau auf, als er ihr Fleisch damit teilte und sie zwischen ihre jetzt vor Lust glühenden Schamlippen drückte.

Vor und zurück.

Vor und zurück.

Selbstvergessen verhakte sie die Fersen hinter seinen Schultern und machte den Rücken rund. Er nahm die Einladung an und leckte tiefer, während er seine Oberlippe und Nase dabei auf ihre Klit drückte und nach einer kleinen Weile hin und her rieb, ohne auch nur für einen einzigen Moment das sinneraubende Spiel seiner Finger an ihren wärmer und fester werdenden Brüsten zu unterbrechen.

Die wehrlose Göttin …

… und der sie huldvoll anbetende Engel.

Seine Zunge war warm und weich und feucht … und bei all ihrer geschickten Sanftheit doch so kraftvoll, hungrig und auch fordernd.

Die ersten Sternchen flimmerten vor Maggies verbundenen Augen, und sie hätte beinahe gejauchzt vor Freude und Wollust, die die wunderbare Behandlung ihr bereitete.

Seine Zungenspitze neckte den immer empfindsamer werdenden Eingang ihrer Pussy mit kleinen Kreisen, holte ihren Saft und brachte ihn hoch zu ihrer Klit, um ihn dort, ebenfalls sehr gezielt kreisend und von seinem wundervoll warmen Atem begleitet, zu verteilen.

Der Takt, mit dem er das tat, zuckte in sie hinein, sodass sie gar nicht anders konnte, als ihn mit dem ganzen Körper aufzunehmen und sich ihm immer wieder entgegenzuheben. Aber auch ihr Herz übernahm ihn … und ihr schwer gewordenes Atmen.

Ihr Mund öffnete sich wie von selbst. Brünftiges, befreites Stöhnen zum zart peitschenden Schlag seiner Zunge. Gleichmäßig. Tief. Begleitet vom Heulen der Wölfe.

Als er mit seiner Rechten von ihrer bis ins Zentrum hinein glühenden Brust abließ, wollte sie schon protestierend seufzen, weil er ihr damit so gutgetan hatte und sie nicht darauf verzichten wollte. Doch dann erkannte sie, was er mit der nun freien Hand vorhatte – und stöhnte noch lauter in wilder Erwartung.

Sie weiter und noch intensiver leckend, griff er damit von unten zwischen ihre Backen und drückte den großen Daumen mit sie zum Wahnsinn treibender Langsamkeit nach oben in ihre feuchte Spalte.

„Ja!", stöhnte sie, als sie fühlte, wie er ihn in ihr leicht krümmte und damit zu spielen begann.

Jetzt hatte er sie im wahrsten Sinne des Wortes völlig im Griff.

Seine Zunge konzentrierte sich jetzt nur noch auf ihre Klit, und das Schlecken wurde schneller und stoßhafter. Gezielt. Furchtbar wundervoll präzise.

Vor und zurück.

Der Daumen rutschte tiefer.

Die linke Hand am Nippel wurde gröber. Willkommen.

Maggie konnte den rasenden Schlag ihres eigenen Herzens hören. Das Ausgeliefertsein und dabei so köstlich und gekonnt verwöhnt zu werden, versetzte sie in einen immer wilder werdenden Rausch. Ihre Schenkel verkrampften sich ganz von selbst über seinen Schultern. Sein Gesicht war inzwischen fest gegen ihren Schoß gepresst, und seine Zunge tanzte rau und heiß über ihre Klit.

Der Daumen steckte in ihr wie ein Schwanz … und drückte … und kreiste … kreiste … kreiste.

Wenn es seine Absicht war, sie zum Kommen zu bringen, dann würde er sein Ziel bald erreicht haben. Sie fühlte, wie sie immer nasser wurde und konnte ihn jetzt sogar schlecken hören. Gleichzeitig konnte sie nicht aufhören zu stöhnen ... und unkontrolliert zu zucken. Seine Liebkosungen hatten alles geweckt in ihr, was da Frau war und Frau sein wollte. Keine Gedanken mehr, nur noch Lust ... und ein Gefühl, das noch so viel mehr war als Lust.

Hingabe.

Liebe.

Ihre ... und seine. Alle Zweifel waren vergangen.

Weiter und weiter leckte er sie mit seiner Zunge, reizte er sie mit seinem Daumen und zwirbelte ihren Nippel, bis sie schließlich gar nicht anders konnte und schreien musste vor aus ihr berstender Geilheit ...

... und mit diesem Schrei zusammen kam ... und die Welt um sich herum vergaß.

Es gab nur noch Axel und sie.

Und er hörte nicht auf, sie zu verwöhnen.

Er behielt ganz einfach den Takt bei und auch das Kreisen seines Daumens in ihr – nur den inzwischen brennenden Nippel entließ er und widmete sich stattdessen dem anderen.

So köstlich!

Sie stöhnte weiter und ließ sich auf der Welle treiben, die er in ihr höher und höher peitschte. Rauschendes Rot vor ihren geschlossenen Augen. Den wilden Schlag ihres Herzens und das Heulen der Wölfe in ihren Ohren. Den Duft ihres Geliebten und ihren eigenen in der Nase.

Ihre Klit war nun noch um einiges empfänglicher für die schnellen und gleitenden Berührungen seiner feuchten Zunge, und er leckte sie unaufhörlich ... verlangend ... dürstend – nach ihrem Saft ... und ihrem zweiten Orgasmus.

Das war ein Durst, den zu stillen ihr nicht schwerfiel.

Keuchend und mit flatternden Schenkeln presste sie sich ihm entgegen … spannte sich an … und kam.

Es war wie ein Überschnappen, zu dem sie nicht das Geringste tun musste. Obwohl erwartet und herbeigesehnt, aufs Angenehmste überraschend und überfallartig.

Heftig.

Lange anhaltend … weil er dabei nicht aufhörte, sie zu liebkosen.

Sie schrie so laut, dass die Wölfe verstummten. Endlos – bis sie nicht mehr konnte und in sich zusammensackte. Und als sie nach dem Schrei nach Luft schnappte, schmeckte diese nicht länger nur nach dem süßen Harz der Bäume und nach Moos. Sie schmeckte nach ihrer eigenen Lust … und vor allem nach Axel. Und sie wusste, wie sehr er bereit war, sie jetzt zu nehmen.

Er richtete sich leichtfüßig vom Boden auf und ließ ihre Schenkel dabei so von seinen Schultern gleiten, dass er sie mit den Händen in den Kniekehlen abfangen konnte und sich noch in der fließenden Aufwärtsbewegung kraftvoll in sie versenkte.

Maggie schnappte noch einmal nach Luft, und Axel presste seine hungrigen Lippen auf ihren weit geöffneten Mund, während sein harter Schwanz in ihr nach oben drängelte und sie mehr und mehr ausfüllte. Dass er dabei ebenfalls lustvoll aufstöhnte, peitschte ihre Lust noch höher. Sein Gewicht und seine große Kraft drückten Maggie mit dem schweißfeuchten Rücken gegen die Rinde, und so war sie zwischen Axel und dem Baum gefangen, als er begann, in sie zu stoßen.

Lange, ausgedehnte Bewegungen.

Geschmeidig. Feucht.

Warm. Steif. Tief.

Ihre Kniekehlen ruhten auf seinen starken Unterarmen, und seine Hände hatten ihre Backen gepackt und trugen ihr

Gewicht mit Leichtigkeit. Sie schmeckte seinen süßen Atem mit ihrer zwischen seinen Lippen gleitenden Zunge, sog seinen durch die Lust noch verstärkten Duft in tiefen Zügen durch die Nase und erbebte, als sie sein gieriges Knurren nicht nur hörte, sondern durch ihre Brust hindurch als tiefes, grollendes Vibrieren spürte.

Mit der herrlichen Kraft, die ihm innewohnte, nahm er sie, und hatte sie sich bis eben noch wie eine Göttin gefühlt, der er macht-, aber hingebungsvoll huldigte, war sie jetzt das Spielzeug, mit dem er tat, was er wollte, damit ihr hier für ihn am Baum hängender Leib einzig und allein seiner Befriedigung diente …

… was in sich selbst ein umwerfendes und sehr befriedigendes Gefühl für sie war.

Sie rang unter seinem Ansturm nach Atem, wölbte sich ihm entgegen und stöhnte so laut wie er knurrte. Sie konnte seinen Schwanz fühlen, wie er feucht fast ganz aus ihr rutschte, um dann an ihrer köstlich kribbelnden Klit entlang wieder in sie zu gleiten. Sie hielt sich nicht damit auf, sich zu fragen, wie verdammt noch mal er das anstellte, sondern genoss es in vollen Zügen und zitternder Erregung.

Es war ganz so, als wüsste sein Schwanz, wo sie am empfindlichsten, am empfänglichsten für Berührungen war, um genau dort entlangzurutschen, zu reiben und zu stoßen. Und bei aller Kraft, mit der er es mit ihr trieb, und aller Gier, die in seinen Bewegungen lag, hatte er es keineswegs eilig, war er nicht nur auf der Jagd nach einem Orgasmus, sondern fand seinen Genuss im Akt selbst.

Etwas in ihr jubelte, und Tränen der Freude schossen ihr in die verbundenen Augen. Sie merkte, dass sie, obwohl sie küsste und stöhnte und stöhnte und küsste, angefangen hatte zu lächeln und spürte an ihren Lippen, dass auch er lächelte … dass auch er glücklich war.

Was auch immer morgen kommen mochte, heute war alles gut.

Besser als gut. Wunderbar!

Er hielt sie und fickte sie. Stand auf festen Beinen zwischen ihren weit gespreizten Schenkeln … stieß … drängte … nahm … ein und aus … hin und her … vor und zurück.

Inzwischen schlug ihr das Herz bis hoch zur Kehle, die rau und heiser geworden war von all dem Stöhnen und Schreien, und dennoch konnte sie nicht anders als weiter zu stöhnen.

Stoß um Stoß um Stoß.

„Ich liebe dich, Magdalena", knurrte er, und seine Stimme war dabei so tief und ehrlich, dass sie glaubte, die Freude darüber müsse ihr die Brust sprengen.

„Und ich liebe dich, Axel", keuchte sie. „Azazel."

Und Freude und Geilheit und Erregung und Wollust und Ekstase und Euphorie vermischten sich in ihr und wurden zu etwas Neuem; etwas, das noch mehr war als Erfüllung oder Glück und Liebe, etwas das so überschäumend und mächtig war, dass sie es nicht länger in sich halten konnte. Sie schrie es heraus … und kam dabei … heftiger als sie jemals zuvor in ihrem Leben gekommen war. Denn zum ersten Mal in ihrem Leben fühlte Maggie Carey sich … vollständig.

Richtig. Zweifelsfrei.

Gehalten. Geborgen.

Erkannt. Angenommen.

Er stieß weiter, und sie kam weiter.

Die Augenbinde war nass von ihren Freudentränen, und jede einzelne Faser ihres Körpers zuckte unter dem sturmhaften Andrang und dem befreienden Loslassen ihrer Gefühle.

Es war nass zwischen ihren Schenkeln und heiß, ihre Brüste glühten unter dem Reiben des schweißnassen Leders und seines stählernen Körpers. Ihre Backen in seinen weit gespreizten Fingern waren angespannt, weil sie sich so fest sie konnte gegen ihn drückte. Ihre Lippen saugten an seiner Zunge wie eine Verdurstende … und ihr Herz raste schneller als jemals zuvor.

Da … packte er sie und presste sie so hart gegen den Baum, dass sie keine Luft mehr bekam … er brüllte auf und trieb sich härter in sie als bis eben … drei, vier, fünf Stöße … der letzte tief in ihr verharrend … sein ganzer Leib angespannt und gegen sie gedrückt.

Sie explodierte noch einmal … zusammen mit ihm … und er blieb schwer atmend an sie gedrückt … in ihr pochend und pulsierend. Maggie verbiss sich in seiner Schulter und konnte nicht mehr aufhören zu zittern.

Innig vereint verweilten sie dort wie miteinander verschmolzen, und es war, als ob die Zeit still stünde. Auch um sie herum war alles leise geworden – die Wölfe hatten aufgehört zu heulen. Das Einzige, das Maggie hören konnte, waren die Schläge ihrer beiden Herzen und Axels schweres Atmen ganz dicht bei ihrem Ohr.

Sie drehte ihren Kopf und küsste seinen Hals in einer Mischung aus Dankbarkeit, Erfüllung und nie ganz zu stillender Gier. Er löste den Strick an ihren Handgelenken, und sie schlang ihre zitternden Arme um ihn, streichelte seinen schweißfeuchten Rücken.

Vorsichtig nahm er ihr die Binde ab, und das Erste, das ihr Blick suchte, waren seine Augen. Sie leuchteten in einem überirdischen Feuer … glücklich … befreit.

Maggie küsste ihn und fühlte, wie ihr schon wieder Tränen über die Wangen liefen. Axel lächelte und wischte sie mit dem Daumen fort. Dann wandte er sich von dem Baum ab und ging mit ihr zusammen in die Knie, legte sie mit dem Rücken auf den weichen, moosigen Boden und küsste sie wieder.

Er war noch immer in ihr.

Maggie genoss den Druck seiner Scham auf ihren Schoß und verhakte die Fersen hinter seinen Oberschenkeln. Mit einem neuen, zusätzlichen Funkeln in den Augen nahm er ihr Gesicht in beide Hände, und ihre Lippen unter den seinen flüsterten leise: „Ja!“, als seine Hüften langsam zu kreisen begannen … und mit ihnen sein Schwanz in ihr.

Sein Gewicht presste sie ins Moos, und sie ließ ihre Finger durch seine dichten Locken streichen, während er sie jetzt zärtlich und sanft liebte. Da war nicht ein Millimeter Luft mehr zwischen ihren einander wortlos verstehenden Körpern, und sie hätte nicht sagen können, wer von ihnen beiden wärmer glühte.

Ihr Atem wurde zu einem, so wie auch der Rhythmus ihrer Bewegungen. Und wieder wuchs da in Maggie die brennende Sehnsucht danach, dass dieser Moment niemals vergehen möge; dass sie nie wieder fort müsste aus seinen starken Armen und er nie wieder aufhören würde, sie so zu lieben, wie er es jetzt tat.

Aus dem zuvor wilden Hämmern ihres Pulses war ein kraftvolles, gleichmäßig stärker werdendes Rauschen geworden; aus den peitschenden Wellen sanftstarke Wogen; aus dem *Staccato* ein *Strisciando* … geschmeidig streichend … fließend … und doch durchaus drängend … unfassbar tief.

Während sie mit den Fingerspitzen seine dichten Brauen glatt streichelte, flüsterte sie immer und immer wieder heiser und unter bebendem Atem seinen Namen …

… seinen echten Namen. Den des Gefallenen, des Verstoßenen, des Einsamen.

„Azazel.“

Stunden waren vergangen. Der volle Mond stand inzwischen hoch über den Wipfeln der Kiefern und Tannen, und

Maggie lag, wohlig ausgelaugt und doch zugleich mit neuer Kraft erfüllt, in Axels Armen auf dem Moosbett des Waldes und lächelte versonnen, das Gesicht an seine breite Brust gelehnt und seinem starken Herzschlag lauschend.

Die Wölfe hatten wieder angefangen zu heulen und waren im Laufe der vergangenen Minuten immer näher gekommen. Und noch immer machte Maggie sich deshalb keine Sorgen. Was war es doch für ein wunderbares Gefühl, einen Engel an seiner Seite zu haben. Zu wissen, dass die Wölfe ganz in der Nähe waren und ihr nichts antun konnten, ließ sie die Anwesenheit der Raubtiere sogar genießen und als wunderbar romantische Begleitung zu ihrem nächtlichen Tête-à-Tête im uralten Wald von Transsylvanien empfinden.

„Da“, flüsterte Axel und deutete unauffällig auf die Schatten zwischen den Bäumen.

Maggie sah zwei leuchtende Punkte in der Dunkelheit. Augen. Eine Gänsehaut lief ihr über den Rücken. Aber es war mehr ein wohliger Schauer.

„Da, noch einer.“

Sie folgte seinem Fingerzeig und entdeckte ein zweites, funkelndes Augenpaar. Sie konzentrierte sich auf die Stelle, und schon nach wenigen Momenten konnte sie die Silhouette des großen Wolfes erkennen. Seelenruhig und aufrecht stand er zwischen zwei Baumstämmen; keine sechs Meter von ihnen entfernt.

Ein drittes Paar Augen kam dazu, dann ein viertes, fünftes und sechstes, und ehe Maggie es sich versah, war sie von einem Kreis von Wölfen umringt. Es waren über ein Dutzend, und jetzt wurde ihr doch ein wenig mulmig.

„Du musst keine Angst haben“, sagte Axel, und sie wunderte sich nicht darüber, dass er spürte, was sie fühlte. „Schau.“

Er machte eine Geste, und einer der Wölfe kam mit langsamen Schritten näher. Sein Fell glänzte silbergrau im Licht des Mondes. Er war noch größer als der, den Maggie zuerst gesehen hatte. Er schien keine Scheu zu besitzen. Je dichter er an sie heran kam, umso schneller schlug Maggies Herz, und sie bewunderte die finstere Schönheit des Tieres, seine kraft- und würdevolle Ruhe.

Seine Augen glänzten mit einer Intelligenz, die schon beinahe unheimlich war.

Schließlich war er bis auf zwei Schritte an sie heran. Axel, der noch immer am Boden lag, streckte die Hand aus, und das Raubtier senkte den riesigen Kopf, um daran zu schnüffeln.

„Komm her", flüsterte Axel. Der Wolf machte noch einen Schritt, und Axel kraulte ihn hinter dem Ohr. In einer Geste des Sichwohlfühlens drückte der Wolf sein Gesicht gegen Axels Unterarm.

Auch die anderen Wölfe waren jetzt von allen Seiten leise herangekommen, und Maggie hätte beinahe vor Schreck geschrien, als einer von ihnen mit seiner kühlen Schnauze von hinten gegen ihre nackte Schulter stupste.

Für einen Sekundenbruchteil bekam sie es jetzt wieder mit der Angst zu tun, aber als Axel nur darüber lachte, dass sie sich erschreckt hatte, wusste sie, dass ihr nichts passieren konnte.

Dennoch kostete es sie einiges an Überwindung, dem Wunsch, das seidige Fell zu berühren, nachzugeben und die Hand auszustrecken. Der Pelz war warm und weich zwischen ihren Fingern, und der Wolf gab einen zufriedenen Laut von sich, wie um sie einzuladen, weiterzumachen. Das machte sie mutiger, und sie kraulte das große Raubtier hinter dem Ohr – dort wo das Fell ganz besonders weich ist.

Der Wolf sagte: „Etwas höher, bitte."

21. KAPITEL

Neu getauft

Etwas höher, bitte."

Der Wolf hatte die drei einfachen Worte noch nicht ganz zu Ende gesprochen, da war Maggie schon, bis ins Mark hinein erschreckt, hoch und auf die nackten Füße gesprungen und hatte einen schrillen Schrei ausgestoßen. Sie zog Axel mit sich nach oben und klammerte sich ängstlich zitternd an ihn.

Doch Axel lachte nur. Und zwar aus vollem Hals. Wie ein Kind, dem ein Schabernack ganz besonders gut gelungen war. Mit schreckgeweiteten Augen sah Maggie erst ihn und dann noch einmal den Wolf völlig irritiert an.

Ihre Verwunderung wurde noch größer, als der Wolf sich plötzlich ganz elegant auf die felligen Hinterbeine erhob ... und sich vor ihren ungläubigen Augen innerhalb weniger Sekunden und völlig fließend verwandelte ...

... in Sybaris! Auch sie lachte, versuchte aber wenigstens höflich es zu unterdrücken.

„Es tut mir leid", gluckste sie und hätte sich dabei beinahe verschluckt. Sie war nackt von Kopf bis Fuß, mit Ausnahme eines schmalen Gürtels aus Wolfsfell, aber ihr langes, schwarzgraues Haar fiel wie ein Mantel über ihren Leib. Nachdem sie zu Ende gehustet hatte, sagte sie: „Ich wollte dich nicht erschrecken, Kleines. Wirklich nicht. Na ja, ein bisschen vielleicht schon. Aber nicht so sehr."

Maggie stieß unwillkürlich einen Ruf der Entrüstung aus und prügelte mit ihren Fäusten wütend auf Axels breite Brust. „Und du hast es gewusst!"

Noch immer musste er so sehr lachen, dass er nicht antworten konnte. Tränen liefen ihm über die Wangen. Maggie wurde bewusst, dass sie ihn noch nie so befreit lachen gesehen hatte – und konnte ihm nicht länger wirklich böse sein.

„Und die anderen?“ Sie deutete auf die Wölfe um sie herum. „Sind das auch Menschen?“

„Nein“, sagte Sybaris. „Das sind alles wirkliche Wölfe. Mein Rudel. Ich habe sie gerufen, ich brauche sie für das Ritual.“

„Das Ritual?“, fragte Maggie.

„Deine Witterung“, sagte Sybaris.

„Ich verstehe nicht“, gestand Maggie.

„Wir müssen sie ändern, damit Ba’Al’T’Azar dich nicht so schnell findet.“ Plötzlich hielt sie eine alte, dem Augenschein nach selbst geschmiedete Schere aus schwarzem Eisen in der Hand und streckte sie Maggie entgegen.

„Was soll ich damit tun?“, fragte Maggie.

Sybaris deutete im Kreis, von einem der um sie herum stehenden Wölfe zum anderen. „Du schneidest jedem meiner Gefährten eine Fellsträhne von der Brust.“

Maggie starrte die Alte an, als hätte die von ihr gerade verlangt, mit einem Besen auf den Mond zu fliegen.

„Mach schon“, drängelte Sybaris. „Je schneller wir fertig sind, umso besser.“ Sie machte eine knappe Bewegung mit der Hand, und die Wölfe stellten sich folgsam in einer Reihe nebeneinander auf.

Obwohl sie sah, dass die Wölfe Sybaris aufs Wort gehorchten und Axel in ihrer Nähe war, hatte Maggie plötzlich nicht mehr die gleiche Zuversicht wie vorhin, dass die Tiere ihr nichts tun würden. Dafür hatte die Sache eben sie doch zu sehr erschreckt – und die Wölfe sahen einer wilder aus als der andere. Aber sie erkannte und akzeptierte, dass es getan werden musste und kämpfte ihre Unsicherheit nieder.

Sie zögerte noch einen Moment, holte dann tief Luft

und ging schließlich zu den Wölfen, um bei dem linken anzufangen.

Sie griff in das dichte, grauschwarze Fell seiner Brust, packte eine Haarsträhne und schnitt sie etwas umständlich mit der altertümlichen Schere ab. Das Tier rührte sich dabei nicht einen Zoll und machte auch keine Anzeichen, dass ihm die Behandlung unangenehm war. Um einiges erleichtert, ging Maggie gleich weiter zum zweiten. Und nachdem sie auch dort ganz ohne Probleme ein Stückchen Fell abgeschnitten hatte, waren die nächsten ein Kinderspiel.

So schnitt sie weiter, bis sie schließlich von jedem der Wölfe eine Strähne hatte.

„Gib sie mir", sagte Sybaris, streckte die Hand aus und Maggie legte sie hinein.

Sie sah, dass Axel noch immer mit seinem Lachanfall von vorhin zu kämpfen hatte und sie anschmunzelte. Sie warf ihm einen gespielt ungehaltenen Blick zu. „Sehr witzig, Herr Engel. Sehr, sehr witzig."

Wenigstens besaß er jetzt die Höflichkeit, zumindest so zu tun, als täte es ihm leid, sie so erschreckt zu haben.

Wie vorhin die Schere, hielt Sybaris nun wie aus dem Nichts gezaubert eine kleine, fein geschnitzte Spindel aus einem gebleichten Knochen in der Hand und benutzte sie dazu, die einzelnen Wolfshaare mit geschickten Fingern zu einem dicken, groben Faden zu spinnen. Dabei sang sie leise ein rhythmisches Lied in einer alten Sprache, die nur aus Vokalen zu bestehen schien. Maggie fühlte sich an eine Indianerschamanin bei einer Geisterbeschwörung erinnert. Besonders, da jetzt auch die Wölfe einer nach dem anderen leise in den Singsang mit einstimmten.

Als der Faden fertig gesponnen war – er war etwa so dick wie Maggies kleiner Finger und einen Meter lang –, nahm sie das eine Ende in den Mund und begann sorgfältig darauf herumzukauen, bis es auf der anderen Seite ihrer Zähne wieder zum Vorschein kam, wo sie mit der anderen Hand daran zog. Auf diese Weise kaute sie den ganzen Faden einmal der Länge nach durch.

Dann trat sie damit zu dem ersten Wolf und führte auch ihm den Faden durchs kauende Maul. Und danach jedem der anderen. Als sie damit fertig war, war der Faden etwa dreimal so lang, und sie flocht ihn zurück zu seiner ursprünglichen Länge. Dabei arbeitete sie kleine Knochenstückchen und Kräuter in die Fasern mit ein.

„Und jetzt komm mit“, sagte Sybaris, sobald sie damit fertig war und ging mit den geschickten Schritten einer Frau, die es gewohnt ist, im Freien zu leben und sich barfuß zu bewegen, in den Wald hinein. Maggie, Axel und die Wölfe folgten ihr.

Nachdem sie etwa drei-, vielleicht vierhundert Meter durch das Dickicht der dicht an dicht stehenden Nadelbäume zurückgelegt hatte, erreichten sie das Ufer eines kleinen Weihers. Die spiegelglatte Oberfläche leuchtete silbrig im Licht des Mondes und der Sterne.

Sybaris reichte Maggie eine kleine Flasche aus Ziegenleder.

„Was ist das?“, fragte Maggie.

„Das ist das Extrakt der Wolfsmilchpflanze“, erklärte Sybaris. „Reib dich damit ein. Von Kopf bis Fuß. Und gib acht, das wird nicht sehr angenehm, muss aber sein. Lass davon auf keinen Fall etwas in die Augen kommen oder in den Mund.“

Durch die Worte schon im Vorfeld eingeschüchtert, entkorkte Maggie die Flasche mit vor Nervosität zitternden Fingern und goss sich die weiße, zähe Flüssigkeit in die offene Hand. Sofort spürte sie, dass es warm wurde … und gleich darauf das Brennen.

„Je schneller du bist, umso besser“, fügte Sybaris hinzu, und zu ihrem Entsetzen sah Maggie Mitgefühl in den Augen der Alten. So schnell sie konnte, verrieb sie die Milch auf ihrer Haut. Es brannte wirklich mörderisch. Hundertmal schlimmer als Chili. Es fühlte sich beinahe so an, als würde sie Säure auf dem Körper verteilen. Maggies Atem begann zu rasen – wie auch ihr Herz.

„Die ganze Flasche“, sagte Sybaris drängend. „Schnell!“

Maggie beeilte sich.

Der Schmerz war inzwischen so groß, dass sie befürchtete, jeden Moment das Bewusstsein zu verlieren. Schweißperlen traten ihr auf die Stirn. Der Duft der Flüssigkeit schwebte ihr in die Nase und brannte auch dort fürchterlich.

„Gut“, sagte Sybaris schließlich und nahm ihr eilig die Flasche ab. „Das müsste jetzt reichen. Geh in den Weiher und wasche es ab.“

Maggie gehorchte. Das Wasser war kühl, aber nicht kalt. Es linderte den Schmerz fast augenblicklich. Sie ging schnell bis zu den Schultern hinein und rieb sich hastig ab. Was für eine Erleichterung! Erst ganz allmählich normalisierte sich ihr Puls wieder, und auch ihr Atem wurde wieder langsamer, ruhiger. Sie entfernte sich ein Stück von der Stelle, in der die abgeschrubbte Milch schwebte, tauchte dort unter und wusch sich auch Haare und Gesicht, um sicherzugehen, dass keine Rückstände übrig blieben.

Als sie wieder auftauchte und sich das Wasser aus den Augen gewischt hatte, traf sie Axels Blick … und das neu erwachte Begehren, das sie darin las, trieb ihr spontan die Röte in die Wangen. Zum ersten Mal wurde sie sich richtig bewusst, wie sehr es ihr gefiel, ihm zu gefallen. Ihm so offensichtlich zu gefallen. Sie drehte sich ihm ein wenig mehr zu, um sich ihm – anscheinend ganz unabsichtlich, natürlich – noch besser zu präsentieren, und als sie sah, wie zusätzliches Feuer in seinen Augen aufflammte, kribbelte es in ihrem Bauch … und tiefer.

„Lasst das, Kinder", grummelte Sybaris mit einem vorwurfsvollen Lächeln. „Für Turteln haben wir jetzt wirklich keine Zeit. Dem könnt ihr euch wieder in aller Ruhe widmen, wenn das Ritual erst einmal abgeschlossen ist."

Maggie fühlte sich ertappt und wurde rot.

Axel räusperte sich.

Sybaris winkte Maggie, wieder aus dem Weiher herauszukommen. Nass wie sie war, trat sie an die Alte heran. Die nahm den Gürtel aus geflochtenem Wolfshaar und legte ihn Maggie um die Taille. Sie verschloss ihn mit einer kleinen goldenen Spange, die sie, wie zuvor die Schere und das Fläschchen mit der Wolfsmilch, von wer weiß woher geholt hatte. Die Spange war alt, und Maggie konnte darauf die ihr mittlerweile sehr vertrauten Symbole erkennen. Das Metall fühlte sich warm an auf ihrer nackten Haut.

„Wir sind noch nicht fertig", sagte Sybaris. „Komm, stell dich dort drauf." Sie deutete auf einen mittelgroßen, etwa kniehohen Felsen, der in einigen Metern Entfernung zum See aus dem Waldboden ragte. Auch er war über und über mit alten Symbolen bedeckt.

Maggie tat, wie ihr geheißen, und auf einen Wink der Alten stellten sich die Wölfe im Kreis um den Felsen herum. Sybaris trat in den Kreis, direkt vor Maggie, breitete die Arme weit aus und fing wieder ihren uralt anmutenden Singsang an.

Maggie spürte, dass so etwas wie warme Energie ganz sachte durch sie hindurch zu rieseln begann. Als gleich darauf die Wölfe in das Lied mit einstimmten, wurde die Energie stärker … wärmer … und Maggie fühlte sich, als würde sie an Kraft gewinnen und an Lebendigkeit.

Der Schlag ihres Herzens wurde fester, ihr Blick klarer, ihr Gehör schärfer. Sie hörte Rascheln in den Zweigen und im Gehölz, das Rennen kleiner, krallenbewehrter Füßchen auf einem Bett von trockenen Tannennadeln ... und sogar das schrille Fiepen von Fledermäusen ... sowie das Schlagen ihrer kleinen, ledrigen Flügel.

Und erst ihr Geruchssinn. Mit einem Mal war ihr, als könne sie zehn Mal so gut riechen. Der Wald roch so viel intensiver als zuvor – nach Rinde und Baumharz, nach Moos und Boden, nach modernden Wurzeln und frischen Knospen. Plötzlich hatte jeder der um sie herum stehenden Wölfe seinen ganz eigenen Duft, sodass sie sie jetzt sogar blind hätte voneinander unterscheiden können.

Und auch Axels Duft nach Leder und Wüstenwind nahm sie jetzt noch sehr viel deutlicher wahr, und wie immer erregte er sie. Nur Sybaris schien nach gar nichts zu riechen. Ganz so wie sie selbst.

„Ir nu, barû nu, pad nu“, schloss Sybaris ihren Gesang ab, und die Wölfe verstummten abrupt wie auf Kommando.

„Es ist vollbracht“, sagte Sybaris und machte eine Geste, vom Felsen zu steigen. „Jetzt kann der General der Seraphim deine Witterung nicht mehr aufnehmen.“

„Dann komme ich ja gerade noch rechtzeitig“, sagte da plötzlich eine Stimme in den tiefen Schatten zwischen den Bäumen. Eine vertraute Stimme. Eine Stimme, die Maggie das Blut in den Adern gefrieren ließ.

Und aus dem Dunkel heraus ins Licht des vollen Mondes trat ... Ba'Al'T'Azar.

22. KAPITEL

Abrechnung

Der Seraph hatte sie gefunden.

Schon als T'Azar ins Helle trat, sah Maggie, dass er sich irgendwie verändert hatte. Als Filmproduzent auf der Jacht war er ihr beinahe aristokratisch gediegen erschienen, auf jeden Fall aber kultiviert und äußerst angenehm. Bei ihrer zweiten Begegnung, auf der Aztekenpyramide in Mexiko, hatte sie ihn dann wild erlebt und barbarisch … brutal. Am Sarkophag des Abaddon Azra'El schließlich besessen, sadistisch und über alle Maßen grausam. Jetzt aber strahlte er auf eine Weise, die Maggie nicht näher benennen konnte, Kühle aus und Dunkelheit … und im widersprüchlichsten aller Sinne böse Leidenschaftslosigkeit. Die Besessenheit und auch die wilde Wut waren verschwunden. Und an ihre Stelle war eine kalte Entschlossenheit getreten, eine beinahe schon arrogante Siegesgewissheit, die Maggie einen eisigen Schauer über den Rücken laufen ließ.

Einer der Wölfe trat ihm knurrend entgegen, die lange Zähne gefletscht, das dichte Fell im Nacken gesträubt.

„Nicht!", rief Sybaris mit einer deutlichen Spur Furcht in der Stimme und streckte die Hand nach ihm aus, so als wolle sie ihn damit greifen und zurückziehen.

T'Azar wandte nur den Kopf und schaute dem großen Wolf direkt in die bernsteinfarbenen Augen. Das eben noch stolze Tier strauchelte und blieb abrupt stehen, winselte, duckte sich und zog den Schwanz ein.

„Husch, ins Körbchen", sagte T'Azar leise, und der Wolf machte zu Maggies Überraschung tatsächlich auf der Stelle kehrt, um eingeschüchtert zum Rest des Rudels zurückzukrauchen.

„Hinter mich", ordnete Axel an und trat schützend vor Maggie und Sybaris. „Wie hast du uns gefunden?" Seine Hand ruhte auf dem Griff des Schwertes, das plötzlich an seinem Gürtel erschienen war. „Das Tal ist vor Engelsblicken gefeit."

„Ich sehe mit ganz neuen Augen", antwortete T'Azar nachdenklich lächelnd. Es schien ihn selbst zu verwundern ... und zu vergnügen, wenn nicht sogar zu begeistern.

„Mit den Augen des Bösen", stellte Sybaris schockiert fest und zeichnete mit ihren schmalen Fingern Schutzzeichen in die Luft. „Ich kann es an ihm riechen. Ich kann *Sie* an ihm riechen."

„Sie?", fragte Axel.

„Den Morgenstern", erwiderte Sybaris flüsternd.

„Du hast die Seiten gewechselt?", fragte Axel T'Azar erschüttert. „Bist du von Sinnen?"

Tazz zuckte gleichgültig mit den Schultern. „Ich hätte es auch nie für möglich gehalten. Aber weißt du, die Welt hat recht, wenn sie sagt, der Zweck heiligt die Mittel. Schließlich war meine Seite, wie es sich herausstellte, nicht wirklich *auf* meiner Seite. Und wer nicht für mich ist, ist eben gegen mich."

„Die *B'Nai*?", fragte Axel.

„Geschichte", sagte Tazz.

„Gefangen oder tot?"

„Mausetot."

„Auch Ani'El?"

„Alle."

„Damit hast du nun wirklich jede Hoffnung zerstört, *Ihn* jemals zurückzubringen", sagte Axel, und Maggie merkte, wie sehr ihn die Nachrichten bestürzten.

T'Azar schnaubte verächtlich. „Er wird ohnehin nie zurückkehren. Du selbst hast das oft genug gesagt." In seinen

Augen war klar zu lesen, dass er niemand anderem als Axel dafür die Schuld gab. „Es ist ohnehin schon lange Zeit für einen neuen Gott."

„Was willst du damit sagen?", fragte Axel.

„Dreimal darfst du raten." T'Azar schmunzelte.

Axel war völlig fassungslos. „Du meinst, du willst der nächste Gott werden?"

„Ich glaube, die Rolle würde mir ganz gut stehen", sagte T'Azar. „Findet ihr nicht?"

„Du verstehst es nicht, oder?", fragte Sybaris. „Die Menschen von heute brauchen keine Götter mehr."

„Deswegen werde ich ja auch mit ihrer Hilfe", er deutete auf Maggie, „Platz schaffen für neue. Und, glaubt mir, wenn der Abaddon erst einmal mit dem jetzigen Ungeziefer abgerechnet hat, werden die wenigen, die übrig bleiben, ganz ohne Zweifel wieder an einen Gott glauben und daran, dass sie ihn brauchen. Sie und die Generationen, die ihnen folgen werden, werden mich anflehen, sie zu beschützen und über sie zu herrschen."

„Ich werde dir auf gar keinen Fall helfen", sagte Maggie entschlossen. „Azra'El bleibt in seinem Grab. Für immer."

„Oh, das werden wir noch sehen, Menschlein", erwiderte T'Azar mit einem spöttischen Grinsen. „Ich werde mit Sicherheit jede Menge Spaß haben, während ich das herausfinde."

„Und du denkst allen Ernstes, Luzifer lässt dich einfach so herrschen?", fragte Axel.

Fast schon mitleidig verzog T'Azar das Gesicht. So als würde er mit einem dummen Kind reden. „Du weißt doch sehr viel besser als ich, dass sie kein wie auch immer geartetes Interesse daran hat, selbst zu regieren. Alles, was sie will, ist ihre Freiheit."

„Du kennst sie nicht."

„Oh, inzwischen kennen wir einander ziemlich gut." Maggie fand, T'Azar klang dabei so prahlerisch wie ein Teenager in der Highschool, der mit seiner jüngsten Eroberung angab.

„Ich fürchte, du glaubst das wirklich", sagte Axel. „Und wie willst du Azra'El in den Griff kriegen, sobald er erst einmal entfesselt ist?"

T'Azar runzelte herablassend die Stirn. „Das werden wir dann sehen, wenn es so weit ist."

„Werden wir nicht", entgegnete Axel eisern. „Denn ich lasse erst gar nicht zu, dass es dazu kommt."

„Du willst mich aufhalten?" Wie um zu demonstrieren, was er von Axels Drohung hielt, ließ T'Azar plötzlich die beiden Schwerter an seinen Seiten erscheinen.

Davon völlig unbeeindruckt zog Axel das seine. „Ja, das will und das werde ich."

So als wüssten sie ganz genau, was nun folgen würde, kauerten sich die Wölfe ängstlich winselnd und Schutz suchend um Sybaris' Beine herum auf den Boden.

„Axel", rief Maggie. Sie wollte nicht, dass es zu einem Kampf zwischen den beiden gewaltigen Engeln kam. Allerdings hatte sie auch keine Idee, wie T'Azar sonst aufzuhalten wäre.

Sybaris nahm sie am Arm und zog sie zurück. „Lass sie", sagte sie. „Es gibt keinen anderen Weg."

Auch T'Azar zog seine Schwerter. „Es sei denn, der Löwe erkennt meine Oberherrschaft an."

„Dich als Gott?", fragte Axel.

„Ja."

„Das wird nie geschehen, Ba'Al'T'Azar", sagte Axel. „Und das weißt du."

„Warum nicht?", fragte T'Azar. „Denk doch einmal darüber nach."

„Nicht eine Sekunde."

Sein Bruder fuhr unbeirrt fort. „Niemand würde dich mehr jagen. Die Sünden von früher wären vergeben und vergessen, und an meiner Seite könntest du endlich wieder Großes tun. Gewaltiges. Du könntest mir dabei helfen, die Welt neu zu formen."

„Ich mag die Welt wie sie ist", erwiderte Axel. „Und du vergisst, ich habe sie bereits einmal geformt. Ich würde dasselbe wieder tun, was ich damals getan habe – ich würde den Menschen zu ihrer Freiheit verhelfen; zu ihrer Unabhängigkeit von der Willkür eines einzigen Gottes."

„Nach all dem, was du seither gesehen und erlebt hast? Wie sie das missbrauchen, was du ihnen beigebracht hast, um damit in immer größeren Schritten die Schöpfung zu zerstören? Du würdest das tatsächlich wieder tun?", fragte T'Azar ungläubig.

Axel sah zu Maggie. Dann nickte er.

„Somit lässt du mir keine andere Wahl." T'Azars Gesicht verfinsterte sich, und er ging in Angriffsstellung.

„Du hattest immer eine andere Wahl, Bruder", sagte Axel, und er klang traurig, während er sein Schwert in Abwehrposition brachte. „Keine zu haben, hast du immer nur als Ausrede benutzt. Wenn ich dich jetzt nicht aufhalten würde, würdest du sogar behaupten, selbst deine Gottwerdung sei eine dir vom Schicksal auferlegte und schwer zu tragende Bürde, und du würdest nur voller Demut der Vorsehung gehorchen und gehorsam deine heilige Pflicht tun."

Maggie sah, dass T'Azar erbebte vor Wut. Axel musste einen wunden Punkt getroffen haben.

„Nicht die Menschen haben die Schöpfung der Elohim zerstört", fuhr Axel fort. „Das wart ihr. Ihr ganz allein."

Das brachte das Fass zum Überlaufen. Mit einem wütenden Schrei und vor Zorn funkelnden Augen stürzte T'Azar sich auf Axel. Seine kühle Siegesgewissheit war blankem Hass gewichen. Die linke Klinge nach vorne gestreckt, die rechte zum Schlag hoch erhoben, stürmte er mit der Geschwindigkeit eines angreifenden Panthers nach vorne.

Axel hechtete ihm entgegen. Lautlos, aber sein grimmiger Blick sprach Bände. In ihm lag die Entschlossenheit eines Mannes, der tat, was getan werden musste.

Von beiden ging ein unheiliges, dunkles und wildes Glühen aus, das sie umgab wie eine finstere, pulsierende Aura.

Weniger als einen Herzschlag später prallten die beiden Titanen aufeinander; ihre mächtigen Bewegungen viel zu schnell, als dass Maggie mit bloßen Augen genau hätte erkennen können, was passierte. Sie hörte nur die Schwerter in einer rasanten Folge klirren und sah silbrige und rotgoldene Funken stieben.

Die beiden Himmelskrieger wirbelten umeinander herum und sprangen gleich darauf wieder weit auseinander. Offenbar hatte niemand einen Treffer erzielt; doch in T'Azars hellen Augen lag jetzt ein Hauch von wütender Verwunderung – wie Maggie vermutete, wohl darüber, dass Axel sich, ganz anders als auf der Pyramide in Mexiko, jetzt doch wehrte.

Mit einem unwirschen Schnauben schüttelte er die Verwunderung ab und griff erneut mit unglaublicher Geschwindigkeit an. Wieder wartete Axel nicht, bis er ihn erreicht hatte, sondern sprang ihm geschmeidig entgegen, bevor er das lange Breitschwert mit nur einer Hand wie eine Sichel von außen nach innen führte.

T'Azar blockte die Klinge mit beiden Schwertern und stieß Axel in der beinahe ungebremsten Vorwärtsbewegung seinen Ellbogen hart ins Gesicht. Maggie sah Blut aus Axels Nase spritzen und schrie erschrocken auf. Doch Axel schien den Treffer überhaupt nicht wahrzunehmen; zumindest beeinflusste er seinen Bewegungsablauf nicht. Er ließ das

Schwert im Kreis um die Längsachse wirbeln, um T'Azars Waffen zur Seite zu schlagen, und haute das Ende des Griffs mit voller Wucht gegen den Brustkorb seines Gegners.

Von dem Treffer wurde T'Azar weit nach hinten geschleudert und krachte gegen einen Baum, der unter dem Aufprall schwankte. Mit Augen funkelnd wie schwarzes Eis, setzte Axel nach und schlug unerbittlich und ohne zu Zögern zu. Schweiß hatte sich auf seiner Haut gebildet, und sein muskulöser Oberkörper sah aus, als wäre er eingeölt.

T'Azar duckte sich gerade noch rechtzeitig unter der heransausenden Schneide weg und rollte über den Boden.

Die Macht von Axels Schlag war so groß, dass er den fast einen Meter dicken Stamm der gigantischen Kiefer durchschlug, als wäre sie aus Wachs und sein Schwert heiß wie die Feuer der Hölle.

„Vorsicht!“, schrie Sybaris, die sofort erkannt hatte, dass der uralte Baumriese in ihre Richtung stürzen würde. Sie, Maggie und die Wölfe rannten auseinander. Gerade noch rechtzeitig.

Der Baum schlug auf dem Waldboden wie eine Bombe.

Äste, Zweige und Nadeln flogen durch die Luft wie Granatsplitter.

Einer der Wölfe wurde tödlich getroffen, mit durch die Luft geschleudert und landete klatschend im See.

Maggie stolperte, fiel hin und zog sich dabei mehrere Kratz- und Schürfwunden zu. Sybaris eilte zu ihr, half ihr auf und zog sie noch weiter vom erneut begonnenen unbarmherzigen Tanz der Engelsschwerter weg.

„Wir müssen von hier verschwinden“, sagte sie drängend, doch Maggie schüttelte energisch den Kopf.

„Wir können hier nichts tun ... außer sterben“, versuchte Sybaris ihr klarzumachen.

„Ich lasse ihn nicht allein.“ Maggies Blick suchte die beiden Kämpfer, und sie sah, dass inzwischen noch weitere Bäume umgestürzt waren.

Zu ihrer Beruhigung erkannte sie: Axel trieb T'Azar immer weiter in die Defensive. Hieb um Hieb ließ er auf ihn niederregnen, und T'Azar hatte große Mühe, die machtvollen und präzise ausgeführten Schläge überhaupt abzuwehren, während er immer weiter nach hinten auswich, ohne Gelegenheit zu einem Gegenangriff zu finden.

Die stolze Zuversicht in seinem Blick war verschwunden. Maggie las nur noch Hass ... und ein Quäntchen Furcht.

Was sie jedoch in Axels Augen las, beunruhigte sie noch sehr viel mehr. Denn auch seine Miene war jetzt vom Hass gezeichnet – von einer Wut, die er jahrtausendelang verdrängt und aufgestaut hatte und die nun dabei war, aus ihm herauszubrechen. Das begriff sie in dieser einen Sekunde – und sie verstand auch, welche Konsequenzen das für Axel haben konnte.

Das durfte nicht geschehen! Irgendwie musste sie das verhindern.

„Es reicht, ihn unschädlich zu machen", rief sie ihm zu, so laut sie konnte, doch an der Art und Weise, mit der er weiter gnadenlos auf T'Azar einschlug und ihn mehr und mehr in die Enge trieb, konnte sie erkennen, dass er sie entweder nicht gehört hatte oder sie ignorierte.

Sie konnte nicht zulassen, dass Axel nach all der Zeit nun doch zum Killer werden sollte, also rannte sie auf die beiden zu.

„Axel!", schrie sie mit voller Lautstärke, um ihn auf sich aufmerksam zu machen und zu verhindern, dass er etwas tat, das er für alle Ewigkeiten bereuen würde.

Und tatsächlich – er hielt für einen Sekundenbruchteil inne und drehte sich zu ihr herum.

T'Azar nutzte die Chance.

Seine Flügel erschienen, und er schoss pfeilschnell in die

Höhe. Mit einem einzigen, kraftvollen Schlag mindestens dreißig, wenn nicht sogar vierzig Meter hoch.

„Mist!“, fluchte Maggie. Damit hatte sie nicht gerechnet. In ihren Augen war T'Azar schon so gut wie besiegt gewesen. Zu spät erkannte sie ihren schrecklichen Irrtum und verfluchte sich dafür, Axel abgelenkt zu haben.

Noch in der Aufwärtsbewegung drehte sich T'Azar in einer Halbrolle herum und legte die Flügel an, um in einer mörderisch schnellen Pirouettenspirale mit ausgestreckten Schwertern auf Axel niederzuschießen. Eine Tötungsmaschine aus Federn und Stahl.

Doch Axel reagierte blitzschnell.

Auch seine Flügel erschienen mit der Schnelligkeit eines Lidschlages, und er jagte nach oben – T'Azar entgegen, während sein peitschender Flügelschlag die am Waldboden liegenden Nadeln und Zweige aufwirbelte.

Als die beiden Engel mit dieser geballten Kraft in halber Höhe aufeinandertrafen, tat es einen Schlag wie ein Donner. Ohrenbetäubend laut. Für einen Herzschlag lang schien die Welt still zu stehen – und dann riss die Druckwelle Maggie von den Füßen, als wäre sie eine Puppe, und warf sie nach hinten um.

Ihre Augen waren voller Erde und tränten. Sie rieb sie frei, so schnell sie konnte, und sah durch einen Schleier hindurch Axel und T'Azar hoch oben im ersten Licht der Morgendämmerung fliegen.

Zwei unbarmherzig miteinander kämpfende Falken.

Ihre Schwerter blitzten und krachten in einem Gewittersturm Jahrtausende alter Kriegskunst. Es war unglaublich, wie schnell wie sich bewegten und wie exakt. Vor und zurück, auf und nieder. In atemberaubend schnell wirbelnden Salti und mörderischen Sturz- und Steilflügen. Spiralen und Pirouetten – so kunstvoll wie tödlich.

Der oberste der Ariel, der sich vom Himmel abgewandt hatte, gegen den General der Seraphim, dessen Ziel es war, der nächste Gott zu werden … und dafür gewillt war, die Menschheit zu vernichten. Maggie wurde Zeugin eines Kampfes, wie ihn vor ihr nur wenige Menschen je gesehen hatten. Wenn überhaupt.

Allmählich färbte sich der Horizont von Grau zu zartem, dunklem Rosa und dann zu hellerem Orange. Maggie musste zugeben, dass T'Azar hoch oben in der Luft ein wesentlich geschickterer Kämpfer war als zu Beginn des Duells am Boden, und so war er nun nicht länger in der Defensive.

Hin und her schossen die beiden durch den Himmel, mit der Geschwindigkeit und der zickzackenden Flugbahn jagender Libellen, die sehr viel schneller als Raubvögel ihre Flugrichtung wechseln können. Sie hackten aufeinander ein mit ihren uralten Schwertern, die ihr klirrendes und funkendes Lied sangen von Tod und Zerstörung.

Angriff. Block.

Gegenattacke. Finte.

Ausweichen. Stoß.

Nie hatte die Welt zwei ebenbürtigere Krieger erlebt – und Maggies Herz verkrampfte sich bei der Erkenntnis, dass es einmal eine Zeit gegeben hatte – Jahrtausende –, in der diese beiden auf ein und derselben Seite gekämpft hatten.

Wie oft mussten sie miteinander trainiert haben. Wie gut mussten sie einander kennen – ihre Stärken, Schwächen und Tricks. Was musste alles geschehen sein, dass aus diesen zwei Brüdern Todfeinde geworden waren? Maggie stellte fest, dass sie einander sogar ähnlich sahen; nur war der eine hell und blond, und der andere dunkel und schwarzhaarig. Aber in ihnen beiden wohnten die gleiche übernatürliche Kraft, die gleiche Geschicklichkeit, die gleiche grimmige Entschlossenheit und die gleiche aus ihnen herausbrechende Wildheit.

Maggie fühlte Sybaris' sehnige Hand auf ihrer nackten Schulter, wandte aber nicht den Blick von den erbarmungslosen Kämpfern am Himmel.

„Es wird alles gut", sagte die Alte leise.

„Wird es nicht", sagte Maggie beinahe tonlos und fühlte, dass ihre Kehle wie zugeschnürt war. „Axel wird auf jeden Fall verlieren. Besonders, wenn er gewinnt."

„Wie meinst du das?"

„Das, woran Axel am meisten glaubt, ist, dass es immer eine Wahl gibt", antwortete Maggie traurig. „Und T'Azar beweist ihm gerade, dass er keine hat, indem er ihm keine lässt. Er zwingt ihn, um seine Freiheit zu kämpfen und nimmt ihm damit das Wichtigste in seinem Leben: die Wahl, niemals gegen seinesgleichen zu kämpfen." Sie merkte, dass sie endlich verstanden hatte, was ihren Geliebten ausmachte und bewegte. „Deshalb ist er ins Exil gegangen und hat sich Jahrtausende lang versteckt gehalten. Gezwungen zu sein, seinen eigenen Bruder töten zu müssen, wird Axels Herz brechen, und er wird danach nie wieder so sein, wie er einmal war."

Sie hörte, wie Sybaris zustimmend seufzte.

Dann sah sie, wie T'Azar Axel mit einer schnellen Serie von kurz geschwungenen Doppelhieben bedrängte, die Axel jedoch allesamt mit seiner einzelnen Klinge parierte, ehe er zum Gegenangriff überging. Wild schlugen ihre Flügel, und die Wipfel der Bäume neigten sich wie unter einem Sturm.

Sie bewegten sich in Richtung der steilen Gebirgswand über der Hütte, und Maggie musste immer schneller rennen, um sie im dichten Gewirr der Bäume nicht aus den Augen zu verlieren. Sybaris und die Wölfe folgten ihr.

Schließlich erreichten sie die Waldlichtung. Die aufgehende Sonne ließ die Felsenklippe, vor der die beiden Engel jetzt kämpften, silbriggolden erstrahlen.

Maggie konnte die verbissene Anstrengung in T'Azars

verzerrtem Gesicht lesen, den ungezügelten Zorn, mit dem er die weißen Zähne bleckte ... und die Schweißperlen auf seiner Stirn. Mit einem lauten Schrei hieb er nach vorne; lange nicht mehr so konzentriert wie in den vergangenen Minuten. Axel nutzte das aus und manövrierte geschickt zur Seite weg, sodass T'Azar gegen die Felswand schlug. Doch der Seraph reagierte instinktiv, stieß sich mit den Füßen von dem Felsen ab und machte einen Rückwärtssalto, der ihn unvermittelt hinter Axel brachte.

Wieder stach T'Azar zu, und seine rechte Klinge streifte Axels Hüfte; bohrte sich dabei aber tief in den Stein dahinter, und als Axel ihn mit dem Ellbogen von sich stieß, blieb sie in der Klippe stecken.

Blut strömte dunkel glänzend an Axels Seite herab, aber er ließ sich davon nicht ablenken. T'Azar hatte jetzt nur noch eines seiner Schwerter, und das war um einiges kleiner als das Breitschwert Axels. Axel hieb mit aller Kraft in einem weit ausgeführten Bogen von oben herab zu, und statt dem mörderischen Schlag auszuweichen, versuchte T'Azar das Schwert mit seiner Klinge zu blocken. Einen Sekundenbruchteil zu spät merkte er, dass er damit genau das getan hatte, was Axel wollte, und dass er seine Klinge jetzt nicht mehr in Sicherheit bringen konnte, wenn der Schlag ihn nicht selbst treffen und töten sollte.

Unter einem gewaltigen Blitz zerbrach T'Azars Schwert in tausend Stücke – so als würde jeder einzelne Funken der Magie, die vor Urzeiten in sie hineingeschmiedet worden war, beim Zerbersten befreit.

Der Donnerschlag war noch sehr viel heftiger als der vorhin. Die Felswand erbebte unter der Explosion, und wieder riss es Maggie von den Füßen.

T'Azar war nun ohne Waffe – und damit Axel hilflos ausgeliefert.

„Dann mach endlich ein Ende, verdammt!", schrie der blonde General der Seraphim, breitete mit trotzig wütendem Blick die Arme aus und präsentierte Axel die nackte Brust zum finalen Stoß. „Tu, was du damals nicht fertig gebracht hast!"

Im Dreck kniend wollte Maggie schreien – doch ihre Kehle war vom Staub und der Aufregung so trocken, dass sie keinen Ton herausbekam. Also faltete sie verzweifelt die Hände wie zum Gebet und flehte Axel stumm mit bebenden Lippen an, es nicht zu tun, nach all den Jahrtausenden am Ende nicht doch noch zum Mörder zu werden an seinesgleichen.

„So muss es nicht sein, T'Azar", rief Axel, so als hätte er Maggies stummes Flehen gehört.

„Doch, es gibt keinen anderen Weg", erwiderte T'Azar.

„Nein", widersprach Axel. „Schwöre mir, die Abgal für immer in Ruhe zu lassen und das Siegel des Abaddon nicht anzurühren. Jetzt nicht und auch nicht in der Zukunft. Dann lass ich dich gehen."

„Niemals!"

„Bitte, Bruder." Axels Stimme klang inständig.

T'Azars Augen zogen sich zu schmalen Schlitzen zusammen. „Töte mich, Verräter, aber nenne mich nie wieder Bruder!"

„Aber wir sind Brüder", begehrte Axel auf, „und ich will dich nicht töten."

„Ich lasse dir keine Wahl, Azazel."

„Es ist furchtbar, dass du das so siehst, aber ich werde dich dennoch nicht töten", sagte Axel. „Denn niemand anderes als ich ist Herr über meine Entscheidungen."

„Was willst du dann tun?", fragte T'Azar spöttisch.

„Wenn du mir den Schwur nicht leistest, werde ich dich gefangen nehmen und für alle Zeiten einkerkern", sagte Axel. „Hier unter diesen Bergen."

„Das wird nicht geschehen!“, brüllte T'Azar, und für einen kurzen Moment sah Maggie Panik in seinen Augen aufblitzen. Doch dann stürzte er mit einem wahnsinnig schnell ausgeführten Flügelschlag auf Axels nach vorne gestreckte Schwertspitze zu. „Lieber sterbe ich.“

Nur in allerletzter Sekunde gelang es Axel, das Schwert gerade noch zur Seite zu drehen, um zu verhindern, dass T'Azar sich selbst richtete, indem er sich darauf spießte. Dabei aber öffnete Axel seine Deckung, und T'Azar ergriff die Gelegenheit und nutzte den eigenen Schwung zu einem überraschenden Frontalangriff. An seinen gewaltigen Fäusten materialisierten sich plötzlich Schlagringe aus massivem Stahl. Mit ihnen schlug er brutal auf Axel ein und traf ihn gleich zweimal so hart im Gesicht, dass er das Schwert fallen ließ.

Der vierte oder fünfte Treffer war so fest, dass es Axel mit voller Wucht nach hinten gegen die Felswand schleuderte. Große Steine brachen heraus, fielen herab und krachten nahe bei Maggie in den Boden, schleuderten die Erde in die Höhe wie einschlagende Kanonenkugeln.

Sybaris sprang hinzu und zog sie eilig zurück, brachte sie in Sicherheit, weil sie selbst nicht darauf achtete. All ihre Aufmerksamkeit galt Axel, der gerade wie in Mexiko wehrloses Opfer von T'Azars erbarmungslosen Schlägen wurde.

Er hing mit dem Rücken zur Wand in der Klippe, und T'Azar prügelte ihn mit seinen Schlagringen immer tiefer in den Stein hinein, so als wäre der aus Styropor. Jeden einzelnen Schlag begleitete er mit einem triumphierenden Brüllen. Wahnsinn flackerte in seinen blauen Augen. Unverhohlene Mordlust.

Trotz ihrer rauen Kehle stieß Maggie einen verzweifelten Schrei der Hilflosigkeit aus. Tränen rannen ihr heiß über die dreckverkrusteten Wangen.

„T'Azar!", schrie sie. „Tazz, hör auf!"

Doch T'Azar hörte nicht auf. Er war in Rage.

„TAZZ!" Maggies Stimme kippte vor Verzweiflung und Panik. „HÖR AUF!"

Diesmal hielt T'Azar tatsächlich inne. Er hatte Axel am Hals gepackt, und der hing jetzt völlig kraftlos an der hinter ihm geborstenen Wand. Sein Gesicht war blutig und geschwollen von den harten Treffern. Nachdem T'Azar sich sicher war, dass Axel für den Moment unfähig war, sich zu wehren, schaute er zu Maggie hinunter.

„Du willst, dass ich aufhöre?", fragte er.

„Ja", rief Maggie nach oben.

T'Azar überlegte einen Moment. Maggie sah ihm an, dass er sich zusammenreißen musste, sein blutiges Werk nicht sofort zu vollenden. Dann aber sagte er: „Du kennst den Preis, Abgal."

„Ja, den kenne ich."

„Und bist du endlich auch bereit, ihn zu zahlen?"

„Das kannst du nicht tun", raunte Sybaris schnell, ehe Maggie antworten konnte.

„Genauso wenig kann ich zulassen, dass er Axel tötet", gab Maggie zurück. Sie hatte keine Ahnung, was sie tun sollte. Sybaris hatte recht; sie konnte unmöglich der Vernichtung der Menschheit zustimmen, nur damit Axel überlebte. Wieder musste sie an Lydia denken … an ihr ungeborenes Kind.

Aber wenn sie es nicht tat …

„Ich zähle bis drei", rief T'Azar drängend, der zu erkennen schien, dass sie hin und her gerissen war. „Danach, das schwöre ich, töte ich ihn. Und dann bekomme ich von dir auch so, was ich will, ob du es mir nun freiwillig gibst oder nicht."

Maggie zögerte. Ihr Herz drohte zu zerreißen. Um ihren

Geliebten zu retten, musste sie sich dazu einverstanden erklären, dabei zu helfen, die Menschheit zu vernichten. Ihre Freunde, ihre Mutter. Wer vor ihr hatte jemals vor einer so grausamen Wahl gestanden?

„Eins“, begann T’Azar mit einer Langsamkeit, die verriet, dass er es genoss, sie zu quälen.

„Zwei.“ Er holte mit der freien Faust aus.

„Drei“, endete er.

Maggie senkte den Kopf. Sie konnte es nicht tun. Nicht nur wegen der Menschheit, auch nicht nur wegen Lydia und ihrem Kind, sondern auch weil es ein Verrat an Axel gewesen wäre. Er war bereit dafür zu sterben. Welches Recht hatte sie, dieses Opfer mit Füßen zu treten? Keines.

Noch einmal schaute sie nach oben, in der Hoffnung, einen letzten Blick Axels zu erhaschen, bevor er starb, damit er in ihren Augen lesen konnte, wie sehr sie ihn liebte und wieso sie tun musste, was sie tat. Sie betete, dass er sie verstehen würde. Und danach, wenn es vorüber war, würde auch sie ihrem Leben ein Ende bereiten, um T’Azar die Möglichkeit zu nehmen, mit ihrer Hilfe Azra’El zu erwecken. Axel … Azazel hatte recht: Man hat immer eine Wahl!

Tatsächlich öffnete Axel nun seine geschwollenen Augen einen Spalt weit. Der Glanz in ihnen war verschwunden. Doch er lächelte ihr zu. Schwach. Gebrochen.

„So sei es!“, rief T’Azar und schlug zu …

Doch seine Faust erreichte nie ihr Ziel.

Sie wurde mitten in der Bahn von einer Pranke gestoppt.

Von der schwarzen Pranke eines Löwen.

Azazel brüllte auf, und das Gebirge erzitterte unter der Gewalt seines Kampfschreis. Er hatte sich im Bruchteil einer Sekunde in seine Tierform verwandelt – schwarzes Löwenhaupt mit fingerlangen Reißzähnen und glänzende

Widderhörner. Seine Pranke packte zu, und T'Azars Finger in den Schlagringen brachen wie trockenes Holz. T'Azar schrie schmerzerfüllt auf und versuchte strampelnd und tretend, sich dem mörderischen Griff zu entwinden.

Azazels andere Pranke schlug zu, traf T'Azar mitten ins Gesicht. Blut spritzte.

Auch T'Azar verwandelte sich. Doch die zwei Sekunden Vorsprung verschafften Azazel die Oberhand. Noch ehe T'Azar zu Ende verwandelt war, hatten ihn zwei weitere Prankenhiebe getroffen – und nun war er derjenige, der gegen die Felswand geprügelt wurde.

Mit einer schrecklichen Wut, die noch sehr viel größer war als jene vorhin, hieb Azazel auf Ba'Al'T'Azar ein. Der Pantherkopf wurde von den Löwenpranken hin und her geschleudert wie ein Spielball … und knallte dabei immer wieder hart gegen den Felsen. Eines von T'Azars Hörnern brach unter der Wucht ab und fiel mit dem bröckelnden Gestein in die Tiefe.

Azazels Brüllen war ohrenbetäubend.

Sybaris' Wölfe kniffen die Schwänze ein und liefen davon.

Maggie weinte.

Mit einer Wildheit, die die eines echten Löwen an Gewalt und Unbarmherzigkeit weit in den Schatten stellte, drosch Azazel immer weiter auf seinen Gegner ein, bis der sich nicht mehr wehrte … und sich schließlich auch nicht mehr rührte. Noch einmal stieß er ein gewaltiges Brüllen aus … es war ein Siegesschrei. Dann packte er den Seraphen, flog mit ihm weit hoch in die Luft … und riss ihm mit seinem gewaltigen Maul mit zwei wütenden Bissen nacheinander die Flügel vom Rücken und spuckte sie zur Erde herab.

T'Azar schrie auf wie unter Todesqualen, aber Azazel

ignorierte es, riss seinen Körper mit beiden Pranken in die Höhe und schleuderte ihn dann mit aller Kraft nach unten. Bäume wurden splitternd zur Seite gerissen, die Erde brach auf, und die Erschütterung des Aufpralls löste eine weitere Geröllawine aus, die Sybaris' Hütte endgültig unter sich begrub.

Maggie rappelte sich auf die Füße und sah sich um.

T'Azar lag leblos und völlig verrenkt am Boden und nahm wieder seine menschliche Form an. Azazel landete neben ihm und verwandelte sich ebenfalls zurück. Jetzt war er wieder so geschunden und blutig wie kurz zuvor.

Maggie wollte nichts mehr als sofort zu ihm zu rennen, doch Sybaris hielt sie davon ab.

Axel brach neben T'Azar in die Knie. Er weinte.

Er nahm den leblosen und plötzlich so klein und zerbrechlich wirkenden Körper seines Bruders in die massiven Arme und zog ihn zu sich heran; hielt ihn wie einen Säugling und wiegte ihn. Für einen Moment schaute er ihn an und grub dann sein geschwollenes Gesicht in die Kuhle zwischen T'Azars Schulter und Hals und schluchzte haltlos.

„Warum nur, Bruder?“, konnte Maggie ihn mit gebrochener, tränenerstickter Stimme fragen hören. „Warum? Gab es denn einen Tag, an dem ich dich weniger geliebt habe als an unserem allerersten? Wieso dann das alles?“

Maggie sah, wie Axel von seinem eigenen Schluchzen geschüttelt wurde und hielt respektvoll Abstand, obwohl sie ihn jetzt so gerne in die Arme genommen und getröstet hätte.

So verging eine Minute des Schweigens, ehe Axel T'Azar auf die Erde niedergleiten ließ und sich wankend erhob. Matten Schrittes ging er auf Maggie zu. Sie lief ihm entgegen, aufgewühlt bis ins Mark.

„Ich konnte nicht …“, begann sie zu reden, noch ehe sie bei ihm ankam. Auch sie weinte. „Ich konnte doch nicht einfach zulassen, dass er die Menschheit …“

Sie hatte ihn erreicht, und er nahm sie in die Arme.

„Schon gut, Magdalena. Natürlich konntest du das nicht.“ Er küsste sie. „Und ich bin stolz auf dich. Sehr.“

Sie streichelte seine malträtierte Wange und wischte ihm die Tränen hinfort. „Ist es jetzt vorbei?“

Er nickte müde. „Besorg mir Ketten, Sybaris“, rief er zu der Alten hinüber, zu der gerade die Wölfe aus ihren Verstecken zurückkehrten. „Wir müssen ihn fesseln, ehe er das Bewusstsein wiedererlangt.“

Sybaris eilte davon. Maggie hatte keine Ahnung, woher sie jetzt Ketten holen wollte, da doch ihre Hütte unter Tonnen von Geröll begraben lag. Aber sie kannte die Alte mittlerweile gut genug um zu wissen, dass sie schon bald mit welchen wieder auftauchen würde.

„Es tut mir so leid“, sagte Maggie und küsste Axel noch einmal, ganz vorsichtig. Sie wollte ihm nicht wehtun.

„Es ist nicht deine Schuld“, entgegnete er und legte eine aufgeschürfte Hand an ihr nasses und schmutziges Gesicht. „Nichts hiervon ist deine Schuld. Vergiss das nie.“

Da erschallte dicht hinter ihnen ein lauter Schrei. Sie wirbelten gleichzeitig herum.

T’Azar war bis auf drei Schritte an sie heran. Er hielt eines seiner Schwerter in den Händen – es musste sich mit dem Geröll gelöst haben und heruntergefallen sein – und holte weit damit aus. Axel warf sich vor Maggie … und wurde von der seitwärts herabzischenden Klinge an der Brust getroffen und nach hinten geschleudert, wo er zu Boden ging. Die Wunde war schrecklich.

Mit irre funkelnden Augen eilte T’Azar zu ihm hin und riss das Schwert in die Höhe, mit der Spitze nach unten. Er schrie ein zweites Mal laut auf und stieß die Klinge hinab.

Doch Maggie war schneller.

Ohne zu überlegen oder zu zögern, sprang sie nach vorne und warf sich schützend über ihren Geliebten. Die herabsausende Schwertspitze traf auf ihre nackte Haut …

… und T'Azar schrie ein drittes Mal. Jetzt aber nicht mehr triumphierend. Maggie, die sich wunderte, warum das Schwert sie nicht aufgespießt hatte, drehte sich herum … und traute ihren Augen nicht als sie sah, was nun geschah.

T'Azar stand in Flammen! Hell lodernden Flammen. Flammen, die so heftig brannten, dass sie rauschten wie ein Hochofen.

Das Schwert in seiner Hand hatte sich in grauen Staub verwandelt, der jetzt harmlos davongeweht wurde. Sein Schreien hielt an, es hallte von den Felswänden wider und gellte Maggie in den Ohren. Vor Verzweiflung griff er sich ins Gesicht, wie um sich das brennende Fleisch vom Schädel zu reißen und starrte sie durch die Flammen hindurch ungläubig und zugleich flehend an. Er brach zusammen und ging in die Knie – und noch immer hörte er nicht auf zu schreien. Seine blonden Locken waren weggefressen, seine Haut warf Blasen und riss auf.

Das Feuer war so heiß, dass Maggie zwei Schritte zurück machte, Axel packte und ihn von T'Azar fortzog. Sie sah, wie seine Augen schmolzen und aus den Höhlen flossen.

Dann endlich hörte er auf zu schreien. Er packte sich an die Kehle, bäumte sich auf und fiel nach vorne über. Wenige Sekunden später war nur noch ein Häufchen Asche übrig.

„Engel können keine Menschen töten", sagte Axel

schwach und richtete sich im Sitzen auf. Die Schwertwunde auf seiner Brust hatte aufgehört zu bluten. Maggie half ihm hoch. Noch einmal starrte sie auf den Haufen Asche, so als hätte sie Angst, dass T'Azar sich daraus noch einmal erheben würde.

„Es ist vorbei", sagte Axel und legte seinen Arm um sie. „Endgültig vorbei."

23. KAPITEL

Morgendämmerung

Sie schwebten im Herzen einer buchstäblich watteweißen Schönwetterwolke. Axel hielt Maggie in seinen starken Armen, und seine weiten, schwarzen Schwingen waren im Gleitflug ausgestreckt. Vor Stunden hatten sie Transsylvanien und Sybaris verlassen, nachdem Axel die Hütte der Moira wieder aufgebaut hatte, und flogen nun über das Ägäische Meer in Richtung Kreta. Die Luft duftete bis in die Wolke hinein nach dem Salz der See und war herrlich warm. Sie vertrieb auch noch das letzte Frösteln aus Maggies Knochen.

„Es ist wundervoll", sagte Maggie versonnen leise und tauchte ihre Hand in das strahlend helle, beinahe substanzlose Gewebe und beobachtete dabei schmunzelnd, wie das Weiß zwischen ihren gestreckten Fingern hindurchwirbelte und verspielte Muster und Formen bildete. Wellen, Kreise, Spiralen. Winzige Drachen. Bauschige Lämmchen.

Sie lachte befreit auf. Das war das erste Mal nach dem schrecklichen Duell in den Karpaten, das allmählich mehr und mehr der Vergangenheit angehörte.

Ba'Al'T'Azar hatte seine gerechte Strafe erhalten. Genau betrachtet hatte er sich sogar selbst gerichtet. Aber all das war jetzt endgültig vorüber. Vorbei.

Die Zukunft liegt in unseren Träumen, nicht in unseren Erinnerungen. Davon war Maggie inzwischen felsenfest überzeugt.

Und doch war es jetzt, hier oben im Herzen der Wolke, eine Erinnerung, die Maggie noch einmal zum Lachen brachte, während sie die kleinen, weißen Fasergebilde mit ihren spielenden Fingern zum Leben und zu immer neuer Vielfalt erweckte.

„Was ist?“, fragte Axel neugierig und küsste sie verspielt zärtlich auf den Nacken.

Maggie schnurrte wohlig wie ein Kätzchen. „Ach nichts“, sagte sie. „Ich musste nur gerade daran denken, dass ich bis vor Kurzem noch ganz schreckliche Angst vor dem Fliegen hatte.“

„Die hast du jetzt nicht mehr?“ Seine tiefe, samtige Stimme kroch ihr direkt von seinen warmen Lippen unter die Haut.

„Nein. Nicht, wenn ich in deinen Armen bin“, gab sie zu und war erstaunt darüber, wie wenig schwer ihr das fiel. „Es gibt auf dieser Welt keinen Ort, der sicherer ist.“

Er küsste sie noch einmal – und seufzte.

„Was ist?“, fragte nun sie und drehte sich in seinem Griff so herum, dass sie jetzt auf dem Rücken flog. Sie sah, dass seine dunklen Augen feucht schimmerten.

„Bist du nicht glücklich?“, fragte sie besorgt und legte eine Hand an seine Wange.

„Ich bin gerade glücklicher als jemals zuvor in meinem Leben, Magdalena“, sagte er und lächelte.

Ihr Herz machte einen Sprung vor Freude. Ihr fiel auf, wie oft es das jetzt schon getan hatte, seit sie Axel das erste Mal begegnet war. Es war ein Gefühl, an das sie sich gerne gewöhnen würde.

„Sicher?“

„Absolut sicher.“

„Aber warum hast du dann Tränen in den Augen?“

„Das sind Freudentränen, Kleines“, erwiderte er, und sie konnte am Brechen seiner Stimme hören, wie bewegt er war. „Weil du das erste Mal seit vielen Jahrtausenden durch den Taghimmel fliegen kannst, ohne befürchten zu müssen, verfolgt und gejagt zu werden", vermutete sie verständnisvoll.

„Oh ja, das auch", sagte er und drückte sie ein wenig fester an sich. „Aber vor allem, weil ich deinetwegen hier oben nicht mehr einsam bin. Nicht mehr allein. Und das erste Mal seit sehr, sehr langer Zeit bin ich nicht mehr *Wächter*, nicht mehr *Erzfeind* und auch kein Gott mehr oder Teufel. Ich bin einfach nur ich. Der Mann, der dich liebt und von dir geliebt wird."

Bei seinen Worten begann das ohnehin schon springende Herz in Maggies Brust zu tanzen vor Freude – aber es tat zugleich auch ein klein wenig weh vor Mitgefühl dafür, wie einsam all die Jahrhunderte und Jahrtausende für ihn gewesen sein mussten.

Verdammt und gnadenlos gejagt von seiner eigenen Familie.

So mächtig, die Geschichte für alle Zeiten zu ändern und sogar die Welt zu retten – und die Menschheit – und doch nicht mächtig genug, ein einfaches Leben in Frieden zu führen mit jemandem, den man wirklich liebt.

„Danke", flüsterte sie, und nun waren auch ihre Augen ganz feucht, als sie ihn küsste. „Ich danke dir so sehr." Dabei wurde ihr Herz noch ein wenig schwerer, und sie sprach seufzend aus, was sie dachte … und vor allem fühlte.

„Ich wünschte, ich könnte immer für dich da sein." Ja, das wünschte sie wirklich. Es graute ihr nicht vor der eigenen Sterblichkeit, es graute ihr davor, ihn nach ihrem allzu kurzen Menschenleben wieder einsam und allein zurückzulassen.

Er lachte auf – und das irritierte sie. Was gab es da zu lachen? Sie runzelte die Stirn und schaute ihn an. Doch in seinen Augen war weder Spott noch Ironie. Auch Zynismus konnte sie keinen lesen. Nur ehrliche Freude.

„Wieso lachst du?“, fragte sie.
„Wünschst du dir das wirklich?“
„Dass ich für immer für dich da sein könnte?“
„Ja.“
„Mehr als alles andere auf der Welt.“
„Könntest du dir ein ewiges Leben überhaupt vorstellen?“
„Darüber habe ich mir noch keine Gedanken gemacht“, gab sie zu. „Aber du warst es doch, der mich jetzt schon mehr als einmal dazu aufgefordert hat, die Dinge nicht infrage zu stellen, sondern auf meine Gefühle zu hören und ihnen zu vertrauen.“
„Ja“, sagte er. „Denn auch wenn es vielleicht paradox klingen mag, aber Gefühle trügen einen sehr viel seltener, als es der Verstand vermag.“
„Dann lautet die Antwort erst recht *ja*“, sagte sie voller Überzeugung. „Ja, ich könnte mir ein ewiges Leben vorstellen – an deiner Seite. Aber lass uns jetzt bitte nicht weiter darüber reden, weil es mir sonst das Herz bricht, dass es nicht sein kann, also auch niemals sein wird.“
„Aber es kann sein“, sagte er unvermittelt, und sie verstand nicht, was er damit sagen wollte. Entsprechend verwirrt und auch vorwurfsvoll schaute sie ihn an.
„Du kannst ewig leben, Magdalena“, fügte er hinzu, weil er merkte, dass sie ihm gerade nicht folgen konnte. Vor Verblüffung blieb ihr der Mund offen stehen.
„Wie meinst du das?“
„So wie ich es sage.“ Er lachte schon wieder. „Es besteht die Möglichkeit, dich unsterblich zu machen.“
Es gab eine Möglichkeit, sie unsterblich zu machen?
Zahllose Gedanken stürmten auf Maggie ein und überschlugen sich. Also folgte sie ihrem eigenen Rat … und somit ihren Gefühlen.

„Das wäre wundervoll“, sagte sie. „Aber wie?“

„Erinnerst du dich an Henoch?“, fragte er.

„Der das *Buch der Wächter* verfasst hat?“ Sie grollte bei dem Gedanken, wie verfälscht der uralte Text die Ereignisse von damals wiedergegeben hatte.

„Genau der“, antwortete Axel. „Auch er war ein Mensch und wurde damals unsterblich gemacht. Die *Elohim* können das. Und es gibt unter ihnen durchaus den einen oder die andere, die mir noch einen Gefallen schuldet.“

Maggie war sprachlos. Schließlich bekommt man ja auch nicht jeden Tag von einem Gefallenen Engel so mir nichts dir nichts die Unsterblichkeit angeboten.

Natürlich hätte sie gerne spontan Ja gesagt. Sie hatte eben nicht gelogen, als sie behauptet hatte, dass sie nichts auf der Welt mehr wollen würde, als die Ewigkeit an seiner Seite zu erleben. Seiner Einsamkeit für immer ein Ende zu bereiten. Doch da war ein Gedanke, den sie nicht so einfach durch ihre Gefühle zum Schweigen bringen konnte.

Axel sah es ihrem Gesicht an. „Was ist?“, fragte er. „Was bereitet dir Sorgen?“

„Azra’El“, antwortete sie. „Der Abaddon.“

„Was ist mit ihm?“

„Niemand außer mir ist dazu in der Lage, das Siegel zu öffnen, das ihn in seinem Kerker gefangen hält.“

„Niemand“, bestätigte Axel. „Nicht einmal einer der Elohim. Sonst wäre das vielleicht schon längst geschehen.“

„Aber wenn ich sterbe, ist die Bedrohung durch ihn vorüber“, sagte Maggie.

Jetzt verstand Axel offenbar, worauf sie hinauswollte. „Und wenn du ewig lebst, ist auch die Bedrohung durch ihn ewig“, fasste er korrekt zusammen, was sie gedacht hatte.

Sie nickte, und Trauer überkam sie mit der Stärke einer Flutwelle. Die Tränen stiegen ihr erneut in die Augen, und sie biss die Zähne zusammen, um nicht laut loszuschluchzen. Sie durfte nicht so selbstsüchtig sein, nur an ihr eigenes Wohl und das von Axel zu denken. Sie trug eine Verantwortung der gesamten Menschheit gegenüber.

„Das ist nicht fair", brachte sie stockend hervor, und sie spürte, dass sie zu zittern begonnen hatte.

„Das ist das Leben nie", sagte Axel melancholisch. „Deshalb muss man die Regeln selbst machen."

„Ich verstehe nicht", gab sie zu.

„Denk nicht weiter an den Abaddon", sagte er. „Du wirst unsterblich werden. Und ich werde dir zur Seite stehen und dich beschützen, damit dich niemand jemals wieder dazu zwingen kann, das Siegel zu öffnen."

Sie schaute ihn lange an.

„Werden wir das schaffen?", fragte sie dann.

Er lächelte. „Was sagt dir dein Gefühl, Magdalena?"

Sie schloss die Augen und lauschte dem Schlag seines Herzens an ihrer Brust. Es schlug im gleichen Takt wie das ihre. „Ja", sagte sie schließlich, ohne auch nur die Spur eines Zweifels. „Ja, wir werden das schaffen. Denn zusammen schaffen wir alles."

Sie schlang ihre Arme um seinen Nacken und zog sich noch enger zu ihm heran zu einem langen und innigen Kuss.

Ja, zusammen würden sie es schaffen. Dessen war sie sich jetzt absolut sicher, und die Angst und die Traurigkeit von eben verwandelten sich in eine unglaubliche Euphorie. Alles in ihrem Leben hatte sich geändert, und jetzt würde sich sogar noch ihr Leben selbst ändern.

Unsterblichkeit.

An Axels Seite.

Was für eine wundervolle Aussicht. Alle Sorgen waren mit einem einzigen Schlag von ihr abgefallen, und nun fühlte sie nichts außer überschäumendem Glück und die wundervolle Nähe des Mannes, den sie liebte, wie sie noch nie jemanden zuvor geliebt hatte. Und wie schon so oft in den vergangenen Tagen und Nächten reagierte ihr Körper auf diese Nähe. Auf seinen unvergleichlichen Duft nach Leder und nach Wüstenwind … auf die sinnliche Kraft seiner stählernen Muskeln … das Finstere an ihm … die Stärke seiner einzigartig freien und vor allem unbeugbaren Seele … und seine Männlichkeit.

Voller körperlichen aber vor allem herzlichen Verlangens drückte sie ihren Schoß gegen den seinen – und spürte sofort seine Reaktion auf sie. Zwischen ihnen war nichts als das Leder des Kleides, das Sybaris ihr geschenkt hatte, und seinem Lendenschurz. Die Berührung prickelte ihr augenblicklich im ganzen Leib und drängte sie dazu, auch ihre Brust gegen ihn zu pressen. Es war, als ob sie in ihn hineinkriechen wolle; so nah wollte sie ihm sein … so sehr sehnte sie sich nach Vereinigung mit ihm.

Ihr Kuss wurde gieriger … tiefer … feuchter … und sie begann, schwer durch die Nase hindurch zu atmen, während sie fühlte, wie ihre Wangen zu glühen anfingen und auch ihr Nacken … ihr Bauch … und ihr Unterleib.

Sie legte ihre Beine um seine schmalen Hüften, und der Saum ihres Kleides rutschte wie von selbst aus dem Weg, so wie sie es geplant hatte. Und auch sein Lendenschurz war plötzlich verschwunden. Sie spürte ihn direkt an ihrer Nacktheit, und ein wohliges, erwartungsvolles Kribbeln durchlief sie von Kopf bis Fuß.

Der Kuss wurde wilder … unkontrollierter … und sein Fleisch zwischen ihren geöffneten Schenkeln wuchs zu seiner vollen und harten Größe heran, um fest gegen ihre Scham zu drücken und ihre Erregung gleich noch einmal höher zu schaukeln. Ihn so dicht und so bereit an sich zu spüren, ohne dass er direkt in sie eindrang, hatte seinen ganz eigenen, ihre Lust noch weiter schürenden Reiz.

Maggie erbebte vor Vorfreude.

Axel griff mit einem seiner Arme weiter um sie herum und packte ihre nackten Pobacken. Der Flugwind streichelte an und zwischen ihnen entlang, wie ein weiterer Liebhaber. Statt zu kühlen, sorgte er nur dafür, dass es Maggie noch heißer wurde. Sie war überwältigt von Axel und davon, was er ganz mühelos mit ihr und ihrer Lust anzustellen in der Lage war. Seine Finger massierten ihr Fleisch mit einer sanften Kraft, die sie vor Erregung aufstöhnen ließ.

Was für ein köstliches Gefühl, seinen Schwanz gegen ihre immer wärmer werdende Scham drücken zu fühlen! Sie rieb sich daran und spürte, dass sie zunehmend feuchter wurde. Es prickelte inzwischen so wundervoll, dass sie sich nicht sicher war, wie lange sie das noch aushalten würde, ehe sie ihn anflehen würde, in sie einzudringen.

Ihre Finger verkrallten sich in seinen dichten, schwarzen Locken und spielten selbstvergessen damit, während sie mit ihrer Zunge die seine umspielte und seinen heißen Atem trank wie süßen Wein.

Die Spitzen ihrer Brüste hatten zu glühen begonnen, und sie rieb sie aufreizend durch das Leder an seiner Haut. Das machte sie nur umso empfindlicher und noch hungriger nach der Berührung. Sie wurden kleiner und härter … und die Gefühle immer mitreißender … so wie die scheinbar unzähligen Küsse immer verzehrender.

Maggies Puls flatterte vor Glück und Erregung … und sie hatte das Gefühl, sie müsse bersten vor Freude.

Dann hielt sie es nicht länger aus.

Sie drückte ihren Unterleib nach vorne … und öffnete sich für Axel.

Der süße Schock des Eindringens zuckte durch jede Faser ihres Seins. Ihr rasendes Herz setzte einen Schlag aus, und ihr Atem stockte. Für eine Sekunde lang verfiel sie in eine absolute Starre der Ekstase, während der sie nichts anderes fühlen konnte als wie er immer tiefer in sie glitt und sie auszufüllen begann.

Sie ließ ergeben den Kopf nach hinten sinken und auch den Oberkörper, im vollen Vertrauen darauf, dass Axel sie hielt. Seine hungrigen Lippen fanden die Spitzen ihrer Brüste und neckten sie lutschend durch das Leder ihres dünnen Kleides hindurch.

Eine kleine Ewigkeit hing sie so … frei schwebend … und breitete die Arme aus. Ihr Becken drückte gegen das seine, und sie spürte ihn tief und hart in sich.

Da geschah etwas noch Wunderbareres.

Ohne dass sie es bemerkt hatte, war Axel mit ihr in dieser liegenden Haltung senkrecht in die Höhe gestiegen, und jetzt tauchten sie oben aus dem Wolkenfeld auf … direkt in den freien Himmel und ins gleißend goldene Licht der Sonne.

Maggie lag auf der Wolke wie auf einem Bett. Die weiß leuchtenden Schwaden umspielten sie. Axel über ihr. Finster und strahlend zugleich.

Er packte sie fester und stieß sich in sie.

Sie stöhnte laut auf vor Geilheit.

Mit einer harten Zärtlichkeit, wie Maggie sie nur von ihm kannte, begann er sie zu nehmen. Der ganzen Länge nach glitt sein von ihr befeuchteter Schwanz an ihrer Klit auf und ab und drang in sie hinein …

… und wieder heraus …

… und erneut hinein … tief … tiefer …

Seine schmalen Hüften wanden sich zwischen ihren weit gespreizten und ihn umklammert haltenden Schenkeln auf und ab … und hin und her.

Der Takt seiner Stöße beschleunigte den Schlag ihres Herzens noch mehr, und schon nach wenigen Sekunden bildete sich ein feiner Schweißfilm auf ihrer glühenden, von der Sonne beschienenen Haut.

Er fasste ihr Gesicht, und sie verbiss sich wollüstig in seinen Daumen.

Bis unter die Haarspitzen erfüllt von unglaublicher Wonne griff sie nach seinen breiten Schultern, damit sie ihm ihren Schoß besser entgegenstoßen konnte, um ihn noch tiefer in sich zu fühlen.

Axel richtete sich im Flug auf, sodass sie ihn nun aufrecht sitzend noch fester umschloss. Sie jauchzte vor Freude und sprudelnder Erregung. Er packte sie an der Taille und dirigierte einen langsamen, aber eindringlichen Takt.

Stoß um Stoß … um Stoß.

Maggie schmiegte sich an die Brust ihres Engels. Nirgendwo anders auf der Welt wollte sie sein. Jetzt nicht und für alle Zeiten.

Sie schrie ihre Lust in die Himmel hinauf.

EPILOG

Azazel stand mit angelegten Flügeln auf einer Säulenspitze. Unter ihm breitete sich die Tempelruine aus, in deren Schatten Magdalena sich schlafen gelegt hatte, zufrieden von ihrem Liebesspiel und erschöpft von den Ereignissen und Gefahren der vergangenen Tage. Er blickte über das Meer hinweg nach Südwesten, wo einst die elfenbeinweißen Türme Caphtors in den Himmel ragten.

Trotz des Verlustes, den er jedes Mal empfand, wenn er an damals dachte, lächelte er jetzt. Die Geschichte hatte sich nicht wiederholt. Dank des Mutes und der Aufrichtigkeit einer einzigen Frau war die Katastrophe diesmal knapp an der Welt vorübergegangen, und die Menschen hatten es nicht einmal gemerkt. Der Großteil von ihnen würde ihn auch weiterhin verdammen für die Rolle, die ihm seine Gegner im Zusammenhang mit der Sintflut angedichtet hatten. Doch das war in Ordnung – solange er sie jetzt in Sicherheit wusste … und, was ihm noch wichtiger war, in Freiheit.

Der Tod seines geliebten Bruders schmerzte Azazel sehr viel mehr, und er fand auch keinen Trost darin, dass Ba'Al'T'Azar nur dem Schicksal begegnet war, dass er selbst herbeigeführt hatte. Azazel hatte nichts dagegen tun können.

Am meisten aber bekümmerte ihn der Verlust seiner geliebten Tochter. Sie hatte ihr Leben für ihn und Magdalena geopfert. Sein Lächeln erstarb, und nun stahl sich doch eine Träne auf seine Wange.

„Virginia", flüsterte er voller Sehnsucht in den Wind, der ihm warm von der See entgegenwehte und durch seine Locken und die Flügel strich. Er wollte etwas Tröstliches sagen, seine Dankbarkeit ausdrücken und auch seinen Stolz auf ihre selbstlose Tat. Doch seine Kehle war wie zugeschnürt, und für lange Sekunden stand er einfach nur stumm da, den Klang ihres Namens als Echo in seinen Ohren. Da war es ihm plötzlich, als würde der Wind ganz allmählich stärker werden. Er roch frisch und unschuldig und ein klein wenig nach Nacht; ganz so wie Virginia gerochen hatte. Zuerst dachte Azazel, seine Trauer und seine Sehnsucht spielten ihm im Bündnis mit seiner Erinnerung einen Streich, doch dann bemerkte er, wie klar dieser Duft war – und dass er ihn sich nicht nur einbildete.

Gegen jede Vernunft und auch Hoffnung hob er seinen Blick und sah nach oben. Er erkannte einen kleinen Punkt am Himmel, der rasch näher kam und dabei schnell größer wurde. Fast augenblicklich erschienen die Schwerter an seiner Seite, und er legte die Hände an ihre Griffe. Nach allem, was er wusste, konnte das, nach dem Ende der *B'Nai Elohim* in Karnak, nur einer sein.

Vielmehr *eine*: Luzifer!

Ihr war es auch zuzutrauen, dass sie, rein aus ihrer Lust am Quälen und Zerstören heraus, mit seinen Gefühlen spielte und ihm Virginias Duft vorgaukelte. Denn sie war eine Meisterin der Täuschung, es gab niemanden im Universum, der ihr in dieser Hinsicht ebenbürtig war.

Er hatte damit gerechnet, dass sie ihn früher oder später finden würde. Sie waren zwar nicht grundsätzlich Feinde, aber auch weit davon entfernt, Verbündete zu sein. Doch Luzifer brauchte keine Feindschaft, um Böses zu tun. Azazel wollte gerade nach Magdalena rufen, um sie zu wecken und zu warnen, da fiel ihm auf, dass die Gestalt, die auf ihn zuflog, trotz ihrer weiten, fledermausgleichen Flügel zu groß war für Luzifer.

„Aber", sagte er stockend, als er sah, wer es in Wirklichkeit war.

Virginia!

Sie lächelte unter Tränen, beschleunigte und rauschte

ihm mit weit ausgestreckten Armen so fest an die Brust, dass es ihn beinahe nach hinten geschleudert hätte.

„Vater!“, rief sie und drückte ihr Gesicht gegen seinen Nacken.

„Virginia“, sagte er leise, wie um den Traum nicht zu zerstören, falls es einer war. Doch es war keiner. Er fühlte sie, roch sie, hielt sie in seinen Armen … und drückte sie gegen sich. „Das … das ist … das ist unmöglich.“

„Ja, ich weiß“, sagte sie vor Freude schluchzend. „Aber es ist wahr. Ich bin es. Und ich lebe.“

Er nahm ihr in seinen Händen zart wirkendes Gesicht und küsste ihr die Wangen … die Nase … die Stirn. „Wie?“

„Mutter.“

„Nyx?“

Sie nickte. „Wusstest du, dass ich erst sterben musste, um eine echte Keres zu werden?“

Er blickte sie mit großen Augen erstaunt an. „Nein“, gestand er. „Davon hatte ich keine Ahnung.“

„Ich bin jetzt sehr viel mächtiger als zuvor. Seltsames Gefühl. Und jetzt kann ich Mutter endlich auch sehen und besuchen, wenn ich will. Sie hat mir sogar angeboten, für immer bei ihr zu bleiben, aber ich denke, ich werde erst einmal die Welt erkunden.“ Sie zögerte. „Natürlich nur, wenn du einverstanden bist.“

Er legte eine Hand an ihre Wange. „Kleines, du bist frei. Das warst du schon immer.“

„Aber du hast mich gebraucht.“

„Und das wird auch immer so bleiben“, sagte er mit einem Lächeln.

Ihr Blick fiel auf die am Boden schlafende Magdalena. Ihre Lippen nahmen einen liebevollen Zug an. „Jetzt hast du sie. Und sie wird dir mehr schenken als nur die Liebe einer Tochter.“

„Ja, das wird sie“, sagte Azazel. „Sie wird sich freuen, zu erfahren, dass du noch lebst. Vielmehr, wieder. Warte, ich wecke sie auf.“

„Lass sie schlafen“, sagte Virginia voller Fürsorge. „Sie hat es verdient. Ich komme euch bald besuchen, und dann werden wir unseren Sieg ausgiebig feiern. Jetzt will ich mir erst einmal die Erde anschauen. Ich glaube, ich habe da so einiges nachzuholen.“

Er sah das Funkeln in ihren Augen und wusste, was sie meinte.

Er lachte. „Viel Vergnügen.“

„Dir auch.“ Sie gab ihm einen Kuss auf die Wange und erhob sich in die Lüfte. Dann winkte sie noch einmal und schoss davon. Bereits nach wenigen Sekunden war sie am Horizont verschwunden, und dennoch schaute er ihr noch lange nach.

Endlich würde sie ein Leben in Freiheit genießen können. Und er auch. Nach all den Jahrtausenden. Er sprang von der Säule herab und landete lautlos bei Magdalena. Auch wenn sie ihn nicht gehört haben konnte, streckte sie im Schlaf die Arme nach ihm aus und lächelte. Er legte sich zu ihr in den warmen Sand und zog sie an sich … und sein uraltes, ewig junges Herz sang vor Glück.

– ENDE –

Auf den folgenden Seiten finden Sie eine Leseprobe aus dem neuen Roman *Himmel der Sünde* von Riccarda Blake.

Die Zeit der Rache war endgültig gekommen. Doch das war, wie er sich immer wieder zu erinnern zwang, kein Grund zu hastiger und unüberlegter Eile. Er hatte Generationen, ja Jahrtausende geduldig auf diesen Moment gewartet und durfte nicht riskieren, die Dinge ausgerechnet jetzt zu überstürzen und damit zu verderben. Der nächtliche Dschungel um ihn herum verstummte – die Tiere darin spürten seine Nähe ... und entweder ergriffen sie eilig die Flucht oder sie duckten sich zitternd in ihre Verstecke im Unterholz oder den dicht ineinander verwachsenen Kronen der gewaltigen Ebenholzbäume und Mangroven. Selbst die Tiger, die Elefanten und die Wasserbüffel gingen in Deckung, und sogar die Krokodile zogen sich auf den Grund des vom Monsunregen angeschwollenen Tonlé Sap zurück, um dort regungslos zu verharren. Sie alle wussten, wer der wahre Herr dieses tropischen Reiches war, und dass seinen Weg zu kreuzen den sicheren Tod bedeutete.

Er sog die feuchte Luft durch die breite, schwarze Nase seiner wahren Gestalt und fühlte sich so lebendig wie schon lange nicht mehr in den all den vergangenen Äonen. Der Moment der Vergeltung war zum Greifen nah. Endlich standen seine Sterne wieder günstig. Wie in einem kosmischen Witz war es ausgerechnet Luzifer, vor der diese Welt zu schützen und die zu bekämpfen er ursprünglich ausgesandt worden war, die ihm jetzt den Weg geebnet hatte. Aber sie konnte ja nicht damit rechnen, dass er noch lebte. Niemand tat das – und das war der Trumpf in seinem Ärmel ... der Schlüssel zur absoluten Macht.

Die Tage des Versteckens waren gezählt. Nie wieder im Schlamm und tief unter die Erde kriechen. Nie wieder vor Angst erstarren beim Geräusch der über ihm hinweg fliegenden Söhne und Töchter der Himmel.

Nie wieder!

Ba'Al'T'Azar war tot, die Abgal hatte das Siegel nicht gebrochen und somit die Ruhe des Abaddon nicht gestört, und die *B'Nai Elohim* waren in Karnak vom Morgenstern für immer unschädlich gemacht worden.

Er bleckte die fingerlangen Reißzähne und brüllte befreit auf, und der Regenwald um ihn herum erzitterte. Tausende von Vögeln und Flughunden stoben panisch kreischend aus dem Laub und dem Geäst auf und flohen in das Dunkel der Nacht.

Er aber lachte und breitete seine weiten, roten Flügel aus, und mit einem gewaltigen Schlag schoss er hinauf in das Dickicht. Der Plan, nun endlich den ihm gebührenden Platz einzunehmen, war schon lange geschmiedet – jetzt war es Zeit, ihn in die Tat umzusetzen … und sich das zu holen, was ihm zustand.

Die Welt und die Himmel waren die reifen Früchte, die er mit seinen blutigen Klauen ergreifen würde – um sie nun schließlich seinem eisernen Willen zu unterwerfen.

Doch dazu brauchte er die Schlüssel …

Ein neuer Freier betrat den Salon.

Anya erhob sich von ihrem Platz auf dem mit rotem Samt gepolsterten Sofa, zupfte den Ausschnitt ihrer Coursage und die Halterlosen zurecht und stellte sich wie immer zu den fünf anderen jungen Frauen des Studios in die Reihe zur Begutachtung. Sie wollte erwählt werden, denn sie hatte heute Nacht noch nicht einen Kunden bedient, und sie sehnte sich nach Ablenkung von der gähnenden Langweile und den verstörenden Gedanken, die der immer wiederkehrende Albtraum heute Nachmittag frisch geweckt hatte.

Der Freier war ein typisch Londoner Geschäftsmann

mittleren Alters – dreiteiliger, dunkelgrauer Anzug und blütenweißes Hemd von *Cad & The Dandy*, auf Hochglanz polierte, handgefertigte Kalbslederschuhe von *Lobb* und eine in Anthrazit und Mitternachtsblau schimmernde Seidenkrawatte von *Drakes*. Sein Gesicht war markant und entschlossen, sein Blick gelassen und dennoch fokussiert, seine Haltung makellos – sein Haar verriet, dass er einmal pro Woche zum Friseur ging. Er gefiel Anya sehr.

Er hatte einen eigenen Koffer mitgebracht, dessen Inhalt zweifellos am Eingang von Sergej, dem Leiter der Sicherheit, überprüft worden war – das versprach zusätzliche Abwechslung … und die Gewissheit, dass er kein Anfänger war.

Die Chefin, eine Liverpooler Matrone namens Claire, die ihre besten Jahre schon seit mindestens zwei Jahrzehnten hinter sich hatte und scheinbar nicht zu akzeptieren bereit war, dass darüber auch dreifache Lagen Make-up und dick aufgetragener Lippenstift nicht hinwegtäuschen konnten, führte ihn zu dem einem Thron nicht ganz unähnlichen Sessel gegenüber der Reihe und bat ihn, Platz zu nehmen, damit sie ihm die Mädchen vorstellen konnte.

Zuerst war Marina dran – die, wie Anya auch, aus der Ukraine stammte; aus Odessa am Schwarzen Meer. Zwanzig Jahre alt, ebenholzfarbener, sehr klassischer Pagenschnitt über blassem Teint und, nachdem sie jetzt schon seit über einem Jahr hier war, eher drall als schlank. Sie trug hohe Stiefel und ein schwarzrotes Lackoutfit, in dem fast jede andere Frau nuttig gewirkt hätte. Nicht aber Marina. Sie hatte die Grazie und den Stolz alten slawischen Adels, und strahlte dabei dennoch ein jugendliche Verspieltheit und Abenteuerbereitschaft aus. Diese Mischung machte sie zu einem der erfolgreichsten der Mädchen hier in Claires Studio auf der Grenze zwischen Soho und May Fair, und Anya, die von Natur aus eher ruhig und bescheiden war, hatte schon oft den einen oder anderen Freier an die kleine Sexbombe verloren.

Nicht aber heute Nacht. Marina hatte sich gerade vor ihm aufgebaut und keck die Hände in die geschnürte Taille gestützt, da schüttelte der Freier schon mit einer höflichen Geste den Kopf, und Claire winkte sie zurück in die Reihe. Mit einem schnippischen Achselzucken drehte Marina sich herum und ging hoch erhobenen Hauptes zu ihrem alten Platz.

Nun war die Reihe an Svedlana – eine wasserstoffblonde Amazone aus Minsk. Das Markenzeichen der hochgewachsenen Weißrussin war ihr *Dirty Look* – sie wirkte auf eine attraktive Weise immer, als hätte sie gerade die ganze Nacht durchgefeiert. Dunkel geschminkte Augen, akribisch zerzaustes Haar, stets leicht verwischter Lippenstift und absichtlich in ihren feinen Strumpfhosen angebrachte Laufmaschen. Sie trug Springerstiefel mit offenen Schnürsenkeln, gürtellose Hotpants und ein unter dem üppigen Dekolleté abgerissenes Tanktop, das ihre makellos trainierten Bauchmuskeln frei ließ und einen Blick gewährte auf ihr Nabelpiercing und das Piratenflaggen-Tattoo darunter.

Aber auch bei ihr schüttelte der Freier den Kopf, ehe sie überhaupt nach vorne getreten war. Offenbar war *Crunch* nicht sein Stil.

Doch Anya ahnte inzwischen, was ihn anmachte. Sie hatte seine akkurate Haltung und auch seine beherrschte Gestik und Mimik genau beobachtet. Svedlana hatte er abgelehnt, weil ihm ihr Look nicht gefiel; das kam immer mal wieder vor – Marina aber hatte ihm gefallen, und er hatte sie nur zurückgewiesen, weil sie ihm zu kess entgegen getreten war.

Als also nun die Reihe an Anya war, senkte sie demutsvoll den Kopf, bis ihr Kinn fast ihr Brustbein berührte, trat drei nicht zu gespielt wirkende unsichere Schritte nach vorne und sank vor ihm auf die Knie – die Arme an ihren Oberschenkeln entlang nach unten und die Handflächen nach vorne offen haltend. Eine Geste der Hingabe und ein Zeichen dafür, dass sie bereit dazu war, ihn alles mit ihr tun zu lassen, worauf auch immer er Lust haben mochte.

So verharrte sie einige Momente, bis sie hörte, dass er sich von seinem Sessel erhob und sie mit ihrem auf den Boden gerichteten Blick die Spitzen seiner Schuhe sehen konnte. Sie fühlte seine Finger unter ihrem Kinn und ließ ihn gewähren, als er ihren Kopf leicht anhob, um ihr seine Hand hinzuhalten. Sie nahm sie mit einer sachten Berührung und küsste den goldenen Siegelring, den er trug, als wäre er ein Erzbischof oder ein Mitglied des Königlichen Hauses. Augenblicklich begann ihr Herz vorfreudig zu flattern.

„Eine ausgezeichnete Wahl", hörte sie Claire sagen. „Anya ist es gewohnt, zu dienen. Ja, sie geht darin förmlich auf. Ihre Wünsche werden ganz die ihren sein. Sie wird Sie in der Mansarde erwarten, während wir noch kurz die … Formalitäten … in meinem Büro erledigen. Wenn Sie mir bitte folgen möchten."

Anya wartete artig auf den Knien, bis die beiden den Salon verlassen hatten und erhob sich dann, um, wie von Claire versprochen, nach oben in die Mansarde zu gehen und dort auf ihren ganz besonderen Gast zu warten.

„Unmöglich", sagte Marina mit einem Lächeln und trat zu ihr hin. „Du und deine ‚Gehorsame Sklavin'-Nummer. Reicht es den Kerlen denn nicht, dass wir eh tun, wofür sie uns bezahlen? Muss man es ihnen auch noch so deutlich zeigen?"

„Aber ich knie gerne", sagte Anya. „Und ich diene gerne."

„Ich knie nur, wenn ich gerade blase", erwiderte Marina lachend. „Und was das Dienen angeht, überlasse ich die Arbeit lieber den Freiern. Weshalb ich auch am liebsten unten liege."

„Yep", fügte Svedlana aus Odessa hinzu, während die anderen beiden Mädchen, die neunzehnjährige Ludmilla aus Kiew und Anne, das Molly-Model aus Nottingham. sich auf ihre Plätze zurückzogen. „Mehr als zweimal reiten pro Nacht schlaucht mich zu sehr. Außerdem spielen sie mir dann zu viel an den Nippeln herum."

Anya spürte direkt ein Kribbeln in ihren Brustspitzen. An ihr hatte heute noch niemand herumgespielt – selbst Sergej noch nicht, der sie sonst beinahe jeden Tag vor Dienstantritt benutzte ... als Ersatz für einen Gang ins Fitnessstudio, wie er immer gerne sagte. Es wurde höchste Zeit, und sie freute sich auf ihren Gast.

„Er wird dir weh tun, das weißt du", sagte Marina, als Anya sich aufmachte, und es schwang ein wenig Besorgnis in ihrer Stimme.

„Ja, das weiß ich", sagte Anya und spürte, dass ihre Wangen rot wurden, weil sie genau deshalb vorfreudig lächeln musste. Sie würde den anderen nie erklären können, warum ihr das nicht nur nichts ausmachte, sondern ihr auch noch eine ganz eigene Lust bereitete – sie verstand es ja selbst nicht. Ebenso wenig wie sie es verstand, dass es, mehr noch als der Schmerz, die Demütigung war, die sie ganz besonders erregte.

Sie verließ den Salon und betrat die schmale Holztreppe, die nach oben zur Mansarde führte.

„Ich wusste, dass er dich aussuchen würde, Anyanka", sagte da eine tiefe Stimme von der Eingangshalle her.

Anyas Herz stockte einen Moment lang, und sie erstarrte mitten in der Bewegung. Es war Sergej, der Chef der Leibwächter des Studios. Der fast zwei Meter große Hüne ließ den prüfenden Blick seiner eiskalten blauen Augen über ihren nur spärlich bekleideten Körper wandern, während er mit gelassenen Schritten näher kam. Trotz der Langsamkeit, mit der er sich auf sie zu bewegte, oder vielleicht auch gerade deswegen, konnte man auch durch seinen Anzug hindurch erkennen, wie gnadenlos durchtrainiert er war. Einhundertzwanzig Kilo Muskelmasse allzeit bereit für die Auseinandersetzung mit einem sich ungebührlich verhaltenden Gast, einen möglichen Überfall der Konkurrenz auf das Studio oder auch die Züchtigung eines der insgesamt fünfzehn Mädchen bei Ungehorsam gegenüber Madame Claire. Sein kantiger Schädel war wie immer makellos glatt rasiert, was den blauschwarzen Drachen, den er sich vom Kinnbart aufwärts über den Kiefer bis hoch zur Schläfe seitlich seiner dichten Augenbraue hatte tätowieren lassen, besonders ausgeprägt zur Geltung brachte.

Als er jetzt vor ihr stand, reichte Anya ihm, obwohl sie bereits auf der zweiten Stufe der Treppe stand, mit dem Gesicht gerade einmal bis zur fassbreiten Brust. Sie sah die Ausbeulungen unter seinen Achseln, wo er wie immer seine beiden Automatikpistolen trug. Aber sie wusste, dass er noch mehr Waffen am Körper trug – eine weitere, kleinere Pistole in einem Holster am Fußgelenk, in dem auch ein kleiner Stiefeldolch steckte, ein langes Jagdmesser und einen Teleskopschlagstock an der Rückseite der Hose, zwei kleine Klingen versteckt in seiner Gürtelschnalle und einen wuchtigen Schlagring aus kantigem Stahl in der Tasche. Aber in all der Zeit, die Anya ihn jetzt kannte und in der er durchaus schon so einige Male eingreifen musste, hatte sie ihn noch nie andere Waffen benutzen sehen als seine riesigen Fäuste, von denen eine fast so groß war wie ihr eigener Kopf.

Er fasste ihr Handgelenk, und obwohl er das nur mit Daumen und Zeigefinger tat, war der Griff so fest wie ein Schraubstock. Sein vom schwachen, vornehmlich roten

Licht des Treppenhauses schattig düsteres Gesicht schwebte dicht über ihrem, und der Drachenkopf an seiner Schläfe wirkte mit seinem weit aufgerissenen Maul als würde er gleich hervorbrechen, bereit dazu, sie gierig zu verschlingen, während Sergej ihre ausgestreckten Finger auf den Schritt seiner Hose zwang.

„Greif zu!“, befahl er mit einem Knurren in der Kehle – und sie tat, was sie immer tat: sie gehorchte.

Lori Foster
Der Engel in meinem Bett

Manche Männer sind gefallene Engel … Der Beweis: Drei spritzig-spannende Romane von Lori Foster!

Band-Nr. 95028
8,95 € (D)
ISBN: 978-3-89941-888-0
496 Seiten

Sandra Paul u.a.
Engel küssen besser

Wer noch immer nicht an Engel glaubt, sollte diese überirdisch schönen Geschichten ganz dringend lesen!

Band-Nr. 95029
8,95 € (D)
ISBN: 978-3-89941-889-7
624 Seiten

Susan Andersen
Rosarot in Seattle
Band-Nr. 25493
8,95 € (D)
ISBN: 978-3-89941-804-0
eBook: 978-3-86278-272-7
320 Seiten
Auch als eBook erhältlich!

Susan Andersen
Mister Cool und Lady Crazy
Band-Nr. 25543
8,95 € (D)
ISBN: 978-3-89941-886-6
eBook: 978-3-86278-086-0
304 Seiten
Auch als eBook erhältlich!

Kristan Higgins
Meine Brüder, die Liebe und ich
Band-Nr. 25535
8,95 € (D)
ISBN: 978-3-89941-875-0
eBook: 978-3-86278-076-1
416 Seiten
Auch als eBook erhältlich!

Susan Wiggs
Vertrau deinem Herzen
Band-Nr. 25542
8,95 € (D)
ISBN: 978-3-89941-885-9
eBook: 978-3-86278-084-6
448 Seiten
Auch als eBook erhältlich!

Sharon Page
Blutroter Kuss
Band-Nr. 35038
9,50 € (D)
ISBN: 978-3-89941-880-4
448 Seiten

Cherry Adair
Hautnah und näher
Band-Nr. 35037
9,50 € (D)
ISBN: 978-3-89941-865-1
320 Seiten

Alison Kent
Sex oder Lüge
Band-Nr. 35036
9,50 € (D)
ISBN: 978-3-89941-843-9
eBook: 978-3-86278-038-9
256 Seiten
Auch als eBook erhältlich!

Megan Hart
Tiefer – Im Sog der Lust
Band-Nr. 35035
9,50 € (D)
ISBN: 978-3-89941-815-6
eBook: 978-3-86278-030-3
432 Seiten
Auch als eBook erhältlich!